MeiWen
Shenghuo

美文生活

◎ 嘉昌 著

Meiwen
shenghuo

敦煌文艺出版社

图书在版编目（CIP）数据

美文生活 / 嘉昌著. -- 兰州：敦煌文艺出版社，2018.2（2022.2重印）
ISBN 978-7-5468-1403-2

Ⅰ.①美… Ⅱ.①嘉… Ⅲ.①散文集－中国－当代 Ⅳ.①I267

中国版本图书馆CIP数据核字（2017）第296619号

美文生活

嘉　昌　著

责任编辑：杜鹏鹏
装帧设计：韩国伟

敦煌文艺出版社出版、发行
地址：（730030）兰州市城关区读者大道 568 号
邮箱：dunhuangwenyi1958@163.com
0931-8152351（编辑部）　0931-8773235（发行部）

北京一鑫印务有限责任公司印刷
开本 787 毫米×1092 毫米　1/16　印张 35.5　插页 1　字数 580 千
2020 年 1 月第 1 版　　2022 年 2 月第 2 次印刷
印数：1 001~3 000

ISBN 978-7-5468-1403-2
定价：89.00 元

如发现印装质量问题，影响阅读，请与出版社联系调换。

本书所有内容经作者同意授权，并可任何使用。
未经同意，不得以任何形式复制转载。

目 录

诗意行栖

003/写在兰州
    003/能不爱兰州？
    007/绿
    008/永远丰登
    010/吐鲁沟随笔
    011/五彩缤纷的透明
    012/白兰瓜，像洁白的月亮
013/嘉峪关：一枚纽扣
    013/纽扣
    014/花的世界
015/酒泉
    015/酒之泉
    016/夜光杯
018/写在玉门
    018/认定你是我的故乡
    019/玉门第一井
    020/玉门普通话
    021/站在地质学家的纪念碑前
    022/左公柳

023/回玉门
027/敦煌：你的魅力，正像你的名字
    027/走近你，就是走近魅惑
    029/莫高窟，不老的思绪
    030/鸣沙山意象
    031/月牙泉
    031/阳关
    032/敦煌的夏夜
    033/玉关月
035/瓜州旅见
    035/这是怎样一种构思
    036/"小站"
    037/烽火台情思
038/这才不愧叫金塔
    ——金塔辨识
040/你巴特尔和娜仁花的家乡
    ——肃北走笔
042/冬不拉的歌
    ——阿克塞短章

044/遐想，在大佛寺
　　——走进张掖
046/奔腾的树河花海
　　——印象临泽
048/走出高台烈士陵园
049/山丹
051/裕固短笛
　　051/好啰喂抛出的
　　052/鹿归
　　052/去吧，小马鹿
054/"简易工棚"
　　——金昌畅思
056/威武的飞腾
　　——武威记识
058/固守之美
　　——致敬民勤
060/天祝
062/会宁
064/水车旋转
　　——靖远即吟
066/天水印记
068/鸟儿衔来的秦安
070/你好，张家川
072/大象山印象
　　——甘谷行思
073/崆峒二章
　　073/天演崆峒
　　074/轩辕也问道于此
075/你秀美又高洁
　　——行经泾川

077/灵台
079/汭河川上的一朵花
　　——崇信小记
080/我是煤，我要燃烧
　　——华亭抒情
081/你总在设计着新的风景
　　——礼赞庄浪
083/静宁印象
085/那里生长着皮影戏一样的魅力
　　——初识环县
087/沉重又威武的行进
　　——合水行章
088/从历史深处飞来
　　——镇原抒感
089/更生的定西
091/茁长：渴望与拼争
　　——通渭思绪
093/一盂
　　——渭源感怀
095/添神
　　——写意漳县
097/当归
　　——岷县吟
098/月亮，像一朵橘花……
　　——武都一览
100/礼县有思
102/读西和
104/文县二章
　　104/闪闪的白羽
　　106/蓝色的天池静静地闪光

107/绿色与澄澈
　　——康县素描
109/银杏树
　　——徽县行记
111/你的标识不仅是雄鸡
　　——印象成县
113/腊子口放歌
114/晶晶亮的阳光，流淌在你的市街
　　——致临夏
116/唐汪川的杏花开了
　　——东乡礼赞
118/写在北京
　　118/致天安门广场
　　119/人民的化身
　　120/致人民英雄纪念碑
　　121/宋庆龄故居谒思
　　122/在郭沫若铜像前
　　122/恭王府断想
　　123/胡同·四合院
　　124/地铁站厅
　　125/故宫行
　　125/清晏舫记
126/工业的朝阳
　　——沈阳行
127/大连旅识
　　127/美的选择
　　128/旅顺口的分量
129/游历本溪水洞
130/哈尔滨行思

130/哈尔滨
131/在赵一曼雕像前
132/希望之光
　　——致敬大庆
133/镜泊走笔
　　133/吊水楼瀑布
　　133/火山石
　　134/在原始森林
135/致上海
136/南京行识
　　136/熟识又陌生的南京
　　137/写在南京中山陵
138/福建抒怀
　　138/鼓山即景
　　138/福州黎明村福寿宫
　　139/在石狮
　　139/日光岩
　　140/南普陀观石
141/青岛二章
　　141/八月的青岛
　　142/游览青岛海产博物馆
143/把长江托在手心
　　——致武汉
145/三峡，心灵的轨迹
147/葛洲坝断想
148/发掘颂
　　——看湖北出土曾侯乙墓编钟
149/羊城速写
　　149/广州
　　149/三元里抗英烈士纪念碑意象

003

150/在广交会大厦前

151/深圳二题

  151/"锦绣中华"思

  152/开荒牛赋

153/南宁

154/重庆诗思

  154/重庆

  155/红岩颂

  156/记重庆嘉陵机器厂

  156/黑牢中的红石榴

  157/枇杷山两江楼夜眺

158/行感成都

  158/成都

  159/草

  159/你没有在这里

  160/巨拳

  161/青城山幽

162/透明的绿与蓝

  ——九寨沟诗韵

  162/女儿绿与女儿蓝

  163/透明的夜

164/在你的身后是迷人的历史

  ——致西安

166/无字碑思

  ——致武则天,在乾陵

167/致黄帝柏

168/致延安

  168/延河

  169/宝塔山

  169/写在枣园毛泽东旧居

  170/不许系马

  171/清凉山遐思

172/银川印象

  172/在民族团结碑前

  173/西夏王陵吟

174/固海扬水工程印象

175/须弥山思绪

176/沙坡头意象

177/六盘山述感

178/乌鲁木齐旅思

179/吐鲁番行歌

  179/吐鲁番

  180/交河故城思

  180/葡萄沟印象

182/致香港

戈壁意象

185/戈壁写生

  185/祁连山

  185/石油河

  186/红柳花

186/鹰

187/沙雀的歌声

187/云

187/酸刺

188/野杏树
189/戈壁寓言
 189/生命
 189/咯嗒鸡的回答
 190/梭梭如是说
 190/戈壁论美
 191/追汽车的骆驼
 191/沙蓬的幻想
 192/雪花的故事
 193/骆驼刺与水仙
 193/戈壁的炫耀
194/戈壁风景
 194/太阳从海水里抬起头
 195/喧哗的静午
 195/月亮
 196/燃烧的冰川

196/雪河
197/戈壁感怀
 197/戈壁的风
 198/戈壁呵，戈壁
 198/地平线
 199/沙粒
 200/庄子
 202/牧人
 203/戈壁美味
 204/总有一天
 204/七月，解放的水
 205/西戈壁之钻
 206/西戈壁：路
 207/回声
 207/开拓者

幼小者的歌

211/我们来了
 ——幼小者的歌
213/大戈壁的小雨点
 213/童话书
 213/影子
 214/六月，飞舞的白蝶群
 215/黄羊
 215/戈壁爷爷的脾气
 216/云彩的故事
 216/太阳出来了
 217/亲切的太阳

217/我们的月亮
218/天上的红沙枣
218/戈壁路
219/雪水湖
219/戈壁新渠
220/戈壁石
220/造一个风库
220/美音鸟
221/小雨点儿
222/雷
222/神奇的胡杨林

223/我们与红柳
223/骑手
224/可爱的小白杨
224/枸杞
225/钻天杨，向上钻呀，钻呀
225/沙枣
226/花棒
226/芨芨草
227/蚕豆花
227/发菜
227/刺儿
228/会跑的城墙
228/驼背小学
229/清明雪
230/我们种一片湖
230/鸟儿的城市
231/戈壁娃娃的手
231/掐草辫
233/神奇的列车
　　——娃娃的敦煌
233/神奇的列车
234/飞天
234/九色鹿
235/莲女
235/鸣叫的山
236/七星草

237/玉女仙子
237/李广杏
238/悬泉
239/玉门关
241/六月真是好日子
241/六月真是好日子
242/远足笔记
242/幼芽
243/我是……
243/红苹果
243/妈妈的怀抱
244/蝴蝶
244/我爱阳台
245/我要接回嫦娥和白兔
245/跳过去
246/动物园里的骆驼
246/我是书
247/要不是
248/心的探寻
248/天
248/问星空
249/太阳要是一片叶子
249/时间的疑惑
250/火车开过来了
250/沙蓬
251/梭梭

歌与吟

255/雄鸡赋
259/祖国，祖国
261/重温
262/初衷
    262/绝望引爆的
    262/平等的预期
    263/是我们的口号
    264/靠实事求是吃饭
    265/洁白
266/我在阳光下歌唱
268/我的歌献给党章《总纲》第43句
271/致毛泽东
273/试看将来的环球
    ——纪念李大钊
276/身影
    276/毛泽东
    277/彭德怀
    277/方志敏
279/中国好人
    279/读雷锋
    279/扫帚
    280/利他人生
    280/天地大器
    281/阳光男孩
282/春意
    282/春气

282/春色
283/春声
284/春思
284/这才是春天呀
284/芽
285/太多太多的柔软
286/春燕翔舞
288/自然笔记
    288/晨
    289/云
    290/黑风记
    290/二月
    291/太阳的感觉
    291/雨中的树林
    292/初夏
    292/鸟儿的沙汀
    293/冬
    293/飞翔的芦苇林
    294/空气
    294/雪河
    295/燃烧的冰川
    296/裂缝里冒出的草
    296/无风的风景
298/花木写生
    298/喇叭花
    298/树干
    299/榆钱，轻轻地飘落……

300/龙爪菊
300/仙人掌
301/令箭荷花
301/蒲公英
302/夏日四论
　302/奔流
　303/成熟
　303/沉闷
　304/怒放
305/生活素描
　305/火车开过来了
　305/夜声
　306/青年车工
　306/写在一个青年读书角
　307/好听的声音
　308/给一位音乐指挥家
309/花园
311/一闪
　311/滋味
　312/我愿……
　312/秋之思
　313/让心化作……
　313/美丽的沉默
　314/一闪

314/企盼
315/向日葵
316/戈壁草
316/路
317/船
317/我不会无动于衷
318/根
319/另一面
319/啃
320/乐观
320/草和禾苗
321/养路赋
322/晾葱及其他
323/柳
324/早晨
325/活它个张扬奔放淋漓尽致
327/旗帜在海风中飘抖
　　——读海明威《老人与海》
329/流通赋
330/文学，是战斗的!
333/跋涉，在朝日下……
　　——纪念马克思逝世一百周年
336/走向自由的诗

流年拾影

341/流沙坠简
　341/暴风沙之夜
　342/曲曲菜

344/批判发言
346/悼蒋焦影文
349/歪批一例

351/戈壁滩上的《西行漫记》
353/寄托
　　——悼念李挺同志
356/从听众到广播人
359/沙葱的滋味
361/吃洋芋

363/日本印象
367/思想，依然锋芒灼灼
　　——怀念吴坚老
372/素描
　　——在政协甘肃省十届主席会议成员中

心有灵犀

381/《阳关》七岁
384/让革命传统传之久远
　　——读《血与火》
387/净化人的心灵的书
　　——读《沙都散记》
390/《花刺集》小序
392/探明走势　迈步向前
　　——读《90年代改革走势》
395/在现代我们怎样活人
　　——高志凌杂文集《活人要紧》序
398/《丝路诗词硬笔书法欣赏》序
401/呵，驼铃
　　——写给十五岁的《驼铃》
403/捧读《我与广播》
408/经济杂文
　　——读《世事杂说》
410/《雅兴清趣联语精华》序
413/温馨的礼物
　　——方慧《午夜温馨》序

416/热情、深情、真情
　　——序《今夜有阳光》
419/《流动的艺术》序
423/认真的诗
　　——读《散歌集》
425/真诚
　　——读《卡西莫多的眼睛》
428/笔谈《喧关》
429/持守
　　——写在《敦煌中波写真》
430/精神的寻梦
　　——读《给生命一个理由》
433/一路珍重
　　——写在《我从陇上走过》结集出版的时候
437/学习、实践、创新
　　——读《西部声画艺术探索》
441/《蜂蚕集》读记
443/《甘肃广播电影电视大事记》序言

447/声音：生存状态
　　——写给《都市调频开播八周年纪念》
448/让我们努力　让我们祝福
　　——写入《陇原回响》的题记
451/《生态电视论》给我们的启示
454/《职责与承诺》序言
458/好生珍惜
　　——读《情海轶事》
461/《广电墨华》小引
463/祝交广十岁
464/《甘肃省志·广播电影电视志》序
467/读《诺贝尔奖得主的趣味人生》
469/说《甘肃影视往事·电影篇》
471/《刘炘电视"三论"评论集》读记
474/《新闻岁月》读记
477/社会责任感和自己
　　——读《人生感言》
481/读《人民日报》之乐
483/爱梦想，也爱现实
　　——读汤永夫《梦回大地》
486/心绪后录
　　——《花雨伴君行》编后记
491/《良辰赋》编后随记
503/其乐融融的生活歌者
　　——《桑榆情》读感
507/读《永靖诗情》
509/读《也有风雨也有晴》
511/文化的追寻
　　——读《生杰书画选集》
513/读《素心若雪》
514/真实、善良和美好情感的抒写
　　——在西和县徐小英散文集《情满家园》研讨会上的发言
521/点燃激情
　　——读《大漠军魂》
523/苦口婆心的文化导引
　　——读《影视心灵维度的思考》
526/星光的诗
532/清风淡月自可珍
　　——读刘安邦诗集《清风淡月》

随　记

539/《心的音符》等七十则
552/后记

诗意行栖

西行瑣術

写在兰州

能不爱兰州？

水为肌兮山作骨，
质自刚兮情自柔。
楼似高林挽云霓，
路向八方播风流！
能不爱兰州？

我爱兰州！昔日兰州，概念离不开"西北偏远"，现在越来越多的人知道：这里航空四通，陆运八达，京津沪穗均可当日往返。而且，无论从东从西、从南从北，走到兰州，都其实刚刚到达中国陆地版图的几何中心！昔日兰州，概念离不开沙风苦旱不堪安居，现在越来越多的人知道：这里夏无酷暑，冬无凛寒。夏日晨夕清风正好拂去当午潦热，三伏之夜仍可一袭巾被高枕安睡，无须整日汗流浃背整夜空调扰眠！冬日一身轻软即可抛头露面，室内暖意融融更令通体舒泰，出门无须重裘厚皮包裹得身心俱僵，入室入被更无湿冷难耐！自春徂秋，虽非日日天清气爽，霁风朗月，可何尝有暴风、暴雨、暴雪、暴沙，偶尔有点风，有点雨，有点雪，有点沙，正好调剂过于平稳的日子！能不爱兰州？

我爱兰州！黄河之水天上来，进入兰州，气势未减，又平添许多从容

妩媚。国人多羡欧陆名城各各有名河增色，如今越来越多的人知道了：在中国，原来也有兰州这样一座城市，母亲黄河十分偏爱地依着它的窄长地形日夜抚爱穿流，滋润它的鲜活明丽。黄河，是兰州的冰肌玉骨，两岸景物原是它的锦装玉饰；黄河，是兰州的霓裳羽带，飘飘地托举起它的飞升遐想。兰州的太阳从黄河升起，兰州的恬梦枕着黄河。兰州的黄河！艳阳下金浪滚滚如龙跃，静月下银波粼粼似鱼翔；宽阔处，平潮明波尽映两岸鳞次栉比古阁新厦，狭险处，遥雷近鼓云腾雾溅令人激情陡生！年年岁岁，她养育着两岸浅浅兰蕙森森烟柳关关鸠鸟，又托起一河重舸轻舟飞筏，给她的子民多少抚慰和欢乐！能不爱兰州？

我爱兰州！北有白塔，南有五泉，真是天造地设，潇洒出尘。塔是灵塔，泉是神泉。拾阶走上白塔山、五泉山，阶阶有佳景，步步激心澜。春华灼灼，桃红梨白，满溢生命汁液的迎春和柳条摇曳着丝丝、簇簇如金嫩黄；夏荫浓碧，丰草绿缛，佳木葱茏，株株、行行、丛丛、片片古木新枝一同奏响沉郁磅礴的绿色和声；秋气澄明，满目苍青淡黄，紫色的浆果，殷红的枸杞，洁净的山石，淡淡的苔痕，一一鲜明地爽利于透明的风中；冬妆娇艳，红装素裹，静谧中浸润温馨恬美，空旷中弥漫诗情哲思。在这天赋、人植的林木中，丰赡、壮美的山景里，那有名的甘露、掬月、摸子、蒙、惠五泉，依山而涌，石护草偎，一眼一个美妙的故事。岁岁年年，灵塔、佛宫心香缭绕，佛乐悠悠，引得虔男信女纷至沓来求佛求心求因求果；四季更迭，神泉、净水永无枯涸，潺潺汨汨，洗涤着红尘世间焦躁心灵！能不爱兰州？

我爱兰州！赖有黄河，桥和水车成为兰州风景的两大重要元素。放眼长河，一座又一座大桥腾空而起！既然黄河流贯全城，那么，在这与城市等长的河上施展建筑的智慧与才情，就不仅是为人们提供交通之便，更是要为这城中河、河滨城进行审美的装扮。你看看，中山铁桥，新桥连续梁桥，雁滩拱桥，银滩和小西湖斜拉桥，中立悬索桥……造型各异，韵味百般，或如劲龙蟠伏，或如彩虹飞降，或凝重庄严，或简练潇洒。河在桥下奔泻，路在桥上延伸；人在桥上赏景，又成为远处赏桥人眼中的风景，生活流淌的画卷与建筑凝固的音乐相应相融，此情此景，是多么和谐的美啊！水车，则是黄河养育的兰州又一独特景观：一架架，或大或小，倾身黄河，

隆隆转动，水沫飞溅，"升降满农夫之用，低回随匠氏之程"，如风帆鼓荡在河面，如巨大的花轮喷散着芬芳，如日月在白色的薄雾中熠熠闪亮！它们是呼唤了滚滚河水来做动力，又掬起一捧捧河水洒向田野，洒向人们的心田……在交通高度发达、提灌技术高度发达的今天，桥也许越来越具有游览的意义，水车也越来越成为一种怀旧的表达，但试想，就以我们的努力，把兰州建成中国乃至世界的"桥梁博物馆""水车博览园"，这座水城一定会更加迷人！能不爱兰州？

我爱兰州！兰州，瓜果之城。由于交通的便利，流通的发达，市面上杧果、荔枝、木瓜、榴梿、紫提、布林、火龙果、红毛丹……琳琅满目的外国、外地瓜果任人选购，而尝过一轮新奇之后，兰州人钟情的还是本地的甜瓜蜜果：自仲春开始，先是草莓，嫩红欲滴地送来第一股清甜；接着是杏儿、桃儿，那白粉桃，以美艳和丰腴叫人惊喜、叫人贪婪、叫人汁液满口甜蜜通体，直至"不消生受"；然后是瓜了，各种甜瓜、西瓜，芳香甜美无比，特别是白兰瓜和它的代代新品，长在铺严卵石的瓜田里犹如满天繁星，熟后皮儿乳白，瓤儿蜜液盈盈绿得透明，吃时瓜汁不小心滴到地板上，直粘鞋！于是以瓜代水、以瓜代食，正好度暑消夏！甜够了，甜醉了，甜腻了，好了，籽瓜来了！这瓜，价值好像在那硕大黑亮的籽儿，煮啊炒啊确是休闲宠食，其实人们更爱它的瓤汁，挖一勺入口，水水的，淡淡的，凉凉的，像渐渐来临的秋天，让人好不爽快！冬天呢？冬天有冬天的享受啊——一碗碗热腾腾的炖冬果梨润人肺腑，而一碗碗冰碴乍消的软儿梨，别看黑不溜秋其貌不扬，轻轻拔去把儿，顺势撕开一个小口用嘴一吸，嗬！满口冰凉清甜的果浆让你一下感到日子都是清冽甘美的！能不爱兰州？

我爱兰州！很少有一种食物能够成为一个城市亮遍五湖四海乃至五洲四海的名片。牛肉面对于兰州是这样。牛肉面店满城皆是，"牛大碗"雕塑坐落广场，数千名牛肉面厨师亮相于几十个国家。这毫不奇怪，因为一个"牛大碗"，好像把兰州人热爱生活的信心、豪爽的性格、强健的体魄、素朴而不失精致的审美观念、旷达而不失敏感的味觉等，都盛在里面。香味四溢的清亮亮的牛肉汤，方方正正肥瘦相间的牛肉丁儿，青白色的萝卜片，红红的辣椒油，鲜绿的蒜苗、香菜，莹白透黄的或细如雨丝，或粗似木筷，或扁如韭叶，或宽似腰带，或四棱分明如荞麦粒的面条：就这样热气腾腾量足汤宽的一海碗,是兰州人每日不可或缺的豪迈的早餐!何须豪店华厅、帷桌雕椅,一碗在手,只要有个凳角可落座,或干脆到门外一蹲,呼呼啦啦,面净汤光——要的就是这个痛快!更没有人去登楼堂、进包间,要的是面一出锅汤一进碗,烫热烫热端过来立马狼吞虎咽——慢条斯理走上雅席或等服务生凑齐十碗八碗一托盘送进包间,汤由烫变温,面由韧变囊,五色虽在,香与味大减矣!还有,对于大多数人来说,其实加肉加菜亦属"泼烦"!大碗在前,岂遑旁顾,三下五除二,尽享"一清二白三红四绿五黄"足矣!之后,大碗一撂,油嘴一擦热汗一抹,腾腾腾,底气十足地去创造光阴了!能不爱兰州?

我爱兰州!从遥远的历史走来,兰州追踪岁月,钟情时尚。早在汉唐鼎盛时期,它就曾承接和延伸向世界开放的最初通道,迎来异国他邦的清新。还曾是重要权场,广集商贾,繁荣贸易。三十年前,当改革开放第一缕曙光升起,《丝路花雨》在新的春天将开放和友谊的呼唤传达给世界。这些年,对比国内甚至国外许多城市,常常有旅兰的朋友惊讶:"兰州的姑娘小伙穿戴很时髦啊!"抢风气之先的用品、食品、餐饮方式、休闲方式、会友方式、娱乐方式等等,在这里总是忽如一夜春风至,明朝满城开新花!著名的"京兰腔",则从语言的角度彰显出兰州人乐顺潮流、追求社会进步的情怀。兰州又传统根深,文脉不息。外面的世界很精彩,热爱家乡的"土著"苦苦坚守,几代从东方、南方前来建设西北的移民也将这里当故乡,选择为这片热土献了青春献子孙。物质主义的尘世很浮躁,重离子加速器在这里静静地擎举着科学的太阳。《读者》十载又十载以人性真、善、美的祈祷滋润一代又一代心田。需要在最宁静、执着的心田生长的诗、舞剧、交响乐等等艺术之花,在这里枝叶婆娑,绚烂多彩!能不爱兰州?

我爱兰州!它是共和国骄傲的记忆。当近代军工制造、机器织呢、水烟等等的背景已然淡去,在新中国最初的建设地图上,"兰州"是一个重重的标记。一项又一项事关国计的重点工程在这里奠基、建设,并无愧地承担起"共和国长子"的重托。"中国石油化学工业的摇篮""中国最大的石油机器制造中心""中国轻纺工业重要基地""包兰、兰新铁路枢纽"……成为兰州永不褪色的"老照片"。而当共和国踏入改革开放的壮丽历史进程,兰州青春再现,崭新的装备制造、石油化工、生物制药和中藏药工业基地，西部重要的交通通信枢纽和科技、信息、商贸、金融中心的形象，正靠着智慧、勤劳的兰州人不懈怠也不浮躁地策划、建设、装扮，年近一年、日近一日地呼之欲出。能不爱兰州？

我爱兰州！这是一片浸透人民血水和汗水的神圣土地，是燃烧着人民意志和期望的火热的土地！人民用血汗从荒野中开发了它，人民用血汗从黑暗中解放了它。它是劳动者的丰碑，每一座楼房、每一片灯火都记载着从古至今一代一代劳动者胼手胝足、竭诚尽智建设它的功劳。它是战士的丰碑，记载着从古至今的战士一次一次折下骨当武器与破坏人民安宁、和睦、幸福的敌人的战绩。翻开兰州的史册，人杰无数。细数今天，它像一片巨大的磁场，吸引着自己的优秀儿女在这里施展才华身手；它又像一位慷慨的母亲，用乳汁哺育了多少优秀人才到远方编织梦想。它还是一片福地，我们的三代老革命家们，都在这里留下了亲切的足迹；新时期以来共和国每一届最重要的政治家群体中，都有一两位有着多年作为兰州市民的历史……能不爱兰州？

　　春兰茂兮秋果稠，
　　越千载兮心未休。
　　九州千帆风正好，
　　劲筏一只争上游！
　　能不爱兰州？

2008.4

绿
——石佛沟写生

　　走进石佛沟，立即感到落入了绿。迷人的绿！仰望，"绿茵生昼静"；放眼，"松色带烟深"；止步，"坐看苍苔色，欲上人衣来"！

　　远山是一抹薄绿。云天是一片淡青。面前飞过的蜻蜓，震颤的翼翅是一片透明的浅绿。参天挺立的枝叶茂盛的杨树，在风里闪烁着一树树银绿。婆娑多姿的长藤和野葡萄，轻抖着枝枝橘绿色的细叶。羊肠小道两侧，烘托着繁星般红色、黄色和白色小花的，是一片杂草的碧绿。而满山满沟油松、云杉、柏树和青枫树，则是一堆堆乌云似的墨绿了。微风吹拂着，明亮的阳光照耀着，使这薄绿、淡青、浅绿、银绿、碧绿、墨绿赫然闪耀，一起摇摆，涌动，使人感到天地已绿成美丽而神奇的一片。

　　置身其中，你会感到这绿是固体。每一树、每一枝，都有着重量。连细小的叶子上，绿也沉甸甸地要坠下来。可你又会感到这绿是液体。山上山下，高低起伏，像江波，像海浪，滚动奔腾，涛声阵阵！你最逼真的感觉是：这绿，是气体！处处都是透明的，可又处处都有绿的气息，侵袭到你的脸上、身上来。从空中扑来的白桦和松树的气息，是清香的；从眼前涌来的灌木的气息，是甜丝丝的；从脚下蒸腾而来的草的气息，是土腥味的。这都是地地道道的绿的气息呵。它充满你的每一片肺叶，每一个细胞，使你熏熏欲醉似的，无限舒畅惬意，仿佛此时四周便只有一派磅礴的绿气，甚至连你自己也融化，升华，汇入这澄明的绿气之中……

　　走出石佛沟，我默默祝福：让生活像这大自然的绿一样清新鲜洁吧！

1987.3

永远丰登
——永登释义

　　县志记载：东晋十六国时期，"永登"成为县名，取"永远五谷丰登"之意。

　　骄傲的永登，千载之下，你"五业丰登"了：农业大县，工业强县，旅游热县，商贸流通的重镇，开发投资的热点！

从汉明长城遗存的厚重形象，从鲁土司衙门依山傍水严谨又恢宏的气势，读你的历史……

从薛家湾"吉卜赛村落"占卜人的神秘"绍句"，从苦水街高高跷热烈又细腻的表演，读你的风情……

从奇石险崖、雪瀑碧泉、青林绿草、憩鹿喧鸟的吐鲁沟，从重阁大殿、幽亭静寺、鼓楼画廊、林墙树海的青龙山，读你的美颜………

呵，永登，我陶醉于你的玫瑰，壮丽的玫瑰的海！紫红的玫瑰，粉红的玫瑰，雪白的玫瑰，流溢着光彩，浮动着芳香，在阳光和风里，在蝶群和蜂群里，一波一波，涌动在乌鞘岭下，庄浪河畔，涌动着风华和爱情……

我振奋于你的彩陶，那如同隆隆雷声的，是你的彩陶鼓，中国最早的打击乐器发出的轰鸣！千万面彩陶鼓，震响在崭新历史的劲锤下，轰轰隆隆，惊动天，惊动地，歌唱欢乐，歌唱追求……

我惊叹于那项在你的土地上筑起"陇上都江堰"、开通人造银河的宏业。渠长是"引滦入津"渠长的3.7倍；隧洞群比红旗渠隧洞群长79公里；隧洞所经山区地质复杂多变堪称"世界地质博物馆"——"引大入秦"之水，就这样，闪金披银，呼风唤雷，喷涌而出，滔滔而来，冲去那片叫秦王川的百万亩盆地的干枯和贫瘠，浇灌出绿色、丰稔，浇灌出人们的笑脸和生长新的城市、生长现代化高地的伟丽蓝图……

我欣喜于你高原夏菜的茂盛，水中人参虹鳟鱼的妩媚，踌躇满志的鸵鸟与轻巧机灵的梅花鹿的生动，更欣喜于冶金谷滚滚的碳化硅、水泥、铝、石膏、铁合金和电的激流涌击着强劲的节奏去为你浇铸富足，中川机场日夜放飞闪光的翼翅将你的子民的渴望送向远方……

永登，我还从记忆中的俞延秀，记忆中的你这自行车之乡雄健的车队，看到你银辐闪闪，飞轮疾驰，争先恐后，排山倒海，在这拼搏竞争的世界，挥汗如雨争当冠军……

永登，永远向更美更富更加幸福攀登吧！

1996.3.23　初稿

吐鲁沟随笔

树

　　这里的树真多！看着遍山满谷郁郁苍苍、流芳溢彩的桦树、枫树、松柏和许许多多不知名的灌木，我的心里不由得涌出一股振奋之情：多么壮美呵，哗哗的绿浪，滚滚的碧云，熊熊的翠焰！

　　……然而，不知怎的，却也就在这一刹那，我想起了八九年前在古阳关外所见的塔克拉玛干那没有一缕绿影的黄沙。那时正是正午，在暴烈的日光下，那一片黄沙闪闪发光，似乎在每一分钟都可能燃烧起来。面对那无际的黄色，我真想化为一株树——哪怕是一棵小草，为那赤裸的焦灼的大地献出一星绿意、一抹凉荫！是啊，大地上的树还是太少太少了，更何况它还常常遭到厄运——我又想起了报纸曾经揭露的不少原始森林常常被乱砍滥伐的令人痛心的悲剧！面对树林，情思并非只是振奋呵！

　　但是，此刻我看到的是人们对树的热爱。且不要说孩子们，不怕树棵子划破小胳臂，在树丛中钻进钻出，耍闹嬉戏；单看"大人"们吧，也都惊喜地饱览山光树影，望着四周的丛林，舒展双臂贪婪地吮吸着新鲜的湿润的空气，依偎着树木如同依偎着母亲的胸怀——当年，正是森林，作为人类的襁褓，赋予了人类智慧；今天，它为人类的更加健康、更加美好而贡献着自己的一切呢！

　　漫步在这回黄转绿的山谷里，两山层层叠叠的林木，再加上满壁的青苔野藤，越过一屏又一屏，让人一次又一次地体味着"山重水复疑无路，柳暗花明又一村"的境界。树，是多么启人遐思呵！我走着，一个意念在心头闪现。我自语道：

　　世界，终将是绿色的世界！

1985.8

灯杆石

  在树、草、花、河的令人心旷神怡的彩流里，在一片温暖、潮湿的气息里，它使人陡然惊醒：灯杆石，好一柱壁立的奇岩！它通体红褐，如削，如斫。也许是由于周围的山、树景物的衬托，它才显得那么峭峻；也许是为了突破重峦浓荫，看得更远一些，它才从这深深的谷底一股劲儿耸起身子，崛立得那么巍峨。总之，它真是太高了，高得成了一根插入云天之中的灯杆。于是，它幸福地沐浴到湛蓝的、透明的晴光，而且为群峰白天挂一轮金日，夜晚悬一枚银月。仰望着它，似觉周围万物都沐浴着大辉光，一种庄严肃穆之感渗透心灵。我突然理解古人为什么有"高山仰止"的诗句了。

1985.8

五彩缤纷的透明
——榆中扫描

  榆中，据《汉书》记载，因纷乱的征战攻守而"累石为城，树榆为塞"的所在，今天，你奉献出的世界五彩缤纷又祥和透明。

  看呵，撒欢的孔雀开屏迎客，展翅的海鸥、天鹅像几点音符飞旋向遐想的蓝天，活泼泼的鲤鱼托起连年有余的祈望，戏珠的巨龙激起腾飞的豪情，艳丽的荷花仙子在凌波起舞，妩媚的伎乐天在反弹琵琶，敦煌彩塑有了体温，复活的小哪吒发出嘻嘻的笑声，英雄的女排队员飞身托起我们民族的志气，巍峨的长城矗起我们祖国的精神……

  赤、橙、黄、绿、青、蓝、紫，一齐闪烁、发光，好个扑朔迷离的世界！天上人间，今古奇观，一齐涌动、闪现，令人眼花缭乱的世界！然而，这世界决不浑浊，不混乱，这是水晶的世界，是玛瑙的世界，是冰与雪、

光与色、智与力结晶、升华的世界,它冰清玉洁,晶莹透明!

哦,榆中,我要说,这石门冰灯会的美的世界,就是你今日心灵与形象的写生,你的子民的心灵与形象的写生——美妙、动感、纯净又热烈,在苦旱和曾经的贫瘠中振作踊跃,乐呵呵地描绘你的双垄玉米、高原夏菜和牛羊猪的产业,描绘你的青城古镇和牡丹园,描绘你的兴隆山和马啣山的秀色……

1987.12.29 初稿

白兰瓜,像洁白的月亮
——皋兰一瞥

白昼,滚圆的白兰瓜,看去像洁白的月亮。一千个、一万个洁白的月亮,闪烁在乌绿的瓜田,像闪烁在深邃的夜空……

夜晚,燃亮的风灯,看去像金黄的星斗。一百颗、一千颗金黄的星斗,忽闪在座座笑语声声的瓜棚,点燃出温暖、甜美的气氛……

呵,皋兰,你是一片光芒,白昼夜晚,如烟如水,弥漫流荡,在祖国的星海。

只只草帽下,瓜农额上的明亮的汗滴向世界昭示:光,来自劳动者——这养育万物的太阳!

1987.3

嘉峪关：一枚纽扣

纽 扣

很难惊羡于你的雄峻了——站在钢城一座又一座崭新的高楼上遥瞰，从远方伸延来的古长城，如一条细细的衣缝，而你——嘉峪关城楼，则像一枚淡黄色的纽扣！

自然不是一枚普通的纽扣。你是历史铸成的，维系着往昔征人戎马倥偬中的悲怆祈叹和游子出入关塞的别绪依依……

然而在历史的记忆里，你却连一枚纽扣都不如。你何曾抵住了战乱的嚣尘、鸣镝，呵护住一方安宁祥和？何曾抵住了刀风箭雪，庇护了塞外大漠冬夜颤抖的躯体？……

哦，也许今天你依然起不到纽扣的作用：

——城市的胸襟敞开着，一任钢铁巨人健硕又灵活地变形金刚般成长再成长；一任工业园芳草萋萋般丛生新的财富；一任蓝图叠加设计并落成着优质钢铁基地、不锈钢和铝产业深加工基地、新能源产业示范基地、优质葡萄酒酿造基地、华夏文明保护传承和创新发展示范基地、绿色生态循环示范基地、丝绸之路黄金段重要节点城市、戈壁冰川国际旅游目的地；一任汹涌的绿色后浪催前浪涨潮般扩张、古老的河流与新辟的湖泊用澄碧洗染原本干涸枯黄的天地山野；一任温馨和欢笑在新迁房舍、新建校舍、

新的广场剧院、博物馆、展览馆、旅游景区和孔雀苑、方特乐园绽放……

——古老的丝绸之路,在新时代季候的漂洗中重焕新彩,一任高速公路、高铁和航空、航天风驰电掣;一任外交、商贾、文人墨客和挤挤挨挨的旅人日夜兼程;一任风和太阳无疆界地吹动、照耀,拂动和温暖着关内关外、域内域外共同的爱和对梦境的追寻……

呵,嘉峪关,如今你更像一枚纪念徽章,戴在中国大西北的胸前,戴在万里长城和丝绸之路的交汇点,以淡黄色的闪闪的光亮,吸引人们前来探寻你所亲历的历史和今天……

1984.8　初稿

花的世界
——酒泉钢铁公司一瞥

似乎闻到了浓郁的芳香,点点灯火像遍野金黄金黄的雏菊。

似乎来到了月下的花丛,空中交错的管线,为厂路投下一行又一行枝影……

座座熔炉,飘散着簇簇花瓣:耀目的红杏、发亮的白菊、闪光的紫莲……个个炉膛,是牡丹、山茶和美人蕉的天地,火红,美艳,轰轰烈烈,竞相怒放!

当奔流铁水的呼喊如春鸟欢鸣,一千道桃花水奔泻而下,溅起点点飞红,又有多少心花和欢喜的泪花在蓝色的眼镜后面,在宽阔的胸膛里开放啊!

呵,钢铁的队伍,有如花的理想……

1981.2

酒　泉

酒之泉

　　清明，澄碧，水泡如晶，水花似雪。呵，迷人的酒之泉！泉水涌处，是一只用五彩玉石雕琢的巨大酒杯：这是有心的能工巧匠的手艺，石杯的底儿正好对着泉眼，于是，这股从地下汩汩涌出、无休止地汩汩涌出的清泉，便成为一樽献给游人们的永远溢流着的美酒了。站在这造型逼真的酒樽之前，望着这清洌的泉水，我似乎真的闻到了诱人的酒香……

　　呵，比美酒更诱人的，是那一个又一个古老的传说——千百年来，这里，有多少美妙的传说呀！东汉应劭《地理风俗记》说："酒泉郡，其水若酒，故曰酒泉。"唐代颜师古《汉书注》说："旧俗传云：城下有金泉，泉味如酒。"而这里的群众最爱传布的故事却是：西汉时候，骠骑将军霍去病奉命率兵抗击匈奴，打了胜仗，开辟了河西之地。汉武帝赐酒为他庆功。深爱将士的霍去病认为功在全军，而人多酒少，不足分配，于是他将酒注入泉内，泉水登时酒味芬芳，骠骑将军遂与众将士取而共饮。从此，这眼泉便有了"酒泉"这香气馥郁，诗意浓郁，又引人神往的名字了。回味传说，吟味美名，不禁想到，功在集体、敬众爱民的思想，原是千百年来人们久望发表的心曲呵！眼前的"酒泉"，不正是这心曲巧妙酿成的吗？俯身掬一捧泉水灌入口中，一股清香之气——世世代代人们的心愿凝成的清香

之气,立刻充溢胸中!

人的意愿注入了清泉,人的力量又美化了清泉。抚览史册,人们看到了一百四十年前那位在此修建亭台楼阁,并使这里成为中国人自建的最早的公园的左公宗棠,看到了那位着意整修泉、池、湖、亭的民国军人杨德亮,更看到了那些在近几十年里更加精心爱护着这眼"酒泉"、爱护这泉水汇成的"半亩澄潭,一汪绀绿",爱护这供人们游玩休憩的公园的酒泉这片土地的子民们。他们挥汗修葺丰富着这里的泉光湖色、雕梁画栋、大道曲径、繁花秀木,又把这美向四围扩延,一年年在家乡种植希望,建设理想。曾经有过的泉眼"失明"、亭榭损毁、"败苇腐枹,枯杨零落",成了岁月长河里一抹永逝不返的浊影,而人的力量毕竟一次又一次地胜利了,他们一次又一次地赢得了审美和游览休憩的权利。

今天,站在镌刻着"西汉胜迹"的石碑前,看呵:远,弥望的是皑皑祁连、茵茵绿洲,是世界瞩目的卫星发射中心,是气势恢宏的核、油和风电、光电的产业基地,是小麦、蚕豆、玉米、葡萄、蜜瓜、洋葱和啤酒花都仿佛经历整容换装的现代化农业示范园,是鳞次栉比的楼厦社区、广场、博物馆、图书馆、植物园、北大河生态景观、汉唐文化新区……近,入目的是亭楼峙立,桥廊相连,湖水平明,彩舟相逐,入耳的是笑的絮语,爱的甜歌。而这一切都映衬着她——蒙络荫翳的绿树下、流金溢红的花丛中、水泄不通的人群紧围中的酒泉。

酒泉,清明,澄碧,它捧着洁白美丽的水花,散发着快人肺腑的芳香,汩汩地涌向每个游人的心田……

1979.2 初稿

夜光杯
—— 酒泉工艺美术厂抒感

这里,是诗的花园。扬芬吐馥的奇花异卉,昂首天外的"戈壁之舟",

近之欲飞的黄莺紫燕，呼之欲来的仙翁神姝，嘶声阵阵的"八马"，紫光闪闪的"炉瓶"……这一件件巧夺天工的玉雕石刻，每一件，都是一首魅力无穷的诗，引人赞叹，吟味，遐想……而其中最妙的"诗"，是它——名扬四海的夜光杯！

当我捧起一只只质地精细、杯壁薄如透明蛋壳、异常光滑轻巧的宝杯，观赏着它们或为中式喇叭，或为西式高脚，或为齐口平底，或为雕花镂边的美容，观赏着它们或似"欲滴翡翠"，或似"鹅黄羽绒"，或似"藕满池塘"，或似"脆金醉玉"，或似"天容海色"的异彩，我深深感到，夜光杯这首"诗"，是多么优美！

当我知道，这玉琢的酒杯，相传西周时已有生产，周穆王时西域就曾献"夜光常满杯"，倾酒入杯，对月映照，色呈雪白，反光发亮；那为这宝杯增添无限韵味的《凉州词》："葡萄美酒夜光杯，欲饮琵琶马上催……"曾使多少读者对古来征战感慨万千，而对夜光名杯心向往之！听史吟诗，思绪的飞轮回到那丝绸古道商旅络绎、酒歌酬答的年月，回到那边塞远关戎马倥偬、举杯壮行的年月……我深深感到，夜光杯这首"诗"展现在我们面前的境界，比一部历史教科书更加生动深沉！

当我知道，这用祁连山中的老山玉、新山玉、河流玉等玉石雕琢而成的石杯，酷热不怕、严寒敢抗、冷热骤变不炸裂，遇到污垢不沾染；而就是这不避炎凉的小小石花，在过往时代的风雨里，几经"凋零殆尽"，几乎"绝继失传"，而在春风丽日里，它才得以绝处逢生、喜添新彩，甚至连它的生产工艺也一改两千年的旧观，而代之以机械化、半机械化的新貌，我深深感到：夜光杯这首"诗"，比一堂课更加深刻服人……

我看到，来自五湖四海的记者们，在这琢制宝杯的车间热情采访；白发学者、金发女郎纷纷怀着渴盼的心情抢购玉杯，购到之后，捧在手里细细端详，喜赞之色溢于眉宇！于是，我似乎看见这酒杯已出现在异国欢乐的宴席上，它斟满友谊，熠熠生辉……我深深感到了夜光杯这首"诗"，是多么深长隽永！……

呵，酒泉工艺美术厂，你，诗的花园！夜光杯，你，最美的诗！是人民的汗水，是艺术家的汗水灌溉着你，结晶出你；是人民的巧手，是艺术家的巧手，培植了你，创造出你。于是，你日日夜夜在诗园里高唱着人民的心声……

1979.2

写在玉门

认定你是我的故乡

我认定你是我的故乡,玉门呵!

你是摇篮。石油河漂着油花的清流,漂载过我的欢乐;街心公园一丛丛翠绿的藏着小蚱蜢的茂茂草,藏着我一丛丛茂密的乐趣;市郊戈壁上的片片卵石,是我紫色的牵牛花,黄色的迎春花,眨眼的小星星和溜滑的小鱼;白杨河那小小的村落,送给我一树酸得牙打战的青杏和满足;即使你的风,那春秋刮不完的黄风,在我的心目里,都是一支美妙的手风琴曲……呵,玉门,你是摇篮,哺育了我儿时的天真。

你是森林。现代化观念最先飘香的城市,处处茁长知识。忘不了三台小学那位热情的语文老师,竟来到家里,向十一岁的我推荐鲁迅、巴金和刘大杰。忘不了玉门一中那热诚的园丁群,那位即将调走的年轻女老师,曾赠我心爱的诗集;那一位又一位语文老师,给过我多少热情的鼓励;体育老师原谅过我的笨拙;数理化老师用科学的逻辑训练过我的思维。忘不了一中那使我目乱心迷的图书室和文化宫那使我不愿离去的借书处,是它们引诱我向知识插下深深的吸管。高高的钻台把我的追求托起,火车南站远去的车笛声,把我的希望引向远方……玉门,我不知道世界有多大,只感到你为我提供的知识之林的茂密与幽深。像森林唤醒类人猿的意识,你

摇醒了我的智慧!

你是阳光,曝晒我的心灵。"老油矿"将西河坝窑洞作为最初的一页教科书,赠给我们;石油沟一身油衣的石油大哥带我们开挖管沟,也探掘人生。最难忘戴家滩上那贫穷又热情的小村:那对着名单声声呼唤,真心地把我们欢迎进村的老支书;那勒紧自己的裤带,今天为我们送一碗菠菜饺子,明天给我们塞一块白面锅盔的大娘大嫂;那白杨树下怏怏地预言"你迟早要回城去"的农家姑娘;那同歌哭,共食宿,在最火红的年华却面对无数最冷峻的课题的知识青年们;那一群满身泥污却有着最美好的心灵的小学生……忘不了被招进城后的第一个工作单位:石油工人影院。每一位老师傅的音容笑貌,甚至每一支写海报的排笔,剧场每一条尼龙的窗帘拉绳,还都在眼前闪动。忘不了"祁连别墅"内同志间的欢声笑语,更忘不了那一夜明亮的灯光,党在这里接受了一个新兵……理想呼唤我,风里雪里执着地跋涉,而玉门,你是阳光,曝晒了我的心灵,让它去适应毕生的长征!……

呵,玉门,忘不了的玉门!当我离开了你,我才真正知道,我这个履历表上籍贯是另一地方的人,爱你爱得是那样深……

1981.6

玉门第一井

石油河畔,贪读一树鸽灰色的豪迈。

历史记着:第一井。第一个把憧憬付诸现实,第一个隆隆打破习惯似的死寂,第一个宣告连貌似灰褐色驼皮的穷戈壁也值得尊重和探询,第一个冲破历史的岩封石锁千重门户去造访陌生的地宫,第一个颤抖着感知被埋藏的能源那活生生的、耸动起伏的呼吸,第一个引导和欢呼激流初喷!

当褐色的闪光的原油哗哗喷涌的时候,那些创造了"第一"业绩的人

们，热泪也一定在哗哗喷涌呵……

呵，第一！第一是标新立异，惊世骇俗，是摒弃安分选择风险；第一总是陷落于艰险的包围，无边无际地感受压力，是世间全部酸甜苦辣的盛宴。没有追求就没有第一。没有哲思与爱情就没有第一。没有牺牲就没有第一……

而当第二、第三、第一百、第一千蔚然成林，风起云涌，第一却永远沉落丛中，俏不争春，倒甘心一天天地迎接冷落与遗忘，似乎存在只是为显示幼稚与粗陋……

这就是第一！

手抚第一井的铁架，那冰凉凉的触觉，冰凉凉的意味，像清流冲涤着我心上哪怕是一丝的虚骄与懦弱……

1988.6

玉门普通话

多么奇特的现象，在四面乡音中，你满城流荡的是普通话，独特的"玉门普通话"——从你成为祖国第一个石油城的时候，玉门呵！

有河西走廊土语那滴着浓重泥土气息的淳朴，有标准的普通话那春风丽日般明快而华美的光泽，有支一下便能敲响长白山和武夷山、胶州湾和青海湖的心灵的深情的旋律，呵，"玉门普通话"！

像一个神奇的湖泊，它广纳万汇。无论你来自哪里，是来自河西乡间，还是天南海北；无论带来的是水面小舟般轻捷优美的京腔，还是清晨枝头百鸟鸣啭般清脆悦耳的沪韵；是蕉叶上滚动的露珠般柔美的粤语，还是泸州老窖般浓烈的川调，它都吸引，融汇，化为浩渺一湖。然而它不是浑浊的混合汁液，在这神奇的湖底，玉门人以责任的滤器，将它净化，净化为"玉门普通话"。

于是，每个玉门人都获得了新的语音，杂质被沉淀、隔膜被荡涤、生疏被洗净的新的语音。从钻台上到炼塔下，从车间里到公共汽车上，甚至到文工团演戏的舞台，它流荡，和汗水一起，灌溉一支支为理想而绽放的胜利之花，文明之花。而在小学和中学，在学徒班，在一代新玉门那里，它成了最亲切的共用的乡音！它跟着我们，飘向祖国每一个新的油田，飘向八方四面，让每个在玉门生活过的人听见了激动得流泪，让祖国各地的同志、朋友感受到没有隔阂的心灵的共鸣，激起他们以亲人的感情与玉门人共同创造明天……

哦，不要用语言学的什么规律去解释了，我要说，"玉门普通话"，这也是一种"玉门风格"呵！

玉门人，就这样很早很早，用这种把整个祖国作为自己乡土的风格，表达着对于现代和未来的真诚的向往……

1983.8 临泽

站在地质学家的纪念碑前

是你拥有充足的现代化能源，因而跑得特别快吗——从那么早、那么早，你就是知识和知识分子的知心人，玉门石油城呵！

你懂得知识是真理的武器，是焚毁乌云的枪炮，知识永远向着前进的阶级；你懂得知识是明亮的检波器，是万能的钻头，是分离器和蒸馏塔。没有知识，便没有你，知识为你奠基……

于是，当你在阳光里站起来，尽情地为祖国喷吐美丽的、褐色的激情的时候，你立即以同样的激情，为祖国的儿子、知识的化身奠基，你为知识分子树碑立传！树在人们最注目的地方，立在你的心上！

而他是不愿意这样显露自己的呀，他知道，书房里的晨昏潜心研读，驼背上的迎风冒沙，祁连雪山、戈壁荒滩上的焦灼和狂喜，倘若没有祖国

和油城的新生，便只能酿成一杯浇愁的苦酒……

你为知识分子树碑立传，于是，知识便在你的四处生根、放光。从文化宫的图书馆到钻井工的宿舍，从职工大学的课堂到地震队探测的现场，路是知识铺的。《石油地质学》摊开在新矿长的饭盒上，炼油工学徒的呓语溢出高等数学公式，采油姑娘在雪窝里移动的双脚踩着英语歌曲，车间党支书抹着脖颈的汗攀登《现代管理学》，八岁的油娃在《石油工人报》上发表《我的理想》的作文……呵，知识正造就你新的孙健初，造就科学的精神，造就希望……

哦，我知道，那大庆人每打一口井都要取全取准二十项资料和七十二个数据的执着，那祖国一个个新油田上不折不挠的追求和胜利，都是从这里发源……

孙健初的纪念碑，高耸在你的街心。石油城，我看见，这高高耸立的，是工人阶级光彩灼灼的、无与伦比的远见卓识！

1983.8　临泽

左公柳

在你的面前，我久久地伫立。心中似有隐隐的、绿色的涛声。

苍青的、极粗糙的树干，早已被岁月的雕刀刻出深深的裂口，被暴虐的风沙鞭挞得遍体鳞伤，凸起的、暴露于地面的粗壮的树根，如铜、如石。呵！左公柳，你老了，像传说一样古老了。

像那左宗棠公修筑甘新驿运大道，命令筑路军队沿途栽植"道柳"的史迹一样古老了；

像左公在大庭广众之下将啃树毛驴斩首以警告毁林之驴和驴主的故事一样古老了；

像左公的朋友称赞他"新栽杨柳三千里，引得春风度玉关"的诗句一样古老了……

然而,你依然充溢生机,在后代文人的诗文里,在受到你浓荫庇护的乡民和行人的口中,在此刻伫立于你面前的我的眼里:你每根枝条里都流动着暗绿色的汁液,每个叶片都在风尘中显露青葱,它们组成一片绿色的云影,抚慰焦灼的戈壁,又像一片绿色的花朵,在空间播散芬芳的清气,还像一片绿色的阳光,让行人眼亮……

在你的面前,我久久地伫立。心中似有隐隐的、绿色的涛声。

做一点有益于我们的天地家园的事,做一点有益于百姓、人类生存、生活的事,哪怕只是栽一棵树,人们也会让它在自己的心上扎根,长久地、长久地活着。

1985.2

回玉门

一

我真的几乎认不出你来了,玉门啊。

虽然还是"出酒泉郡",又出嘉峪关;虽然还是像一片黛色的云,高高地挂在祁连雪峰腰间,但是,当进入你的市区,一条由当年狭长的双马路扩修而成的坦荡宽阔的柏油马路,却引我驶进全新的视野:满眼辉煌,满眼鲜亮。新崭崭的办公楼群,新崭崭的住宅楼群,新崭崭的教学楼群,新的百货大楼,新的宾馆和饭店,我熟悉的低矮、简陋的房屋一时难以寻觅了。鳞次栉比的新的建筑物如山峦逶迤连绵,雪白、米黄、淡青、深紫等五颜六色的墙壁和日光下光亮亮的门窗,似山花,如彩霞,叫人眼花缭乱!油城公园,已被着意装点,这以前只有几行白杨树和芨芨墩的小树林,现在竟飘荡着孩子们挥桨划船的歌声!更为新奇的是,虽然草木依然像从前那样直至这初夏才刚刚吐出绿叶,而满街的行人,却都已是轻薄明艳的夏

装,仿佛塞外五月乍暖还寒的风已不足以向今日浑身喷发热量的人们显示威力,我那"六一"节在白衬衣内套小棉袄的记忆已成为名副其实的记忆了。

仅只八年,我所熟悉的衣衫简陋的老油城不见了。一个容光焕发、巍峨雄美的新玉门已经崛起。

二

不,我不会认不出你,就像游子走得再远,离别得再久,也不会忘记母亲,我的玉门啊!

你好,流星月淌霞霓的石油河!在你两岸溜滑的岩石上,在你两岸山间开满野桃花的小路上,闪烁过儿时我和小伙伴们旖旎的梦幻;在你的西河坝,在那满贮旧社会穷油工的血与泪的窑洞前,回响过我们的誓言;你岸边芬芳的采油树,绽放过我和小伙伴们滴露的憧憬。你好,一中,我的母校!让我以你的一名六六届高中毕业生的资格,先上"文革"大学,接着插队上"农业大学",继而被招录回城上"社会大学",而终于获准毕业于广播电视大学的二十年中,哪天也没有忘记过你的厚爱:你所给予我的丰美的知识乳汁,让我时时感到力量。你好,石油工人影院!你好,"祁连别墅"!你们伴随我度过回城走上工作岗位后的最初岁月,你们的每扇门、每扇窗户,都像仍在审视我是否忠于职守、报效人民……

哦,玉门,我的身心留着你的温热和爱情,我怎能认不出你?

三

紧紧握着你们的手,我的老领导,我的激动你们感觉到了吗?

那一年春天,那一个如水月华和室内的灯光相映的夜晚,我聆听着你们对一个正在被讨论入党的青年的深情话语:"我们是看着你长大的,也要看着你继续成长,在人民的事业里成长……"

今天,我又恭敬地站在了你们的面前,承受你们慈爱又严峻的目光。我知道,你们是在审视,看自己亲手拉扯起的后辈人,是否在继续成

长——身板可成长得更硬实？目光可成长得更成熟？我知道，虽然自己已人届中年，在父兄眼里，却依然是孩子——哦，在我们永远年轻的瑰丽事业面前，有哪个战士能妄自称"老"呢？看你们，虽然或年已半百，或已退居二线，大都已霜洒两鬓，可奕奕神采，炯炯目光，不分明在表明"踏遍青山人未老"吗？我握着你们的大手，感到在你们的血脉里，永远激急的热血在奔腾！

我于是迅疾地检讨起，在辞别油城之后的日子里，可像你们期望的那样，在党的队伍的大森林坚强地成长，可还配称为你们的子弟，心灵未生一条皱纹？

四

干了这一杯吧，我的老师们，我向你们敬上一杯酒！

告别明山秀水，与数以万计的石油大军一样，你们都是从五湖四海，来到这遥远的戈壁油城，为了一个绿遍天涯的理想。于是你们将生命中最美丽的岁月酿成种子，在一代新玉门的心田耕耘、撒播。我和同学们真爱你们，爱你们的慧目，爱你们的慈心，崇拜你们的知识，乃至讲课时南腔北调的方言和每个姿态、手势！哦，我还记得看到一位老师借给我的书籍上那密密的圈点后，连夜写下自己的苦读计划的情景；我好像还能感受到在课堂上听老师讲评自己作文时的羞涩和不安；我更不能忘记，在那动乱的日子，师生被分离开了，人间不灭的正直和同情、挚爱，却很快使咱们不分师生也不分派别地互相贴紧了心……

真的，你们所给予的知识和爱的光明、温暖，至今还在我心中闪耀、弥漫。它会永远闪耀和弥漫的，像石油城那金子般的沙枣花和它的芬芳。我告诉自己的孩子，人生第一盏灯的灯丝，是老师的心搓成的。

五

让我们再合一次影，以玉门的昨天与今天作背景，我的老同学们。

真奇怪，同学相见，下巴的胡茬、眼角的鱼尾纹、早生的华发便一齐

消失，似乎你、他、她，都重返了同学少年的想当年。话逢同学千句少，从停止高考复习，到"大串联"，到接受"再教育"腰扎草绳二更套车送肥，到招工进城赶紧恋爱赶紧结婚赶紧生小孩，到参加恢复了的高考上本科上专科上夜大上电大取二十年前就应取得的文凭……真可称得"峥嵘岁月稠"！哦，不"峥嵘"的是咱们这群当年的"五分加绵羊"的共同性格：老实得在当今几乎可称"无用"，因为不屑学一点蝇营狗苟；对于给予极易满足近于小生产者的"安贫乐道"；也下决心活得畅快些却忙于供奉老辅导小没钱喝啤酒抽烟没工夫打麻将；也发牢骚"何必太认真！"可上手的工作不干好总不忍心传给下道工序……这是我们这代人的真实，不管小弟妹和孩子们怎样看不惯，不理解。

哦，这玉门的土地，印满我们的足迹，从稚嫩的小脚丫，到成人的胝足。它们在证明着也解释着我们这代人的真实，我们因此更爱玉门……

六

再见，玉门！我真想在你的每条街道再走一走——还有那每一道楼梯和每一条山路；我真想把你的每片石子都再摸一摸——还有那每棵小草和每片云朵；我更想和每一个同龄的与不同龄的、熟识的与不熟识的、还在这里的与已经调离的玉门人倾心畅谈、再畅谈……

只要认定自己玉门人的身份，咱们就有共同语言，谈老君庙的第一口油井，谈王进喜，谈"玉门风格"，谈晨曦般令人振奋的新的高产油流，谈咱们共同熟识的前辈和朋友，谈我们各自在玉门这片土地上的生长、生活和悲欢离合，谈我们为这片土地做出的贡献和与之俱来的友情，谈怎样才无愧于"玉门人"的称号……

是的，我们最终都会从生活中消失，而玉门还会活着，在我们的共同理想里活着，和祖国一样长久地活着，哺育一代又一代玉门人。

早晨，有迷人的日出；夜晚，有繁花般的灯火。母亲玉门啊，你永远年轻、美丽！

1988.6.10

敦煌：你的魅力，正像你的名字

走近你，就是走近魅惑

走近你，就是走近魅惑……

敦煌，神奇的土地！你的县志解释"敦煌"二字说："敦，大也；煌，盛也。"你的魅力，巨大而又鼎盛呢。

你的山，是魅力无穷的山。在你的城南，在一派沙原沙丘所造成的重复明暗、朦胧缥缈的氛围里，屹立着高高的鸣沙山。这是纯然由绵细的沙子组成的山，红色沙、白色沙、绿色沙、黄色沙、黑色沙，没有冻凝，没有板结，没有粘连，就那么自由而又一致、独立而又统一地堆积着，堆积成一个奇迹，永不散落、永不塌垮、永不崩溃的奇迹。每天，无数游人一步一个沙窝地爬上山顶，又一人一个沙窝地嬉笑着滑到山脚。可是一夜过去，借着特定环境里奇特的风力，滑落的沙粒又都旋升如旧，沙山还是那样巍峨，明净，棱角分明！更有趣的是，这山还会唱歌呢！当游人从山顶下滑时，它的歌声如隐隐轮声；而每当天气晴朗，它则动情地自鸣起来，时如雷隐隐，时如风萧萧，时如弦轻轻，时如琴铮铮。山头那轻扬的缕缕沙烟，恰像袅袅的余音……

你的水，是魅力无穷的水。那城外滚滚北流的党水，在传说里原是一位玉女娘子，红唇，乌发，年轻美貌，春日乘白马从南山而下，"吐苍海，泛洪津，驾云辇，衣霓裙"，"喷骊珠而水涨，行金带如飞鳞"。鸣沙山下的月牙泉，更是一眼神泉。它碧波粼粼，像一弯闪闪的月牙，亮在一片荒沙中。泉边有碧绿的七星草，水中有嬉游的铁背鱼。而且，据说泉边还常常有矫健雄峻的天马出没。西汉时，一个来此屯垦的叫暴利长的，发现了天马，惊喜异常，决心要捉一匹。聪明的暴利长，依照自己的样子在泉边塑起了一个泥人，还让泥人手里举着一根勒绊。天马第一次见这泥人，吓得倏地逃得无影无踪。但第二次、第三次……天马渐渐发现泥人对自己并没有威胁，也就放松了警惕，后来，还调皮地靠着泥人站一站，碰一碰勒绊。暴利长看到时机成熟了，一天就趁天马回山的时候，搬去了泥人，自己站在泥人原来的位置，手里举着勒绊。待到一匹天马又来饮水时，他出其不意突然甩出勒绊，终于将天马捉住了！……泉水荡漾着美丽的传说，灵动皎洁，奇光闪烁……

你最富有魅力的，当然是莫高窟。这个闻名中外的艺术圣殿，坐落在你城东南二十五公里的三危山上。沿着高高的砾岩峭壁，从南到北，七百三十五（主区四百九十二）个洞窟，层层叠叠排列成一千六百米的长阵，真是气势恢宏。在这些宝窟里，存有从四世纪到十四世纪一千多年间的面积约四点五万平方米的壁画，两千余身塑像，多座木构窟檐。那个于上世纪初发现的著名的藏经洞，则更珍藏有从魏至宋六百多年间的各种写经、文书、帛画等近六万种文物。所有这一切，使这座茫茫沙海中神话般崛起的石窟成为世上少有的艺术文化博物馆。印度文化、希腊文化、波斯文化、中亚文化与中华文化在这里交融，古代儒、佛、道、摩尼、景、祆等宗教之精华在这里荟萃，古代汉、藏、梵、回鹘、于阗、粟特、西夏、吐火罗等语言文字在这里交流，地方官吏、戍边将士、商贾大户、寺院僧侣、庶民百姓在这里以供养人的身份絮语虔诚与企冀……走进这座博物馆，人们恍如跨进了长长的历史列车。这是敦煌的历史，甘肃的历史，西北的历史，中国的历史；是政治的历史，经济的历史，文化的历史，中外交流的历史；是有声有色，有血有泪，有体温脉搏，有沉思遐想的历史！走进这座博物馆，人们又似乎置身于一个现实的世界，听得见那鼓乐金振玉锵的节奏和美音鸟的鸣啭，看得见那扶着木犁的耕耘者的身影和跳着胡腾舞的少女的明眸，闻得见菩提树叶和伎乐飞天挥洒的花瓣的芳香，甚至可以挤进波斯使者、罗马商团的人群里，葡萄美酒夜光杯，畅叙丝路友情，环球亲谊……

呵，敦煌，山的魅力，水的魅力，艺术的魅力，就这样，在你这片土地上展现！辉耀如不落的星辰，回响如不息的风铃，在大漠深处，在丝绸之路，在中国文化、世界文化的灵岩和九层阁上……

走进你，敦煌，朝觐般地心神震撼了……

注：几种文化交融，取樊锦诗说（《人民日报》2016年5月18日）。

1988.4.5　初稿

莫高窟，不老的思绪

你老了，莫高窟，像冬日的树林一样地衰老了，面对辉煌的阳春。

不老的，是你的思绪——从一个洞窟到一个洞窟，那常新的足迹！呵，它攀上攀下，纷至沓来，层层叠叠，新的遮住旧的，更新的又在出现……

是乐僔的思绪。那最虔诚的、双眼能把日光幻化成佛的佛教徒，思绪孩童般纯挚。是古代画师的思绪，在创造的甜蜜和日夜仰卧作画的肉体的酸楚的交织中，把人世的祈盼升华于九天。是一家家、一族族和一个一个供养人的思绪，祈祷在尘世的嚣乱里觅得一方净土，风浪里觅得一处港湾……哦哦，是常书鸿、段文杰、樊锦诗的思绪。这些石窟艺术中每一幅壁画和每一座彩塑的狂热崇拜者，思绪凝着执着，闪着探究。是女舞蹈家的思绪，在伎乐天绕身彩带的飘动声里捕捉民族的灵感。是理论家的思绪，从反弹琵琶的画面悟出哲理。是80年代青年旅游者的思绪，对宗教的困惑，对古老艺术的惊叹和从一个个洞窟——这长长的列车感受到的历史的前进，凝成创造的欲望……

呵，莫高窟，就这样，你的思绪无涯无涘，永远不老。站在你的面前，也许我为自己像春日的一株树而自豪，而又羞愧于自己思绪的幼稚了。我于是思索起你的思绪，为了自己思绪的成熟……

1983.8 初稿　临泽

鸣沙山意象

像一架巨大的钢琴，傍着清亮亮的神泉，靠着云蒸霞蔚的灵岩，年年月月，日日夜夜，挥洒着梦幻般奇妙的音符。是什么人在弹奏着你呢？弹奏的又是一支什么曲子呢？

是像传说的那样吗？在很久很久以前，曾有一只讨伐骚扰者的兵马，不幸在这里被风沙掩埋。那么，一定是英雄将士的魂灵在叩击你的琴键，用永不停息的音响，传达出人的呼喊、马的嘶鸣、痛击骚扰者的誓言和壮志未酬的悲怨……

是像传说的那样吗？有一座古代的城郭，沉没在风沙的灰黄里。那么，一定是不甘心退下舞台的历史，还在顽强而又有些悲怆地上演着迢遥昔日的喧闹和繁华，那街市的辚辚车声、叮叮驼铃，那楼台上丝竹管弦的合奏，那文人抑扬顿挫的吟哦，那商贩诱人的吆喝……

哦，每一粒沙都是一个晶体的故事，所以你鸣响。

然而敦煌人不满足于你歌唱故事呢，他们要用自己的手弹出自己的乐曲。从你的山脚一株株向上栽去的白杨和沙枣，是他们倔强而多情的手指。手指挥动着，旋律飞舞着……

哦哦，你的鸣响增了新韵了。我知道，在不久的将来，你的鸣响将会真正地撼动天地——那是敦煌人借林涛发出的歌吼，真正的百感交集的合奏，歌唱今天也歌唱历史，歌唱人力也歌唱神灵，歌唱壮美与力量，也歌唱清新和芬芳……

1983.8　临泽

月牙泉

朦胧的、松软的沙路,像一支变奏的小夜曲;朦胧的、层峦叠嶂的沙山,像帷幕层层的深沉的夜。踏着沙路,步步走进沙山的山谷,一瞬间,似乎感觉都变得不可捉摸,思维也蒸发成迷离的一片!是好奇,还是畏惧?是绝望,还是怀着希冀……

突然,你闪现在面前!银亮的水波耀花了人们的眼睛,湿润的光线映透了人们的心房,淡紫色的清气灌满了人们的胸廓。此时,谁能不呼出声来:"月牙泉!"

你是白昼,是光明、温暖和欢乐融汇而成的白昼,呈现给在沙漠的深夜中跋涉的人们。你是明朗,像夜空清晰的弯月,反射着希望的太阳的光芒,让人们抖落绝望和朦胧,面对明朗的理想。

你是一只窗子。倚着你,我长久地、长久地眺望沙漠那闪现波光水雾的未来……

1983.8

阳 关

想象得出你当年是何等雄伟、威严!你是安宁和骚乱的界线,繁荣和荒凉的界线,温暖和寒冷的界线,喜悦和悲伤的界线;你还是生离和死别的界线……面对你的遗迹,一座烽燧,几堵残颓的关墙,我知道,那每一粒沙和每一撮土都是故事,感伤多于欢欣的故事……

呵,穿着滑雪衫和羽绒服的植树的青年们,在如银的晨光里,向你走来,走到树林和沙漠交界的地方。他们的肩头有灰黄的沙尘,运来的树苗却泛出青绿，正如渠里刚刚流来的漂着冰碴和泡沫的春水。

用粉红纱巾扎起新烫的长发的少妇，挺着胸脯儿驾着手扶拖拉机闪过你的面前。车斗里装满了化肥，沉甸甸地，向西驰去。是自家刚刚买来，还是去送货上门？比"突突"的机声更响亮的，是她的歌："我们的家乡，在希望的田野上……"

一群来自阿尔卑斯山下和密西西比河畔的游人，背着旅行袋和照相机，说笑着向你走来。有的肤色像雪一样白皙，有的像炭一样黝黑，但他们的眼睛里都闪耀着一种异样的光。他们走近你，像走进历史的回忆，一步一步，那么神圣、庄严……

阳光，明亮的阳光洒满大地。前后左右，都那么明亮。我看不见这光芒的边界。它像一片海洋，泛着绿色和黄色的海洋。你还在吗？我一时怀疑自己的眼睛了。也许你的确早已融化，消逝在明丽的光芒里——

啊，阳关，你看，不分关内关外，今天，安宁没有边界了，繁荣没有边界了，温暖没有边界了，喜悦没有边界了，在我们这片土地上。

1983.8　临泽

敦煌的夏夜

这是敦煌的夏夜。

月亮，如同一簇黄色的沙枣花，放出芬芳的光。芬芳的光……

远处的三危山，近处的红柳、杨树和李广杏树，围起一圈青黝黝的屏帐。青黝黝的屏帐……

引人心跳的琵琶声响起来了！从宾馆到草坪，到洒满月光、星光，弥漫着甜香气息的葡萄架下，小提琴声，手风琴声，歌声和笑声，响起来了！"嚓嚓"的舞步声响起来了！

呵，迷人的夏夜！

　　来自多瑙河畔的蓝眼睛女诗人,来自太平洋彼岸的白发教授,金达莱花般清丽的韩国少女,怀着一颗中国心的海外侨胞,和党河边的敦煌小伙儿、北京来的女歌唱家一起,尽情地跳,尽情地唱。

　　似又回到丝绸之路繁盛的遥迢年代,歌舞的人群的头上,似有白天鹅和美音鸟在盘旋歌唱。似有千百种乐器,自鸣出神秘而充满魅力的乐曲。似有莲花童子在人丛中嬉戏呼唤。似有彩带飘逸的飞天向每片心田挥洒香甜的花瓣……

　　月色、花香、笑容、舞姿融成的敦煌夏夜,友谊融成的令人销魂的敦煌夜哟!

1985.2.12

玉关月

　　也有蓝灰色的暮霭,在这空旷的戈壁。玉门关的圆月,就从这淡淡的暮霭中升起来。

　　没有哪里的月亮,比这玉关月更大,更圆,更亮。华北月挂在依依的、青绿的柳梢,江南月笑在温馨的、五彩的花间,而这玉关月,却倚着戈壁般寥廓的长天,偎着长天般寥廓的戈壁,是真正的铺天盖地的一轮!

　　像银色的湖泊,清波粼粼,溶尽风沙的喧嚣,烈日的凶焰。清凉的水气飘散、弥漫,给戈壁,也给这久经风吹沙打的古关一个湿润的梦。

　　像巨大的亮白亮白的镜子,那镜中影影绰绰的青色,蓝色,紫色,赤色和橙色,是迢遥昔日,(那来自威尼斯和波斯的长长的商旅驼队和往来使者的华盖旄节、那报警的烽烟和箭飞镝鸣的战阵……)抑或是依稀明天?(那碧树的山峦,牛、羊和马群的海洋,那欢乐人群的花园……)

　　像晨曦中一片金花满树、芳波荡漾的沙枣林和葡萄园,隐隐林涛,时远时近——是换了新声的琵琶,抑扬顿挫的羌笛,还是刚健清新的河西民歌,婉媚的流行歌曲?

　　……玉门关,像一只小小的岛屿,被无声的、滚滚的月光拍击着,不能平静……

1985.2

瓜州旅见

这是怎样一种构思

在这号称"世界风库"的地方，应当筑起一座怎样风格的城呢？小巧玲珑的吗？（你全县只有几万人呵！）富丽华美的吗？（穷了几十辈子，现在你开始变富了……）古色古香的吗？（关于你，从草圣张芝"临池学书，池水尽墨"，到奉命西征的薛仁贵将士们靠着戈壁美味锁阳坚守苦峪城，到玄奘取道西行取经……有多少生动诱人的故事呵！）

哦，你的定稿选择的布局，却是这样开阔，这样疏朗。站在大街中心，望着这座不免空旷的新城，望着四面遥遥相望的、每一座身影都不免显得孤独的崭新的商店、饭店、书店和邮电所，我不禁感到奇怪：瓜州人呵，你们这是怎样一种构思，怎样一种审美观念的实践呢？

……在这里，我听到了那个有名的传说。古代一位皇帝为了圆现自己的梦境，决定在这里的桥湾建造一座九里三的城郭。可是奉命而来兴工的钦差大臣，见这里天高皇帝远，便只修了一个三里三的小城。不要说那造假的官吏终于被皇帝剥皮制鼓、"供万人敲击"的令人毛骨悚然的结局了，——其实，倒是那位官吏看得明白：整个世界的劲风飞沙都在这里逞凶呢，什么样的舞榭歌台、琼楼玉宇，能够免于烟消云散、化为乌有呢？

但是，接着，我懂了，因为一缕风。

……绿色的、透明的风里，麦苗、大豆苗、草和白杨树叶的芳香在飘散，汽油、柴油和油漆的芳香在飘散，小学生的读书声在飘散。我做着深呼吸，猛地悟到：在这万物生发的新的春天，不早早地准备好天空海阔的田圃，能容得下正在茁长的飞莺长草、杂花生树，能容得下正在遍地拱土、争生竞长的创意、蓝图、楼厦、厂房、车流、人潮、繁荣、富足和理想吗？

今天，我更懂了，因为农业涌入设施化、标准化、产业化，黑戈壁挤满风电场、光伏发电基地、工业产业园区、文化产业园区、旅游景区，绿色正攻占每一处空间，灯光、笑脸和舞姿正辉耀每一个广场……

瓜州，你西部的一个僻远的不惹人注意的所在，心中的格局，挺大挺大的呢。

1982.7 初稿

"小 站"

风从胡杨林里吹过来，轻拂着这片宽阔平坦的碧田，催动起滚滚滔滔的稻浪。呵，好茂盛的禾秧！一株株足有一人高，行行摩肩，丛丛擦掌，黑绿肥硕的叶，青绿粗壮的秆，半尺长的穗子微微摇晃，显得沉甸甸的。浓郁的清香在空气中流荡，让人心醉。在这一片绿、一片香之中，几个身着粉红、雪白、橘黄短衫的姑娘，正坐在野花铺满的地埂上小憩，争着看一本什么书。

美的所在！——然而，这是什么地方！也许有人会说："是江南吧？"不呵，这里，离扬子江远得很哩。那么，年轻的姑娘们，请问——这是什么地方？

听到这样的问题，姑娘们得意而又诡谲地互相眨眨眼，指着对面田埂说："请看！"

田埂上，在一片繁花长草中，有用各色戈壁石拼成的两个大字："小站"。

当你望着这两个字困惑不解的时候，姑娘们捧着肚子笑了："怎么，不相信吗？"

哦，信了！看这稻浪，闻这稻香，听这浓重的天津口音，这里不是以"小站稻"而著名的天津小站，又是什么地方？

呵，你祁连山下、疏勒河畔的小站哟，是多少农垦战士的智慧和汗水的丰碑！

1986.6

烽火台情思

在空间造型，让时间凝烈千古——当烽烟散尽以后。

于是，尽管晴光有如马兰花般湛蓝、透明，融融的阳光有如浓浓的甜腻的橘子汁，暖暖的、流动的风把僵硬的枯枝也泡得变成了芳春的柔条，清明的空气让舒畅充满每一片肺叶，紫色的胡杨林和绯红的苹果林中飘出甜歌和啁啾的鸟鸣，新城的阳台上飞起的鸽子，把串串喜悦尽情地洒向蓝玻璃一样的天空。

啊，尽管你——烽火台，早已浸泡在欢愉、安谧的晴光里，然而，你绝没有被岁月风化。像一块无情的石碑，又像高高一摞惊心动魄的史书，你屹立！硬是不让人忘记：惨白的狼烟，淌血的鸣镝，刀枪相向的搏斗，霜夜城头征夫的悲笛……

为什么要忘记呢！安宁是对骚乱的记忆，忘记骚乱怎会安宁呢？

1985.2

这才不愧叫金塔
——金塔辨识

金塔，在这潋滟的秋光里，我见到了你，闪着福彩的你。

你，曾经满面有的是凄苦和困顿。风沙的塔，压在身上；命运的塔，压在心上。一座沙丘，百户哀魂。巴丹吉林和塔克拉玛干大沙漠吞食了多少庄田！那用茧巴筑起的鸳鸯池水库里，一池劳动者的血和泪，汪着多少人间不平事……

而在岁月无歇的流泻中，心灵终于挣脱，挣脱压抑，解放的感觉一轮轮冶炼勇气、力量和希望。你宣战了。锄和镐是快感铸成的。防风林的苗木是畅想培育的。新的水库汇聚的是汗水。芳波粼粼的麦田和胡麻田是心血润育的。一年，一年，一年……岁月没有休止，你的奋斗没有休止。你为幸福鼓动，抿着唇劳碌。终于，你把风沙和贫穷的塔刨倒在脚下，在它上面种满金光闪闪的丰收……你又伸展腰脚，将"高效农业""特色农业""特色林果""设施养殖场区"这些霓虹灯般闪烁的新词儿一一设计、奠基、夯筑在家乡田园；将"新能源及装备制造""高载能及循环经济"这些质感异常的概念如同寻常庄稼播种、栽植在祖辈生息的山川；亮出"文化""旅游"的标尺和标识引导人们规划空间和时间；跨上酒额铁路、酒航高速，开辟神舟大道、胡杨大道，将家乡庄户人的视线引向当代经济、科技和生态的胜景……

呵，金塔，你这才不愧叫金塔！提升到了塔的高度。竖起了塔的丛林：

麦的塔、玉米的塔、胡麻的塔,梨苹果、可可琪甜瓜和西瓜的塔,楼厦和厂房的塔……这塔林,闪射着骄傲的珠光宝气,闪射着富足、欣喜的彩光,映得天地像沙柳花般鲜艳,令人目乱心迷……

金塔,你满面福气,真有说不尽的自足了……

1982.8 初稿

你巴特尔和娜仁花的家乡
——肃北走笔

肃北，你巴特尔和娜仁花的家乡，在这秋日透明的早晨，我向你致意。

你长长的渠水，清明，澄澈，轻快流动有如娜仁花清澄的眼波，闪烁着纯洁和美丽。就是用这样的眼波，你的娜仁花们去洗涤生活：把云彩洗得像奶子一样白，把草原洗得像盐池湾、蓝泉湖一样绿，把每座帐房里的毯子洗得像花一样鲜艳，把孩子们的笑脸洗得像草原初升的太阳一样鲜洁、红润……

你高高的青杨，伟岸，茂盛，犹如巴特尔雄健的身姿，洋溢着勇敢和力量。就是用这样的身姿，你的巴特尔们去改造生活：大山狩猎制服猎物如同轻碾蝼蚁，驾驭烈马如同鞭策弱羊，铲除贫穷如同劲风拔起沙丘，驱赶愚昧如同雄鹰冲向野兔……

呵，肃北，岁月自远方吹来、吹来，你一次次换装，出脱得甩去了荒寂和褴褛，少了、更少了风雪夜苦酒碗边无望的长调……

牛群、马群和羊群的云彩，像欢快的思绪随心地舒卷，从封育的天然灌木林飘来的清气散放着芬芳，现代牧农科技示范园区和工业园区比赛着繁育新品、创造富足，汽车站、火车站为你装上动感的车轮，充满魅惑的透明梦柯冰川、铁匠沟丹霞奇景和布满六万平方米山壁的岩画，吸引着越来越多来自遥远省份和国度的旅游者……

书店的人流溅起智慧的浪花，乌兰牧骑的好来宝颂赞着民族的新生。

帐房里,老额吉的梦像天窗挂着的月亮一样美,一样圆……

肃北,我看见你笑了,笑得像巴特尔的笑那样豪迈,像娜仁花的笑那样妩媚……

1983.8 初稿　临泽

冬不拉的歌
——阿克塞短章

像戈壁滩上的流沙，在狂烈而漫长的风暴中，我的哈萨克兄弟，你跋涉了多少痛苦和不幸，吞咽了多少寒冷和悲戚……

今朝，你终于像深厚的肥沃的土壤，告别漂泊而一心一意培植温馨和幸福！

碧绿如茵的海子草原上，有多少嬉戏撒欢的牛羊（那轮番休养生息增绿的辽阔坦平的草田，繁花万点，有如夏夜的星空……）？蓝缎子一般的苏干湖中，有多少肥鱼胖鸭（吉祥的白天鹅不走了，它深恋着这里的自由、安宁……）？冰盔雪甲的阿尔金山，护卫着多少林区和沃野（那青翠的塔松、白杨和红柳，摇曳着和谐的风……）？连绵起伏的大戈壁和云掩雾遮的当金山，舞动着多少连接四面八方的彩带（国道、省道、干线、网格，高速、快速，还有敦格铁路……车轮滚滚，汽笛声声，谱写节奏和旋律……）？在这草原明珠县城和它的四围，有多少农人和民族风格的牧人的别墅、新居？从市街、商店和集市，到学校、书店、博物馆、展览馆和影院，展开着一幅幅有着多么浓郁的民族特色的人文景观（好一座现代化哈萨克风情城）？傍着和远离这崭新的县城，又苗长着多少新异的风景和希望（那是石棉、水泥、金属、新能源的工业产业园，是种植温棚、养殖暖棚和高科技农牧业示范园区，是民族风情园、野生动植物生态园和赛马场、狩猎场……）？千百年来以马和歌声为两只翅膀的民族，今天是怎样在时代的

阳光里驰骋（最僻远的帐篷，向着外面的天地伸开着长长的天线……双语学校的学子们用电脑与五洲四海的少年儿童朋友探讨新的地球在哪里……）？

……听啊，雪白的月光下，冬不拉伴着阿依特斯①的欢乐吟唱，那里有百感交集的历史，更有令人钟情的未来，有喜怒哀乐的人生，更有火焰般对民族和祖国的爱——这爱，湿润、安定了每一颗沙粒的心……

1986.12

---

①阿依特斯，哈萨克民族代表性曲艺形式。

遐想，在大佛寺
——走进张掖

涅槃，超脱生死。

生，无尽的悲怆与欢乐；死，无尽的恐惧与安乐。

超脱，与其说是追求熄灭悲与喜，熄灭希望与绝望，无思无为，非死非生，莫如真实地说：

——企冀人类能够摆脱生的悲怆与死的恐惧，沉潜于永恒的大安稳、大欢欣。

——生，可爱；生命，可爱；生活，可爱。

张掖，当我走进你的大佛寺，面对雍容舒泰、神采温煦的佛，一时作如是想。

张掖，河西走廊的金贵咽喉，丝绸之路的金贵咽喉！

宝卷里唱诵着你的历史。志书上描摹着你的面容。远有水影山光：黑河丰浪滚滚，祁连材埠林椒。近是"半城芦苇半城庙"：河汊交织，湖泽四布，举步见塘，触目溪泉。村居庄落，水环林掩。禾田泱泱，绿洲成片。芦苇荡、杨柳岸、沙枣林、红柳灌木林掩映冉冉炊烟，天鹅引颈，野鸭嬉戏，狐兔造访，鳞翔浅底，映衬田园生活。满城街巷，遍布坛庙寺观、塔阁堂祠，风铃叮叮，檀香袅袅，抚慰红尘心灵！

自然，历史也记忆在你的土地上嚣乱征伐、泪光血影的悲苦，人心也存留你的山川水枯木凋、生态日衰的忧愁……

却没有涅槃。你总是选择悲喜交加地前行，浴火重生地拼争。

你研判二十一世纪：时代分工、方位特色、独有优势和自身的劣势。

你选择路径与目标：生态工程、现代农业、通道经济和曾有的曲折。

感应下游的呼唤，你分出自己手心的水去抗涸援绿；你杜绝每一缕无效的消耗，运筹每一滴水去汇集养护生态的浩渺湿地；你算计、创造足以节水、绿色、高效的农作物、农耕方式和绿洲现代农业试验示范区；你谋划、栽植新型、绿色、高效的工业风景：国家级经济技术开发区、循环工业产业先行区、示范区，水能、风能、太阳能、生物质能清洁能源产业、新型加工业……你伸展、连接条条通道让滚滚物流从四面八方来，又向四面八方去，编织友谊、合作、共赢、繁盛的无疆美图；你发掘、创造美：从古老的大佛寺，到崭新的湿地公园，到遍布你每一片土地的丹霞地质公园、平山湖景区、沙漠地质公园、大湖湾、焉支山、山丹马场、马蹄寺、肃南马场滩、海潮湖……你用文化催生下一代潜力无穷的产业，又用产业为文化装上车轮、插上双翅……

历史、未来、梦境、现实融为一体，走向强盛的张掖！

宜居、宜游、田园、城市融为一体，钟情温馨的张掖！

远山森森。苍苍蒹葭滔滔而来。田野满是金辉闪闪的甲胄之士般罗列的禾垛，满是金黄的葵花。街市满是摆着诱人瓜果的店铺，满是鳞次栉比、金碧辉煌的厂房和新楼。佛塔神宇，朝者如织。宽衢窄道，满是奔驰的车流……

灼热的生动的世界！呵，张掖，在你八月的阳光里，我感受你对自己这片土地上生、生命、生活的热爱、执着与满足。

崇敬一切对美好的追求，对生、生命、生活意义的善良的追寻。哦，圆满清净功德，何须寂灭欢乐与悲怆、希望与绝望。悲怆总是欢乐的前奏，绝望会激发生命最本质的力量，喧闹的多彩的世俗让人活色生香，让世界活色生香！

张掖，走出佛寺，我作如是想。

1986.12　初稿

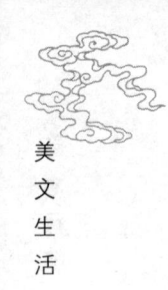

美文生活

奔腾的树河花海
——印象临泽

走进临泽,恍若沉入树河花海,奔腾的树河花海呵……

白杨树和龙须柳的河流,枣树和桃树的河流,花棒和红柳的河流,还有那玉米的河流(那也是树呵,结着累累丰收的树),在县城的每条大街,在乡村每个崭新的居民点,在田间大道和细小的阡陌,在治沙站,波涛滚滚,比黑河和梨园河更加汹涌壮阔,高声地唱着绿色和芬芳的歌,前进……

红的、紫的、黄的和黄红相间的草茉莉花的波浪,喇叭花的波浪,金色的向日葵的波浪,粉红色的圆叶荞麦花的波浪,还有鹦鹉嘴水库工地白色、绿色、红色的点点人影,一场场高大的金黄麦垛,社员自办厂锻造山地犁的熊熊炉火,遍芦塘白色和褐色的鹅鸭,沙河渠边飞驶的橘红色"嘉陵"轻骑,集市上姑娘蝉翼般透明的纱巾……那五彩的花的波浪(那也是花呵,闪耀繁荣和富足的花!)簇拥着县城,簇拥着村庄,簇拥着每一个工厂、学校、商店和院落,汇成五色缤纷的海浪,起伏翻卷,飞溅着清新和美,奔腾……

临泽,我迷醉于你的树河花海!哦,我更激动于你的河、你的海都是一派奔腾前进的景象——

我想起了一位"老临泽"讲述的当年红军在这片土地上那悲壮的战斗,梨园口……倪家营汪家墩……三道柳沟……大肋巴口……马场滩……康龙寺……石窝……那枪林弹雨的七十多个日日夜夜,那折下骨当武器的四十

多场浴血奋战,那拼尽生命壮烈牺牲的六千余名将士……哦,眼前这株株大树,不就是当年红军坚韧不拔的身姿,这林涛不就是当年红军奋力的呼号,而这朵朵鲜花,不就是当年红军的鲜血和信念育绽的灵英吗?战士倒下了,精神在前进,向着心中的目标!于是,你的树河花海,便永不停息地奔腾前进……

哦,临泽,你深知,自己的四周,还有戈壁呢,巴丹吉林沙漠还在虎视眈眈呢!

1983.8 临泽

美文生活

走出高台烈士陵园

随着人流,

随着西装笔挺的科学家和身着银红色兔毛衫的女运动员,随着脚步嚓嚓的解放军战士和队号嘹亮的红领巾,随着当年在这里血战过的双鬓似雪的老将军和现今正在这里钻探石油的双眸如水的新工人,

我走出烈士陵园,

我们走出烈士陵园——

从翁郁的树和花丛中,从烈士的墓茔旁,从董振堂和杨克明的纪念碑前,从昨天的血与火中,走出来……

惊心动魄的故事还烙印在脑畔,枪声和冲锋号还震响在脑畔,千百名烈士的鲜血泅红了视野,千百名烈士不熄的眼神烛照着视野……

我们走出来,

走向未来——

以当年追寻理想的太阳似的热情,以当年坚信胜利的曙色般的目光,以当年撕下袖子扎紧伤口,在机枪和大炮的火网里踩着战友的血泊冲锋的意志,以当年直对老虎凳和美女蛇面不改色的气节,

我们走向城市,乡村;走向茁长富裕文明的田野,释放热能的矿山,锻造和平的军营,培育未来意识的课堂和清气对流的办公室,

走向革命的新的情节!……

1985.10

山 丹

你的历史就是一部移民史,山丹啊。迢遥往古,曾有多少民族、部族在这里兴衰更替,征战聚居;从汉到元到明,又有多少异乡人大规模迁徙而来,共同书写你的岁月。然而,你最为敬佩和爱戴的,却是路易·艾黎,一位来自另一大洲、另一国度的贵客——不,应当更确切地说,他是你的一位多么诚挚的儿子——尽管他也是克赖斯特彻奇,遥远的新西兰那个美丽城市的儿子。

他深深地爱恋着你。从他所收藏、捐赠的一件件文物,人们看到他是那样贪读你和河西走廊的历史文化,那么,他一定从你的四坝文化遗址、弱水古河道、焉支山"世博会"遗址、霍去病征战匈奴的古战场、"牧师苑"皇家马场、汉明版筑长城、峡口古城……读出了你的文化底蕴;他当然更加关注你现实的土地,读懂了你泥土一样的人民的渴求。山丹,你的子民,真的像泥土一样,蕴蓄着巨大的历史财富;又像泥土一样,清贫朴实、忍辱负重;还像泥土一样,渴盼开垦、滋育呢!

他的心于是化为犁,深深地、深深地插进泥土之中,吃力却坚毅地前进。他洒下心血和汗珠儿凝成的红晶晶的种子,要在深厚的待垦的泥土上,培育出新时代文明的绿苗。

呵,山丹,你于是永远也不会忘记书声琅琅的培黎工艺学校吧,不会忘记他,那位高鼻子校长,腾腾烈焰般的红发,潭水般深沉的、有着毛利族血统的灰绿色的目光和他授课时抑扬顿挫的声音;不会忘记他慈父般细

心地为学生清洗脏乱的头发，老人般疼爱地把农家娃抱在怀里用胡茬轻扎那小脸蛋；不会忘记他为他病中的战友乔治·艾温·何克读《西行漫记》，读《共产党宣言》，陋室里透出烛照夜空的金黄的灯光……

——不会忘记的！既然他把你当成自己的故乡，把自己称作"土包子"，既然他是一个心如水晶、却绝不厌弃泥土的人！

于是，山丹，无论你是怎样日新月异地改变着面貌，让从春夏秋冬中走来的山脉和河流、森林和草原、戈壁和绿洲、城堞和村落各各抖落尘埃，焕发新彩，让在时代的季风中漂洗、张扬的文化形象自"走廊蜂腰""甘凉咽喉"升至丝路要道、"世博"起点的高台，而在你的泥土上，在你弥望的山野，岁岁年年都茁长、怒放着粉红色、蓝色、紫色和黄色的各种花朵，这郑重擎起的一只只花的酒盏儿，永远向他散发着芬芳而悠长的思念……

1986.12　初稿

裕固短笛

好啰喂抛出的

  南面山口，东面草坡，两群羊儿像白云两朵。白云飘在草地的碧空，飘呀飘呀，一朵追着一朵……

  慢点、慢点走呀，萨娜玛克！今晨出牧，咱们又是最早的两个。接着、接着呀，萨娜玛克！看我的好啰喂抛出了什么——

  不是我的脸皮比白榆叶还薄，心里的话只能托信来说。谁叫咱们从小好得像亲兄妹，真想"好"，倒要靠笔在纸上戳破！真的，真的，没有你我不能生活，我的心在你的胸脯里搁着！是你给它温暖，叫它欢跳，供给我全身活泼泼的血液……你是咱山乡的骄傲，你的名字就是一支好听的歌。每当说起你这"姑娘神医"的故事，牧民们的话就像流不断的雪水河。忘不了那并肩驱病魔的日子，忘不了月下你那深情的秋波……呵，萨娜玛克，你是美丽、诱人的海子，我是鱼儿离不开你的波浪；你是纯洁、温柔的白雪，我是你滋润的草籽一颗……

  让我借用祖辈传下来的工具，接着呀！不是石头，是苹果！这特制的"信封"，尽管香甜，但愿你先尝里面的"信核"！……

  小伙子轻轻地打一声呼哨，好啰喂抛起流星一颗。对面山口，姑娘腕上的银镯子一亮，小伙乐得倒在草丛——接住啰！

注：好啰喂，毛制的抛石工具。

1980.5.25

鹿 归

是祁连远峰团团璀璨的流云，翻卷，飘闪，滚到脚边——放养的马鹿群回圈了，迎着鹿场集合哨的召唤。

养鹿员老爷爷站在草坡，每条皱纹都盛满情感，一只只马鹿，像飞过眼前的金箭，滚滚心浪化为细雨喃喃：

"你们好啊，可爱的小马鹿，林草可嫩？山泉可甜？嘀，你们的毛像油一样光滑呢，茸像树枝一样旺盛、新鲜！哦，咱知道你们管保忘不了家——为你们，咱可没少流汗！快呀，可爱的家早在把你们等候，快去看看棚有多么敞亮舒适、铺有多么芳香柔软……"

金色的云涌进圈门，坡上草叶亮起泪花一串："连牲灵都有了温暖的家；在从前，裕固人流落戈壁多少年……"

1981.1

去吧，小马鹿

你五彩的毛皮水一样溜滑，张开的嘴巴像朵鲜花，眼里溢着孩童的稚气。真的，小马鹿，我真舍不得你呀！

  可是，去吧，小马鹿，这场圈实在太小、太狭，为了得到你本来应该得到的，去吧，到山林里去吧——

  那里有的是阳光和雨水，有的是绳一样细的路，天一样高的崖；那里有永远新鲜的雪泉和青草，在那里你意志会成熟，智慧会开花……

  嗯，我知道你有点恋恋不舍，可你长大了，该长大了！去吧！咱裕固人可不喜欢怯懦的羊羔——可到山林里长大了，别忘了家……

1980.5.26

美文生活

"简易工棚"
——金昌畅思

半个世纪前,有家外国报纸报道:
"在中国的西北方,出现了一座提炼铂族贵金属的简易工棚。"

红的像霞彩,蓝的像晴光,白的像雪,青的像冰,黄的像琥珀,绿的像翡翠……呵,真个是珠光宝气,美艳无比,我们的镍、铜、金、银、钴和铂族贵金属!

上九天揽月,下五洋捉鳖,入地宫探宝,直至作示踪原子,直至驱逐凶恶的癌细胞……呵,真个是神通广大,珍奇无比,我们的镍、铜、金、银、钴和铂族贵金属!

却是出自"简易工棚",中国西北方的一座"简易工棚"!

一片连一片整洁优美的厂区,一座连一座火热繁忙又智慧有序的矿山与厂房。世界级的矿山,世界级的企业,全球知名的采、选、冶配套的大型有色冶金和化工联合企业,中国最大的镍钴铂族金属生产企业,全球第四大镍生产商、第二大钴生产商、中国第三大铜生产商,国家循环经济示范企业,国家首批技术创新示范企业,国家级新材料产业化基地,国家新材料高新技术产业化基地,国家新型工业化示范基地,全国工业固废综合利用示范基地,国家级经济技术开发区,有色金属及新材料、新能源及装备制造、化工循环三大重点产业蒸蒸日上,产品、技术、人才、资金走向

全国,走向大澳区、欧非区、美洲区、中亚区……我们的金川、金昌呵!

却是原本的"简易工棚",中国西北方的一座"简易工棚"!

薰衣草、马鞭草、鼠尾草、蛇鞭菊、勿忘我、郁金香、波斯菊、万寿菊、向日葵、油菜花……无涯无际的紫金花海铺成你的视野。巍峨的楼厦连绵起伏组成新的祁连山。宽阔的马路涌流现代化的节奏和音响。气势浩荡的万亩绿色长廊,碧波粼粼的金水湖,创意甜美的紫金苑、玫瑰谷和牵手林,从荒到绿、从绿到美的每一片生机和诗意,掩映着园中城、城中村,掩映着住宅、集市、学校、医院、广场、剧院、图书馆、博物馆、展览馆、健身房。街头的电子屏,社区"做可爱的金昌人"的文明课堂,每一处公共场所的无障碍设施,有救助需求的每个角落闪现着志愿者的身影,从举箸的餐桌到交通的行道,和风弥满,暖意融融……

却是原本的"简易工棚",中国西北方的一座"简易工棚"!

真的,这一切,都原本出自沙黄草白的大戈壁,出自大戈壁上的"干打垒",出自曾经靠土豆、靠骆驼草籽掺豆面的窝头输送热量的一双双粗硬的大手……

新生的世界,都是从"简易工棚"起步的。如同我们整个祖国。

牢记那粗陋、艰辛,我们的金川、金昌,走在从无到有、从小到大、资源有限循环无限、中国百强、世界五百强的大道上,走向自己梦想的百年……

1987.3.30 初稿

威武的飞腾
——武威记识

武功军威。五郡咽喉。五凉古都。西夏陪都……

你配得上那匹著名的铜奔马！你曾有威武的飞腾——那匹著名的铜奔马告诉我……

它重见天日之时，整个世界心灵一震！

这就是你的雄姿：御大漠长风，展健腿疾蹄，连戈壁上稀落的城关、烽燧也觉得碍腿，于是纵身九霄，风驰电掣，飞鸟难及，作踏天壮飞！

然而，当历史停滞时，你停滞过；当历史悲叹时，你悲叹过；当历史在喜剧、悲剧、闹剧中折腾时，你折腾过，几近遗忘飞腾的功能与抱负……

可悲的遗忘呵！连鼻息也听不见……

然而，你毕竟是飞腾过来的，即使凝固，你也保持着飞腾的姿势。是死亡前的挣扎，还是心依然在躁动？

反正你没有死！

于是，当嗅到风雷的气息，当听到那身旁的草根萌蘖芽尖的声音，不羁的生灵！你，来不及抖落历史锈蚀的印记，召唤同你一起久久渴盼飞翔的飞鸟，一跃而出，从雷台——风雷涌起之台！

震惊世界的一跃！哲学家们说，第二次飞腾不同于第一次，它标志着觉醒、真正的起飞、飞腾从此无可遏止！

啊啊！丽日蓝天铺展你扬蹄的大道，清冷的晨风梳洗你飘抖的鬃毛，神采四溢的双目电一般闪亮呢，汗淋淋的没有半根杂毛的红亮亮的腰身龙一般矫健呢，隆起的筋肉钢一样坚韧呢，铁铸的四蹄流星般闪烁，喷满白沫的宽阔的胸膛如同巨大的风箱，强劲的呼吸如同春雷——武威，威武的飞腾属于你呵！

飞呵！奔向小麦、玉米、马铃薯的永恒的丰收和种植养殖覆膜、暖棚的蘑菇群落般涌现，奔向葡萄、黄冠梨、西瓜的永恒的甜蜜和葡萄酒啤酒"液体经济"的喷涌涨潮，奔向新兴能源、装备制造、生物化工、医药化工、旅游娱乐产业园区鳞次栉比的崛起，奔向通衢陆港拥抱祖国五湖四海世界五洲四海的经济、科技和文化的流通与繁盛，奔向山绿水明、新城和农家新居一如七彩的海市蜃楼在广袤绿洲升腾，奔向无愧于拥有"凉州七里十万家，胡人半解弹琵琶"的盛景、西凉的武功文治、凉州会盟的历史功勋和铜奔马、西夏碑、天梯山石窟、文庙、鸠摩罗什寺、天堂寺辉煌经典的新的文采创造迭出的美景，奔向心灵与力量的不懈的飞腾，奔向我们民族和我们人类都在奔向的未来！

1985.11　初稿

美文生活

固守之美
——致敬民勤

　　从青铜器时代生气勃勃地走来，从"土沃泽饶、可耕可渔"殷殷实实地走来。可是，终于，也从天人变迁中走来……

　　腾格里和巴丹吉林沙漠像两只饿虎，向你张开大口。暴躁的太阳只管肆意发火。狂风贪婪地舔干曾经滋润耕渔的潴野泽，剥蚀山丘又剥蚀岁月。枯瘦的石羊河是一串还没有淌干的泪水，流着悲苦和挣扎。"朝为庄园夕为沙，大风一起不见家"：真的，你有一百条理由逃离了……

　　打开地图，民勤，我看见你像一只欲飞的蝴蝶。我深深地叹息了，为你几欲逃离的形象。

　　你选择的却是固守。固守为纵贯绿洲的滔滔渠水和亚洲最大的沙漠水库，在黄沙黑山间，波光粼粼成芦苇和银鳞、天鹅们抒情的仙境。风沙不肯罢休，一如世间的一切贪婪！可你的意志是一种沙生和碱生植物，专以艰辛和磨难为土壤。于是长成黏土、砾石和秸秆的沙障，长成一望无边的编织袋沙障、尼龙网沙障，长成梭梭苁蓉，长成枣榆杨柳，长成麦黍桑麻，长成林带，长成沙生植物园，长成碧涛滚滚的林海，反击着风沙无休止的进犯。你用对石羊河流域的综合治理，用诗和汗水书写的规划，用牵动每户人家每颗心的危机意识，用护水节水养水的每一个奇思妙招，用关井压田、撂荒耕地、围栏封育的以退却为进攻的战略，创造绝地重生！在满目荒沙的天地，你正像那位科学伟人所提示的，"开发出新的、历史上从未

有过的大农业"——你的神奇的"多采光、少用水、新技术、高效益"的沙产业,要让纵横阡陌流溢现代科技和生态理念的光彩,让每粒沙都开放成水嫩的鲜花!你用粮食、棉花、葡萄、茴香、鲜食瓜、食葵、药草、畜牧、农产品加工、煤炭、针织……一根又一根支柱撑起信心,你用全部机智和毅力为家园培植新的命运……

顺应自然,动物就能做到。人呵,他高贵的本性乃在于让乾坤人化,创造以人为主导的人和自然和谐统一的天堂。民勤,我悟出你固守的美了。再次凝视地图,我看见,你是一蓬枝叶繁茂的树冠,你已把根,甚至干,都深深扎进属于你的土地,以进攻的创造的悲壮与喜悦,参加整个祖国森林的合唱……

1996.4.20 初稿

美文生活

天 祝

"要说犏乳牛的恩情呀，不喝清茶不知道；当你喝了清茶知道的时候，那恩德的犏乳牛在哪里呀？

要说骏马的恩情呀，不走远不知道；当你远行知道了的时候，那恩德的骏马在哪里呀？

要说父亲母亲的恩情呀，人不老的时候不知道；当你老了知道的时候，那恩重如山的父母在哪里呀？"

呵，天祝，我的藏族兄弟，吟唱着你道出人世全部欢乐和悲怆的歌曲，我感受你心灵的世界：单纯而细腻，明朗而深沉……

岔口驿。安远镇。华藏寺镇。古雍州。氐。羌。月氏。吐蕃。丝绸之路。中原移民。中国工农红军。中国第一个诞生的少数民族自治县……中国的历史马不停蹄走遍整个中国，天祝呵，从遥远遥远的年代开始，层层叠叠，你的土地留下多少足印车辙？小小的"高原金盆"，承受了多少无情的锤锻和有情的擦拭呢？

天祝圣洁！天堂寺金顶的阳光和经堂的酥油灯传布智慧的光泽。浑厚悠远的法号和诵经声直抵心灵。飘扬的风马如吉祥的落雪呵护美丽的祈祷。石门峡深蓝色的药水神泉涤祛尘世的污染和病患。十万众佛所在的高高红岩上，本康高僧为众生值守平安。乌鞘岭、马牙山的银雾和白雪是长长的哈达，献给长长的岁月和长长的人生……

天祝爱情！爱情像草的清香和花的艳丽，弥漫天地。金沙峡谷有痴心

石、姊妹峰——那爱得铁了心的小伙儿和两姐妹的身影；南北龙王横甩的山岭下，有太子和公主隔不断的相思泪水；草原上、丛林中，有火辣辣又甜蜜蜜的花儿……仓央嘉措在这里留下了足迹，他那刻骨铭心的爱，一定是在这里就开始酝酿了："……那一世，转山转水转佛塔，不为修来生，只为途中与你相见……"

登上乌鞘岭，用心灵和双眼触摸：皑皑雪峰和碧碧天池，流金泻银的大通河、金强河和云杉、油桦、松柏的林海，古老的长城、烽燧和现代的引水工程；长长的墨绿色的列车，鸣响着五湖四海的问候，在山腰缓缓盘旋；高速公路和一座座黑色牛毛帐房顶上圆圆的电视天线，将你和外面的世界连接成精彩的一体；注满阳光的白色云朵在你的县城上空翻卷游弋，辉映着城中连绵的楼群、五光十色的街道、工业园区和医院、学校、酒店。呵，天祝，你千载不老的山川，叠印出的是今日的画卷。

走进抓喜秀龙草原，看满目草浪如悠远的晴空，鲜花似溢流馨香的繁星，一群白牦牛、细毛羊是一弯雪白的月亮，群群牛羊组成月亮河，向远方缓缓流淌。嘹亮的牧歌响起来了，牧羊女的，老牧人的，好像自遥远的过去飘来，又明明白白是响亮在今天，如大海衬托着小溪，甜蜜又忧伤，欢乐又苍凉，一种繁复的美，灌注了整个草原……

我愿说，天祝，就是天的祷祝……那么，天祝，你会越来越好的！

1996.4.19　初稿

会 宁

是的会宁，你从遥远的古代走来，载着秦皇汉武直至林则徐、左宗棠、谭嗣同们的足迹走来，肩负"秦陇锁钥"的沉甸甸辉光，身披"崇文修德重教""状元县"的霞彩走来，也背负着童秃的梁峁沟壑和人心"白草塬头路，萧萧树两行"的悲凉走来。然而直到那一天，当揭竿于黑暗神州、立志扭转乾坤的中国工农红军的三大主力，会师在你的土地上，衣衫褴褛、热泪喷涌地拥抱在一起，胜利的鼓号、旗帜和豪迈的笑声灿烂在你的土地上的那一天，你才真正走进历史的视线，走进中国地图的彩页，走进自豪和荣耀。

"会师"，这是你的名片，会宁啊。

今天，按着名片找到你，会看到：条条铁路、高速公路，条条电缆与光缆，标示出你在陇原大地的动态的方位，也记录着祖国四面八方来访者虔诚的心音。祖厉河一路谱送沉实又急促前行的歌。绿绿的风与清清的泉描绘出新的铁木山、桃花山。禾苗与草木的芬芳流泻于白草原灌区、华家岭林带，还有沙家湾林带。荞麦、凉谷、豌扁豆、莜麦的波浪，白灵菇、马铃薯、亚麻、籽瓜的波浪，把你的土地染得五光十色，将丰收与富裕的喜悦送进每一座贴满喜联与窗花的庭院——从这些庭院，有多少新时代的秀才、状元，有多少博士、硕士，走出去，走向四海，走向五洲，用他们骄人的业绩叫响"领导苦抓、家长苦供、社会苦帮、教师乐教、学生乐学"的"会宁精神"……

一切,你今天就用这一切,簇拥着中国工农红军第一、二、四方面军会师纪念塔,将它托起在你的土地,光荣的会宁啊。

我端详,雄塔下部那三座紧紧依偎的巨塔,都是九层。其实"九"这传统概念里的最大数,何曾能记述那三支雄师经历过的雨雪风雷!瑞金悲壮的出发,遵义伟大的转折,枪弹的瀑流,饥饿的啃噬,乱草飘摇的泥淖,冻凝空气的冰峰,还有需要用双脚和信念一步步丈量的二万五千里长途,使每个战士在每一刻都曾抓起生命做勇敢坚定的一掷!才掷成这三座九层一塔所昭示的胜利!

我仰望,这雄塔的上部,是三塔相聚融为一体的光辉顶巅。这是会师的记录,团结的颂歌,该用长青的延安时代和长红的开国大典给它的意义做注脚。革命和历史不会原宥狭隘和分裂。代表未来的革命者,钢的胃能消化最硬的陌生和歧异,消化昨天甚至今天,为着团结起来到明天。

哦,会宁,你的名字真好,有了阶级、民族、人民的永久的会师团结,就有永久的兴旺、欢笑和安宁啊!

1989.8.2 初稿

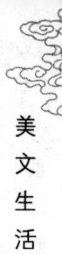

水车旋转
——靖远即吟

古老的水车，在你的腹地，衬着黛色的乌兰山，倚着滚滚黄河水，隆隆转动，靖远呵。

水车扬洒着蒙蒙雨雾，多美的雨雾呀：晨昏的霞照，把它染成七彩的锦纱，柔韧地飘拂、飘拂；正午的艳日，把它炼成闪闪的彩虹，炫目地高悬半空。

更美的是水车上那一只只多情的戽。它们颤颤地、不倦地从河里掬起片片波浪，小心翼翼，满怀深情地捧着、捧着，像捧着一方鲜洁的水晶；然后，又猛地毅然把满捧银珠碧玉倾进凌空横渠。呵，它们掬起来的是母亲黄河的深情，捧着的是父老乡亲的祈祷，倾出去的是一望无际的丰收……

古老的、永不停歇地转动着的水车呵，它使人想起南国古榕和北国古槐的苍劲古朴，想起宇宙间星移斗转的恢宏神秘，想起现代脚手架的雄伟壮观。它就是历史，默默地、坚韧地跋涉了那么久那么久，挟带着这片黄土地和这片黄土地上一代代人们那么多的悲喜故事，送走往昔，迎来今天。它用那一戽戽波纹的柔和、水晶的透明、银珠碧玉的纯美，去滋养一个个明天。

黄河不舍昼夜地流。物质的古老的水车，已经完成它的使命，静静地"博物"在历史中。然而，精神的水车，却永远不老，它在你，靖远的心里，在你每个子民的心里。每一天每一厔掬起的都是新鲜，捧着的是无尽的自信和憧憬，倾出的是这片黄土地新的命运。

1989.7.31

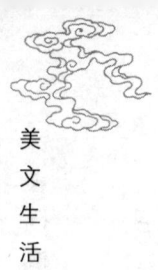

天水印记

丝绸之路咽喉要道，西出长安第一重镇，天水呵。

是那神奇的天河注来之水，年年月月滋润着你，像滋润着一园苗圃。看，在你的园田里，麦子和水稻溢流着阳光和月光的芬芳，长得多么鲜亮啊！"花牛"苹果，还有秦州大樱桃、麦积葡萄的花儿，像风中的旗帜，鲜艳得多么骄傲啊！雪白的野棉，塔似的青松，叶子像碧铜片一样闪光、锋利的铁刨树，遮蔽了每一条山谷。五颜六色的大大小小的汽车、拖拉机、三轮车，还有架子车，奔驰成连绵的彩带，为山野增添生动。厂房楼厦的树林在流荡的晨曦里舒枝展叶。学校、剧院和艺术馆、博物馆的窗口，像神话中的七色花，闪烁着文明和智慧的光彩。哦，有比这一片风景更加壮阔的风景哩。你那么勤谨努力地追踪时代，将共和国的一幅幅设计图作为自己的施工图：关中—天水经济区、国家先进制造高新技术产业化基地、国家级经济技术开发区、国家级公路运输枢纽……说不尽的奠基、开工、兴建如同盛大的花事一场接一场，竣工、投产、收获如同喜庆的红鞭炮无尽地炸响，于是，你的土地上，亮起一面又一面新的耀眼视屏……

哦，有比"天河注水"更古老的传说和史迹呢，有叠印于灿烂现实身后的辉煌往古呢！八千多年的文明史。三千多年的文字记载史。两千七百年的建城史。国内唯一供奉有伏羲塑像的伏羲庙，以近两百个佛教窟龛、葆有七千余身精美泥塑造像而被赞为"东方雕塑艺术馆"的麦积山石窟，各具魅力的仙人崖、南郭寺、石门、胡氏古民居……像一片古老的艺术的森林，描绘出你的郁郁苍苍、深邃奇丽。那一画开天，作八卦、造书契、立九部、制历法、教渔猎、兴农牧、倡婚嫁、制琴瑟、尝百草、制九针的伏羲，曾导引我们的民族走出鸿蒙未启的暗洞，走向文明的曙光。伏羲文化、大地湾文化、秦早期文化、麦积山石窟文化、三国文化，则为你的今日和未来酿铺成厚厚的肥壤。

呵，天水，攀上分水岭，入目的是一面苍莽沉重，一面鸟语花香，让我想起你的鲜丽与黯淡，潇洒与困窘。夏无酷暑，冬无严寒，可你一样有曾经的哀怒与喜乐，从古至今的悲喜交加（"老天水"们有说不尽的话题呵）。而拜谒麦积佛窟，于云的禅语、山的灵光中，我更心仪于第44窟主佛的温情，第133窟弟子和第135窟协侍菩萨的微笑。悟透红尘化外，温煦自在心中，千载不改的东方微笑啊！这也是你的温馨微笑，千载之下，不改地化解悲怨困苦，欣欣然迎接智慧和汗水创造的源源不断的日出和希望……

                1981.12　初稿

美文生活

鸟儿衔来的秦安

我看见,鲜红的梨叶,在初冬的风中飘舞,像鸟儿扇动华美的彩羽。

我看见,漫山遍野新植的杨树和油松,枝条透着隐隐的青光,像鸟儿密密的细嫩的绒毛。

我看见,平整松软的梯田,一片片,一条条,挂满每一座山,像纹理清晰的、巨大的鸟翼(山坡上整地的人们,亮锹闪闪,那是鸟翼上星星点点的光斑呵)。

我看见,一个个村里的场上,密密的金色麦草和谷草的大垛,组成了丰收的图案,像鸟儿身上美丽的花纹(家家户户那堆满新粮和欢笑的囤子,是闪光的鸟冠呵)。

我看见,在县城的夜市,在大大小小的货摊上,亮着一盏盏风灯,灯焰在微风中像只只小鸟翩飞(那个个货摊上,摆满了琳琅满目的百货,红艳艳的蜜桃,白生生的锅块和香喷喷的炒麻籽……)。

我看见,在校园里准备考试的男女学生们,正在紧张地温习着功课,书声琅琅。他们那一双双眼睛,像雏鹰那探向云空的明亮又深远的目光……

……哦,我想起,在葫芦河畔,我听到的那个美丽的传说,说你是一只鸟儿衔来的。呵,秦安,我看见,真的有一群鸟儿正载着你,扑啦啦飞向梦想的前方呢!

而我知道,鸟儿翔集的地方,是用八千年文明蓄积的光亮,用先民们从居穴到屋庐留存的温馨,用历经石具、青铜具、铁具耕耘过的沃土的

亲昵，用那么长那么长的历史筛选出的清香的五谷，给了鸟儿信心与热力……

1981.11　初稿

美文生活

你好，张家川

当夜的青蓝色纱绸还飘挂在马鹿山密密的松枝上，你就醒来了。通往火车站的公路上来来往往繁忙的汽车鸣笛，村镇人家雄鸡的高声啼唱，赶车人清脆的响鞭，下地人吱扭扭的开门声，手扶拖拉机"突突"的歌唱，街头油饼铺呲呲啦啦的煎炸声，加上广播里欢快的乐曲，宣告着你新的一天的到来。

你，勤快的张家川啊！

祖国建设的大工地，少不了你啊！从新的公路、桥梁到水库、梯田、山川生态治理工程，从特色新村、居民新区到风情园、文化园、广电中心，从工业园区到农业基地再到旅游景点，项项拉开阵势，处处热火朝天，一批批萌蘖、拔节、开花、结果！

"伊香拉面师"培训班里，小伙子们交流、盘算着创业的门道。开演前的剧院门口，几个从山上赶回来的老戏迷碰头了，唠开养殖场和牧养的话题；梯田里，一位汉族尕小伙正呼哧呼哧喘着气，帮他的邻居——一位回族军属大娘平整土地……

热闹的集市上，一溜儿摆着崭新的柳条囤，绿绿的，像一片云。看，眉宇里闪动着喜悦的人们，走来了，他们是踏着早春的冻灾，冒着夏收和秋收时的连阴雨，冲过病害和虫害，一步一步走过来的，一直走到丰收，走到这热闹的集市，来添置新囤。

你，多么兴旺的张家川啊！

……哦,考古工作者又来考据古时秦人在这片土地上的那些事了:遗址啊,陶罐啊,头盔啊,金属凤鸟饰件啊,铜铁复合殳啊……你,又是有着多么长神奇历史的张家川啊!

1981.12

美文生活

大象山印象
——甘谷行思

　　选择超脱。超脱尘世的羁累、人寰的得失，灵与肉攀上尽量高尽量高的山顶，高于俗情之外，高于云烟之上，高成永恒的超脱。佛啊！

　　却有更多的人系浓情于世俗红尘，浓得化不开，永世化不开！

　　这甜甜的山谷和苦涩的散渡河水，飘浮太阳的光斑及银色雾的野林，花草丛集、蜂蝶成阵的山顶草地，黄一块、红一块、绿一块、白一块的调色板般的梯田，蛇一样在山崖爬行的小路，滔滔的、白昼溅湿婆姨们的晾衣石，夜间溅湿汉子们雄浑又苍凉的梦境的渭河，散落在山间和河畔的一座座庄院、泥屋和一座座庄院、泥屋中的苦乐年华，还有这"华夏第一县"——中华县制肇始地千载之下茁长的从伏羲到先秦到三国，从脊兽、鲵瓶到木雕、剪纸、枕顶绣、书画的文化硕果和雨后春菇一样冒出的一簇簇崭新的城镇、一片片蔬果基地、工业基地，特别是这辣透半个中国的甘谷辣子和它激出的满足的唏嘘声，都属于他们——俗人们。

　　尘世的酸甜苦辣就那么有滋味吗？赚得人们一代代都辛劳一生——佛温厚地赏看，默默地护佑着这另一种选择。

1991.7.6

崆峒二章

天演崆峒

乾坤造化，天演崆峒！

崆峒雄峻，是男性的山。"斗星高被众峰吞，莽荡山河剑气昏"，"松拿霄汉来龙斗，石负苔衣挟兽奔"（谭嗣同），是男儿气派；要站，就站得个顶天立地，岩奇壁绝，锋刃铮铮，是男儿风格；要容，就容得下层林繁花，重雾浓烟，深涧阔谷，是男儿襟怀；雪压冬云，正好作群峰银色甲胄；十万风雷，只配为雷声峰增添几许情韵，是男儿情致！

崆峒秀美，是女性的山。女儿美，"四望桃花红满谷"，柔柳嫩杨，像碧绿裙衫迎风飘卷；女儿娇，睡眠时雾纱随意轻掩迷人的曲线，醒来时鸣啭的笑语鲜甜欲滴；女儿柔，温暖的山风为林野吹送清新，软软的河水一路絮语，流向每颗种子和每条根；女儿韧，肃秋不凋满山红叶，寒冬偏爱素裹红装，永远用美抒写生活……

雄峻任天。秀美任天。崆峒自顺天意，直觉天籁，弃绝内惑外扰，自在逍遥。

自感气场者，人山相向，天人合一，于是有了持守至道的千岁广成子和黄帝问道的故事……

1987.10.5 初稿

轩辕也问道于此

1

　　生长高峻的地方也生长气喘和眩晕：迸发的气喘凯旋的眩晕，寻觅的气喘回归的眩晕，祈求的气喘失落的眩晕……
　　崆峒孤独吗？
　　在气喘和眩晕的漩涡，永远只有无人可诉心曲的清寂。

2

　　轩辕也问道于此，向千载不老的广成子。人生灵与肉的登攀从一开始就面对迷津。
　　顶点和目的也许的确在云深不知处，也许压根儿就没有——
　　然而决意登攀。一代代人决意登攀。
　　从门槛到门前的土坡到长草的山冈，到长苍松和青枫的崆峒，到更高更高的山峰。用双脚铲路。
　　阶梯上面还有阶梯，山峰上面还有山峰，云层上面还有云层，天空是钢蓝的大高远，宇宙是惨白的大辽阔——
　　决意、决意登攀。

3

　　且不说号称"天下道教第一山"，反正仙总是出自山野林莽：山托他高过浮云，野任他扩张眼界，林给他清新肺腑，莽逼他不知疲倦地甩脱一个又一个羁绊。于是腾飘为仙——那就是修身养性为人的天道了。

1989.5

你秀美又高洁
——行经泾川

呵，秀美的泾川。

你有那么美的泾河，青水碧浪，平波细纹，像一川清白的晨风，抑或是一川明净的月光，绕山环玲，蜿蜒而去，流着多少画意，润着多少诗情！你有那么美的王母宫山，"四时有不谢之花，八节有长青之草"，云是五色的，风是温软的，瑶池是芬芳的，还有桃花、迎春花、丁香花装扮的春，还有金果映照红叶涂染的秋，惹得那驾八骏来会西王母的周穆王流连忘返，离别时还频频回首。你有那么美的泾川城，依秀水，傍明山，崭新的楼群像森然的青枫林，热闹的街市溢流繁荣和欢笑……

呵，高洁的泾川！

你宁静：如果没有乾隆皇帝发现史书的矛盾，派人调查，终于将数千年"泾浊渭清"的冤案平反为"泾清渭浊"，你的泾河也许至今还在担着"泾水一石，其泥数斗"的罪名。然而无论蒙冤，还是昭雪，泾河从未更易过其清明之志。你高雅：千年百载，李白的热烈的留恋，王昌龄"泾水横白烟，泾城隐寒树"的描绘，李商隐"绿杨枝外尽汀洲""瑶池阿母绮窗开"的吟咏，谭嗣同"蛙声鸟语随鞭影，水态山容足性灵"的赞美，朝夕伴着你。你神秘，从上个世纪到这个世纪，三次出土、千年一现的诸佛舍利，隐含着多少人间与天国难解的故事。你豪壮：红军将领吴焕先就长眠在你的土地上，碧血滴滴，化为一天云锦，映照着你的儿女的心灵，和他们今天继承革命先辈遗志所进行的生龙活虎的战斗！……

呵，泾川，秀美高洁的泾川，在这明媚的阳光里，我向你致敬。

1988.1.3

灵 台

　　从遥远的史前、遥远的密须国、遥远的汉魏晋走来，灵台，因为你为祖国和民族养育了他——一代神医皇甫谧，你什字塬春天遍野的柳丝桃花，珍珠山冬天满目的琼峰玉岭，你那晨昏霞照中一川摇颤着鲜花般的达溪河，因而便处处满蕴着一派灵气了。

　　他是医生。但他不止治疗人们生理上的病痛。在那肮脏岁月，在一片赤裸裸或披起虚伪外衣追逐功名利禄的瘟疫中，怂恿他去随波逐流，以博取名望，他回答："贫者士之常，贱者道之实。"举孝廉，举贤良方正，他淡淡地谢绝。朝廷一次、二次、三次、四次、五次下诏敦逼，许官封赏，他冷冷地推却。他是将自己化为一枚银针，无情地扎入了社会的痼疾。每一次捻动，都是一次伟大的搏击啊！当姑母的儿子梁柳做了城阳太守，人们劝他为之饯行，他回答得多好："梁柳没做官到我家来，我迎送他都没出过门，吃饭只不过是一点咸菜，今天他作了太守，就用酒肉为他送行，岂不是看重了城阳太守，而轻贱了梁柳吗？"他是真正救"人"的，要把人从那腐蚀人、扼杀人的瘟病中解救出来，让人恢复应有的壮健美丽的精神与物质的肌体。他疗救人心。

　　神医！而他却不是神。是患"书淫"他才有学识。是满目乡邻的病疴，是半身不遂的风痹症从四十二岁起一直折磨了自己二十八年，他才悉心苦钻医学、以身试针、精通针灸，造福众人！

　　于是，灵台，中国与世界针灸医学鼻祖的故里，就用皇甫谧那高格调

的心神，去勤奋地创造出更壮丽的世界、更健美的人生，告慰这位曾经生活在你的土地上医治过社会和生命的先圣吧！

1987.9

汭河川上的一朵花
——崇信小记

　　桃，是红的；柳，是碧的；田野里滚着露珠的肥硕的麦苗和菜叶是嫩绿的；龙泉山崖的古柏和绝壁的苔衣是苍绿的；窑洞，是白的；瓦房，是青的；工厂的烟囱的抒情是明净的；新窑煤矿的奉献是乌亮的；水泥是银闪闪的；陶瓷是金亮亮的；百货大楼里那琳琅满目的商品和城外果园那灼灼鲜花，是七彩的……

　　呵，崇信，汭河川上的一朵花！

　　我看见，这鲜花片片艳丽的花瓣，一齐沾满黄土高原金亮亮的阳光，像洗过的水晶。汭河和黑河，像两片巨大的叶子，拱卫着这朵鲜花，使它显得温润鲜洁。而那每块砖都记载着自商周以来的兴盛史的九功城和那唐代武康郡王兴工留下的甜水井，那孕育自遥远的侏罗纪的煤田，那曾经在蕨类森林和沼泽湖泊活跃过的恐龙的化石告诉我们：

　　这朵花，是从昨天长出，向着今天和明天绽放……

1987.12.28

美文生活

我是煤，我要燃烧
——华亭抒情

我是煤，我要燃烧！

华亭，这是你的呼喊，我听见的。

在你博大的胸膛里，埋藏着多少宝藏呢？曾经是郁郁葱葱的、喷发生机的森林，接着是巨大的摧残与巨大的反抗，接着是失败与反思，接着是升华与结晶！这都是宝藏呵！它成为黑色的啸声隐隐的波涛，黑色的奔突的地火。当解放的时刻一旦来临，它立即不可遏制地喷发，走向燃烧，走向闪耀，走向贡献，把一切能量发挥尽竭的贡献……

呵，华亭。在雄性的阳光下，你的每一口矿井，每一只煤窑，每一条传送线，每一个煤矿，每一条弯弯曲曲的山路，都乌金滚滚，煤浪滔滔，光彩灼灼！呼喊，来自每个角落、每块亮闪闪的煤：

我是煤，我要燃烧！

充满着作为时代能源的自豪，和奉献一切的渴盼！

1988.1.6

你总在设计着新的风景
——礼赞庄浪

　　当旭日为金碧辉煌的梯田、奔腾起伏的关山林海和清波粼粼的朝那湫披上它橘红色风衣的时候，庄浪，你又一个新的早晨到来了。

　　你用杨树、桦树、油松、青枫和花椒树、杜仲树的摇曳，亲昵新的一天。你用小麦、玉米、胡麻、洋芋和紫花苜蓿、蕨菜的清新，熏染新的一天。你用猪、牛、新种羊和麝鹿、锦鸡、野鸭的欢叫，唤醒新的一天。你用铁臂银锄，在水洛河畔耕耘新的一天。你割、括、劈、起、打、锁，掐麦秆、搓麦粒、整把晾晒、拔除头节、粗细分类、焖软扭辫、剪毛槎、盘把、集中加工，用巧夺天工的竹编和草编，编织新的一天。你在机声喧腾的铜矿开采新的一天，在辐射光热的砖窑烧制新的一天，在农产品加工的流水线上酿造新的一天。你的商贩、麦客、建筑队，在异乡，挺起胸脯以全新的开拓者的气魄，占领新的一天。你的温棚闪闪的高效农业示范区和新楼鳞次栉比的县城新的开发区，时尚地设计着新的一天！

　　哦，你用"山顶沙棘戴帽，山间梯田缠腰，沟台林果锁边，沟底林草坝库"的朴实又壮阔的目标，用"三九寒天不停工，大雪封门不收兵"修筑梯田移动的土方堆成一米见方的土墙可以绕地球六圈半的精神，鞭策新的一天……

　　新的一天，那王母娘娘嬉戏过的湫池里，游船的欢桨催动水波中彩霞般的水蓼。朝阳为云崖寺和抗金名将吴玠的墓址敷上新艳的光彩。响洞崖

的鸟儿唱得那么迷人,是一只什么新奇的曲子呢?秋千架上,飘拂着彩色的风。火焰山、二郎山、羊把式坡、紫荆山、观音山、龙山和笔架山,笔走龙蛇,在云天书写新的诗思!

你用那几十位牺牲在治理山川前线的乡亲的名字,用老农李有才在植树造林中用坏的十七把铁锹、孔祥吉冻掉的十个脚趾甲,诠释新的一天……

你总在设计着自己新的风景。又一个新的早晨到来了,庄浪,新的。

1988.1.1　初稿

静宁印象

印象：在省城，在京城，在一座座都市，在熙熙攘攘、五光十色的市街，人们捧着你有名的特产——静宁红富士苹果：红晶晶，水亮亮，又大又圆又艳！轻轻咬开，脆爽，清香，甜蜜的汁液喷涌而出……

印象：在省城，在京城，在一座座都市，在熙熙攘攘、五光十色的市街，人们争购你有名的金亮亮、黄澄澄的静宁烧鸡和白生生、干爽爽如同玉盘一样的静宁锅盔，未及品尝，诱人的香气已扑鼻而来！

踏上你的土地，立即感知葫芦河的深远和黄土地的厚重。注目黄绿相间的梁峁河川，注目小麦、玉米和胡麻、白豌豆的田垄，注目椿树、白榆、旱柳的青林，注目东峡水影、文屏山光，注目县城新楼鳞次、厂房栉比、车水马龙、繁华时尚的东部、南部和北部市街，叠印而来的印象是：

我们的人文初祖伏羲，在被孕育十二年后，辉煌地在这里呱呱坠地……

李渊、李白、李广们，在戎马倥偬或放歌山水的生涯中，有多少次，举头望明月，对于这片作为自己祖籍或出生地的土地，做起依稀故乡之梦……

长征途中，毛泽东、周恩来们在这里，就在农民的土炕上，休憩一夜，又率领队伍跨步北上……

印象：你的公司、中心、基地、生产线，从果、薯、药、菜、畜产业的规划里争先恐后走出来，走到市场面前，令人目不暇接地展示起你红遍

八方的苹果和它后味丰美的产业，你的金蛋蛋洋芋和它百变无穷的产业，你满山的黄芪、甘草、板蓝和它益人济世的产业，你珍贵的土种鸡和它鲜香浓郁的产业，你的宝贝瓜菜和它清鲜茁壮的产业……

　　印象：你那在半个世纪前点燃家家罐罐茶炊和灯盏的火柴制造业，燎原般引领来片片崭新厂房、隆隆机声。成长的化工、建材、建筑、地毯……让人们在全省、全国的大市场里寻购你的水泥、电雷管、复混肥……

　　呵，静宁，从历史的叠印里，我看见你新的荣耀和希望。你走进时代新的眼神，走进变化了的世界，走进我们的先祖和先民梦想的今天！我知道，在这片黄土地上，你是走过了一个风雪交加的、漫长的严冬，走过了一个返青、吐绿的春季，终于走到开花的季节、扬穗的季节……呵，千万年的黄土地，祝福你不再在长久水土流失的沟谷梁峁间透露贫瘠……

1988.1.7　初稿

那里生长着皮影戏一样的魅力
——初识环县

六位环县农民组成的民间皮影艺术团，1987年秋到达意大利进行访问演出。

你好，白鸽羽毛般鲜洁的云朵！
你好，白云般流淌的波河！
你好，波河平原摇曳阳光的玉米和让甘美在沃土扎根的甜菜！
你好，活着的维苏威火山下活着的历史——庞培古城！
你好，炫耀着蓝玻璃般的海水和海水般碧蓝的眸子的水上之城威尼斯！
你好，屹立着达·芬奇、但丁、薄伽丘、屹立着永恒迷人的艺术的意大利！
我们来了！

我们来了，
从你们陌生的高原——那里也有白鸽羽毛般鲜洁的云朵，有白云般流淌的环江水；
从你们陌生的黄土地——那里也有秋日的玉米和甜菜，摇曳着阳光，让甘美在沃土扎根；
那里像全中国一样，活着马可·波罗喜爱的数不清的神奇的故事，那里

活着巍峨的宋代砖塔，活着历史；

那里，男儿英武得跟着共产党和陕甘边区苏维埃政府献身改变中国命运的革命、挥动抗日的火炬，女儿俊气得赛过水嫩的山丹丹花；

那里，是中国的皮影之乡，生长着陇东道情皮影戏奠基人解长春和无数民间艺术家传下来的皮影戏，生长着皮影戏一样永远年轻的艺术……

哦，那只是一个小小的所在，它的名字，叫环县。

1987.12

沉重又威武的行进
——合水行章

你的往古，陈列在北京自然博物馆和甘肃省博物馆里：

三米多长的巨齿，四米高、八米长的身躯——巨大的黄河古象，穿过紫色的枝叶茂密的树林，蹚过杂草丛生的波光粼粼的沼泽，背负白花花的灼热的太阳，伴着一群群羚羊和鸵鸟，像一座褐色的沉重的山峦，昂首阔步，缓缓前行……

那是威武的行进，也是沉重的行进呵！

你的今天，展现在我们的黄土地上：

在子午岭下，在葫芦河和马莲河畔，摇曳的小麦黄金嫩，玉米黄金嫩，谷子黄金嫩，糜子黄金嫩；漫山遍野的苹果花、雪白的土豆花儿、金灿灿的油菜花儿和金针花，绽放着色彩和芳香；规模化的草场、养殖场，牛羊如排排涌浪；你的从小农经济的淤泥中拔出脚来的子民们，满嘴里开始喧响着"招商""项目""产业""基地""工业集中区"的声音，头脑里萌生富裕文明的欲望。金像山，就载着这沉甸甸的一切，送走晚霞，迎来日出……

这是沉重的行进，更是威武、欢欣的行进呵！

1987.12.23　初稿

美文生活

从历史深处飞来
——镇原抒感

　　有鸡头山黄帝登攀的身影，潜夫山王符求索的思绪，做你深远的背景和遒劲的气场。

　　金灿灿、亮花花的麦垛，金灿灿、亮花花的金针，红晶晶、亮花花的苹果花，红晶晶、亮花花的荞麦花，绿油油、亮花花的茴香苗和甜菜，绿油油、亮花花的山麓草场，碧蓝蓝、亮花花的规模栽植的苗林，碧蓝蓝、亮花花的蒲河水和茹河水……还有荧屏闪闪的电商窗口，五光十色的工艺编织，郎朗辉耀的西新区的灯光……

　　呵，镇原，你遍身赤橙黄绿青蓝紫，一起闪闪发光，多像一只彩蝶，在黄土地上飞，辉煌地飞！

　　你的子民说，你——

　　是从陕甘宁那珍贵的历史深处飞来，

　　向比荞面摊饼卷蜂蜜甜美一百倍的明日飞去……

1987.9.25　初稿

更生的定西

生潮涨了,生潮涨了,死了的凤凰更生了!

……是的,凤凰,那只在你的城堡刚刚建成时飞来道喜的凤凰,曾经死去,在它自己又苦又咸的泪水里。

泪光水影里,是杂沓叠印的无休止的荒兵乱马、鸣镝狼烟,是不平的人间横飞的鞭、竖舞的棒和饮恨埋首挣扎的与牛马一样的人;是灾难的大地白花花的烈日,枯焦的麦秆,呆滞的目光和菜黄的脸,是"苦瘠甲于天下"的慨叹,还有凤凰自己为这苦难的大地唱出的苦苦的歌哭,泣出的咸咸的血……

然而,一切都已过去,死已过去。

生潮涨了,生潮涨了,死了的凤凰更生了!

温柔的春阳抚活了它的心脏,清新的春风催助着它的呼吸,汩汩的春水洗畅了它的血脉,当它慢慢睁开双眼,呵,定西,它看见你正为装扮它忙得热汗淋淋:

——"三西建设",种草种树,集雨节灌,退耕还林造林,中小流域治理,引洮工程,兴修梯田,地膜粮作,马铃薯产业化,中医药产业化,草牧养殖产业化,果蔬产业化,花卉产业化……

——修高速,修铁路,修机场,覆盖电网,覆盖广电网,覆盖互联网……

——建设城,建设镇,建设工业园区,施展集聚、辐射、带动的巨力,

秀出陇中城镇新的形象……

——脱贫，增收，惠民安民乐民，让粮仓、钱袋、自来水、卫生室、文化站、乡村舞台、农家书屋、幼儿园、青砖红瓦的新居，为每一家、每一村送去饱暖、健康、快乐……

呵，华家岭下，关川河旁，凤凰更生了！一排排油松的翠羽，一排排白杨的银羽；一排排龙柳的金羽，一排排梧桐的蓝羽；还有红豆草绘出的一片艳紫，沙棘和酸刺点缀出的几行赤红；呵，还有条条水渠的银练，只只水窖串起的项链，一面面水库的明镜……舞动着生气和魅力。羽翼抖动的凤凰，左翅膀是色块似的茂密的农田、药田、果园和草场，右翅膀是羽翎似的座座新桥，背上是崭新的楼厦市街，胸前是壮观的工业风景线……

翱翔！翱翔！欢唱！欢唱！美艳的更生的凤凰展翅了！

理想的林野还很远。欢喜、自信的是：死亡永远过去，只需飞翔！飞翔！

1987.4

茁长：渴望与拼争
——通渭思绪

穷则思变。于是，华家岭下，牛谷河畔，便茁长渴望与拼争。

呵，通渭，十年九旱烤出你满目枯焦的黄土。每一页典籍志书，每一处丘陵沟壑，都涂满贫瘠。不贫瘠的是生之渴望与拼争！烈日下，只有汗和血是流动的，你的子民便用血汗滋润土地，一棵一棵栽植起杨柳与果树，一片一片修整出梯田，一株一株养育着小麦与荞麦、胡麻与马铃薯、药材与红豆草——不能不羸弱，但却倔强地挺立倔强地青绿倔强地开出绚烂的花结出丰收与喜悦。而这些"铁杆庄稼"们又用绿色的理念刷新你的小杂粮加工厂、味精厂、粉丝厂、毛纺厂、草编厂那一片崭新的风景。

渴望与拼争！于是，你的子民更挥毫泼墨，在另一片家园——精神的家园，描绘真正自由与丰硕的理想。你的子民，老中青幼都是书画家！每一座房屋，不论是富足的还是穷困的，都书画饰壁，文采满堂！"中国书画艺术之乡"，一书一画，每一笔都发射生之欲求，每一划都透露灵魂的探寻，每一个色块都在振聋发聩地呼喊黄土地的晨曦，每一个构图都昭示抖落苦涩和困顿、迸射着生命的天光和地光的立体形象！

在其他生命难以生长的地方长成茁壮的生命，这，就是人，最伟大的生命，有着最强健的精神力量的生命。

呵，通渭，你有秦代长城横贯全境的历史。有"千堡之县"的历史。有明代作为国家养马中心的历史。有八十年前红军长征经过、毛泽东在你

的文庙街小学高诵过《七律·长征》的历史。有在新的世纪你的骄子杨子恒荣膺英国皇家科学院院士的历史。今天，你县城连绵的楼群、崭新的道路、怒放的街灯和喧闹的公园在述说，你一个个繁荣的小镇、热闹的集市在述说，你一座座农家庄院里人的絮语和猪儿、鸡娃的吟唤在述说，你抢眼在五湖四海的农民书画在述说：荣耀在继续，而渴望与拼争正在书写新的历史。还有贫瘠，但正在走向过去。

呵，通渭，我知道，你还有个奇迹般的所在呢：在你的一片山谷林木中，有那样一湾神水温泉，春日潺潺流淌，冬日暖舞氤氲，引来游人如织。真好！那么，愿生活在你怀抱的每个人，心里都涌流温泉一样的慰藉和甜蜜吧……

1996.4.6

一 盂
——渭源感怀

顾颉刚："长流渭川水，溯到源头只一盂。"

这一盂，是酝酿出鸟鼠山禹河的那一盂？是渗流成豁豁山清源河的那一盂？是积聚成锹峪峡锹峪河的那一盂？

"鸟鼠同穴渭水源"啊！反正，这源，原本只一盂，一盂清照双睛的泉水，近乎无声地、一点也不起眼地、一缕缕地渗流出地面。

却流成一条波滚浪翻的渭河，长达八百公里的渭河，滋养着十三万五千平方公里土地的渭河！

源头，一片静静的风景。那是云端的太白山蓝色的、云阵般的松林和枇杷林。那是六月莲峰山晴岚辉映的五色峦嶂。那是石门晴夜那淙淙流泻的月华。那是孤竹瑟瑟、蕨丛森森、留下伯夷叔齐"不食周粟"的清冷骨气的首阳山脉。那是从两千年前踏遍沧桑走来的秦长城。那是那座古典纯木结构卧式悬臂拱桥灞陵桥，虹光柳影含蓄悲欢离合，东行西望引握起函关紫气、玉塞葡萄……

源头，一片静静的生发。田野里，马铃薯的花儿开了，洁白如美阳；当归、党参、黄芪们暗自高贵沉实；青草们悄悄郁郁葱葱……小城中，絮语着新的故事：崭新的街道、楼群、公园和渭河风情线的故事；"中国马铃薯良种之乡"和马铃薯系列淀粉加工基地的故事；"千年药乡""中国党参之乡"和渭水源中药材市场的故事；绿色肉食品基地的故事……古老

的土地，从盘山的层层梯田，到渭源一中新楼，丰收的五彩舞队和静静的新颖、智慧的憧憬，蜿蜒而来……

这就是渭水的源头啊！是从这里出发，涓涓细流涌淌成河，竟神奇成姜太公垂钓的迷人故事，竟深刻成泾渭孰清孰浊的争辩与探究，竟孕育出秦陇大地弥望的绿色、文化的芬芳，竟浇灌出两岸一个又一个世纪推陈出新的传奇……

而在源头，伟大和辉煌，就这样，近乎无声地、一点也不起眼地、一缕缕地渗流出地面……

1996.5.11　初稿

添 神
——写意漳县

你的天空像水洗过的蓝色玻璃,洁净,明丽。

你的河流,漳河、龙川河、榜沙河,像一条条飘闪的蓝色云霞,清亮,柔媚。

攀上贵清山,俯瞰:多么深长的峡谷!沿一千二百八十八阶天梯下山,仰视:多么高峻的山峰!这么高峻的山峰,这么深长的峡谷,却都像被精心地洗刷过,从整个山体和涧峡到每处苍翠的杉林,妩媚的草坪,青白的岩石,亮晶晶的流泉,粗朴的木桥,古迈的亭刹,再到一声声鱼跃、一串串鸟鸣,都清明澄澈,没有些许浑浊与污染。只有一派淡绿色的空气氤氲于山林,像滤过似的,清新,透明。

你片片相连的梯田和片片郁郁葱葱的林草地,像挂在座座山上山下的一幅幅刚刚完成的图画。麦浪的金黄,蚕豆和玉米的深绿,胡麻花儿的蓝和白,密林茂草的浓色丰韵,都留着画笔的濡湿,闪耀水淋淋的光彩。

你的长长的县城,是一条流淌阳光的河。你工业园区正在矗立起的座座岩盐、红柱石和石灰石产品生产的厂房,像你山间次生林中的蘑菇一样繁多的生产精制蚕豆、马铃薯、沙棘、中药材产品的工厂,刚刚落成的一座座商场、银行、宾馆和民居,被晶明的阳光洗浴得那么灿烂,那么新鲜。

呵,你的瑰宝岩盐,更是如雪似银般澄洁的。"漳水漾洄润地,宝井便民裕国":从"露头盐泉",到古镇盐井,到现代化真空盐厂的流水线;

从遥远西周的掘井熬盐,到明清喧闹的盐市,到如今"堆银"名盐将生活的滋味送向越来越多、越来越远的餐桌……一条水晶般的轨迹,勾勒出你本真的高贵……

盘山道上,漳县,我看见,你走出去和大山外面的涌进来的车轮正隆隆滚动。那么,祝福你,你的宝盐,你的盐川文化,恒久地为外面的世界添一份精神、一份厚重,又守护住你的清纯吧!

1996.7.27 初稿

当 归
——岷县吟

来自褐色的土地,和土地一样的颜色,像土地一样深沉;也有如土地一样,是营养和效用酿成,宝药当归呵!

从积雪的山腰,从山脚的林间,从一座座小院,一户户农家,一处处基地,一篓篓,一捆捆,一驮驮,一车车,当归,像金色的小溪,源源流来,汇成褐色的浪头和湖泊——岷县,名不虚传的当归之乡呵!

看哟,当把散发着芳香的当归和精心研制精深加工的当归饮片、中成药、保健药膳药茶、美容化妆品一箱箱装上载重汽车,装进一节节货车车厢的时候,我们的岷县人,满面闪耀着的,是怎样一种光彩呵!是自豪,是欣喜,是祈望,是祝福,汇成红云两片,晶泪满眼……

是呵,让我们的心花之果香遍五湖四海和整个地球吧,让它去召唤异国兄妹的友谊和同胞游子的乡情,让它在人间襄灾弭患,福佑天下劳苦父老万寿无疆吧!

1981.12

月亮，像一朵橘花……
——武都一览

月亮，像一朵橘花，雪白的光影，辉映着一派暗青色的山峰，辉映着乌蓝的江水，辉映着每一片果园，每一片梯田和你城乡的每一个窗口。似乎有橘花的清香浸透了空气，处处甜蜜而芬芳。

武都，此刻，你就憩息在这样的江边，这样的山间，这样隐隐的花香和融融的月光里。

而当地平线刚刚透出一丝蔚蓝的时候，武都，你却一跃而起，在江畔，在川台，在山腰，在峰巅，在草坡，在树林，四处寻找目标，四处挥汗如雨！

不论是祖先们早已种植的，还是昨天仍然在野生野长的；华羽斑斓的锦鸡，肥胖的灰兔，不住地打着响鼻的马和懒得动弹的猪，都在你的驯化下为人做着贡献。饼干儿大的一片土壤也种满意志。何必问什么"耕地有多少？"你派遣希望占领一切属于你的空间，你恨不得让东、西、南、北、上、下都生长富裕！

呵，你曾经贫穷。是的，你更从来不乏富足：有的是由穷变富的渴望！曾经从高古先秦、隆盛汉唐、风云三国，神奇氐、羌的遥遥潮汐中走来的你，从百年救国救民的艰苦卓绝中走来的你，从共和国的高歌低回中走来的你，今日有的是奔向自由王国的道路和脚力！为了消灭穷，武都，你终于动起"武"来了。你的急促而强烈的呼吸，卷过滚滚乌云似的橘林和漆

树林，汇入华夏大地 20 世纪 80 年代不可遏止的季风。

晴日，在一切都难以掩饰的强烈的日光下，你审视故土的格局，皱着眉用眼光咬住那还没有被征服的哪怕是仅剩的一峰灰红的贫瘠，一摊不毛的愚昧和一丛疯长的必然王国，酝酿着新的迸发……

于是，无心理睬那常常是千篇一律、腐酸满卷的旧县志，我要为你活生生的为着富裕幸福的奋斗，唱一支歌……

1981.12

美文生活

礼县有思

"靡不有初，鲜克有终。"

那个被揭竿而起的陈胜、吴广们送了"终"的烜赫一时的王朝，就是从这里升起初阳的。

——在这西犬丘起居生息，为大奴隶主周王牧养马匹，勤勉有功而被封地授侯，成为周的附庸。伟大几乎都有卑微的起点。

可是你——

你的巍峨沉雄的大堡子山，坐落于宽缓漫流的西汉水、永坪河交汇处，你有着自己笃信的"两河夹一山"的地利；"百川沸腾，山冢碎崩。高岸为谷，深谷为陵"，挣脱了周的残暴没落的黑暗，你有着奴隶制不可逆转地走向封建制的天时；齐桓、宋襄、晋文、秦穆、楚庄……齐、楚、燕、韩、赵、魏、秦……经历无休止的战乱灾变，你有渴盼安定、渴盼温饱、渴盼敦邦睦邻统一的人和。

于是，金戈铁马，东图称雄，气吞万里如虎。于是，建极权，推郡县，统一度量衡、货币和文字，筑长城，凿灵渠，扩疆域，成就一代霸业，成就旭日东升！

……两千多年过去，礼县呵，你悉心探知那个王朝的来路，从林木振振青草萋萋的大堡子山，从那个王朝的先祖们祈祷、祭祀的每一处遗址，从黄土平丘上安葬那个王朝大公贵族们的西垂陵园，从古锈斑斑的青铜鼎、簋、编钟、壶、剑和金器、玉器，感知和触摸那个崛起的部族最初的强劲

鼻息和脉搏，探寻他们所向披靡由西垂而雍城而咸阳发祥、发展、壮大、实现大一统的风云呼啸和铿锵足音！新生无敌。那个王朝的生命密码启迪了我们的整个民族和你——礼县。你于是图新，和我们的整个民族一样。

然而，祷祝万世的皇帝，二世而亡。清气袭人的旭日，那么快就成了烈日、毒日、残日、落日，只剩下余烬袅袅……

那个王朝曾经覆盖过的土地，包括你，礼县，千载之下，多少番新过又旧了又新了。兴过又衰了又兴了。兴替变迁使历史，也使你悲喜交加地成长，成长到今天……

今天。

你在千古一帝的故里修建起秦文化博物馆，组织起秦文化研究会，从秦族、秦文化的发祥地伸展思路；你还在"地扼蜀陇之咽喉，势控攻守之要冲"的山水间从祁山武侯祠、盐官盐井祠生发灵感；你用簪花流绿的田野和哞咩鼎沸的牧场，用丰美的牛羊、丰收的小麦、玉米、蔬菜和获得国家地理标志产品保护的苹果、大黄，用无数的生活果实的香甜，洗刷贫穷的苦涩；你用引大、引强、招商、安商、扶商的智慧和胸襟，发掘黄金和黄金般珍贵的那许多自然资源，拓展一片又一片富裕、时尚的梦境；你的劳务大军用真诚、勤劳和聪慧成为京津沪的香饽饽；你统筹山水，放飞想象，拓旧建新，把道路织成锦绣的网，向未来提升城镇与乡村；你抚平每一次天灾地灾的伤痕重建家园，把每一座房屋、每一片村落都修成景观修成文化修成明亮甜美的日子，以人文与自然和谐相融、历史与现代完美结合的理念浓墨重彩描绘着这片土地；你用爱和责任优化人心生态，启迪你的子民，从每一个孩子到每一个群众的带头人，将每一张蓝图、每一个念头和每一举一动，都命名为"民意""民生"……

"大仪斡运，天回地游。"（晋张华《励志诗》）呵，礼县，我知道，你和我们的整个民族，正在夙夜无已挥汗如雨踏实猛进的同时，也一起忧心殷殷地思索着怎样走出那历史的怪圈，在前无古人的新路上，走向人民乾坤的日新又新、青山永续呢……

2013.8.29

读西和

走过一段高速公路，又走过一段槐花如雪、芬芳馥郁的林荫大道，我看见了你，西和，坐落在青山里，坐落在西汉水旁。

伏羲生处的传说让我读出你的神秘。在那久远久远的日子，当我们的始祖在伏羲崖下诞生的时候，天地之象是呈现一种山摇地动、声色异常的大辉煌，还是静穆无声如今日的产房，来迎接一个民族最初的呀唔歌唱呢？

仇池古国的历史让我读出你的刚武。硬是在这小小一方阵地，靠着红岩青石、绝峡险壁、板屋泥墙、煮土成盐，与一个个强权抗争、周旋，拒绝末世的疯狂也拒绝新朝的嚣张，白马氐人、仇池杨氏，竟立国四百余年！那是怎样一种从容与惨烈呢？

乞巧的习俗让我读出你的妩媚。女人天生就是来打扮世界的，更何况你的女儿们还要年年迎织女巧娘娘下凡，教针线、传厨艺，更保佑每个姑娘配上个牛郎一样的好情郎呢！一遍遍"我把巧姐姐迎下凡"的热切歌唱，唱出的是女儿们爱美求巧盼福的心声；一支支"跳麻姐姐"的欢舞，是女儿们灵与肉之美的淋漓尽致的绽放！

呵，西和，递出新的名片，你更让我读你的希望，无尽的希望："复杂的宝贝地带"（李四光），"国内铅锌第二大矿床"，"全国第三大锑矿"，"沙金、岩金遍布全县"，"长江上游水土保持重点县"，"防护林建设县"，"对外开放县"，"甘肃省经济开发试验小区重点县"，"中国半夏之乡"，"中国乞巧文化之乡"……

你繁华的小城：伏羲大道像一秆花茎，伸展出条条车水马龙的长廊，开放出熙熙攘攘、挤挤挨挨的街区，托举着以饱满的墨笔重重点染出的绿色浓重的观山与隍城山……

你美丽的山乡：经历地震灾难之后如涅槃的凤凰站立成新的风景，以一片片红砖瓦房、崭新村落——用绚烂多彩的剪纸、刺绣、草编装点出的欢乐吉祥装饰着的红砖瓦房、崭新村落，以更加青葱的小麦、荞麦、玉米和洋芋，以更加丰实的花椒、核桃和澳洲青苹果、日本落叶松，以神奇的半夏、黄芪和淫羊藿，以满山的牛羊和诗圣杜甫描绘过的水中的神鱼，以更加清香诱人的杠子面、大锅盔和咂杆酒……

走不尽的风景圈：走进隍城森林公园、晚霞湖就走进了乞巧旅游圈……走进仇池山、八峰崖就走进了伏羲、仇池旅游圈……走进凤凰山、云华山就走进了先秦、地域旅游圈……每个圈都"清泉涌沸，润气上流"（《水经注》）着文化和美妙……

呵，西和。在五月晶明的天光和云影里，在麦叶和树叶一样摇曳的风里，我读你……

2012.6.11

文县二章

闪闪的白羽

生活在川、甘交界大山深处的白马藏族人,沙嘎毡帽上高插着白雄鸡翎。

白羽闪闪,在白马人的沙嘎帽上。

是因为白雄鸡翎有着辟邪镇怪的灵威神力吗?或者,是要借它的银光雪芒作为自己队伍的鲜明标志吗?抑或是为了永久地感恩那只神奇的雄鸡,纪念它在突遭敌袭的午夜高鸣报警唤醒酣睡的人们急起保卫山寨的功绩?白马人,将闪闪的白羽,高高地插在自己的沙嘎帽端。

一抹闪电……一抹闪电……一抹闪电……从滔滔的乌云里,从激猛的雨瀑里,从狰狞的夜色里,从风啸猿啼的山峡里,从追敌密集的马蹄和箭矢里,顽强无惧的英雄的祖先们冲出来,冲上高山,冲入深林,奔进日夜警惕的阵地,又终于争得家园的安宁!沙嘎帽端的白羽如锐利的闪电……

一缕晨曦……一缕晨曦……一缕晨曦……每个早晨,渐次照亮滚滚的白马河水,照亮赭岩青壁的脉告开山和松杉蓊郁的老林,照亮种植、牧羊、养蜂、打猎和在现代加工厂房劳作的人们,照亮酿酒、熏肉、制作岩根酸菜、洋芋糍粑和精心织、擀、绣送往市场的民族工艺品的人们,照亮一个个白马山寨对天神、地神、山神、水神、火神、树神的祷告和家家户户吉

祥的炊烟，照亮迎向天空的广播电视天线和来去于外部世界的车流、人流。沙嘎帽端的白羽，为从历史深处走来的日子涂染亮色……

一朵鲜洁的刺梅花……一朵如雪的野棉花……一朵耀眼的梨花……装点得廊桥山路、村村寨寨春意盎然，辉映得彩绘木楼门窗火塘喜气洋洋。老爷爷老奶奶的每个关节都暖流隐隐，白麻布汗衫黑坎肩的英武的小伙和五彩服、花腰带、银手镯、绣花鞋的美丽姑娘心头跳跃爱情。沙嘎帽端的白羽，在白马人的生活里绽放春天的美……

呵，把熊熊的篝火点起来吧，把手拉起来，把臂膀挽起来，把我们的火圈舞跳起来，把我们的歌子唱起来吧！既然"会说话就会唱歌，会走路就会跳舞"，既然是祖先"把我们带到这个地方"，既然"白马人的故事比白马河水还要源远流长"——

"宽阔的坝里是我们跳唱的地方，村子大小都是村庄……"

"远古时我们就在这里跳，远古时我们就在这里欢乐，街火不吹自己燃，小伙子不叫自己到，姑娘不请自己来，日子比山路还要长，今天自由自在地跳唱吧……"

舞步高，舞步低；舞步缓，舞步疾。走步巧，滑步妙，曲跳多优美，反背跳多雄壮，左右一盘旋，三步一蹴踢……"跳的日子是今天，舞的日子是今天，要跳得像水磨扇一样转，要跳得像月亮一样圆！"

呵，喷香的骨头肉早已煮好了，香甜的咂杆酒早已端来了！跳吧！唱吧！吃吧！喝吧！既然白马人有着世世代代不能忘记的苦难，更有着日日夜夜高歌欢舞的理由！

闪闪白羽，燃沸了祖国一个小小的、古老又永远年轻的角落……

2012.8.9

蓝色的天池静静地闪光

　　蓝色的天池在白日下静静地闪光,把四围云杉、桦树和马尾松的青翠丛林也映得蓝蒙蒙的。水光山影,有如一幅抒情的水墨画。那为百姓抑波平浪的洋汤龙神的故事,那靠辛劳和勇敢赢得爱情的九天仙女的倩影,在这水墨画里叠印……白水江涌流着明亮的波浪,推摇着白云的镜头,翠绿的橘树和扬花的稻子的镜头,巍峨的电站和古朴的水磨坊的镜头。淙淙地流淌在每一条山谷和沟壑的小河与清溪,把每朵花,每片草叶,甚至每块石子都洗濯得那样鲜洁、可爱。文县,你陇上秀丽的水乡!

　　你的生活充满清爽和芬芳,你是在茶的海洋里沉浮呀!沉在绿色的茶园里,浮在雪似的茶花里。采茶姑娘的衣衫,远看如同海上点点彩帆;小伙子忽闪忽闪的茶担,多像一只只轻捷地掠过水面的鸥鸟呀!而当你把刚刚炮制出来的新茶捧出献给祖国的时候,当歇晌的老茶农,仰在藤条躺椅上,揭开小盖碗,呷一口新茶,哼一段韵味悠长的花灯戏,那清香和喜悦,霎时便溢满每一处空间。文县,你芬芳酿造的佳境呵!

　　你遍野是宝。素岭上神奇的冬虫夏草和节芜,功效神奇一如它们的形象。而你遍山皆是的山菜,竟是一衣带水的邻邦朋友们极爱的尤物呢!于是你遍山撒出了采撷的队伍,于是你修起了崭新的加工厂,修起了平整如镜的晒台。你用诚挚和责任选择,用热情晒制,用友谊检验。当霍然写着"中国甘肃薇菜干"的货箱在富士山下被轻轻取开的时候,要多少欢乐有多少欢乐!于是,从更广阔的外面的世界,纷纷伸来了欢迎的手……文县,你情深意长的宝地!

　　你的地理位置是那么深,深深地嵌在我们国土的深处,深得足以埋藏山巅密林神秘的白马人那神秘的通宵达旦的"池歌昼"舞,足以埋藏魏蜀吴的战将们接下来演义故事的阴平古道——再接下来,是从这条古道上,踏响着历史一次次解放、突进的足音!在祖国深深的心窝里,你经历风雨更经历心花怒放,经历地震的灾难更经历伟大重生。夜晚,当崭新的广场上乐曲飞扬舞步翩翩,你的挤挤挨挨的子民们是在向五湖四海宣示爱,从心灵深处飘荡出的对祖国、对家乡和对前进的生活的爱……

1981.12　初稿

绿色与澄澈
——康县素描

亮晶晶的碧绿。绿森森的澄澈。"鸡鸣三省"的康县,有着茶马古道、男嫁女娶往古历史和风俗的康县,没有用喧闹,而是用绿色与澄澈昭示自己的魅力,你呵。

你的禾田绿得稳重。棕榈和楠竹绿得摇曳。桑树绿得娇嫩。红豆杉绿得多情。茶园像一方方宝光四射的翡翠。竹林像一片片波光粼粼的海子。银杏树和核桃树似一眼眼粗硕强劲的喷泉。桂花树、菩提树、桦林和橡木林绿得沉实苍劲如阅尽沧桑。你的乡村皴染于绿色的水墨。你的城镇勾画于绿色的工笔……

笼罩和浮动于绿色之上的,是透明的日光,透明的空气,透明的风。从坐落于白云山麓、燕子河畔的县城,到阳坝秀色绮丽的梅园沟、龙神沟、海棠谷、红豆谷……从耸起巍峨身姿的高楼大厦,到撒落在山间的黑色屋顶、黑色篱笆的草屋,日光、空气和风,还有蓝天上偶尔飘过的白云,都像是滤过一样纯净,瓷器一样湛蓝和澄碧……

康县,于是你将自己与毒雾浓烟污染的世界隔离开来,隔离成一个拥偎绿色和澄澈的世外桃源。你的一个个小镇,一个个小村,都成为诗人陶渊明笔下那个神秘的所在:清溪蜿蜒,碧树夹岸,芳草鲜丽,落英缤纷,良田美竹,屋舍俨然。每一处都是一幅画,每个人都在画中,在绿色和澄澈的风景中……

康县呵，你还把这绿色与澄澈作为最贵重和时尚的礼物，贡献出来："中国绿色名县""国家4A级自然风景区""中国核桃之乡""中国有机茶之乡""甘肃省无公害茶叶生产示范基地县""全国食用菌行业先进县""中国黑木耳之乡"……是的，你把自己土地上的空气，把丰收的米麦，把鲜嫩的茶叶，把肥嫩的木耳、花菇和蕨菜，把硕实的核桃、白果和花椒，把山野灵验的天麻和黄芪，把你生长有机和营养的制药业、农产品加工业都奉献出来。你献出的是"氧吧"，是天然，是纯净，是健康和生活的新品质，给你的子民，给越来越珍视和向往你的四面八方的人们……

　　行走康县，身和心被绿色和澄澈了。

2012.7.5

银杏树
——徽县行记

我见到了你，在徽县。逃离第四纪冰川运动死亡劫难活下来的最古老的裸子植物，植物王国的"活化石"，银杏树呵。

此时是秋日，你用一树金黄宣示雍容灿烂的精神世界。而在春天，你会用一树嫩绿宣示饱满的勃勃跳跃的青春血液。

你拥有长长的过去。百年，千年，在你守望、见证的人间。有村庄的宁静安谧，也有遍地的炮火战乱；有老翁捻须微笑的丰稔美满，也有易子而食的饥馑灾荒；有米香酒甜的合家欢乐，也有肝肠寸断的妻离子散；有情怀温暖的真善美，也有阴冷刻毒的假恶丑；有痛彻心扉的爱，也有深入骨髓的仇；有呱呱坠地之生，也有双目难瞑之死……但是人间不可摧毁，生活不会死亡。你于是情思深沉地伴着每天都是旧的又每天都是新的日子活着。虽然每一个人、每一代人，从生到死，日子很短，而你，很长。

你拥有现在和长长的未来，作为人、人们神仰的吉木、师长。从你的圈圈年轮听闻了生命的劲歌，从你暴突的巨根和粗糙生硬的枝干感受了拼争的气场，从你巍峨的静静耸立领悟了执着的力量。你和你的群落繁茂聚集的这田河村，这徽县，这片西秦岭南麓、嘉陵江上游的山川，生长了像你一样的生力、锐气与执着。两千载生息进取，今朝里万象更新。日子依旧靠汗水浇灌，却多了许多灵光。不再安贫而要攻坚脱贫、享受富裕。不再一味面朝黄土，而把高山草甸、峡谷溶洞、飞瀑流泉、奇花异卉、珍稀

动物和人文古迹,把农田、果林、三滩、嘉陵江、木皮岭、青泥岭……一一拿到手上规划出美的画卷。不再盲目沉陷于苦与累,而将苗木业、采矿业、酿酒业孜孜以求地打造成生长财富与幸福的甜蜜事业。不再无遑顾及委屈身边的风景,而是津津有味地推展出三滩、嘉陵江自然风光旅游、金徽酒工业旅游、通天坪生态矿业旅游的设计。你和你的群落,从来没有像今天这样成为这片土地荣耀的名片,在久长的生命里,久长地给予这片土地骄傲和启示……

贯通漫漫昨天、今天和明天,这是你的命运,成就历史巨擘的命运。那么,用日日到来的每一个日子的富足、安宁、青春和美好,祝福你长久守望的这脚下的土地和它的子民吧,银杏树呵。

2013.11.25

你的标识不仅是雄鸡
——印象成县

打开甘肃省的地图,我看见一只雄鸡,屹立在绿色的盆地。成县人说:"这,就是咱成县!"

早晨,迎着冲破云霞喷薄而出的太阳,我看见,一只雄鸡,正引颈高歌。它雄壮、伟岸像一座山峰,巨冠像一排红得透亮的、跃动的火焰。脖颈耸动的丰羽闪着光彩,亮闪闪的通身,红、橙、黄、碧,耀人眼目,热和力似乎在每条毛羽流溢,真是"意气风发"呵!望着它的神姿,我顿时似乎听到颤动的晨光里,正激荡着它高昂的、令人振奋的啼鸣——成县人说:"这,就是咱县有名的山——鸡山!"

成县,你是这样与鸡紧紧相连;我要说,雄鸡是你的标识——多么引人奋发、吉祥喜庆的标识呵!

你自有另一个标识,来自深深峡谷——那天井山麓鱼窍峡中的东汉摩崖石刻《西狭颂》。三点四米长,二点二米高,三百八十五字正文,一百四十二字题文,方整雄伟,宽博遒古,疏散俊逸,气象嵯峨,令古今书法家叹为观止!所颂"继禹之迹"沿山崖修筑栈道,架通天堑,施惠于民的实绩、功德,更久远地激荡着政风人心……

却不止于此。今天,你不倦地为自己高举起一个又一个新的标识:铅锌名县、成酒红川、"中国核桃之乡"、陇南机场、樱桃电商网、魅力微矩阵……呵,三千年的古县,你筚路蓝缕,日夜兼程,以汗洗面,梦想又劳

111

作，持守又创新，从历史跃进当今，从峡谷跃上一座又一座山峰！

……不知怎的，我记起一位大夫告诉我的："是水土的关系吗？以前，这里死亡率一直偏高……"我也忘不了在一片漆林中，一位中年漆农讲的那年全村人抢吃漆芽子的情景。

我又记起，80年代一个初冬的晴日，在一座新庄园里，我看见一位花白胡须的大爷正在忙碌，潮润的柳条在他怀里跳动，两只树根般粗糙的大手，灵巧地穿、拉、绕、系。

"老大爷编的是——"

"囤。"

"到集上卖吗？"

"卖过。这两个得留着啦——防着明年家里不够用呢……"

成县呵，祝福你，就用日新又新、丰美厚实的形象，在世人面前塑造、展示自己吧！

1981.12　初稿

腊子口放歌

> 腊子口，漫山遍野雪白的野棉
> ——摘自手记

腊子口，一片光芒！

没有喧嚣的红。没有轻浮的黄。没有浑浊的紫。没有僵硬的黑。没有无光的绿。没有晦暗的蓝……

只有一片白色，雪一样鲜艳，玉一样晶莹，闪电一样明亮，日光一样芬芳而温暖！

……哦，是从这幽深的峡谷，太阳滚滚前进。腊子口，当第一次挣脱了黑暗、污浊和阴冷，火热、光明、纯洁的爱，便深深播在心间。白炽的斗志，洁白的坚贞，闪亮的理想，便永远亮在心中！

时间的河流滚荡着，斑斓的浪头，五彩的涡旋，比花更妖艳，比虎更凶猛……

啊！腊子口，执着地反射着永远灿烂、永远年轻、永远前进的太阳的光芒，用纯洁的白色光焰，辉映着时间、空间、人间……

1982.6

晶晶亮的阳光，流淌在你的市街
——致临夏

一汪阳光，晶晶亮的阳光，流淌在你的市街。

我看见，南关清真大寺，这中国传统与域外风格结合的壮丽建筑，华贵的顶檐和恢宏的廊柱，宫殿式的前厅与城堡似的大殿，沐浴在阳光里；红园广场、东公馆、大拱北里，一幅幅功精刀细、玲珑剔透、美轮美奂的砖雕大作，沐浴在阳光里；高大雄伟的宣永塔，沐浴在阳光里；坐落在市中心的红园，那旖旎的湖光山色，那一座座玲珑秀美的桥亭楼台，沐浴在阳光里；通往北园的长长的缆车道，沐浴在阳光里；东区那鳞次栉比的崭新楼厦，沐浴在阳光里；满街西装革履的，白汗衫白号帽的，红衣绿裤青盖头的和头戴米黄色真丝头巾的人们，沐浴在阳光里。阳光，静静地涂银镀金……

一派清风，芬芳的清风，流淌在你的市街。

那是芭兰香的芬芳吗？一缕缕，一阵阵，若有若无，那是鲜花的馨香吗？从路旁，到公园，到三道桥的花市，到每一座阳台，牡丹、月季、芍药、天竺葵、紫罗兰和古桩石榴、古桩紫荆们挤挤挨挨，摇动着欢乐的花束；那是回族兄弟美食的清香吗？牡丹花的沸水沏好的"三炮台"茶，金黄金黄的油馓，肥美的手抓羊肉和杂割，浓香浸透了全城……那是鸟鸣的芳香吗？从一个个鸟好家的庭院，从热闹的鸟市，蓝雀、画眉、百灵、八哥的鸣啭，沁人肺腑……

呵，阳光和风里的临夏，用亮丽和清新，赞颂着民族的和睦与欢欣。

（这和睦与欢欣，还链接着"仁义巷"的故事，链接着那位清廉刚正、胸怀坦荡的王竑尚书"千里捎书只为墙，让他五尺又何妨。万里长城今犹在，不见当年秦始皇"的诗句呢!）

1996.3.29 初稿

唐汪川的杏花开了
——东乡礼赞

青枝绿叶的唐汪川，

驰名（者）赛过了江南。

呵，东乡，唐汪川的杏花开了。

我看见，每一株杏树，都像一位盛装的光彩照人的嫁娘，娉娉婷婷，芳香袭人。

我看见，每一座杏园，都像一条繁华的市街，华灯璀璨，霓虹闪闪，流荡着热烈的喧哗。

我看见，每一片杏林，都像一片艳丽的星空，繁密的星星挤挤挨挨，爱语喁喁。

我看见，漫山遍野的杏花，像洮河和黄河奔腾的波涛，像祖国海岸隆隆涌来的海潮，用绯红的、芬芳的喜气淹没了整个唐汪川和你——整个东乡！

呵，东乡，你这《米拉尕黑》和深情的诗人汪玉良的故乡，你这矗立着我们祖国陆地地理中心标志国心塔的福地，杏花开了，你杏花般绮丽又甜美的春天来了。黄河、洮河、大夏河和座座塘坝的水，开放温暖的碧蓝、翠绿和雪白的浪花。河边的柳枝飘浮嫩黄的纱绸。东大坡的松林抖落冬日的尘灰透露软润的新绿。山岭上水平梯田蒸腾蓝色的雾霭。大滑坡后重新站立起来的洒勒山飞起花鹁鸽般活泼的妮哈清脆的歌，那么富有青春的感

染力。山城锁南坝市街崭新，春日的阳光和你子民们那抑扬顿挫的撒尔塔语，在广场、商贸街和林立的排排楼房泼洒明媚与温馨。达板工业园区新的脚手架在春风里拔节……

呵，东乡，杏花开了。我抚胸向你致意，祝福你杏花般的春天，更祝福你创造春天的青枝绿叶的民族！

1996.4.27　初稿

美文生活

写在北京

致天安门广场

汹涌着绚烂的阳光,却陡地肃然,肃然得身心甚至微有深刻的冷战,当我走进天安门广场。

呵,黄瓦朱墙、金碧辉煌,目睹过无数日出和日落、荣耀和屈辱、崇高和卑鄙、怒吼和狂欢的天安门城楼陡地面对着我;呐喊冲锋、前仆后继,从1840年起为了反对内外敌人争取民族独立和人民自由幸福在历次斗争中牺牲的人民英雄陡地面对着我;眉目像星空一样深邃严峻的孙中山陡地面对着我;额头像大海一样宽阔的毛泽东陡地面对着我;革命的历史和历史的革命陡地面对着我,猛烈地倾下清凉、洁白的滚滚瀑流,洗礼……

圣洁的水顺发梢流淌,顺面颊流淌,顺双臂、躯干和全身流淌,顺每一条血管和神经流淌,浇遍了、浸透了全身心。一种无法言说的畅快和恐惧弥漫开来:我无法遁形!我一时想起许多许多,又像什么都没有想。于是任水流淋洗,闭上双目的我沉入庄严的陶醉,融化,与神圣的银瀑融为一体……

洗去庸俗和卑琐。洗去骄傲和浅薄。洗去哪怕一星半点的迷惘和动摇。我感觉,我的心灵正变得像一条澄碧的清泉,一方透明的水晶一样纯净。我变得坚强,不会再感慨历史道路的崎岖,因为回首来路本是先辈血肉之

躯铺就；我变得深沉，不会再只把信念读作艳丽的诗句，因为人类每一跃都途经心与身的炼狱；我变得沉稳，不会再轻易顺风摇摆自己的枝叶，因为已认定自己追踪的风向；我变得执着，不会再为些小荣辱得失而喜怒哀乐，因为世界实在有太多的大忧和大乐；我变得宽容，不会再叹息日月也有黑斑阴影，因为它们毕竟至诚地辐射着大温暖和大光明；我变得专注，不会再为路边的闲云烟景耗费哪怕一分一秒有限的生命，因为追求的地平线还那么辽远；我变得坦诚，不会再为淘洗灵魂而羞怯躲闪，因为纯净就是不断地无情冲刷；我变得清醒，不会再把风吹衣襟误认为将羽化腾空，因为只有宇宙内翼翅鼓荡才有真正壮阔的飞行；我变得勇敢，不会再害怕响晴之后彤云突布，因为雷雨过后还是晴天；我变得温柔，不会再以粗糙冷漠碰伤哪怕一颗温热的心，因为每一朵盛开的心花都昭示着美的生活和我们全部的祈望……

呵，神圣的天安门广场！你这往昔和今日交汇的象征，黑夜和黎明交汇的象征，理想和现实交汇的象征！前人和后人交汇的象征，领袖和人民交汇的象征！走进你的怀抱，我怎能不身心震悚地感受庄严的教诲，壮美的陶冶和深邃的启示！我是人类解放理想的信徒，接受了你的洗礼，我郑重而有力地踏上修远的征程！

1989.11.8

人民的化身
——致人民大会堂

人民大会堂，你是人民的化身。

这花岗岩石基就是人民，凝重，坚固，双足深插热土，背负起自己的祖国；这金黄和叶绿相间的琉璃檐顶就是人民，以永世的青春和永世的高

贵吉祥耀目于永世流转的宇宙；这正门上方庄严的国徽就是人民，在自己的带路人的率领下，以永不止息的劳作和丰收描绘江山的壮丽和祖国的富强；这白玉的扶梯就是人民，虔诚地拱卫理想沿石阶步步向上；这浅灰、淡蓝和粉红的大理石廊道和门柱就是人民，日日夜夜昂首挺胸，迎接如花的朝霞也迎接嘶鸣的风雪；这流光溢韵的七彩大理石廊道就是人民，一块接一块为信念铺就坦途；这无数盏华灯，这富丽辉煌的吊灯就是人民，以瑰丽的心灵汇成银河，映亮民族的历史和未来；这一座又一座以每一个省、市、自治区的名称命名的大厅和广阔的万人大礼堂就是人民，从落雪的大兴安岭和孔雀灿灿开屏的西双版纳，从碧意深深的日月潭和冬不拉弹热的西天山，走向永久的团结和温暖，走向共同的意志！

呵，人民大会堂，你是人民的化身！你巍峨庄严地屹立在祖国的心脏，屹立在世界的东方，你以万世不息的凝固的音乐，以千秋回荡的雄伟壮美的旋律，永远歌唱着人民创造历史的力量，歌唱着社会主义中国的尊严。

1989.11.12

致人民英雄纪念碑

巍巍一柱，拔地擎天。呵，人民英雄纪念碑！

云的流泻，霞的飞扬，太阳的大灿烂，星月的大皎洁，假如没有人的存在，还会有什么意义？草的萌动，花的盛绽，小溪的潺潺歌唱，山果飘动的芳甜，假如没有人的存在，还会有什么价值？……

呵，天之为天，地之为地，是因为天地之间，屹立着人，顶着天、立着地的人，在天和地之间撑起一片巍峨辉煌的人间的人！站在纪念碑前，我想。

于是我意识到那爬下的、跪倒的、歪斜的，与"人"这一高贵称号的本义的距离。

　　于是我悟出，这用一万七千多块花岗石和汉白玉砌成的纪念碑塑起的，原是真正的人的形象呵！

　　要做巍巍一柱，拔地擎天的真正的人，就像这巨碑所映现的人民英雄那样生活吧，为了我们酷爱的树林和山泉，明眸和笑容，无论晴昼还是雨夜，历尽磨难还是一帆风顺，都让思想永远昂扬，灵魂永远直立，精神永不跪倒！站在纪念碑前，我想……

1989.11.12

宋庆龄故居谒思

　　国色天香。

　　我是说你，也说他。

　　……中国，滞重阴沉的天空！个子很小志向却很高的他上去了，抹一笔晨曦。你知道那单薄，你衬上一笔！

　　……中国，衰腐的、令人窒息的泥塘！他挣扎出来，怒擎一朵清鲜。你知道那孤独，你衬上一朵！

　　你毅然选择了那种艰难，艰难的幸福。他有福，历史有福。中国，有色有香起来……

　　待到晨光遍地、山花烂漫时，你在丛中笑。

　　放轻、放慢脚步，在这里的碧水青石、繁花萋草、廊阁厅堂中，我用心感承、膜拜与颂扬。

　　还向你说：古老的国度，呼唤更多更浓的色彩与芬芳！

2012.3.30

在郭沫若铜像前
——拜谒郭沫若故居

　　我仍然要说：这是人类一个伟大的额头，那样宽阔、饱满与光亮，因这个头颅中那样宽阔、饱满与光亮的文学、史学、考古学、书法等等思想与知识的蕴藏和辐射。

　　他的激情与轻薄、创新与奉迎、深刻与粗陋、执着与变幻、屈原与阿Q、大智慧与小聪明，都是上个世纪中国社会的影像，3D、4D、5D 的。太多的美誉与太多的贬斥，使他真实。他诗人的全部抑扬顿挫、感慨万千的吟咏，注定余音袅袅为一个荒远又簇新的叹息：人啊！人啊！

　　无数的白云正在空中怒涌，

　　啊啊！好幅壮丽的北冰洋的晴景哟！

　　无限的太平洋提起他全身的力量来要把地球推倒。

　　啊啊！我眼前来了的滚滚的洪涛哟！

　　啊啊！不断的毁坏，不断的创造，不断的努力哟！

　　啊啊！力哟！力哟！

　　力的绘画，力的舞蹈，力的音乐，力的诗歌，力的律吕哟！

　　我以尊敬的目光仰视先生的铜像：为着他曾"立在地球边上"，发出过这样的呼喊。

　　……庭院，"百花齐放百鸟鸣"。银杏，身姿苍劲，枝叶葳蕤……

2012.4.1

恭王府断想

　　花重林复，水萦山连，金柱楠梁，富丽堂皇。在流杯亭坐上位，到密

云洞摸"福"字碑，走"步步高"阶梯……

这里曾几度易主。而导游小姐善抓"看点"：

——这里是和珅的府邸！

——那确实是一个"看点"：一只毒蘑，祸心深藏却以五光十色装点风景；一包鸦片，蚀骨销形却令神魂惬意飞荡"活出自己"；一条美女蛇，吮精榨髓却妖冶柔媚令情欲搏张恣肆无限满足；一颗癌瘤，以极强的生命力占领、毁灭着自己赖以存活的肌体……就这样，他伴君，那个知道其害却又真实地离不了他的君王。

父母早逝的孤苦孩子。苦学强记、善诗善书、通晓四书五经和满汉蒙藏四种语文的儒雅俊秀的才子。管理官家布库"一丝不占"的清官。雷厉严正打击贪腐的功臣。

阿上欺下的小人。权倾朝野、滥施淫威的佞臣。肆意贪占，藏财相当于朝廷十五年收入的"世界级富翁"，中国历史上最著名的贪官。

这中间，有一条怎样的通道、一番怎样的突变呢？

……想起了那条著名的诠释内因外因的哲理。

一颗石头孵不出小鸡——是那无处不在的私欲：出人头地欲、权欲、物欲……使这只蠢蠢欲动的恶卵（而不是石头）伺机待"孵"吗？

适宜的温度：是那末世的腐朽床榻，那自恃万般尊贵万般英明、陶醉于万般依顺万般恭维、既俯视天下日理万机又时时耽于俗欲恶趣的君王的赏识宠爱，催生、放纵又呵护了他吗？

这是他面对那条要命的御赐白绫所吟的《绝命诗》中的句子："今朝撒手撒红尘"——他死得不甘心啊！于是预言："记取香魂是后身"——他时时渴望借尸还魂呢！

2012.4.18

胡同·四合院

京城是一座连天接宇的宫殿之城。这是永定门——正阳门——天安

门——故宫——景山——鼓楼、钟楼,直抵国家奥林匹克体育中心;那是雄楼、宏堂、宝馆、华所,鳞次栉比出东西长安大街。雄浑庄穆和辉煌瑰丽沿南北中轴线和东西轴线铺排开来。

我却愿意一再走进胡同、四合院,走进这些京城接地气的毛细血管、小小细胞。

满汉杂居,贫富杂居,低头不见抬头见,东家炒菜西家香……从几百年前的一开始,胡同就把自己设计成了老百姓过日子的载体,设计出了体现社会智慧与和谐的走向、宽度和肌理,观念、礼仪和习俗。

没有万岁爷才能享用的金黄琉璃瓦,没有千岁爷才能享受的碧绿琉璃瓦,只能灰墙、灰瓦、乌头门:四合院,属于平头百姓。灰瓦、土地正和天青地稳。一草一树就按咱自个儿的喜好摆布。信风水更信好日子靠出力流汗;盼奢华更乐在天棚下、石桌旁吞一筷子炸酱面咬两口脆生生的水萝卜、嫩黄瓜!

雄浑与辉煌令人起敬,胡同与四合院却让我感知踏实与温暖……

2012.4.23

地铁站厅

和地面一样。一样宽敞明亮的候车厅:夹克衫,中山装,扛着蛇皮袋子的汗脸,嗑瓜子的牛仔裤女郎。一样坚硬溜滑的大理石地面:皮鞋的铁钉敲击出丁丁的乐曲。一样呼啸来去的列车:前门——复兴门——木樨地——八宝山——翠微山……一样地看表、挤车、回味科室的纠纷、盘算公司的亏盈……

迈步踏下的地方就是路。地面走不开,那就走向地下、天上。

1989.11.16

故宫行

"贱民"亵渎了金碧辉煌的庄严,每一处幽幽森严都有脚步在轰笑,仙阙琼宫遮掩的神秘被无数眼睛洞穿。

活着时,只着意显示一切有意展示的,然后红墙碧池,方堡角楼,庭院深深,宫殿重重。然而,死了,却被展览一切。故宫,你的那些故去的主人们!历史怎能掩蔽呢?

1989.10.30

清晏舫记

当明治维新后的日本天皇谕令提取皇室经费加强海防之日,正是大清国慈禧挪用海军巨款重修颐和园之时。清晏舫,祈兆河清海晏之舫,你焕然一新了。

气宇轩昂、巍峨宏丽的船舫!粼粼明波里,巨大的石块雕砌成你浅灰色的船身。一层又一层的木舱楼,油饰着大理石流动的花纹。舱楼华顶,每一幅砖雕都精巧、迷人……

却不能乘风破浪,甚至不能滑移半分。你只供那停滞的时代耽迷于威加四海的自大与桨声灯影、歌舞升平的梦幻,为大清国皇太后的诞辰盛典装模作样运载欢乐吉庆的气氛!

于是,致远舰、经远舰、超勇舰、扬威舰、广甲舰和北洋海军全军覆没于倭寇进攻的炮火里……

哦,僵死、腐化,哪能有河清海晏!

1989.11.15

美文生活

工业的朝阳
——沈阳行

　　我由衷地歌颂工业，于是由衷地歌颂你——沈阳。你是太阳，工业的太阳，共和国工业的朝阳，从东方，从中国滞重的沉沉的夜色中，冉冉升起又升起，映亮一片现代风景线。

　　厂房和烟囱的林莽，鼓荡着汽笛、马达和机床轰鸣的气流，飘浮着煤、机油和金属的芳香。密密的电网激溅飞扬的音符。工服紧裹着的产业工人紫铜般的胴体与钢铁、水泥武装起来的城市的青灰色胴体比赛谁更精力弥漫，夜以继日。楼群倒班睡眠。有色金属基地：涌流光彩灼灼的新鲜观念。新中国机床工业的摇篮：锻铸属于今天和明天的美的生活的基石。共和国最大的歼击机制造基地：为了建设，磨利战斗的锋刃……

　　在这样的氛围里，你那曾经容纳过天骄人杰努尔哈赤和皇太极全部抱负的富丽堂皇的故宫，变得不过是一颗小小的印记，历史的印记。人类总得前进。新人自有新人的追恋。诱惑着沈阳人和许许多多像我一样的造访者的是：重工业之城沈阳。

1989.9.26

大连旅识

美的选择

大连。一位朋友告诉我：在我们大连，没有哪一位女士的服装是与另一位相同的。言语中闪烁自豪。

是应当自豪呵——当我眼花缭乱：有的连衣裙飘逸像一片霞云，有的T恤衫宽松如活泼的心灵，有的用西装勾勒出男子一样的潇洒与干练，有的用贴身的健美衣突出掩不住的青春；有的像嫩白茎、嫩绿叶的水仙一样淡雅，有的像草叶上的露珠一样清新晶莹，有的像一树红山茶点燃空间，有的像彩虹明丽迷人……我情不自禁地惊叹：真美呵！

这是真正的美，当它显示了心灵的解放，自主的选择，永别单调重复，勇敢地突破他人，每一个我都决心为生活增添一份独特的色彩和情韵……

倚着中山广场的栏杆，我向深情的大连女神致敬。

1989.10.2

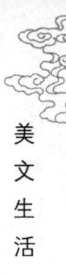

旅顺口的分量

至旅顺口。当襟海风酷烈。我不能再唱甜甜的歌,不能再唱清浅的歌。1894……1897……1904……

东鸡冠山……白玉山……黄金山……

有多少屈辱的日子,有多少侵略者铁蹄的遗痕和同胞的白骨!旅顺口,你不是号称"狮子口"吗?在中国这头巨狮昏睡的日月,你却连一根鬃毛般轻小的威慑力都没有,甚至耻辱地被强盗撬掉了一颗颗牙齿,一把把任意地撕扯着你的血肉:日军攻陷……沙俄闯进……日军又攻陷……

——抚摸伤痕,我的心在滴血……

我却不愿闭眼,甚至不愿稍稍移开视线和思绪,去惬意地品尝海鲜或欢快地去亲近一下蓝蓝的海水。苦味的历史敲落心灵一切麻木、怠惰和轻浮的锈迹,羞辱和仇恨能锻铸出不弯的脊梁,伤痕和残迹能磨砺出粗糙坚韧、经得起风雪的肌肤,我无权躲避……

我自然感受到阳光的温煦,鲜花的芬芳。旅顺口没有沉没!苦大仇深的民族怎么会沉没呢!面对猎猎的大洋雄风,我祝福祖国像一艘战舰,不沉的致远舰,劈波斩浪,向富强繁荣行驶,向自豪行驶,向荣耀行驶。

旅顺口,你让我感受着作为中华民族一员的责任的分量!

1989.9.27

游历本溪水洞

  这满洞的灯不会在我心中熄火。
  多么神妙的水洞呵！沿着清波铺成的路，美扑面而来：怒放着生气和清艳的满峡芙蓉，金波涵澹的满殿华灯，喷溢着瀲蒙鲜润之气的满谷春笋，微笑成东方人心中福与寿的双翁雕像，破石惊天书写华章的太白神笔，细语切切、情意绵绵的舔别幼子的麒麟，轻烟缭绕、炉火闪闪的仙丹炉，遥遥而来的昆仑仙鼓，天际滑翔的雪山云烟……
  而这一切，都是由于灯的描画呀——这奥陶纪的石灰岩溶洞，这地下水一亿五千万年的杰作，仅仅在几年前，还黑洞洞鲜为人知……
  于是我赞美这将美传达给人的满洞灯火，更赞美那些高擎着灯火探知自然和社会一切未被探知的领域、勇敢又细心地发现着美的人。
  他们永远亮在我的心里，永远。

1989.9.18

哈尔滨行思

哈尔滨

你是一只美丽的白天鹅，哈尔滨呵。

你洁白。你将自己用冰雪雕进人们的心中。那么长的冰封雪飘的冬日是你的梦境，盏盏冰灯是你智慧的闪光，千姿百态的冰雕是你化身百千，冬泳、滑雪、冰帆、冰橇是你童心的杰作……冰天雪地被许多人视为畏途，你却将冰雪作为盛典。你爱惜每片冰雪，是它铸就你的肌骨，澄澈而刚强的冰肌玉骨；它是你洁白的羽毛，托载你作百代万里的奋飞……

你柔美。贮满阳光的太阳岛有那么多雪白的梦幻，松花江有那么多柔蓝的宁静。街市上有那么多浓妆的少女的笑靥，舞台上有那么多柔曼的舞步。夏日，浪花里飞出欢乐的歌；冬日，每一树琼枝玉叶都是一首典雅的诗。莽荡粗犷的林海雪原作背景，你精致、美妙，情致浓浓，暖意融融。凝视你，似看到你正抖动雪白的羽毛，在柴可夫斯基那优美的乐曲里，翩翩起舞，一抹红艳衬起的慧目，柔波流盼……

你更不乏矫健。洁白的支柱是刚正，柔美的灵魂是坚韧。冰雪的妩媚毕竟透露肃杀，奋飞便意味着超越的无情。更何况有李兆麟和赵一曼的纪念碑撑起你的信念。有"我的家在东北松花江上"的悲歌洗刷你的劲翮。有防洪纪念塔塑造你的决心。你引颈展翅，飞越过阳光也飞越过风暴，飞越过欢愉

也飞越过忧伤。只是雄伟地奋飞,像执着的白帆,向着远方,远方。

哈尔滨,你这腾飞的白天鹅!

1989.10.2

在赵一曼雕像前

昨天文小姐,今日武将军。你跨越的何止是文与武的沟壑,你是从黑暗与梦寐的囚笼——封建家庭的囚笼中毅然跨出,跨进追恋光明与智慧的队伍。宜宾小城、扬子江边和苏俄春日的原野记得你,那是年轻秀丽的倩影和决不动摇地跨步向前的深深足迹。

于是你再也没有停止过脚步。于是甚至在与你家乡处于对角线上的大东北,在机声震耳的车间,紧握着工友满是油污的大手,动员罢工的,是你;在阴暗的农舍,捧着粗碗吃着高粱米粥,向乡亲们宣传抗日的,是你;红枪,白马,驰骋在林海雪原,令日寇闻风丧胆的,也是你!

哦,你加入的,是一只永不停滞的肩负着民族和人类解放使命的队伍呵。于是敌人的铁镣也不能阻挡你意志的跋涉,你跨过野兽的酷刑,走向生命的洁白的顶巅……

我默诵你在被捕后即将告别人间时给儿子的遗言:"……我最亲爱的孩子啊!母亲不用千言万语来教育你,就用实行来教育你……"我抹去眼泪,仰望你的英姿:一身戎装,眉际凝着刚强,发际流着美丽。

要有这样的刚强和美丽,永远刚强和美丽在历史上,就要有这样的战士的实行。

看着吧,赵一曼,和你的儿子一起,我,我们后来人,正依照你的形象,雕刻自己的灵魂……

1989.9.2

美文生活

希望之光
——致敬大庆

    一根根巨大的钢管，拼结成一柱黑色的三角形钢锥，锋芒灼灼，冲天而立，立在大庆的卡尔加里路上，立成一个耐人寻味的抽象。

    是喷涌的闪光的油柱吗？经历了多少代黑暗和压迫，受过多少把固体折磨成液体的熬煎，当解放的信息一旦照临，立即挟风带雷，腾空而起，全身心投入光明的世界，正像大庆人和我们整个的阶级！

    是王铁人1205钻井队的那柄钻杆吗？顶着压力，冲破风雪，穿透岩层，终于钻出了大庆的第一口油井，地球刹那间被震撼，正处于危难之中的我们民族的心刹那间惊喜得眩晕……

    也许，它就是大庆人灵魂的象征？脚踏荒原，头顶青天，铁骨铮铮，清光可鉴，天塌下来擎得起，世披靡矣扶之直！

    也许它更像大庆人说的，代表希望之光，刺破青天锷未残，永远昭示进击，昭示崛起，昭示探求，昭示超越，因而便永远昭示希望！

    我要说：大庆，本就是我们祖国的希望之光！

1989.10.14

镜泊走笔

吊水楼瀑布

从黑色熔岩床面,从高峻的断岩峭壁,一股股巨大的瀑布,挟卷滚滚雪雾金浪,如千军万马,隆隆啸喊着,冲下百丈石潭……

潭面,我看见的却是一片宁静,宁静成一片巨大的有着淡黄和淡白纹理的大理石。

心灵,真该有这样的阔大与渊深!

1989.10.7

火山石

那场火啸焰腾、熔岩喷涌的造山运动后,泥土、树木、花草和鸟兽虫鱼都一齐化为岩石。

都是山的组成部分呵!

1989.10.7

在原始森林

　　一棵树一棵树一棵树巍然兀立又连枝交叶。野花静静地红静静地紫静静地黄静静地蓝。巨蝶的翼翅拍击着绿空气。

　　在这原始森林中，我长久地伫立——

　　是在幻想双足突然化为根须，好永远生息在这清新的世界？

1989.9.8

致上海

身后的猎猎江风在催动你，迎面的雷霆似的海风在震撼你。

你感受每一根脉管都成为进出的通道，物质和精神的通道，近代、现代和当代的通道；感受流转与冲撞，清凉与活润。

你的思维于是永远新鲜，流动如风，在太平洋的此岸，在中国进入海洋的最大的港口。

你的姿态是飞跃的姿态。

自脚下的土地腾起，横空出世，超越脚下的土地，又超越黛色波涛滚滚的海洋，向着吞吐日月的邈远无际，起飞。

你闪闪的飘带，在身后翔舞。那是长江。

……沾满海水的朝阳，淋洗着南京路熙熙攘攘的市街和浦东新区钢筋与水泥堆积的土地。白玉兰静静开放，花瓣泛着紫晕。

1997

美文生活

南京行识

熟识又陌生的南京

当我说你是陌生的,我同时感到熟识;当我说你是熟识的,又同时感到陌生。

我寻访十朝都会:石头城峥嵘石鬼的怪异,瓮城兵洞的深沉,朱元璋陵墓万木森然、云气氤氲的肃穆神秘,洪天王府的赤柱撑天旗鼓隐约……我陶醉于龙盘虎踞,形胜处处:灵谷松峰翻腾着芳波,栖霞枫烟满注湿润的风;秦淮诗河河房水阁、十里珠帘,可有甜蜜的酒家歌韵?桨声灯影里,可有诗人又挥洒灵感?玄武飞舟,描画心的自然、情的自然……我第一次沐浴钟山风雨:这通向那位把帝制从人心赶跑的先行者之陵墓的石阶,一级一级一级,踏响的是什么样的追寻呢?这淤积了太多鲜血的雨花石,每颗石子凝聚着什么样的启示呢?这总统府,当年在人民子弟兵奋勇冲杀、支前父老车轮滚滚中枯叶般飘落蒋家王朝的威风和他们的旗子的总统府,每一块砖石镌刻着什么样的警诫呢?

南京,我在历史课本中熟识你,跋涉在生活的长途中,当我走近你,阅读你提示的一个又一个警示和教诲,却感到有一股新鲜的光亮忽地射进心里……

1990.8.10

写在南京中山陵

　　从遥远、遥远的地方跋涉而来，一步一步攀着一级一级的石阶，脚步轻轻，脚步轻轻，我来拜谒先生的英灵，沐浴先生之风。

　　不知怎的，我感觉自己是在走上一艘巨轮，远远地，那就是你，严峻的眉目，紧抿的嘴唇，双手扶着船栏，视野伸延向天际，在从广州到香港，到檀香山，到欧洲，美洲，抑或是又到广州的波浪铺成的路上，思绪如同猎猎的海风……

　　真的，你是风，一股浩浩清风，起于五千年古老的中华。沉重得压弯脊骨的铅铸的暗夜，窒息得让每一片肺叶都濒于枯僵的暗夜！于是，当你双眉紧拧，鼓荡起决意"倾覆清廷"的劲风，鼓荡起"一日千丈"的同盟会的革命强风，鼓荡起武昌起义胜利的雄风，鼓荡起"联俄、联共、扶助农工"的狂飙，暗夜像受到重击的皮鼓，被深刻地震颤！地平线在我们民族的眼前果敢地抖开黎明的翼翅，太阳隆隆地滚来……

　　那就是你，民众眼中的你，穿起大总统的礼服，又披挂起大元帅的戎装，向呼唤民众的讲坛走去，又从硝烟滚滚的战场走来，仆仆风尘，难掩革命党人的威仪……

　　你是人，远不完美的人。然而，打倒旧皇帝，自己，也不许别的什么人做新皇帝，你这惊世骇俗的实践，磅礴春风般摇撼了专制的物质与精神的宫殿，荡涤着千年的腐臭污浊！它从此吹进每颗渴盼怒放的心，吹绽一种大苏醒，让民主猩红地飘成旗帜。

　　有的人活着，却散发着腐尸的臭气。你死了，却依然在人间鼓荡清新的风。于是，我看见，和我一样前来虔诚地沐浴先生之风的人们，眼睛和面容都闪烁着清新、奇异的光芒……

1990.8.1

美文生活

福建抒怀

鼓山即景

感受到地气天时的强兆,在鼓山,我看见铁树开花了。碧绿苍翠的一株株铁树,都在翠叶中心开放淡橙色的花,碗口般大,花瓣如同连缀的树叶,充满金属的质感。芳波刚劲地滔滔奔涌。

根的汲取、干的输送、叶的拱卫、蕾的孕育,不都是为了这一刻吗?开放是花的盛典。开放吧,自然之花与社会之花,物质之花与精神之花,以全部能量与渴望轰轰烈烈地开放吧,只要你是花。

在鼓山,我看见连铁树都开花了。

福州黎明村福寿宫

棕榈的阔叶掩映着满布青苔的山石。溪水在草坪上欢愉地流淌。木棉花、杜鹃花和白蔷薇用艳美和芳香涂染空间。小小拱桥,铺满宁静。亭台楼阁,流荡彩色的风与阳光……

  这是献给他们的：曾经像山一样支撑过日月，像水一样追踪过企盼，像花一样怒放过强盛与华美，像桥一样深躬腰身负载过车轮和脚步的人们。如今，他们老了，老得再也不能支撑，不能追踪，不能怒放，不能负载。新的生活却看中了他们，将他们作为最尊贵的人，延请进这福寿之宫。着意设计的山、水、花、桥，亭台楼阁，正好供老人悠然忆旧，怡然养神。

  老人们舒心地笑了，赏着美景，听着评话，下着棋，舞着剑，打着太极拳笑了，笑成满院喜气洋洋的晴光。

  走进福寿宫，我看到了新农村的黎明……

在石狮

  我走在石狮琳琅满目的富足的市场。

  商品和意识如霓虹灯海辐射五光十色，在我的视野无可回避地涂抹，每一笔都震落陈见。

  我躲闪着人丛中横穿竖奔的摩托车，眼花缭乱地走，每一步都踩响陌生的、音色繁复的琴键，踩响清新也踩响嘈杂，踩响愉悦也踩响怅惘，踩响信心也踩响遗憾……

  从遥远的西北来到石狮，在熙熙攘攘的市场，我走着，我迫使我习惯多色和交响，又在多色和交响中寻找自己。

日光岩

  一级，一级，一级，一级……当你用鲜洁的石阶把我托入云空，让我

百感交集地面对着滔滔海波的那一边,我恍然大悟:

你,是祖国母亲高扬的手臂,擎起一颗颗激跳的心,呼唤神州统一的归来。

1990.7

南普陀观石

置身大东南,一种大苍茫、大寥廓与大恢宏撼动着我的心。我深爱这大苍茫、大寥廓与大恢宏。在我的大西北,是沙粒,亮晶晶的,像露滴,抑或是像针尖一样微小的沙粒,百亿粒,千亿粒,亿亿粒……神奇地构成撼人心灵的宏大境界。这里,矗成这宏大境界的,却是石,巨石,遍染青苔的黑黝黝的小山似的巨石。壮阔的意境海浪般吞没我……

我又想起时间的无尽,想起空间的辽远,想起:不论是巨石,还是细沙,都是宇宙的骄傲。像魅力无穷的宇宙本身,它们都以自己的方式,将理性和情思导向无限的探寻……

1990.7.3

青岛二章

八月的青岛

八月的青岛,没有焦灼。片片海浪,像片片碧绿的阔叶,在遮护,在抚慰。

于是,这儿,不仅是留恋在浪叶里的孩子和老人,小伙和姑娘,用裸露和舒展书写惬意;栈桥,甚至车水马龙的中山路,竟也都是那样清醒镇静。没有陈列景美港良的虚骄,没有炫耀昨日业绩的浮躁。责任使每颗心都沉实成饱含生命汁液的种子,不动声色地吐芽展叶。让宝岛在世纪风里威武地扬帆远航的追求,构思和拓展着无数清新的情节;连前额生皱的老厂房也在分娩最新名牌电子产品。倚着临海的栏杆,下班的工人轻轻撬开一瓶"青岛"啤酒,劳动和奉献的喜悦与透明的泡沫一起汩汩涌流……

海石花凉粉润香了崂山,那"神仙之宅,灵异之府",曾有多少迷人的神奇故事:秦皇汉武寻仙求药,耐冬树绽放成迷人的绛雪女郎,"快意雄风海上来"抚醉苏东坡……然而,五湖四海,纷落在石阶上叮当作响的话题,更多的却是"琴岛—利渤海尔"、分体式空调器、查干尼干白葡萄酒!

琴岛,声声奏出的都是新的乐章。

1989.9.8

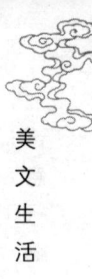

游览青岛海产博物馆

深邃的海底，寂静，似乎水是一方巨大的不会流动的水晶。

却像倾倒了调色盘，一团红，一块紫，一条黄，一缕青，在水晶里折射得光怪陆离。

看似岩层瓦砾却有呼吸。看似锈迹斑斑的铠甲却飞飘如一片轻云。看似植物的却是动物。是动物却绽放花朵。读海底，似读古代智者文、史、哲、经和自然科学浑然相融的巨著，简约又古奥，狡黠的诱惑透露着历史黎明期的大神秘。

博物馆静静。有那么多葆有纯净的儿童似的好奇的心，葆有求知欲念的心，被这一片美丽而怪异、这一片神妙莫测所融化，融入一片美丽而怪异的意念，一片神妙莫测的寂静……

1989.9.10

把长江托在手心
——致武汉

　　把长江托在手心,你细细地审视,用楚天一样清澈的明察秋毫的目光,泽地一样深沉的光彩闪闪的目光。

　　是从鄱阳街"八七"会议的会议室里,从中央农民运动讲习所讲台上射出的毛泽东的目光,是从长春街八路军办事处射出的周恩来的目光,是从江岸"二七"革命纪念馆射出的烈士们的目光,是从洪山南麓射来的施洋烈士的目光,是从洪山之东射来的一百九十一名北伐军官兵的目光,是从龟山西端射来的向警予烈士的目光;还有从红楼射来的孙中山的目光,还有从拜将台射来的黄兴的目光,还有从起义门射来的辛亥革命党人的目光,还有从烈士街射来的武昌起义第一批殉难者的目光,还有从蛇山北麓演武厅射来的一代代革命志士们的目光,呵,甚至还有从朝梅岭和夕桂山射来的为支援抗日牺牲的苏联空军志愿队烈士们的目光,甚至还有从洪山北麓射来的庚子七烈士的目光,甚至还有从东湖九女墩射来的太平军女兵的目光,甚至还有从蛇山之巅射来的岳武穆的目光,从行吟阁射来的屈子的目光……

　　长江,从遥远的昔日流来,从历史的深处流来,流进今日。是不是还有当年那样乱石崩云,惊涛裂岸,卷起千堆雪的声势?是不是还有当年那样执着东去,一泻千里,一往无前的气魄?是不是还像当年那样溪河俱纳,大浪淘沙,夹带着丰富多样的生活奔腾不息?是不是还像当年那样月月年年以舟楫灌溉之利效命于劳苦大众？

不舍昼夜的奔流，接受不舍昼夜的历史审视吧！

武汉，当我站在"江渝二号"的甲板上，驶经你的江面，立刻感到，自己像一颗水滴，也感受到了你审视的目光……

1987.3.14

三峡，心灵的轨迹

水美：金色的激流有如飞龙鳞光闪闪，青色的漩涡有如杂技演员手上巨大的透明的转碟，雪白的排浪绽开簇簇鲜花……

山美：或巍峨，或陡峭，或连绵，或突兀；花草树木，绿肥红瘦；云涌霞扮，仪态万方……

然而，置身"江渝二号"，顺流东驶，我深深感到，更美的，是船上女播音员悦耳的描述，是旅游手册上所讲述的一个个美妙的神话传说，是甲板上声声激动的呼唤——

看见了吗？看，那赤甲山，赭红的山石与晴空的丽日相映生辉，红装艳抹，分外妖娆。

那与它夹岸对峙的白盐山，冰清玉洁，银光闪闪！

那孟良梯绝壁下的凤凰，羽毛丰润，色彩斑斓，风韵飘逸，正引颈饮泉……

看见了吗？那迎霞伫立的神女，含情脉脉地注视着大江。美丽善良的瑶姬呵，你是在审视当年帮人们治理过的江河是否仍然听话，还是在回忆那一段令你面生红晕的爱情故事？

那潺潺流来的碧绿透底的香溪，清香馥郁，香气扑鼻，那水波中闪闪耀目的，可是昭君当年出塞前洗沐时遗落的项链上的珍珠？

看见了吗？看屈原沱前，女媭正翘首以待：上下求索、忧愤深重的弟弟屈原，可从流放途中归来？

那灯影峡南岸的马牙山上,历尽劫难、西天取经的唐僧和他的弟子们,正展视前程,不倦地攀登。

看见了吗?看那清滩东岸,白骨塔影,映现多少激流沉船的船夫们绝望的眼神?

那牛肝马肺峡壁被军舰轰毁的"马肺",用残缺的遗迹再现着列强罪恶的炮影……

哦,真的,这一切我也许什么也没有真切地看见。观景不如听景?船行驶着,水流着,山行着,播音员在描绘着,旅客在指点着,理性的日光陡地照耀我的思绪:

人!人的想象、愿望和创造力是多么丰美,人的喜怒哀乐的情感是多么丰美,人的心灵世界是多么丰美!是人,赋予这山峡无限灵光秀气,一派神姿仙态呵。

三峡画廊,乃是心灵的轨迹……

1987.3.19

葛洲坝断想

不要感伤于,西陵峡河道变宽了,二十五个暗礁险滩有十九个沉入水底了,牛肝马肺峡"瓶颈"粗得能双向航船了,那就源于昨日的狭窄的无数美丽神话被淹没了……

我心里更加神往的美妙故事,在今天宽阔的崭新江面上奠基。

1987.3.20

美文生活

发掘颂
——看湖北出土曾侯乙墓编钟

　　从深深的地下，从阴暗的古墓，从两千五百年前的晨雾暮雨中，它们终于被发掘出来：形制博大、音色宏丽的编钟！置身展室，有如置身音乐的殿堂，似看到铜锈斑斑的古钟之林隆隆振动、音涛滚滚！似听到件件乐钟，一齐奏鸣，金、石、丝、竹、匏、土、草、木，八音和谐，气势雄美，一声声震击着我的心灵……

　　于是，我忽然想到，大到宇宙，小到心灵；前到古昔，后到如今，还幽闭、埋藏着多少编钟、多少音乐、多少艺术、多少美呢？

　　于是，我要合着编钟歌唱，歌唱编钟，歌唱编钟的发掘，歌唱这个发掘的时代，既然它发掘出编钟，发掘出编磬、琴瑟、排箫，还发掘出艺术的闹春；既然它发掘出兵马进军的战阵，发掘出超鸟的奔马，还发掘出中华崛起的雄心；既然它发掘出地下的画室，发掘出华丽的宫殿，还发掘出美好善良的人性……

　　发掘吧！在这有着不倦地发现和创造之使命的时代，用照透一切的日光和月光去探知不死的历史，用与音乐和艺术共鸣的音响去探知音乐和艺术，用解放了的情感、最多情的神经去探知再也不容掩埋的美，用人心去探知人……

1987.3

羊城速写

广　州

像碧浪滔滔的珠江，多少年代流过去，多少甘苦流过去。

湍急的车流与人流，重峦叠嶂般的高楼大厦，簇拥着悠悠往古——周夷王时一个奇妙的构思：几只羊儿衔着黄澄澄的谷穗走来……

我于是在你流金溢彩的市街、锻铸富足的厂房和智慧如蝴蝶翩翩翔舞的课堂，在你微笑的商场和彬彬有礼地迎送五大洲的酒店，细细验证：先人们那将富足与文明善良紧紧连为一体的梦幻，是在怎样物化为现实……

三元里抗英烈士纪念碑意象

像一柄灼灼竖起的长剑，在疾驶的时间和八面来风中，锋刃铮铮鸣响。

儿童听见"为祖国快长、快长"的叮咛，年轻人听见心中警惕的神经被砰然绷紧，老者听见催须发返青的遥遥春雷……

好一柄长剑！听着你的鸣响，每颗中国心都共鸣出激情……

在广交会大厦前

一条彩色的河流,优美地流入大厦。

金色头发,棕色头发,亚麻色头发,黑色头发……白皮肤,黑皮肤,黄皮肤,棕色皮肤……黑眼睛,蓝眼睛,灰眼睛,褐色眼睛……每张面孔都是一幅温煦的微笑,一掬甜甜的彬彬有礼。

我感动地注视着。连我自己也不知道意识之流忽地切入了什么相反的镜头,我仰面望着五星红旗,热泪陡地从面颊滚落……

1990.7

深圳二题

"锦绣中华"思

"锦绣中华",是深圳塑出了你,还是你塑出了深圳呢?这是辽阔的中华:千里,万里,从天山明雪到五指碧岩,从巍巍东岳到滟滟西湖。这是悠久的中华:千载,万载,如长城的绵延,直溯至秦王的战阵,黄帝的手泽……

而深圳不满足这辽阔和悠久。它赫然耸起,耸成一面摩天巨窗,亮闪闪的向八面洞开,竞争的锋芒遥指天外;籁杜鹃般繁盛的探求和建设的成果,执拗地向五洲浸润袭人的芬芳;新鲜的思想像滔滔海浪滔滔阳光,开着层层叠叠灿烂的花,涌向更加久远的明天。

呵,"锦绣中华",是深圳塑出了你——你是它的根;是你塑出了深圳——它是你的枝头初绽的希望……

假若没有你,深圳是令人怅然若失的深圳;假若没有深圳,中华是令人气闷的中华!

1990.5.13

开荒牛赋

似乎永远是慢节奏的象征（用惯了的比喻："老牛拉破车"……），你却雄峙在具有最快节奏的城市；似乎永远是古老事物的象征（二牛抬杠从战国秦汉犁到宋元明清……），你却雄峙在具有最新风采的城市。

掘除慢节奏、旧事物，需要比停滞似的慢节奏更坚韧、比根深蒂固的旧事物更顽强的开拓。拓荒牛，你原是奔向新世纪的开拓者哲思与力量的象征呵！

看，你深深埋下巨大的倔强的头，凸隆起全身剽悍的肌腱也凸隆起犹带铜声的劲骨。似有啸吼沉雷般在天地间滚动，你向前，威武又壮烈地向前！时间和空间都感受着无可遏制的力的冲击波……

1990.5.14

南 宁

  红壤，世界上最古老的土壤之一，以六万年蓄积的肥力养育荔枝林、杧果林和甘蔗林，养育茂密的绿色的静静的雨季，也曾养育身处"百越文身之地"的诗人"岭树重遮千里目，江流曲似九回肠"的茫茫的愁思，养育百感交集的历史……

  当二十世纪八十年代、九十年代的季风吹拂，肥壤便催萌思维真正的喧哗，催萌自豪的憧憬，拱破岩层，拱破精神的板结和断层，激情和理性欢乐地呻吟着铺天盖地展示叶、干和花朵。

  广播电台的直播间与进程同步地发布新的构思与向建成西南地区出海通道目标前进的每一个新的步伐，主持人说："日新月异！每一个新气象都像诗人笔下的荔枝，你若捕捉不住，'一日而色变，二日而香变，三日而味变，四五日外色香味尽去矣！'……"

  中国，北方，南方，每一处遥远宁静的地方，都在躁动。

1997

美文生活

重庆诗思

重 庆

你的江，宽阔而明净，回荡着启航的船笛，飘飞着鸥翅般的帆影。你的山，巍峨而清新，修竹长藤挥洒着飘逸，厂房楼群透露着凝重。早晨，你被洁白的雾纱轻掩着，像刚刚睁开睡眼的少女；夜晚，你被七彩的灯海托举着，一直升向渺远的星群。

呵，重庆，红岩村的曙明染透了你的笑靥。歌乐山下渣滓洞和白公馆的个个铁窗成为供青年人阅读的一页页历史教材。你时时在庆贺对于黑暗与恐怖的胜利。

听，会仙楼屋顶花园记者招待会上，市委书记又宣布了如同你那一座座从山麓向高远的云空层层突进的黄红灰白的楼房一样向明天突进的计划。在这计划的晴光里，枇杷山又耸起两江楼，呼唤万方清风晓岚。九龙坡港雄风荡起龙腾虎跃，昼夜吞吐闪光的实惠和沉实的遐想。橘红色的"嘉陵""突突突突"源源不断地为行色匆匆的九州运送时间和效率。青青山野生长着瓜果稻米般香甜丰美的新鲜观念。大市场每个柜台和每个货摊，都拥挤着富足……

山城，你有这么多的美和喜讯，真值得庆贺再庆贺，有如你的名字呵！

1986.11.10

红岩颂

  这就是你吗，就是在那激动人心的年代闪射过激动人心的光彩的你吗，红岩？

  烈焰凝固了，凝固成红色的晶亮的岩石。

  激情结晶了，结晶成深沉而透明的哲思。

  ……这是那棵提醒人们不要迷路、顺利走向革命堡垒的黄桷树，绿叶拂摇的黄桷树。这是红岩村八路军办事处的小楼，真理一样质朴的小楼。这是毛泽东重庆谈判期间的办公室和住室。这是周恩来和邓颖超的办公室和住室。这是周恩来在这里学习过的毛泽东《改造我们的学习》的单行本。这是办事处同志们写在图书室的"太忙就挤，不懂就钻"的条幅……

  这里曾充满理性的憧憬，庄严的战斗，甘之如饴的劳碌，无比明艳的笑容。静静地瞻仰，细细地凝视，深深地、深深地思索吧。想想看，当年的烈焰，光芒是何等明亮辉煌，色彩是何等红艳鲜丽，火势是何等猛烈炽旺呵！那么，是什么能源使它这样亮呢，今天又怎样使这能源依然威力无穷呢？是什么力量催得它这样旺呢，今天又怎样使这力量无坚不摧呢？我探知着，一一核对着答案。

  我对这座凝固的、结晶的历史充满着虔诚的崇敬。我感觉，凝固的烈焰，如同一座红的玛瑙，或红的水晶，将巨大的光辉聚拢来，聚到了我心灵的焦点；结晶的激情，如同冰镇的清气一般，使无比澄明、无比清新的观念渗透了我的全身。

  这是灵魂的洗礼，真理的沐浴。

1986.11.13

记重庆嘉陵机器厂

长长的流水线,像哗哗的流水一样湍急。无论你站的是什么位置,担负的是哪道工序,你的劳作都其实是那么简单,施展才力的机会都其实是那么的短暂,贡献都其实是那么微小,甚至不足以激起一朵显眼的唱歌的浪花。

像一条线一样绵长,连接起时间空间,连接起无数劳作,无数施展才力的努力,无数贡献,终于塑造出繁复的、永久的美,惊人的嘉陵轻骑耀眼而喧响的美!尽管在过程中那一道道由智与力凝成的工序,有的完美有的粗陋,有的认真有的敷衍,有的卓异,有的平庸……

长长的流水线!站在它的面前,我不由得思索起,要想让历史流水线上属于自己的那一道工序绽开一朵美的花,需要多么虔诚的、聚精会神的、调动全身心完美节奏的劳动,而平庸地混过生命的短程又是多么容易呵!

1986.12.2

黑牢中的红石榴
——重庆白公馆有感

心,什么也囚禁不住。

即使是被强迫服苦役,即使是在机枪和皮鞭监禁下劳作,你,许晓轩,竟然还是在山谷草丛中发现了它,小心翼翼地把它挖出来,带回了监狱,种在了面对铁窗的空地上:一株柔嫩的、喷涌着绿色生机的小小石榴树。

这需要一颗何等生动的心呵!

于是,血腥拷打算得了什么,霉米馊汤算得了什么,恶浊空气算得了

什么！小小石榴树，它拨动了战士们的心，它的嫩叶使黑牢荡起一缕春的清美，它的细枝绿在了战士的胸中……也许明天，也许一刻钟后，他们就要告别人间，连同这株石榴树。但是此刻，他们依然虔诚地给它浇水、松土……

……今天，当前来参观白公馆的人们看到这株苍劲挺拔的石榴树翠枝飘拂，看到火焰般的花朵耀亮山野，看到硕美的石榴中，千百颗太阳喷薄而出，谁的心不被深深震颤！

对美的追求永不凋谢！

1986.11.11

枇杷山两江楼夜眺

灯的天灯的地灯的城灯的江！万家灯火，有的像晶莹的雪，有的似闪光的金，还有幽蓝的水晶艳红的玛瑙紫色的葡萄……呵，一盏灯，一颗闪烁的亮星；一片灯，遍野流芳的鲜花；满眼灯，浩渺的光之海、美之海！

……也许这还是神秘的海洋。谁能知道，每盏灯下，有着一些怎样的人，一幅怎样的图景，一片怎样的心境，一个怎样的世界呢？

为什么要知道呢？当我站得高些、更高些，模糊了那一切本应模糊的，映进心胸的便是一片光，美丽的光……

1986.12.5

美文生活

行感成都

成　都

　　木芙蓉如片片绯红、芳香的云，簇拥着你。名不虚传的蓉城，天府之国的首府，霞衣霓裙，真的飘飘欲仙呢！

　　然而，有多么浓重的人间烟火，自远方近处，迎面扑来——都江堰、武侯祠烈日般辐射着人类智慧之光；诗圣的草堂似传出对民生疾苦的深沉吟诉；喧嚣的春熙路上，川调如泸州老窖般浓烈，"灯影牛肉"、担担面、夫妻肺片、红油抄手以浓重的麻辣味刺激起人们热乎乎的乡情，也麻痹了人们脑畔或许会闪过的忧郁；太平洋盒式录音带旋转出的最新流行曲，冲浓了茶馆里老顾客已淡的茶水；出版社编辑们正以丛书构筑新一代头脑中的小图书馆；诗人正临窗与海峡那边的诗友共同倾听那只蟋蟀鸣唱愿人间团圆的歌曲……

　　天府人间，人间天府！呵，天府因了世俗厚味才为人们所向往。人，爱的还是人间——有着酸甜麻辣、悲欢离合的人间……

1987.2.26

草

——致杜甫，在杜甫草堂

不愿称你为诗圣，我倒宁愿把你称作草，既然你终于永别宫廷，没入草野，在这草堂里获得永生。

然而你绝不是茕茕孑立的一株在风中飘零的草。你是草原，是草的山，草的河，草的海洋！你将无边草木的呻吟啸喊融汇为沉郁顿挫的一体，将无边草木的扭曲骚动融汇为惊心动魄的一卷！你的振荡就是风和波涛，在"孔丘盗跖俱尘埃"的醒悟里，闪烁理性之力。你有泪，那是寒夜里热肠的叹息凝成的无尽的星光；你也有笑，那是看尽了丑后，像"葵藿倾太阳"一般感到人间永存的美时心灵极度愉悦的颤抖！你无所不在，尽管你的成就不为浅见的时人所承认（他们正为浮华的"才子"们尖声喝彩呢），你却无声而倔强地绿遍空间；你长青！舞台上多少悲剧喜剧轮番兴谢，你因为植根在深厚的大地，便从前天、昨天，绿向今天、明天……

我深深地思索起，诗，怎样才能获得人民的承认；而人，又怎样才能获得草的青葱呢？

1987.2.20

你没有在这里

——致诸葛亮，在成都武侯祠

你没有在这里，没有在富丽的祠庙、华贵的冠冕和膜拜、颂扬里，衣带飘拂、前额宽广而深沉、双眸星星般闪亮的诸葛亮呵。智慧从来与迷信绝缘，迷信神，迷信人，迷信自我。

人，这历史的太阳，能释放出多少智慧的核能！隆中对闪现出无穷智慧，八阵图描绘出无穷智慧，木牛流马运载着无穷智慧，连弩迸射出无穷智慧……

你却一点也没有飘飘然。轻摇的鹅毛扇，只是用以昭示思索、探求和创造乃是世间的大欢乐，对于你。

你没有走向迷信的坟茔，被葬，或自葬。你鞠躬尽瘁，"三顾频烦天下计，两朝开济老臣心"，为了一个统一国家民族的心愿，最后一息也决不懈怠地献给了智慧的思谋。

"三个臭皮匠，顶个诸葛亮"——你来自陇亩，又走向了劳苦大众中间。

智慧是永生的，在永生的智慧之母中间！

1987.2.24

巨 拳
——都江堰有思

像一只巨大的拳头，轻捷而又稳实地按在岷江之上，把条条水龙攥在手心。桀骜不驯的蛟龙翻江倒海，扬波鼓浪，银鳞闪闪，吼声阵阵，却无法挣出不露声色的巨拳，末了，只能怪怪地按照指挥，奔向巨拳的意愿！

于是，天府之天，流泻着波状的白云；玉垒山，滚动着芳香的林涛；川西平原，翻腾着奶味的稻浪。到处是波状的、芳香的、奶味的笑容……

水利师说：两千年前的建设，至今仍发挥着当初的设计效益。

呵，巨拳，人的力量、科学的力量！

人和科学是永远年轻的颂歌。

1987.2.27

青城山幽

谚云：青城天下幽。

　　洁净无尘的石板路，是透明的。青翠欲滴的树木，是透明的。绯红、淡黄、莹白的花朵，是透明的。叮叮咚咚的流泉，是透明的。飞珠溅玉的瀑布，是透明的。云遮雾掩的山岫，是透明的。若有若无的殿宇梵宫，是透明的。鸟儿的鸣啭，是透明的……
　　真正幽静的心境，总是透明的。

1987.2.17

美文生活

透明的绿与蓝
——九寨沟诗韵

女儿绿与女儿蓝

　　这儿的山真绿！比松柏的绿鲜亮，比芭蕉的绿柔和，比碧潭的绿温润，比翡翠的绿水嫩。千真万确的"女儿绿"！美妙得像一支抒情曲，潜潜流向人的心灵，涤去一切荣辱疲累，让精神向澄澈纯净的美境飘升；又像晶莹的露珠，凝聚、结晶了万般的清新，在旭日的粼粼光波里幸福地摇颤……

　　这儿的水真蓝！双龙海，镜海，天鹅湖，五彩池，长海，山谷处处都有迷人的海子，每个海子都有一池迷人的蓝！千真万确的"女儿蓝"！像透明的晴光，没有半丝儿风的袭扰，没有半缕儿云的污染，只是一色儿透明，一色儿蔚蓝，让人想起孩童的心灵，想起少女的明眸；又如月华下的马兰花簇，光是柔雅的光，蓝是柔润的蓝，她正在绽放，向四周浸润蓝色的梦幻和芬芳，她又是静止的，让时间、空间都留恋地凝固在蓝色里……

　　呵！这女儿绿和女儿蓝组成的世界！明丽中有朦胧，纯净中含深沉，单纯中透露多少引人遐思的美，淑静中显出多么强烈的青春的气息呵！这正是女儿的魅力。

　　于是，我默默地感谢四周那遮挡雨雪、过滤尘风、洗涤生活的森林母亲，是她奉献出这具有永久魅力的不可亵渎的美，来净化人的灵魂……

1987.9.4

透明的夜

沙沙沙沙……

雨纱织着夜幕。夜色染乌了雨纱。夜雨本来就是凉的,更何况是这九寨沟的夜,飒飒树声,淙淙寒溪,萧萧谷风,都融入了雨,于是雨更显得凉了,冰凉。

……我披衣漫步,在雨林里,在雨谷中,在雨桥上。雨,送走了游人,人们都躲进了旅馆,怕雨凉。雨,涤尽了人带来的污染,创造了这样一个纯净的世界,正好驰骋透明的诗情,透明的哲思。我真爱这透明。

雨,沙沙沙沙;情思,沙沙沙沙。一样的自然流露。雨也绵绵,意也绵绵。雨夜的九寨沟,是多么安谧、清新呵。愿生活都变得像这样安谧、清新的大自然,愿大自然更多一些安谧、清新……

1987.9.16

在你的身后是迷人的历史
——致西安

在你身后，是古老的、古老的历史。

那是迷人的历史，像未来一样迷人。那是我们的先民吗？迎着向南敞开的大门，围坐在火炕边，红底黑花的陶碗里，熟食和智慧一起飘散清香；那是周平王东迁的人群吗？隆隆车声，惊醒了草丛憩息的白鹿；那是巍峨瑰丽的阿房宫吗？五步一楼，十步一阁，朝歌夜弦，烟斜雾横，透露着始皇"六王毕，四海一"的志得意满；那是古长安城吗？长乐宫，未央宫，昆明池，刘彻们雄心又精心地建造着自己"长乐未央"的政权；哦，还有，大雁塔耸起玄奘向往净土的怎样的哲思？灞桥的柳枝，记下了唐人多少断魂相离的故事？西渭桥演出了多少爷娘妻子送征人和李世民与突厥可汗会盟一样的悲剧与喜剧？碑林中开放着怎样的风雨不蚀的艺术之花？……

你却更迷人地站在今天。以新兴的机械制造业铸成你的躯干；以棉纺织厂和毛纺织厂织出的云锦裁成你的衣衫；以纵横交错的宽阔的大道和通向五湖四海的火车站和机场夸耀你的步伐；以众多的崭新的校园和校园里那星河灿烂般的明眸预示你的未来；以鳞次栉比的宾馆、湍波似的旅游车和聚集如云的中外游人展露你走向世界的心曲；以注满阳光的座座新居阳台上的鲜花汇成你的笑靥；以夜的海波般流荡闪烁的灯光显示你的繁忙；以电影制片厂和易俗社为新生活写生的故事点缀你的闲暇；以你城郊田野那沙沙歌唱的翠禾、喷溢清香的果实描画你的富饶；以黄土地上的都市在

新时代拥有的全部新鲜、深厚与妩媚,显示你的魅力……

呵,西安,于是,在你的面前,是玫瑰色曙明般的未来。比历史更加迷人。

1989.11.16

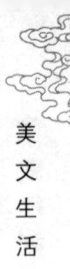

美文生活

无字碑思
——致武则天，在乾陵

我是确信无疑地认为，这座碑是你的，你为自己树的。除了识见卓异的你，有谁能有此标新立异的构想呢？

从"三从四德"的渊谷，到至高无上的权力之巅，有一条怎样荆棘丛生、刀石林立的路呵！没有比荆棘强盛十倍的智、比刀石凌厉十倍的勇，你敢走，而且能终于到达目的地吗？

从宫廷内毁谤掀起的嚣浪，到世间传统力量汇成的洪水，有着怎样巨大的冲垮一切立志变革、有所作为的决心的力量！没有中流砥柱般的气魄，你能够咬定青山、独立支持、一挺就是二十五年吗？

然而，待到疲倦时，你的智、勇和气魄，却一齐化为静静地站立，站成一座高大的石碑，未著一字的碑。

真的，自我标榜，后人承认吗？自我辩解，论敌静听吗？历史从不理睬谁自己怎样说。在时间和空间里，只淘留下石头一样的事实。

1987.7.3

致黄帝柏

  拜谒过黄帝陵，我的永远的敬仰绿在了陵前的松枝上。我又来到你的面前，肃然而好奇地站立，站成汹涌而透明的思想的碑。

  呵，黄帝手植柏！你就是人类所拥有的唯一属于人类自己的财富：历史。从我们民族的黎明，展枝吐叶，冲破重重岁月的隔层，你郁郁葱葱地长到今天。看着你，我似乎感到真切的此时此地此情此景的世界，一刹那没入了那同样真切的永无休止的雄伟的生长。哦，只有历史才是永恒的，只有不怠惰、不枯萎、不僵死的生长才是永恒的。

  大自然的绝唱！我们民族的魂灵！看着你，我相信饱经沧桑者也会认识自己的幼稚，历尽磨难者也会发现自己的肤浅。真的，我们有谁像你那样经过把躯干烧成化石的烈日，经过扭伤每一个年轮的风雨，经过那样多揉碎心肝的悲、欢、离、合、荣、辱、沉、浮？然而你活着，顽强地继续着自己轰轰烈烈、蓬蓬勃勃的事业！

  看到你，我才懂得了生命！既然无止境的成长的历史事业需要无休歇的生长的生命，那就让我们像你全身心地、垂死挣扎般地供奉着那一树绿叶一样，把全部光，全部热，全部能，都献给那真正最鲜明地标志生命存在的生活内容吧……

  呵，站在你的面前，我读不尽你轰轰摇撼着的巨大树冠所包含着的大汹涌，思索不尽你雄峻的身躯所凝聚的大深奥。我因此意识到自己的年轻。

1987.6.26

美文生活

致延安

延 河

  也许因为你的象征意义太鲜明了,即使此时双脚站在你的岸边,我也一下很难把你如实地看作一条河。然而你又确实是一条河,一条与黄土高原别的河流一样的,像我们的皮肤一样颜色的、滚滚波涛日夜奔腾的河。

  那么,当年映照过毛泽东们,映照过三十年代和四十年代的水波,今天已流至何方?它汇入了哪条大河,又融入了哪片海洋?后来那映照过五十年代,映照过六十年代、七十年代的水波,今天又流至何方?它们汇入了哪条大河,又融入了哪片海洋呢?于是,你又映照八十年代。

  哦,哪个年代都会过去的。我们的身影,我们前辈的,我们自己的,我们后代的身影,都会从这水面上消失。河水每天都是新的。也唯其如此,你永在,延河永流。因为你的灵魂永在——这哲学的奔流、美的奔流呵!

  我俯下身去,把双手伸进河水,那清凉凉的奔流的感觉潜潜进入指尖;我掬起一捧捧水,满头脸痛快淋漓地浇起来,那清凉凉的奔流的感觉渗透全部身心!

  我觉得自己化为一滴水,汇入了你万古不歇的奔流……

1987.6.30

宝塔山

像这样的山,并不巍峨的土山,触目皆是,在我们祖国的土地上。

像这样的塔,并不新奇也并不高峻的塔,不胜枚举,在我们祖国的土地上。

真是再普通不过的山、再普通不过的塔了!

然而,就是这山、这塔,却极不普通地屹立在祖国的土地上,并且神圣地走进我们的历史,走进中国也走向世界亿万人的视野和心灵……

与革命、与人类解放事业共命运,便会因经受革命事业所经受的一切洗礼、熔炼而晶亮透明,闪烁出万古难磨的大辉光。哪怕是山、塔,再普通不过的山和塔。

1987.7.1

写在枣园毛泽东旧居

我深深感到:这朴素的土窑洞,这朴素的办公室、卧室,朴素的纸窗、木桌、木椅、小煤油灯和木板床,这土窑洞立足的朴素的黄土坡,便是他的思想,那锻去了一切浮华、一切雕饰的思想,那立足于中国的黄土地,因而无比坚实、深厚、风雨难蚀的思想!

我深深感到:窑洞前这一株丁香树,这生机暴突的枝干、滴翠的浓叶、芬芳的花簇,便是他的思想,那清气磅礴、春气盎然、永远年轻的思想,那沐浴于中国的红日长风,因而刚健、葱茏、扬芬吐馥的思想!

导师已永久地去了,他所献给事业的思想,却因朴素、蓬勃,便跨越死亡,走向永久……

1987.6.12

不许系马

延安凤凰山下当年中国工农红军总参谋部门前,有一株枝叶茂盛的大树……

当年,当有人拴在这棵树上的马啃去一片树皮,是谁,愤然挥笔,在树干上写下挟带吼声的大字:"不许系马!"

是他,我们的朱老总,"胸中常有渡人船"的朱老总,从来没有难为过一个同志、朋友,从来没有骄横甚或急躁地对待过一个同志、朋友的朱老总!

然而,"不许系马!"何等严厉、激愤的警告!看着它,我不由得想:哦,伟大的人格总是在繁富宏阔中显示完美。

于是,我想起,剑眉耸动,终生都是军人、是战士的朱老总,终生与扼杀美的生命的丑恶作战。我像看见,在滚滚的硝烟中,他跨上火红的嘶鸣的战马,怒目圆睁,杀向敌阵;在炮弹不时震落尘土的指挥所,他正手握话筒,声若沉雷地发布进攻的命令;在邪风浊雨里,他愤怒的手杖,敲打着地面如同擂响皮鼓……

于是,我像看到,当他目睹黄土高原这株美的生命被损伤时,竟也微微怒了——

而我们每个人都会心的是,这位憨厚的老元戎,他那发现对美的生命哪怕是一丁点损害便会腾起的怒火或怒气,正是他毫无保留地热爱和护卫美的生命的爱情的喷发。

这爱情,长成了这样葱茏的大树,绿进我们的心里……

1987.6

清凉山遐思

那时候，这万尊神佛显威的地方，这香烟缭绕的山寺古刹，竟成为真理的战壕。一时间添了多少新的深躬的腰身，却不是躬向神佛，而是背负科学的炮弹，杀上通讯社、报社、广播电台和印刷厂的阵地，严肃而真诚地战斗！历史多么富有戏剧性的安排呵！

只要世界不死亡，人总要向着自己的尊严前行。只要人类在前行，真理就总在奋斗。

于是，那时候，中国有声音了：号角声，像严冬封锁的乡村上空陡地响起了布谷鸟的歌！光明的春风鼓荡起来了，给昏暗的天空和昏暗的眼睛以光芒；智慧的春风鼓荡起来了，摇醒一个个麻木的灵魂。祈求神佛护佑而不得安生的芸芸众生，找到了皈依，那真正通向清净安住的胜境的真理。人的希望的春阳响亮地升起来了！在这清凉山上。

于是，连这山上的万佛寺自己，也抖去灰尘，成为宣扬人对光明、智慧的追求的艺术的课堂。

1987.6.19

美文生活

银川印象

在民族团结碑前

  我的思绪,像簇拥着你的民族团结碑的喷泉,银川呵!
  在这喷涌迸射、如烟似雾的细密的泉水里,我看到了青铜峡水电站和石嘴山火电厂涌出的艳丽的光明,看到了"太西乌金"飘舞的金焰,看到了塞上江南流溢芳香的亮晶晶的珍珠米,看到了固海扬水工程泵站的银瀑,看到了枸杞、甘草、贺兰石、滩羊皮和发菜诱人的红黄蓝白黑的宝光,看到了牧马人的明眸和绿化树的雄姿。我还看到了汉渠和唐徕渠清亮亮的水波,看到了凌霄的海宝塔和承天寺塔晨昏高扬的瑰丽的霞帔。我甚至看到了旧石器时代先祖们在水洞沟燃起的蓝色的篝火……
  蓦地,像飞腾的水珠在阳光下绽放为花朵,我恍然大悟:民族团结碑,不分明是这历史与现实、智慧与汗水的七彩喷泉的源泉的最好解说吗?正像这雕塑昭示的,银川,你就靠着这民族团结巨臂的托举,从昔日升起,向着理想的高度,舒展银色的劲翮……

1989.9.17

西夏王陵吟

  有人说你是中国的金字塔群，我却觉得你更像棕黄色的松塔，一颗、一颗散落在辽阔的荒漠。

  是的，这里曾经生长繁盛，"东尽黄河，西界玉门，南接萧关，北控大漠"的繁盛，大夏国的繁盛，像碧光闪闪的松林、振摇呼啸的松林、喷涌熊熊生命烈焰的松林般闪烁、喧响、煊赫的繁盛呵！而当无情沧桑使松林都老死了，化为尘埃，却留下棕黄色的松塔，一颗，一颗，一颗……

  这是文化的坚果。当年繁盛松林的迷人气息，就在其中蕴藏。那繁盛的松林凋谢的秘密，就在其中蕴藏。那催生新一代繁盛的松林的启示，就在其中蕴藏。

  我看见，络绎不绝的哲人、学者和普通人，为着求索走来；四周，楼的山峦、良种稻的海洋和载重汽车卷起的热风，正酝酿着新的繁盛……

  于是，我要说，文化不死！

1988.10.2

美文生活

固海扬水工程印象

　　人化的黄河,向高处奔腾——

　　呼啸的激流,似千万匹红棕色的骏马,挣脱河床,向着三百八十二米的高岸,抖鬃亮蹄,长嘶猛跃!跃向沙尘飞扬的荒漠,跃向渴得恨不得舔干云朵的西海固,跃向龟裂的心!

　　这是多情的奔腾呵,它卷走干涸和贫瘠,冲去死寂和人们脸上的菜黄色。波阵过处,绿风扬麦香,碧波映笑脸,富裕与文明像崭新的农舍,在早霞中奠基、崛起……

　　哦,愿我们的心泵,扬起每一条渴望奔腾的水;愿每一台心泵,都为扬起冲刷贫穷的潮流而隆隆开动!

1988.9.19

须弥山思绪

没有涅槃的佛的信徒，不喜欢单调。

于是摈弃单一和平面，寻找另一座山，另一座山，另一座山……在跌宕错落、重叠岹峣的八座山上，描绘出、塑造出自己信仰和追求的迷宫。

登攀吧，大佛楼、子孙宫、圆光寺、桃花洞、相国寺……慈祥的菩萨，威武的天王，峻拔的北魏，丰腴的盛唐……从窟内的社会，走向窟外的自然；从窟内的佛国，走向窟外的人世……

呵，须弥山赠我淋淋热汗漂洗思绪：

多彩的美，美的多彩，是人类共同热爱的精神家园……

1988.9.12

美文生活

沙坡头意象

杞人忧天,我们忧地:空气污染,河水污染,土地沙化,能源危机,人口爆炸……呵,地球的质量正急剧下降,地球到了最危险的时候!

沙坡头,迎着灭顶之灾,把忧思拧成缰绳,甩向逞凶的风妖;把忧思锻成利剑,劈向肆虐的沙怪!于是,腾格里大沙漠,被刺出了一个缺口,生命的汁液——绿,闪着新鲜、奇异的亮光,又开始流溢,溢成露珠闪闪的草丛,溢成鸟语喧响的树林,溢成芳波粼粼的菜圃瓜田,溢成蜂蝶纷飞的五彩果园,溢成向空漠、酷热、僵化进攻的滚滚战阵……

比之浮浅的欢歌,忧思就是力量。我默默地向显示这力量的高立式沙栏,向麦草方格,向防护林带致意,在这人类与厄运搏斗的前沿阵地。

1988.10.1

六盘山述感

巍峨的长征纪念亭，落成在松柏森然的山巅。

——人民没有忘记！

登攀而来的瞻仰者，一个个，一群群，屏息静气地观览全亭，默读《清平乐·六盘山》，郑重地摄影留念。

——人民没有忘记！

是的，凡曾推动历史前进的，便风雨不蚀，永久在历史道路上闪光，在前进的人们的心中闪光。历史就这样一盏一盏亮起路灯，一直亮向无限的远方；前进的人们就这样一程、一程沿着里程碑，坚持着"不到长城非好汉"的追求……

1988.9.21

美文生活

乌鲁木齐旅思

有人说你的含义是"团结",有人说是"优美的牧场"。

攀上高高的红山顶,当我看见——

齐整的平房如粼粼静波,接连着巍峨楼群的惊涛奇浪;简捷明快的现代建筑,映衬着宏伟、堂皇的传统建筑;严正大度的汉族风格对比着奇丽清新的少数民族风格;厂房和博物馆、科技馆、公园组成不同的群落而又交相辉映。

漫步宽阔的、熙熙攘攘的市街,当我看见——

身着运动衫的汉族姑娘与身着艳丽的民族服装的维吾尔族少女挽臂前行;烤羊肉串、热馕飘散的香气和兰州风味牛肉面的红边蓝色横旗儿一起在八月的风中飘动;来自北京、上海、广州乃至巴基斯坦、澳大利亚的时装与达坂城姑娘手工制作的花帽一起辉耀着二道桥贸易市场……

来到视线可以无限放开的远郊,当我看见——

这湿润的绿洲与雄浑苍莽的大戈壁紧相毗连;博格达雪峰的雄姿倒映在如镜的天池碧波里;一号冰川与水磨沟的温泉遥遥呼应;水晶般透明的八月的晴光,却突然大雪纷飞,如蝶阵骤至……

我深深体味了美,如同天山松风,哲学的思绪使我心身清爽。形形色色统于一体;千姿百态熔于一炉。哦,乌鲁木齐,你的含义,我认定是"多彩的统一"了。

1986.10.14

吐鲁番行歌

吐鲁番

　　辐射艺术异彩的柏孜克里克千佛洞，吐峪沟千佛洞；巨轮般昔日载满繁华，今朝充溢哲思的交河故城、高昌故城；披一肩霞霓巍然耸立的奇特的苏公塔，一嘟噜一嘟噜挂满芬芳甜蜜的碧辉闪闪的葡萄沟……呵，吐鲁番，你为什么有这样多古的和今的、自然的和社会的胜景奇迹，宛若串串珍珠，熠熠生辉？

　　……走遍你的土地，我感觉，你像一只巨大的蚌，一扇壳儿，是光热灼灼的火焰山；一扇壳儿，是那比海平面低一百五十四米的艾丁湖。当空是炎炎烈日，四周是戈壁瀚海、狂涛般的沙风……

　　我恍然大悟：定然是超常的环境、超常的磨炼，催生了超常的美，"观念在心里孕育，结成了粒粒真珠"。

1986.10.21

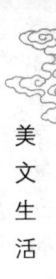

交河故城思

　　走进交河故城，像踏上一艘巨轮。那么，是从什么时候，你搁浅了、停泊了？从此远离了喧响的海浪，远离了鸣笛争进的同伴，远离了熙熙攘攘的航路，没有驶向繁荣和发达，没有驶向今天和未来，而是沉淀在寂静里。你，交河古轮呵！

　　正午的日光像透明的净水，没有一点声息，一点涟漪。摇摇欲坠的瞭望台，破败的佛寺，一段段残颓的城垣，都默默无语。城下滚滚的交河水，傍着你流过时，似乎特地压低了歌喉。河岸洗衣服的姑娘和岸柳下絮叨家常的老人，每逢抬头望见你，总要陷入片刻的沉思。放学路上嬉闹的巴郎和巴孜，路经你时，常常无声地露出迷惑的神色。那来自东方和西方、南方和北方的学者、诗人们，走进你的城门，跨进你古旧的巷道时，都会觉得一股巨大的苍凉灌注全身心，不由得屏起呼吸。哦，只有风，那永世流动的风，在你的城中穿行，发出呜呜的低吟⋯⋯

　　寂静。寂静。寂静。

　　啊，交河古轮，当走出你，走进今天时，我的第一缕思绪是：怎样才能永不停滞、永不衰败呢？

1986.10.19

葡萄沟印象

　　绿。朦胧的远绿。鲜亮的近绿。翠绿的藤叶。银绿和橙绿的葡萄。坎儿井的水是粉绿的。斑驳的阳光是艳绿的。流动的空气是浅绿的。漫步山谷，绿色泼来，衣服成绿的了，面容成绿的了，心儿也成绿的了。呵，绿的天地！不知道是绿色的山谷映绿了心境，还是绿色的心境染绿了山谷，抑或是心境和山谷在绿中相融呢？

　　透明的质感。一切都是那么透明，那么洁净，四处不存纤尘。却又透明得并不缥缈，有一种可以触摸的质感。是一条蓝色的水晶雕成的山谷，是一条由无数碧光闪闪的珍珠、玛瑙、翡翠镶嵌而成的山谷，是晶莹的、青幽幽的冰雪塑成的山谷！置身其中，自己一时也觉得通身透亮，一丁点杂质都难以存身……

　　还有香甜。香甜的绿色。绿色酿成的香甜。呵，葡萄沟，溢流着绿色的、透明的、香甜的酒浆……就这样，你让在大戈壁、火焰山风沙烈日、酷暑严寒中饱尝跋涉之苦的旅人，沉迷于极清、极纯、至甘、至美的境界，饱尝甜美的滋味。

　　生活，原本是多味的呵！

1986.10.25

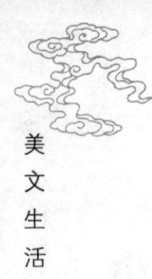
美文生活

致香港

你站在世纪之交。目光惊喜而缭乱，有如突然面对强光。
亲切的似已陌生，陌生的似已亲切。
一个世纪！
……暮霭中终于看见久违的炊烟袅袅的海岸；
亲人抿着被风吹拂的鬓发，在岸边呼唤。
是中华深根育出的枝丫。在太多的风雨里成长。有叶有花有果也有杂藤赘瘤。有鸟语花香也有朝霾夕瘴。
根承认大自然因为属于大自然。
新世纪的晨光有如潮水，浸过你的双脚。百年等一回的惊喜！
整个中国树被一个憧憬所激动，每条枝丫和每个叶片都振摇如翼翅。

1997.6.30

戈壁意象

戈壁写生

祁连山

　　你多么富有！胸中、腹内宝藏应有尽有，取之不竭；你多么美丽！这儿有一碧如洗的冰川，那儿是如云的葱郁的森林；这儿野花千红万紫，蜂蝶纷飞，那儿青石峻嶒，响泉叮咚……

　　可是，你呈现在那些惧怕登峰顶、攀峡谷的人们面前的，却是一脉光秃秃的山表，像一张快要脱光毛的驼皮……

1979.10　玉门

石油河

　　是特地为了向人们报告喜讯，你从深山里急奔而出，双手高捧闪烁着七彩的油花，一路高嚷："这里有石油！这里有石油！"

　　烈日风沙、渴疯了的戈壁终于吞没了你，但直到最后一息，你仍然顽强地把油花托出地面，给人类昭示着探宝的路径……

1979.10　玉门

红柳花

当飘逸雅致的"嫦娥牡丹"和冷峻不俗的各色名菊许身富丽的公园；当妖娆娇艳的夹竹桃深恋上如春的温室，你却把如火的爱情献给了贫瘠的戈壁。

风沙嘶嘶地嘲讽你，你自豪地笑了，笑得花像火一样红，茎像火一样红，根也像火一样红！……

1979.10　玉门

鹰

是呼啸的沙风洗刷了你的羽毛，无垠的瀚海锤铸了你的翅膀，长阔的天地锻炼了你的眼力，你成为"死的戈壁"有生命的骄子，成为无边瀚海浪尖上的精灵！

于是，你对养育了你的母亲爱得着迷了，年年月月，你依恋着母亲翱翔，用母亲心底那强烈的生活的愿望，鼓动着戈壁瀚海的每一束波光、每一方寸浪影……

1979.10　玉门

沙雀的歌声

是一朵湿漉漉的云,飘过去,洒落抚慰焦沙的雨点;是一把声音的种子,播在哪里,哪里长出喧闹和激动。单调——感情的千种乐音结晶的透明的单调,让那些啁啾呜啭成为嘈杂。

呵,美得像一束山花,在云空萌发,绽放在戈壁人的笑脸!

1982.5

云

我只是一朵云,一朵贫瘠的云。连一滴水都拧不出来。

可我并不自惭形秽地逃匿。在戈壁的上空,我飘,日复一日地飘来飘去。

我尽我的力量,尽管我只能献出一缕不足以抚慰沙枣、红柳和沙棒们的焦灼的影子。我因此并不感到脸红。

1982.4

酸 刺

高挺着充满生气的丛丛带刺的绿色枝条,舒展,拂摇,舞蹈,日日夜

夜沙沙地唱着不倦的歌，在浩瀚的戈壁，只有风沙、干旱和贫瘠的戈壁。

风沙从它的歌里，听到了花河树海汹涌澎湃的涛声；干旱从它的歌里，听到了春水淙淙和稻田里咯咯的蛙鼓；贫瘠从它的歌里，感到了永远充沛的、永远不会匮乏的信念的力量……

风沙在退缩，干旱在退缩，贫瘠在退缩……

1981.3

野杏树

矮小得几乎没有树干，像一蓬灌木；粗糙、僵硬得几乎没有一只柔条，像一堆钢丝；泛着铁青色的叶子，硬铮铮的，像一只只小小的刀片；小小的花，没有一丝"红杏"的娇态；果实呢，小指头肚般大小的果实，永远是硬硬的，像碱汁一样苦涩……

你就是戈壁的春天呵，一身都是抗风搏沙苦斗的痕迹！

1981.3

戈壁寓言

生　命

沙粒愤愤地抱怨春雨：

"真是太不公平了！当你来的时候，你把芨芨丛染绿，使它们变得好像一眼眼喷泉；你把沙枣树染绿，使它们变得好像一炬炬火焰，你甚至把冰草都染绿了，使草滩变成一匹闪光的碧毯……可你，可你为什么舍不得给我一点点绿色呢？"

春雨微笑着问："绿，是生命的颜色。你有生命吗？"

1982.2

咯嗒鸡的回答

"听听你们的声音吧！"卵石撇一撇嘴，满脸不屑的神情，"成天就会'咯嗒！咯嗒'，多么轻薄、单调、乏味！"

"是啊，卵石先生，"咯嗒鸡不慌不忙地回答，"可是，这戈壁上的人们如果都像你这样高贵地沉默着，就只有死一样的静寂了！"

立志一鸣惊人者，将沉默一生。

1982.4

梭梭如是说

浮萍称赞梭梭竟然能在没有水的戈壁上长得那样葱郁、旺盛。梭梭摇摇头：

"不，这里有水——别看这黄沙灰石干得冒烟，在它的下面，在十米以下的深处，有着一汪清甜的蓝色的流泉呢！……"

"是吗？"浮萍惊讶得大声喧嚷起来，"那我怎么没有发现呢？"

"那有什么奇怪，"梭梭回答，"你是从来也不肯把根往泥土里伸一伸的！"

1982.4

戈壁论美

看看沙枣，看看白茨，看看红柳，看看骆驼刺，荷花——这位刚刚来到戈壁的贵客，不禁哑然失笑了：

"看看你们诸位，枝、干、叶、花样样都活像刀矛剑戟，又尖又利又干又硬,难道不能有一点优雅、从容的美吗?"

白茨、沙枣们诚挚地答道:

"假若您也能来这里拿起刀矛剑戟参加我们与风沙的搏斗,大戈壁优雅、从容的美就会早一天到来!"

1982.4

追汽车的骆驼

世代相承的盛誉,使骆驼未免有点自负了:"哎,人尊重我们,我们自然也不该轻薄他们,不过,离开我们,人在这戈壁瀚海就会搁浅的,想想看,他们不也有点太可怜吗?"

一只骆驼这样想着,在大漠像一个哲人慢慢地踱着步子,还不时微微摇头。忽然,一辆越野吉普车,从它面前飞驰而过,敞开的车窗里隐约飞出人的似乎含有讥嘲意味的笑。"嗯?他们乘的是一个什么怪物?竟然对我不恭?"这个念头像针一样刺伤了骆驼的自尊心。它发怒了,"追上去!我要把这个怪物甩到身后,然后亲眼看着人向我乞求……"它发疯似的扬起了四蹄。

到头来,戈壁上只留下了一具骆驼的死尸。历史的车轮,从来无情呵。

1982.4

沙蓬的幻想

沙蓬忽然有一天异想天开——也许,它具有诗人的气质呢,那成天老

实巴交呆子似的生息在沙窝里的白茨,哪儿配有这样美丽的幻想——为什么我就要一辈子待在这枯燥的戈壁呢?我要像鸟儿一样,拍拍翅膀,飞上蓝天;我要站在城市楼房敞亮的阳台上观赏车水马龙的热闹景象;我要在农家庭院花园的中心接受人们的爱抚,我要摘下许许多多亮晶晶的星星把自己打扮得像一颗圣诞树;我要躺到云朵的软床上做一个甜蜜的梦……

借着一阵风,它果然挣脱了地面,飞起来。不过,它没有飞到天上去。它被风吹得跌跌撞撞地来到一个村庄附近。正好一个拾柴的小孩过来了,他一耙子把它搂过来,塞进了柴篓——一会儿,它已经在灶膛里化为灰烬了。

1982.4

雪花的故事

两朵正在飘落的雪花,为了究竟到哪里落脚的问题,在空中发生了争论。一朵说:"我们到戈壁去吧,那里多么需要我们呵!"另一朵不以为然地嚷起来:"戈壁那荒凉贫瘠的地方有什么诱惑力!我们应当到巍峨的冰山去,而且要去山顶——那里是冰雪的世界,多么优雅高洁!只有在那里,我们才能永葆高贵的纯洁!"末了,争执不下,一对朋友只好分手。

那朵飘向戈壁的雪花,在阳光下很快化为一滴水,汇入潺潺的河水中,流向四方,在那里化身为嫩绿的小草,芬芳的沙枣花,柔韧的红柳条儿。而那朵飘向冰山之巅的雪花,至今还在那里躺着呢,"优雅高洁"地躺着。

1982.4

骆驼刺与水仙

完全因为偶然的原因，骆驼刺竟与清水彩石中的水仙见了面。一见之下，水仙先是一怔，继而讪笑起来："哈呀，老兄，你怎么青不青，黄不黄，与其说是我的同胞，不如说是一堆锈铁丝！你看我，新衫绿吧？长裙白吧？花儿红吧？人应当爱美呢！……"

骆驼刺淡淡一笑，说："你是很美。如果你能到戈壁荒沙间生根、开花，就更美了。"

1982.4

戈壁的炫耀

渴得将要发晕的时候，戈壁反而镇静而且自豪了："别看咱现在这副模样，以前咱怀里抱着个大海呢！蓝波滚滚，白鸥点点，水面开着浪花，水底矗立着宫殿，嗬呀，那是一幅什么样的景象呵！……"说着，它还炫耀地展示着昔日留下的贝壳的残骸和鱼的化石。

红柳、梭梭、黄羊们一起嚷道："别说海了，今天就是你的怀里多有几道小溪，我们也就谢天谢地了！"

1982.4

美文生活

戈壁风景

太阳从海水里抬起头

太阳从海水里抬起头，摇落无数透明的水珠，空气清明得像洗过的玻璃。

晶莹的卵石如晶莹的露滴，银亮的红柳摇着银亮的雨丝，芨芨草的喷泉喷吐鲜绿的激情，沙葱尖儿像水珠渗出地皮，远远走来的骆驼，像刚刚享受过沐浴，赤裸的躯干，轻捷的步履……

一大堆、一大堆红色、紫色、蓝色和金黄的花——阳光的花，开满静谧的戈壁，……映亮戈壁湿润的影子——

呵，雏菊一样新鲜的戈壁！

马兰花一样洁净的戈壁！

1984.5

喧哗的静午

喧哗的、喧哗的静午……

像电焊枪头,亮花花的太阳"嗞啦啦"向戈壁逼近。空气烧着了!呐喊的、澎湃的火浪,溅出白光,连影子都蒸干了!大地泛起紫色的眩晕。看不见、也听不见风,哪怕是半声喘息……

哦,只有远方的祁连山,是一片灰青色的幽静。汩汩地不断涌流的灵感,向流沙播种诗、画和乐曲……

1984.3

月　亮

青紫色沙丘的蓝森森的红柳树上,挂着一个熟透了的香蕉。
甜甜的,甜甜的清香,从黄亮黄亮的光泽里溢出,漫流……
整个戈壁都忘情地吮吸——
一个正在归来的回忆……

1983.9

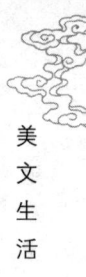

美文生活

燃烧的冰川

妙不可言的水！流起来可以是淙淙弹琴的小溪，是滚滚滔滔的大江，甚至可以是翻天覆地、雷霆暴怒的大海。在这里，却缄默成冰川，一派青白的辉光，一派岩石般的坚硬冰冷，一派听觉的寂静的透明。风缓缓扇动着巨翅，轻轻滑下峡谷，当空也不再有云朵游移。看不清是在冰川的边缘，还是它的中心，半轮血红的夕阳无声地淌着火。殷红的火流成条，流成片，慢慢流向整个冰川。晶亮的冰川此刻辉煌灿烂，成为一望无际的艳丽的火海，火苗跳跃的幽响，火势蔓延的潜息，向四围弥漫……

只有大自然的杰作，才使动与静，冷与热，水与火，万事万物，这样和谐无间、相克相生地组成美。

1991.8.2

雪 河

从祁连山谷流泻而下的雪河，不像水，像一道蓦然凝固的闪电，是静止的弯弯曲曲，又隐约涌动气势和张力。就那样惨白地，把灰褐色的山体赫然划开一道裂缝，也划开旅人因疲累而单调而蒙眬欲闭的眼睛。

走近来，你会发现这雪河并不是只有默默地显示威严的一面。它还活泼得像一群嬉戏的顽童。银铃似的笑声串串飞溅，洁白的赤身裸体在光滑的岩石和亮晶晶的细沙间互相扑打追逐，小巴掌撩起朵朵水花，使劲踢腾的脚丫儿把水面拍得山响！有时，是哪个小家伙突然还来个"扎猛子"，搅得河底红的、绿的、蓝的、花的卵石像条条鱼儿飞旋游动……

突然忆起普里什文，他要说的一定是："我想那时无论是谁，尘思会顿然消失。心境会豁然开旷……"

1991.8.1

戈壁感怀

戈壁的风

谁也说不清楚,你从什么时候就是这样——

你四处游荡。时而狂奔,时而匍匐;时而步履蹒跚,时而跌跌撞撞;时而狂呼,时而呜咽;时而朗笑,时而沉吟。日未出而已作,日已入而未息。你是个醉汉吗?那么,是为了什么喜,抑或是为了什么悲,你喝得这样酩酊大醉、昼夜难醒呢?

也许每个人的内心都藏有别人不知道的秘密,你也一样。然而你毕竟醉了——你的行动,在吐着难以掩饰的"真言":

看,你在沙丘边暴怒的狂态,在黄沙中颓城残垣边的哭泣,在长滩大漠中失魂般的徘徊,在胡杨林中的欢笑,在梨花和红柳花丛中的柔情蜜意……

呵,戈壁风,你戈壁的精灵!我懂得你,懂得你痛苦的记忆、热烈的追求和急切的向往了。

我也许还理解了戈壁人……

1985.2

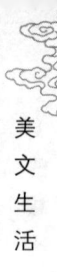

戈壁呵，戈壁

　　出奇的赤裸。十里，百里，千里，棕褐，棕褐，棕褐。没有零乱，没有驳杂，没有污染，没有遮掩。真正的裸体，男子一样肌腱起伏、筋骨暴突的裸体，女子一样凹凸分明、曲线清晰的裸体。

　　出奇的严峻。容不得一点娇弱，一点华而不实。植物，只留下铁杆钢叶和像子弹般坚实的果实。容不得一丝懈怠、一丝犹豫。动物，只留下深深的脚印，不知疲倦、不避寒暑，风里沙里只管把它排向天边……

　　戈壁，以最高的淘汰率检验一切。让我们在戈壁过滤生命，洗涤灵魂，净化思想！

　　经过了戈壁的洗礼，即使当生活中出现一片荒凉时，我们也会顽强地挺立，像红柳一样照样擎起火把似的花穗，像沙枣一样结满金子般的果实，像骆驼一样晨昏向着花开草长泉清的希望。

　　经过了戈壁的洗礼，我们才会发现：太阳和我们竟是这么亲，银晨，仿佛向前一跃，就能吻到它火红的笑靥；月亮离我们竟是这么近，金昏，仿佛一个翻身，就会跳进这清凉的湖水；大地天空，竟然这么辽阔，任思想飞腾，任歌声飘荡……

　　我们才会发现，美，是那样丰富，美，也在戈壁……

1985.9

地平线

　　向北望，是地平线。
　　向南望，是地平线。

向西望，是地平线。

向东望，是地平线。

大戈壁没有都市重楼壁立的压抑，没有山谷天遮日蔽的阴森，甚至没有丘陵起伏的坡度对视线的妨碍。头上是无际的天，脚下是无际的地，四周，是地平线，地平线，地平线……尽管舒展你的腰肢跑吧，敞开你的胸怀呼吸吧，亮开你的歌喉唱吧，放开你的眼界看吧！

银色的黎明，极目东方，地平线似正涌来沉沉碧浪，是墨绿，是青绿，是灰绿，是银绿，滚滚滔滔，隐隐有声！是东海之波，奔来为戈壁洗尘？抑或是绿色的遐想，大踏步向沙漠腹地进军？

金色的黄昏，放眼西方，地平线似正沸起花的海洋，一大堆一大堆紫色的、红色的、金黄的、雪亮的鲜花，流光溢彩，香气隐隐！巨大的、翅膀发亮的蝴蝶，一闪，便没入了花丛。花朵，在风里摇曳；花海，微微震荡……

正午，当火红的正午，遥望南方或者北方，地平线上，突然展现座座都市奇城，矗起千万亭台楼阁，铺开条条大道长街，车水马龙，熙熙攘攘，街心花园，喷泉正洒落色彩；水榭歌台，仙姝正喜舞春风……

呵，地平线，诗和色彩的地平线！它连起看得见的眼前和看不见的远方，连起现实和理想。它是幻想的采光诞生的产床，是希望的象征。

大戈壁，有的是地平线，有的是希望呵！

1985.9

沙 粒

在阳光下，只是一个微弱的亮点，

在月光下，像一颗小小的露滴，

在时间的河床，像一屑残余的鳞片……

哦，是了，你是小得不能再小，几乎没有可供辨认的身形和影子。可我说你大得不能再大呢，既然你也蕴含着太阳能的热核和光极，且似晶亮的多面体，映射阳光和月光，映射整个世界，结晶着亿万年的历史，既然你也有自己的梦幻和歌哭，自己的挣扎和舞蹈，在流荡不止的戈壁风里……

一粒沙，一幅画，一首诗，一个故事。

有记忆的生命，有生命的世界，一粒沙。

何况诉诸集体，你便成了地球，成了宇宙。不管是主动，还是被动；不管是乐意，还是惊惧，谁都从感受你的集体中感受你……

何况在宇宙，在宇宙只是蕴含其中的天体世界，太阳和你一样，月亮和你一样，地球和你一样，宇宙和你一样。

于是我歌唱微小，微小的一粒沙！

1985.9

庄　子

不是戈壁人，不做戈壁行，不会真正懂得"人烟"的可贵。而庄子，正是戈壁上人烟的象征。

一座、一座、一座庄子，散布在戈壁上，如同稀疏、寥落的晨星，又像瀚海中相隔很远的一个一个小岛。泥土"干打垒"的厚厚实实的围墙，泥坯堆起的房子，泥巴糊的屋顶。没有别的色彩，像戈壁一样，一色棕褐。没有别致的情韵，像戈壁人一样，憨实纯朴。

烈日播火的静午。戈壁上，每一片鹅卵石都喷射白炽的火花。懒得动弹的流沙如同光热蒸腾的火堆。空中的云影早被烤成一缕青烟。你挣扎在戈壁上，口干舌燥，心慌得发跳，遍地白花花灼目的光芒，照得你目眩头

晕。正在这时，突然，你发现前方有一座庄子。拼死拼活挨过去，敲开虚掩的红柳条子编成的庄门，你马上就进入另一种境界：满院沙枣树首先泼给你一片湖水般的凉荫；男主人把你让进清凉的屋子，女主人立即捧来一壶清凉的茴香茶，接着是丫头切开满案的红沙瓤大西瓜，接着是娃子端来满盘熟透的葡萄……你浑身的热燥定会霎时消匿，心灵的焦灼也毫无踪影！

而当暴风雪之夜，刀风沙雪如同凶恶的群龙在天地间搅动，震天动地，混混沌沌，深不可测。而你的越野车被沙雪所阻，就搁浅在这风雪戈壁！你身躯已经冻僵，心灵充满恐惧。绝望中，突然，你发现一豆忽明忽暗的昏黄的灯火，扑过去，原来是一座庄子！门开处，扑面而来的热烘烘的气息，立即把你带进门的寒气融化干净！腾腾的炉火，烧水壶吱吱的喧响，煨炕的麦衣、树叶的土腥味，老人烟锅里散发的浓烈的旱烟叶子味，满屋追逐的娃娃的嚷叫，使你仿佛陡地进入梦乡，回到自己的故乡！少不了大碗烈性的沙枣酒，喷香的沙鸡肉，肥腻的黄羊腿，碰巧，还会享受到散发异香的满砂锅子炖驼蹄！……酒足之后，大碗的雪白细长的拉条子面端来了，油泼辣子油泼蒜，引诱得你肚子饱了眼不饱……

就这样，小小的庄子，这戈壁人在沙漠中苦斗所筑起的碉堡，在生活中信心百倍地经营起的窝，在人烟稀少的戈壁，总是从你踏进它的第一刻起，就断然挡住酷暑严寒和荒凉恐惧，把受用不尽的生活的温暖和情趣奉献给你，把欢乐奉献给你，把信心奉献给你，以戈壁人特有的热情和豪爽，特有的自信和慷慨……

于是，你细细体味"人烟"应有的意义，不仅在这茫茫戈壁，而且在繁华的闹市，在豪华的高楼大厦里……

1985.10

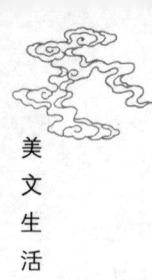

牧 人

他终生都在飘游，在无垠的戈壁；

从骆驼刺吐绿的春天，到暴风雪咆哮的冬日；

从地平线，到地平线……

他领着羊群，如同踌躇满志的将军率领着他的士兵，坚毅地前行，无一日或缺：

热天披一件戈壁一样棕褐的衬衫，冷天披一件戈壁一样棕褐的光板羊皮褂——

一叶永不疲倦的帆！

偶尔，在红柳旁小憩，他会掏出一支短笛，吹奏一支无名的、活泼泼的、雪水河般流淌的曲子。那是他在温习青年时代的歌吗？

偶尔，在细软的沙丘上，他会惬意地躺下来，头倚着胳膊，眯着细细的眼睛，欣赏西天变幻无穷的晚霞，脸上浮现甜甜的笑容。那是他在回忆哪段美好的旅程，还是任灵感迸射火花呢？

他也回家——那戈壁绿洲中的小庄子，但那只是小船在码头短暂的停靠，他总是又匆匆驶向海洋。

驶向棕褐、棕褐的浩渺的戈壁瀚海！

他说他不知道寂寞，云朵、雄鹰、风沙、流水、羊群、红柳、沙丘，都整日与他倾谈。他却喜欢沉默，尽管偶尔他会像小孩子一样眉飞色舞地向你讲起神奇的戈壁上那讲也讲不完的奇丽的景色和神秘的故事……

庄子的老人们说：懂得戈壁的人，才能懂得这个老家伙……

1985.10

戈壁美味

　　初到戈壁的人，以为戈壁能给人的，只有一嘴沙子。不呵……

　　朦胧的早晨，抑或是迷茫的黄昏，你踏着戈壁前行。会有黄羊突然闪现，你举起猎枪，扳机一扣！一会儿，你就该狼吞虎咽地饱餐肥香的手抓黄羊肉了。沙风中，咯嗒鸡昏昏沉沉缓慢前行，有时候只要你举起一根木棍，也会很容易地把它击落在地——炖一砂锅咯嗒鸡肉吧，其鲜无比！阳光充足的草湖滩，你还会抓到肥肥的野鸭，笨拙的狗头鱼。更不要说嫩香的野兔肉，异香的驼蹄，戈壁的味道够美的了！

　　夏渴秋乏，你放心地采挖吧。野杏子啃几颗，酸得你满口生津，齿牙尽倒；野蒜嚼一头，辣得你流泪。发菜、沙葱、蓬棵，只需精盐一把，立即鲜香四溢。最美的是浆草，一发酵，做出的浆水面，又清又香又甜。真的，戈壁的味道多么清甜呵！

　　而当饥困时，你尽可以大把大把享用红晶晶的沙枣，它甜中带酸，粉质的果肉，是果，也蛮可当粮呢。红色的酸蓬果酸中蕴甜，野枸杞涩中透甜，都比西红柿更富维生素呢！更神奇的是肉色的硕大的锁阳，冷凉渗甜，三九天都可以挖到，解饿、提神、壮阳……

　　戈壁人说，只有与戈壁相依为命的人，才能深知：戈壁，比起水乡、森林，也许的确显得贫瘠，但它毕竟是仁厚的母亲啊，她把每一滴生命的乳和血，都毫不吝啬地化作美味，奉献给自己的子民……

1985.12

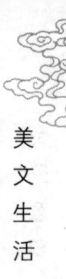

总有一天

总有一天!

……凝固的、僵硬的戈壁瀚海,再也没有喧响,没有流动,没有白色浪花的绽放和纷落,没有排波层层叠叠的涨潮和退潮,没有隐隐滚雷般低吼的波呼浪啸,没有深蓝色大涛的躁动和咆哮……只留下了波浪的形状——呈弧形的道道柔和的起伏的沙梁,只留下了无声的叹息——只只僵冷的贝壳。大戈壁,一片巨大的海的化石……

——然而,总有一天!既然化雪的日子已经来临啦,下雨的日子已经来临,暖融凝固的,僵硬的心。

是的,总有一天,这片海化石,会苏醒过来,重新流荡,以它摇动的绿荫和果香雾气,磅礴的无边绣壤,光彩闪闪的溪水和鲜花,鳞次栉比的现代化城市,喧嚷的密密麻麻的铁道、高速公路和立交桥,琴韵歌吟般的百鸟鸣啭和百鸟鸣啭般自由敞亮的琴韵歌喉……以它激情的律动和心声流荡……

当戈壁找回自己,真是神奇呀,我看见的是一片生命的海,一片流动,强劲而优美的流动。总有一天!

1986.12.27

七月,解放的水

辉煌的日光有如万只金剑,向着冰峰,锋刃铮铮地鸣响着劈刺过来,劈刺过来!——这是七月,戈壁的夏日。

水解放了!无形的镣铐顷刻断碎,满身的垢尘一夜抖尽,惨白的愁丝

奇迹般返青，冻僵的腰肢畅快地扭动。

——呵，水解放了！不流荡算什么水！不奔腾算什么水！结成片凝成块算什么水！不能靠自己的活力让世界生动算什么水！

水解放了！思想一样自由活泼，顽童一样清新、调皮，从山巅、峡谷、岩缝，欢跳着，夹带变黑的雪和薄薄的冰，夹带灰色的云影和白色的泡沫，夹带泥土和日光的芬芳，奔泻流淌！戈壁广阔着呢，世界广阔着呢。广阔的一切盼着它去赋予自己解放了的水的形象，水，奔腾向前！

于是，我歌唱戈壁的七月，一年一度的七月；歌唱水的解放，一次又一次的解放！既然每个七月，总是水的解放的盛大节日；既然水，解放了的水，就从此奔向浇灌和洗涤……

1986.12

西戈壁之钻

吃二遍苦受二茬罪没有人能够忍受，即使真切地重温历史也要有真勇士的意志呵——在西戈壁，钻头为使命所驱使，咬紧牙关，将全身心磨成条条锋刃，钻进……

一寸，一寸，钻头艰难地钻研；一页，一页，钻头吃力地翻阅。历史层面清晰如年轮却又没有标点佶屈聱牙浑然一体。全部过去在钻头眼前直如日偏食日环食日全食。由浅入深须渐次将全部思维和感官扭曲为着研察。无边无际是无边无际的封闭。旱涩和盐碱养育祈盼。喧闹只来自鸣镝和战马的嘶鸣。泪滴生硬如同晶晶沙粒。大愚反是大智。孤寂到永远放逐孤寂……呵，钻杆抖动，为着西戈壁的悲怆史！

"呼啦啦！"当钻头结束对历史的造访，于是引发褐色激浪冲天而起，飞泄迸溅，呻吟啸喊，震撼乾坤！哦，这是悲怆的灵与肉，理与情，终做

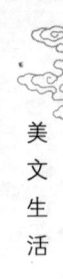

惊喜井喷！含泪的井喷！

钻头，你是解放者呀！历史于是走向喷扬，西戈壁欲望的喷扬呵！天地变得瑰丽起来。

1989.3.11

西戈壁：路

从云天里直刺过来，又向云天直插进去。闪闪的狭长的淡白，如一柄飘忽的长长的古剑，这就是西戈壁的路。

像冰糖葫芦，串起的是一串绿洲，湿润的浑圆的绿洲，小麦和蚕豆一样香、黄河蜜瓜和马奶子葡萄一样甜的绿洲；还是一串寂寥，偶尔有一两只奔突的黄羊或一片遥远的蜃景衬得更甚的寂寥，一片片灰褐色戈壁以偶尔闪过的土色烽燧和村落更标记荒远的寂寥？

西戈壁旷阔平坦得令男儿惊悸，不知所措，或欲长啸歌哭莫名的感悟。哪里都是路。向哪里走都是路。西戈壁就是一条路。走向闪闪的冰川或是炎炎的大漠。走向神圣的三危灵岩或是清新的军垦林场。走向凝固的嘉峪古关或是沸流的炼钢新炉。走向铜奔马腾空的雷台或是人造卫星航天的襁褓。走向流沙中只用颓垣残喘的寿昌城或是让每粒沙都开放花朵的沙生植物园……

西戈壁：路。走向哪里？日光和星光交替逼视……

1991.11.2

回声

　　无边无际的西戈壁的孤独是叫人发疯的孤独,疯得欲一啸吼却因为连空山里那种凄绝的回声都没有而终于咬得嘴唇滴血。
　　于是在西戈壁生根者便会梦见横长,长得很宽很宽,长成墙——
　　好来回应久远的、不绝如缕的歌哭!
　　——回应"天马徕,历无草。经千里,循东道"的雄奇,回应"不敢望到酒泉郡,但愿生入玉门关"的感伤,回应"浑炙犁牛烹野驼,交河美酒金叵罗"的狂放,回应"新栽杨柳三千里,引得春风度玉关"的欣慰……
　　于是一个又一个生根者横长成一段又一段墙,一代又一代生根者横长成一面又一面墙,连接起回音壁,悲怆又豪壮的回音壁!
　　西戈壁便滚动阵阵抚慰,浪浪追求……
　　在西戈壁,墙是美好的事物。

1991.11.3

开拓者

　　西戈壁,开拓者总是希望的焦点。
　　如同寂寥的老人,西戈壁期盼每一串足音的来临;
　　铺展白纸,西戈壁期盼设计与描绘;
　　每粒沙,都期盼汗珠为自身输入生命的汁液;
　　日光之瀑倾泻下的每方寸焦灼,甚至期盼身影如同绿荫奉送清凉芬芳……
　　开拓者于是被期盼铸炼得青铜般沉重粗硬,严肃如同悲壮,日复一日,夸父追日般奔向希望的地平线,而地平线永远在前方,前方。在西戈壁!

1991.11.3

幼小者的歌

我们来了
——幼小者的歌

像三月第一群带着透明的旋律的小雨点，像十月第一群结晶着清新和芬芳的小雪花，像峡谷开始起步奔波的小溪流，向东方刚刚露出笑脸的鲜嫩的太阳——

我们，我们来了！

我们来了！呱呱坠地的啼哭，是一只报喜的歌儿，把爷爷、奶奶、爸爸、妈妈都唱得如醉如痴：眨眼间，就因为我们的诞生，他们每个人都大了一辈，全家都笼罩着庄严和自豪！奶奶像是看到了夕照后面，接着便是喷薄的日出，闪闪的欣慰的泪花从老眼里涌出来；年轻的爸爸抖抖宽阔的肩膀，像在试验：它，能不能充任新一代登攀的梯架？

我们来了！马克思老爷爷在云天微笑，像望见远方地平线上早霞般滚动的红色旗浪；大渡河听到了新的足音，为新的长征者举起一簇簇银白色的浪花。垂死者颤抖得像风中的枯叶，我们微弱却又不可遏止的呼吸，将把它们扫进历史的泥淖；没落者哭得像初春嘶嘶消融的残雪，它们已感到：我们逼视世界的灼灼目光，将把它们晒融、蒸干！

我们来了！深山古林微微震颤，像感到新的高速公路正向腹地直插；地球上每一片绿色都喧嚷着跃跃欲试，像听到了占领沙漠戈壁的作战号角；每一块矿石都感到了热力，要化为金属去铸造新世纪；空气和泥土都听到了召唤：为人类的餐桌酿造足够的香甜、欢愉……

　　我们来了！李白激动地遥遥听到了新诗人的歌唱，那气势、那节奏像长空的雄风震荡天地；爱因斯坦猛地一颤，像感受到扑面袭来的清气：理论的新苗"萎蒿满地芦芽短"！一切陈腐的定理都感受到冲击，新的发现胜过核爆炸；每个陌生的领域都听到急切的敲门声——从地心的王宫到火星的人家……

　　呵，我们是幼小、幼小的一群，也许只是一片绿意，几点红晕，一线朦胧的亮色，串串稚嫩的音符。然而，正是我们，有着幻想的力量：踩着太阳和圆月的金轮，奔向未来；有着现实的力量：一切机械力都不能完整分开的坚固的头盖骨，是我们冲开，高高擎起生命的鹅黄的旗帜！偌大的世界，要由我们来做主人呢！

　　我们来了！我们诞生在一个多么可爱的世界，多红的太阳！多宽广的土地！多香的花呵！清亮的、刚劲的风，催我们张开翅膀；葱郁的、巍峨的山，催我们迈开步伐。哦，也有乌云，也有荆棘，也有闪着狡诈和阴冷的眼睛。反正，我们是来做世界的主人，看我们用美来战胜它、改造它！

　　整个世界，都在向衔着奶瓶的新主人致意：我们来了！

1982.11　初稿

大戈壁的小雨点

童话书

　　一会儿是珊瑚如花的海底世界，一会儿是嫦娥飞舞的天上仙境；一会儿是战车滚滚的古战场，一会儿是高楼林立的新城市……

　　戈壁上神奇的海市蜃楼，是我们最爱读的童话书。

1988.8.8

影　子

　　大戈壁上的娃娃可喜欢影子啦！

　　一朵云影，珍珍说是一片蓝色的湖泊；一行红柳的影子，虎虎说是一道银色的溪流；一蓬酸刺的影子，芳芳说是一汪碧绿的池水；一株马刺草的影子，明明说是一缕细细的清泉……

　　在我们大烘炉一样的戈壁滩上，一个影子，能引起娃娃们多少喜悦呵！

连说到"影子",都好像立刻感到了凉爽、湿润,闻到了树、花和草叶的清香……

1981.3

六月,飞舞的白蝶群

突然大雪飞飘,巨大的、轻薄的雪片,莹白、透明,在微风里忽扇、旋升、飘舞、闪烁,多像一群群美丽的白色的蝴蝶,向着六月戈壁暖融融的阳光,向着正在喷发芬芳的淡黄色的沙枣花丛,向着葱绿的麦苗和嫩绿的豆苗,纷纷飞来,飞来……

呵!白色的蝴蝶,你们是从哪里飞来的呢?

是从遥远的美洲吗?自然老师说,那里每年夏日总有千万只"彩蝶王"成群远飞……是从云南的大理吗?地理老师说,那里有个蝴蝶泉,泉边有数不清的蝴蝶翩翩起舞……

是从天上飞来的吗?在一朵朵白云上面,在比我们的雪水河还要碧蓝清澈的天空上面,有一片无边的花园,花园里有着你们蝴蝶的王国吗?

白色的蝶群翩翩飞舞、飞舞,把戈壁装扮得无限美丽,可是,蝶群在没有挨近地面的时候,便消逝了,消逝得无影无踪。

白色的蝴蝶呵,你们又是飞到哪里去了呢?

1983.3

黄　羊

远远的地方，你看——黄羊！它站在那里，像在嗅着什么。可是一眨眼，嗖！它已经从你眼前跑过，像一颗流星，消失在遥远的地平线上。老人们说，它是找水草去了。

每天，黄羊要跑多少路啊，顶着呼呼喷火的太阳，踩着烫脚的沙砾，越过一个又一个起伏的沙岗，风的爪子狠狠地揪着它的皮毛，沙的暴雨扑打着它的眼睛和脊梁，可是它一直跑着，一直跑到美丽的草湖。

真奇怪，它怎么知道在戈壁瀚海的深处，在那么遥远遥远的地方，有一溪清水、一片鲜嫩的青草呢？我们不懂的东西可多啦！

1981.8

戈壁爷爷的脾气

狂风来了，大戈壁抛出漫天沙石；
细雨来了，大戈壁献出满篮鲜花。
你说，戈壁爷爷的脾气怪吗？

1983.5

云彩的故事

云彩是一本读不尽的故事。

你看那火红、橘黄和深紫色的鲜花，一簇簇，一簇簇，汇成海洋，闪闪摇动。那是天上的小朋友，在庆祝什么节日呢？好像还有欢呼声隐隐传来……

你看那黑压压的战车，隆隆行进，多像历史课本上画的古代征战的队伍！他们是要急急忙忙赶向哪里，去跟什么人摆战场呢？

你看那大肚子猪八戒，靠着山坡睡得多甜！一定是猴哥到山前去探路，他这个懒家伙却在山后躲清闲！

你看那摇着铜铃缓缓向前的一匹匹褐色的骆驼，它们是在天上的大戈壁里走着吗？天上的戈壁也大得走也走不尽、走也走不尽吗？……

我们常常躺在温热的麦草垛上，着迷地读着云彩的故事……

1991.12.20

太阳出来了

太阳出来了！在戈壁上，太阳一出来，就离我们这么近。

——像一只刚刚浮出水面的、橘红色的大皮球，只要我们朝前一扑，就能把它抱到手里；

——像一大堆挂满亮晶晶露珠的红柳花，只要我们跑过去，就能采到满满一抱；

——像一只红亮红亮的大苹果，只要我们伸出双手，就能捧住它；

——像妈妈红润润的笑脸，正在凑过来，朝着我们的面颊凑过来。

呵，在我们一望无边的戈壁上，太阳一出来，就离我们很近很近……

1983.3.28

亲切的太阳

戈壁的太阳，比别处的太阳对娃娃更亲呢。

你看，它把牧羊娃娃摊在青石片上的沙葱麦面饼，烤得焦黄焦黄的，喷喷香的气味，叫娃娃淌出了口水……

1983.5

我们的月亮

我们的月亮弯弯，像一只金色的鸟儿，从遥远的天边飞来，柔美的翅影，在疏勒河水里，一闪，一闪……

我们的月亮圆圆，像无数朵明丽的窗花，嵌贴在每一扇玻璃窗上，吸引着老人孩子惊喜的目光，深情的目光，百感交集的目光……

深夜，我们的月亮，像天上一眼巨大的喷泉，喷洒着清澄的瀑流，使戈壁一片洁净、凉爽。

清晨，我们的月亮，化作千百只大白公鸡，轻轻地落在家家户户的墙头，温顺、亲切地向早起的人们问候"早安"！

啊，我们戈壁的月亮……

1992.2.14

美文生活

天上的红沙枣

姐姐，天上那好多好多的沙枣树，是谁栽的？

你看，这夜晚的天空，不就是一片黑压压的树林吗？那随风飘摇的枝叶间，一颗，两颗，一百颗，一千颗……多少红晶晶的沙枣，正向我们眨眼微笑呢！

姐姐说：真的，我好像闻见香气了！……

1992.6.8

戈壁路

在大戈壁，每一次出门都是一次远行。

爷爷奶奶说：热天带衣裳，吃饱带干粮。

看得见的响晴天，一眨眼却雪片纷飞；

看得见的地平线，越走越远；

看得见的一马平川，一阵黑风过去，会凭空多几座爬起来累断腿的沙山；

还有远看一条线，近看一大片的胡杨林；还有时隐时现的雪水河……

戈壁无近路。于是，我们一迈开脚，就准备去蹚踩千难万险。我们从小就锻炼长征的脚力……

1992.7.15

雪水湖

祁连山的雪水流来、流来,在这里汇成一片小小的湖,荒沙中的湖呀!
这湖水好香好香,清新的水汽叫人吸着真舒畅。
这湖水好清好清,像一片亮晶晶的镜子。
这湖水好静好静,像一块无声无息的宝石。
树木和花草来这里聚会,"咯啪啪"尽情地伸枝展叶,争芳斗艳;
月亮姐姐来照镜子,左照照,右照照,舍不得离开;
黄羊和骆驼赶来解渴,像不愿打破这一片优美的宁静,脚步轻轻、轻轻……
呵,荒沙中的雪水湖!

1992.6.10

戈壁新渠

新渠的流水,清亮清亮的流水,哗啦哗啦唱着歌儿,急匆匆地向大戈壁跑去。
虎虎说:"新渠水上前线啦,它去和风妖沙怪打仗了!"
瑶瑶说:"新渠水是给小白杨和麦苗喂奶去啦!"
兰兰说:"这水,是农民伯伯的万能颜料,它流到哪里,就能在哪里染出绿的草、红的花、金黄的麦穗……"

1980.8

戈壁石

夜晚，星星们望着晶亮的五彩戈壁石，惊奇地互相问道：
"我们的那些小伙伴，是什么时候，偷偷跑到戈壁上去玩了？"

1983.5

造一个风库

沙风怒号的时候，像一万条蛟龙在翻腾，搅得天也摇，地也动。

长大了，我要造一个仓库，把风管起来。我要让大股大股的风，去推动发电机，推动汽车、火车和飞机；春天，要让风库放出一缕暖风，去吹绿山桃树和海子的浪花；夏天，放出一缕清风，拂去人们额角的汗水……

1992.7.19

美音鸟

我说，一滴雪水，多像一支敦煌传说里的美音鸟，扑啦啦飞下山顶，飞过岩缝，飞向阳光下的大戈壁，一路唱着迷人的歌："3-1！3-1！叮咚！叮咚！"

姐姐说，那高高的祁连冰峰，是美音鸟的窝。太阳爷爷笑着一召唤，一只一只鸟儿就唱着歌张开了翅膀……

1988.6

小雨点儿

一

口渴的沙鸡和云雀,瞪着圆溜溜、亮闪闪的眼睛,瞅着、瞅着。看,天上的那朵云,终于抖下几颗圆溜溜、亮闪闪的雨点儿!它们箭一样,直冲上去。

就这样,在我们大戈壁,珍贵的雨,常常在空中就被抢光了!

1986.8.3

二

"刷刷刷、刷刷刷",乌云爷爷把亮晶晶的种子,一把一把撒下来,撒进大戈壁。

看,眨眼间,遍地冒出多少雨滴一样晶莹新鲜的嫩芽!

1986.8.3

三

小雨点是戈壁上最受欢迎的客人。

她第一次来,骆驼草从地皮下探出头,野杏花笑得咧开小嘴,小白杨伸出贪婪的小舌头,一齐来欢迎它。

她第二次来,骆驼草摇动芳香的花束,野杏树举起玛瑙似的红杏,小白杨列队响亮地拍起绿巴掌,一齐来欢迎它。

小雨点说:"别老欢迎我,我倒应该祝贺你们——你们长得多快呀!"

大家说:"是你的功劳呢。"

小雨点不好意思地眨眨晶亮的眼睛,说:"我有什么功劳?你们看,我不就是个小小的小雨点吗?"

1983.5

雷

  雷巨人和大戈壁的娃娃感情最深。当他一路走来——
  不像在窄窄的海滩,凶猛得如青面獠牙的魔怪,"轰隆隆、轰隆隆",踢踏着海浪,撞击着礁岩;
  不像在小小平原,傲慢得如一台黑压压的轧路机,"轰隆隆、轰隆隆"碾过树林,碾过村庄……
  来到无边无际的大戈壁,他显得不再高大,像一个提着小风灯的牧羊人,轻轻的足音,"噼啪啪、噼啪啪",像他甩出的清脆的鞭声!
  于是,娃娃们欢天喜地,待牧羊人刚刚走过,便一下奔到滩上,扬起脸张大嘴,等待甜甜的羊奶子般的雨点儿……

1992.1.11

神奇的胡杨林

  在无边的戈壁,这片胡杨林,谜语一般神奇、诱人。
  风儿吹进胡杨林,不再像在荒滩上一样粗野地乱吼,它穿行在密密的树干和枝叶间,像一只无形的手拨动条条琴弦,奏响一曲曲优美的音乐。
  胡杨林里的空气永远是淡蓝色的。阳光洒进林子,不再像一片金毯铺

在戈壁上，它变成一条条雪白的小溪，静静流淌；有时，又像支支手电筒射出的亮光，晃动着，像在寻觅什么。

我们钻进胡杨林，就变成了一伙快乐的蓝精灵。尽管有时会提心吊胆害怕什么时候格格乌会从密林深处突然钻出来，但采蘑菇、捕蝴蝶、捉迷藏……玩得多么开心呵！

我们真爱这片胡杨林！

1992.1.25

我们与红柳

风儿吹拂着我们的红领巾，也吹拂着路边红柳的一束束花穗。
是我们好像红柳，还是红柳更像我们？

1988.8.9

骑　手

开花的沙枣树，是个威武的小骑手呢，它跨上哪座沙丘，哪座沙丘就被乖乖地赶进绿色的栅栏，再也不能踩着风火轮到处乱跑了。

1990.9.28

可爱的小白杨

昨天，它还光秃秃的，像我们用炭笔画出的几个粗线条。一夜春风，突然条条枝丫一下爆出那么多嫩嫩的叶芽儿，像千百只蝴蝶抖颤着淡黄色的翅膀——这，就是小白杨！

它是有感情的。我们见到它时，它一个劲儿地拍着绿色的小巴掌喊欢迎；我们离开时，它又一个劲儿地摇着绿色的小巴掌嚷再见。我们唱歌时，它自告奋勇来伴奏："沙啦啦！沙啦啦！"声音活像小沙锤！这，就是小白杨！

盛夏，它长高也长大了，一片叶子，就像一只扇子。那天，我们到祁连冰川采雪莲，从山上往下一望，嗬，一条条白杨林带像一条条长河，银绿色波浪，在阳光下翻腾起伏——这，就是小白杨！

呵，我们西戈壁可爱的小白杨！

1992.1.3

枸　杞

你一下子举起那么多小红灯，每一盏闪闪发亮的红灯都警告风妖沙怪：不许通行！

1988.7

钻天杨,向上钻呀,钻呀

小钻天杨,心里藏着一个秘密,向着天空,钻着长,钻呀、钻呀……

别看在这空空旷旷的西戈壁,没有乱草、灌木缠着它,没有岩石压着它,也没有别的什么树挡着它,可小小钻天杨要想长高,还真得要有股钻劲儿,要勇敢,要顽强,要拼命向上钻哩。它要和卡着自己脖子的旱魔搏斗,和窒息自己呼吸的冰妖搏斗,把妄想蒙住它的沙鬼打跑,把撕咬它的风怪赶跑!这样,钻天扬才一天比一天长得快,一年比一年钻得高……

钻天杨使劲地长,它的心里藏着一个秘密:它要长得高高的,像蓝天白云那么高,好看看在这大戈壁外面,是一个怎样的世界……

1991.12.8

沙　枣

春天来了!小植物园的"观察家"宝宝,每天都报告着新消息:"冰草芽绿了!""山桃花打苞了!""沙柳条变软了!"他也几乎每天都指着沙枣嘟囔:"还是老样子!"真的,一天又一天,沙枣树还是那样干巴巴的,乌紫色的枝丫,像画家用炭笔抹的一堆粗线条。

初冬,宝宝可对着沙枣跷起大拇指来:"嘿!别看它当初没有早早出来凑热闹,现在,寒风一吹,只有它还这样绿苍苍的,多精神!冰草早黄了,山桃花早落了,沙柳枝早枯了……"

宝宝写下日记:"沙枣是攒足了劲杀上战场的,它和风沙霜雪搏斗到最后,它才是春天的真正代表。"

1980.12

花　棒

　　像千百只蝴蝶飞来，密密麻麻落满了条条绿枝。花棒，从头到脚，浑身都开满了紫红色的花！老师说："春天，夏天，秋天，花棒总是这样使劲儿地开呀开呀，把整个儿生命都开成了花，它是嫌这灰黄的戈壁滩太单调了……"

　　夜里，平平做了个梦，梦见全村的孩子都变成了花棒，把大戈壁打扮的好像早晨的天空，绚丽多彩……

1980.12

芨芨草

　　戈壁爷爷多想换一副崭新的容颜呀！春天，他抓起许多水龙头，向着黄风和灰褐色的沙拼命地喷！喷呀喷呀，千万只亮闪闪的水箭迸射、激溅，形成一簇簇绿色的喷泉，要把漫天的风沙都冲光洗净。秋天，他又给人们捧上一支支金亮亮的扫帚，让我们大家都来帮他清扫垃圾，清扫贫瘠和荒凉。

　　这绿色的喷泉和金亮的扫帚就是芨芨草。

1980.12

蚕豆花

  疏勒河畔，满田的蚕豆花开了。朵朵花儿，白莹莹的，透着蓝晕，缀满株株豆秧。
  姐姐说："哈，真像朵朵雪花开在豆苗上了！"
  弟弟说："这是一群蝴蝶，正在集合排队哩，一会儿，就要拍着翅膀，冲上天空了！"

1992.5.30

发　菜

  戈壁，神奇的土地呀，连春姐姐梳妆时落下的头发，也会生根发芽，长成一丛丛乌绿乌绿的发菜。

1983.5

刺　儿

  白茨长着雪白的刺儿，马刺草长着银绿色的刺儿，沙枣树长着褐红色的刺儿……
  西戈壁的植物都浑身长满了刺儿，它们是在提醒人们：别采我们，别折我们，别拔我们，我们是在给大戈壁缝制绿色的新衣呢！

1992.6.7

会跑的城墙

有一峰骆驼在身边，我们心里就踏实多了。

吹着尖口哨的风妖冲来了，骆驼为我们挡住它的狂啸。

横冲直撞的沙怪扑来了，骆驼为我们踩住它的爪子。

像千百只刀片一样飞旋的雪片，席卷而来，骆驼为我们护住身体和面庞……

哦，骆驼多像延伸进戈壁的古长城，那么坚固，那么浑厚，怀里永远有一抱阳光，温暖着我们的心。不，它还胜过长城呢，长城有尽头，骆驼却时时在我们身边，用全身心遮护着我们。

一峰骆驼，一面会跑的城墙。

1992.1.20

驼背小学

亮晃晃的驼铃像一颗闪闪的太阳，响到哪里哪里亮。

亮起来的是牧民们的眼睛：看，年轻的女教师来了！乌黑的长发像流云，彩色的衣裙像鲜花，笑容永远那么和悦，眸子里闪射聪颖。多像智慧的女神，乘美驼翩翩而来。

亮起来的是孩子们的心灵：知识的阳光，洒落光明和温暖，照临每一片泥土和每一颗种子。幻想萌芽了，焦急地向好大好大的陌生的视野吐叶，展枝，探寻招摇……

亮起来的是整个戈壁：歌声使戈壁神采焕发，翻动书页的声音如同流水，闪闪地，滋润着戈壁的面容；列队操练的口令声，昭示着戈壁从此编号跨入文明世界的序列；整个戈壁，都像一座教室，充满着知识的圣洁和辉煌……

响到哪里哪里亮的驼铃，亮晃晃地一路闪烁在戈壁深处……

1992.4.22

清明雪

清明节。雪片大得出奇，像银白色的杨叶，一片一片，静静地、缓缓地飘降。

我们静静地、缓缓地走出校园，面对辽阔的戈壁，列队肃立。这里，没有陵园和墓碑，但是我们知道——

有为保卫安宁生活而在狼烟鸣镝中鏖战的古代将士，用鲜血染红了这里的骆驼草；

有为解放祖国和人民驱虎狼、扫乌云的革命先烈，用生命点燃了这里的朝霞；

有双手紧紧护着装有矿样的挎包被暴风沙掩埋的年轻地质队员，用青春镀亮了钢城、镍都和油田的黎明；

有默默地放牧耕耘直到最后一息的祖辈父老，用汗水滋润出一片片绿洲……

清明节。天空撒落大朵大朵的白花,同我们一起追念一切为这片土地奉献过的人们。西戈壁一切都被圣洁的白色笼罩。我们的心也一片圣洁。

1992.5.4

我们种一片湖

一行白杨,一行红柳,一行葡萄,一行苹果……我们种一片翠绿的湖。让清清的湖水,把我们的幻想漂洗得花一样明丽,把风沙里的太阳漂洗得亮晶晶,亮晶晶。

1988.6

鸟儿的城市

刨开坚硬的沙砾。背来拌好肥料的沃土。提来雪水河清甜的水。我们按照图纸上的标记,栽下一棵棵小树。那图纸是我们班的同学一起设计的。这小树,是我们设计中千百座高楼大厦的框架。待到小树林绿叶成荫的时候,我们还要在枝叶间修建一层层、一幢幢舒适的"住宅"。我们要栽出一座美丽的"城市"——鸟儿的城市呢!

待到这"城市"落成,紫燕就会来了,云雀和黄鹂就会来了,大山雀和灰喜鹊就会来了,老鹰和猫头鹰就会来了……它们各个都会拥有自己美丽舒适的"住宅",会一起带来一个唱歌的不走的春天!

我们和鸟儿生活在一起，世界会更加和谐、安宁……

1992.5.4

戈壁娃娃的手

戈壁娃娃的手，是灵巧的手。
苗苗会用一根根芨芨草，编出金黄的小草帽；
琴琴、文文用五彩的戈壁石，在校园的路上，镶嵌了一个小船扬帆的图案；
丁丁把沙枣核儿两头一磨，就做成了一只光溜溜的小哨子，于是，鸟鸣般动听的歌儿，就从哨子里扑棱棱飞出来；
花花用三块石头支起小锅，就能煮出香得叫人流口水的雪水炖蘑菇……
大戈壁走进灵巧的小手，就变得那么美，那么奇，那么香甜！

1992.8.3

掐草辫

掐，掐，掐草辫！
月光下，黄生生的麦秆，潮润润的麦秆，在嫩红的小手里飞舞，被掐编成金色的长长的草辫，一条，一条，一条……
一条是对教会自己掐草辫的老奶奶的安慰；

一条是对自己灵巧的双手的自豪；

还有一条，是对已经开始的人生的胆怯和喜欢……

一条条草辫，绕成一个又一个圆盘，垒成小小的山，金灿灿的散发着芳香的山：

一盘，要编成草帽，让爹爹叔叔去遮挡烈日狂雨；

一盘，要编成花篮，盛满淳朴的情意，去进城上市、漂洋过海；

还有一盘，妈妈说，任我编织自己的幻想和祈盼……

掐，掐，掐草辫……

1992.4.7

神奇的列车
——娃娃的敦煌

神奇的列车

你登上过这神奇的列车吗？

这是一列神奇的火车。他有四百九十一个车厢，一千六百米长……

——哟，这么长！

它的车厢里绘满了五颜六色的壁画，每幅画都是一个奇妙的故事：九色鹿的故事、摩尼宝珠的故事……

——太好了！太好了！

它的一节节车厢里，还有两千多身彩色塑像，有佛有神，有人有兽，都栩栩如生，最大的像一座高楼，最小的却比一支铅笔还矮……

——这多像个雕塑展览馆啊！

在它的一节名叫"藏经洞"的车厢里，还藏有六万件古老的文物，有经卷有文书，有绣像有绢画……

——它还是历史博物馆呀！快告诉我，这神奇的列车是——

这就是世界闻名的艺术宝库，叫莫高窟，它就在我们的家乡——戈壁深处的敦煌！远方的小朋友，欢迎你来登上这列火车，一节节从历史走向今天……

1988.8.23

飞 天

　　自从看过敦煌莫高窟壁画上的飞天，我就更爱注视蓝天上的彩云了：一朵，两朵，三朵……

　　我想，这彩云一定就是涌出洞窟来的飞天，她们惊喜地观赏着人间明媚的春天，欢乐地舒展彩带锦衣，洒落祝福的花雨……

1988.8.30

九色鹿

　　九色鹿，你在哪里？我们到哪里能看见你？

　　河岸。绿草如茵。我们又想起那个故事：一天，忽然有求救的喊声，把你从梦中惊醒。"有人落水！"你虽然不善于泅水，却一下跳入滚滚的波浪……

　　恶浪像小山，你拼命地向浪尖攀登；漩涡像猛虎，你机智地从虎口脱身。当你终于救出了落水人，两岸的花儿向你微笑致意，胡杨林哗哗地为你鼓掌！

　　呵，善良勇敢的九色鹿！

　　我们都恨那个忘恩负义的人，你把他从水中救出，后来，他却把你的行踪出卖给贪婪的国王。于是，当你向人们说明了真相，人们一齐向他射出愤怒的刀子一样锋利的目光！

　　……在河边，在林中，像风、像云，美丽地一闪——"九色鹿！"人们一起用心呼唤你！是的，善良的你，永远奔驰在善良的人们的心头！

1992.10.30

莲 女

是戈壁人给她起的名字：莲女。

那天，在人们的祈祷声中，她唱着歌走来……

渴疯了的戈壁人，盼了一年又一年，终于有一天，天空飘落下这个小雨点般大的姑娘。看见她，人们心凉了：虽然她双眼水灵灵的，裙子水灵灵的，唱的歌也水灵灵的，可是，靠这个小姑娘，干旱的戈壁能得救吗？

小雨点姑娘好像没有看见人们怀疑的目光，只管哼着歌向大戈壁走去。呵，这神奇的姑娘！你看，她每走一步，脚下就涌出一汪绿涟涟的泉水，开出一朵粉嘟嘟的莲花。她不停地走，于是，枯焦的戈壁处处波光粼粼，莲香飘动……

人们惊呆了，他们欣喜地称赞小姑娘是神仙，给她起名叫莲女。莲女羞涩地摇摇头："我可不是神仙，我其实就是一个小雨点儿，是你们——戈壁人心愿的化身……"

莲女继续哼着歌向前走去，一步一片绿泉水，一步一朵红莲花……

1992.10.28

鸣叫的山

一片绿绿的海水，一片迷人的海底世界。座座珊瑚像开花的山峰，绿藻、红藻和褐藻像茂密的森林，蓝鲸威武地行进，海豚调皮地追逐，黄鱼和乌贼自由自在地遨游……

突然，一阵山摇地动，一阵天旋地转！海底一下子高高地鼓起，海水哗哗流走，剩下一片干滩。狂风吼叫着卷来一座沙山，把来不及逃窜的海兽和鱼儿，一下子全埋进沙里！

哦，直到今天，当你走进沙山，还会听到隐隐的音响，那是海狮在怒吼，是海螺在哀鸣，是许许多多鱼儿在呼救……

鸣沙山，多么盼望重新成为绿色的海呀！

1992.11.17

七星草

天上有一弯月亮，地上有一弯月牙泉。天上的月亮在乌蓝的夜空，地上的月牙泉在敦煌沙山的怀抱。

天上有北斗七星，地上有长着七条枝七片叶的七星草。天上的北斗七星与月亮相互辉映，地上的七星草与月牙泉紧紧依偎。

传说，地上的月牙泉，就是天上的月亮的化身。他知道，要在戈壁沙滩像月亮一样给人们带来美丽和欢乐，就要化成一汪晶莹香甜的清泉。

传说，月牙泉边的七星草，就是天上的北斗七星的化身。他们知道，要像在天上陪伴月亮一样守护住月牙泉，就要化成草木，去挡住沙尘。

月亮和北斗七星，夜夜照耀着人间；月牙泉和七星草，天天滋润着戈壁人的梦……

1992.11.2

玉女仙子

迷蒙的雪尘,闪光的冰峰,大朵大朵的雪莲花,成片成片的胡杨林……祁连山的深处,是迷人的仙境。

仙境里住着迷人的仙女:眼睛像透明的宝玉,肌肤像晶莹的冰雪,衣裙像飞飘的白云。这是玉女仙子们,合着仙宫的音乐,骑着她们心爱的马儿,在游玩嬉戏呢。

玉女仙子们的马,是神奇的马:白鬃,白毛,银亮银亮的四蹄,奔跑起来,像一阵雪风。

善良的仙女们,知道春秋四季的节令。每当山下的田地想喝水,禾苗盼甘露,她们便骑着白马翩翩降临。一路冰雪叮咚融化,飞奔的马蹄引来潺潺流泉……

每当祁连山的清泉流来的时候,细心的人会看见仙女们的身影;在淙淙的水响里,有白马轻快的"得得"蹄声……

1992.11.15

李广杏

飞将军李广手握马鞭,面对千里沙场。他曾把多少战火踩在脚下,他多么想也让这儿变个模样——

这儿烈日能烧焦风,

这儿黄沙连着地,又连着天,

这儿的树,都矮小得像草,果实苦得像碱疙瘩……

飞将军想着想着,两眼涌满晶莹的泪水;

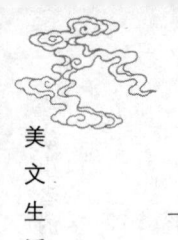

飞将军想着想着，两鬓闪出点点秋霜。

飞将军想着想着，不由得焦灼地甩起马鞭！忽然顺着鞭梢飞舞的方向，天上飞来一片绿云，翩翩落在沙滩；远方吹来一片金风，轻轻地镶在绿云上。戈壁顿时一片凉荫，空气里流动着清香。

飞将军惊喜地策马奔去，竟是一片杏林出现在沙滩！众人惊喜地一起跑来，只见一棵棵杏树含羞伫立，绿的是叶，黄的是果，尝一颗，刚到嘴里，杏儿就化了，蜜一样甜！

敦煌从此罩进杏林，不怕烈日，不怕黄沙，日子流溢着甜香。人们用飞将军的名字给杏儿取名。吃着宝杏，似乎又看见了飞将军，他焦灼地挥着马鞭，渴盼戈壁变样……

1992.11.6

悬　泉

睁开眼睛，冬冬不明白：这是来到了什么地方？烈日下，没有草，没有树，没有湖水，只有光溜溜的石山，只有望不到边的黄沙……

是一场暴风沙，把牧羊娃冬冬和他的羊群卷到了这里，困到了这里。

冬冬渴得嘴上起了泡。

羊儿渴得咩咩叫。

冬冬赶着羊群爬沙山。

冬冬赶着羊群过沙滩。

羊儿走着走着，软瘫了。

冬冬走着走着，也要软瘫了。他是经过风雨的铁娃娃，他咬住牙不让自己倒下去。可是，怎么办？到哪里去找水？怎样才能回到自己的村庄？他心里发急，不由得挥起镰刀，一下砍掉了一块山石！

啊！奇迹出现了！就在冬冬刀砍的地方，石壁上突然涌出一股喷泉！喷泉，像奶子一样光洁香甜，像一丛绿草一样鲜嫩芬芳！

冬冬喝得笑着醉倒了。

羊儿喝得咩咩叫着醉倒了。

冬冬知道了，自己来到了一块宝地。他可不知道，这块宝地叫敦煌。他只是对着石壁上悬挂下来的泉水甜甜地笑……

1992.11.11

玉门关

老牧人高高地站立在关城上，他的心里充满神圣。

这是一座四方形的关城，周围是望不到边的灰褐色的戈壁。中外商旅都要经过这里，可也都常常在这里迷失方向。城是四四方方的，四周又是一样的戈壁，真像一处迷宫哩！老牧人看在眼里，便选这里作他常年的牧场，登上关城担当起向导的责任。

老牧人高高地站立在关城上，他的心里充满神圣。

有时是风沙如饿狼扑来。有时是雪霰如铁屑打来。有时是烈日倾下火海。老牧人像一座巨岩，岿然不动。他雪白的羊皮褂闪闪有光，使跋涉的商旅看见，就眼睛发亮。

老牧人高高地站立在关城上，他的心里充满神圣。

  他日日夜夜，年复一年，坚守着自己的岗位。他向每位过往的商客微笑，向每位过往的旅人招手。他满面慈祥的笑容，像看见关内关外，西域中原，一片友谊的笑靥，一片繁荣昌盛的景象。

  老牧人高高地站立在关城上，心里充满神圣。

  春去秋来。落日晨霜。终于有一天，他化成了一尊玉石的雕像，玉石一如在世的老牧人，日日夜夜在关城发光，为商旅指引着路途。关城从此获得美称：玉门关。

1992.12.8　昆明

六月真是好日子

六月真是好日子

六月真是好日子！

车前草在条条路上铺下绿茸茸的地毯；

野玫瑰和枸杞挥舞小小红果和绿果，担当起指挥交通的重任；

牵牛花举着红色、紫色和蓝色的小号，高奏起欢庆的乐曲；

小白杨摇着绿色的轻纱，列队走来；三色槿擎着多彩的花环欢快地奔跑；蒲公英派出的伞兵在晴空升腾、闪烁；一群群不知名的花儿，摇着火红、金黄和天蓝的小旗滚滚涌来……

呵，花草树木，一个比一个衣裳穿得新鲜，一个比一个笑得美，一个比一个歌儿唱得欢，一起赶来，狂欢着，庆祝娃娃们的节日——

六月，真是好日子！

1992.4.26

远足笔记

1

看,我们的队旗,把草尖上的露珠染得鲜红鲜红!

2

我们向田野奔跑,像扑向妈妈的怀抱!
呀,像妈妈的奶汁一样,阳光香香的,空气清清的,溪水甜甜的……

3

我们在草坪上跳舞,蝴蝶围着我们。
"蝴蝶蝴蝶,我们是草丛中的鲜花吗?"

4

别看我们的书包小,它带回了整个大自然……

1983.9

幼 芽

一棵棵嫩黄的幼芽刚刚出土,便都张开双臂,伸开小小的手掌。

它们爱妈妈，它们是在亲太阳妈妈呢！

1986.2.23

我是……

奶奶说我是她的小皮袄，爷爷说我是他的小羊羔，老师说我是她最爱的小苗苗，琴琴说她要从小和我"好"……

我在爱的世界里长大，长大要用爱去回报……

1992.6.20

红苹果

早上，我和妹妹去上学。看呵，太阳出来了！

我说，太阳像一个湿淋淋的红苹果；妹妹说，那是地球那边的小朋友洗净送给我们的！

1985.6

妈妈的怀抱

妈妈的怀抱是一架奇妙的钢琴，即使是无知幼儿的拳打脚踢，弹响的也是一曲弥漫着爱的乐曲……

1989.9.19

蝴　蝶

　　蝴蝶！淡黄色的大蝴蝶，你为啥在我的窗前飞来飞去？你是把我头上的彩结看成了一束鲜花吗？

1983.9

我爱阳台

　　我爱阳台。
　　我爱把阳台打扫得干干净净，我爱在早晨一起床就跑到阳台上做深呼吸，我爱在阳台上摆满鲜花，我爱在阳台上作日光浴，我爱在阳台上支一张小桌做功课（这样，有了问题，就可以和隔壁的同学讨论呀），我爱在阳台上靠在竹椅里听收音机（还可以听到对面楼上鸽子的咕咕声），我爱在阳台上伫立，看天上的星星，四周的灯火……
　　阳台把我和阳光、空气连在一起，和外面的世界连在一起，我爱阳台。

1992.12.8

我要接回嫦娥和白兔

我要报名，当中国第一名宇航员。我要飞到天空去，接回嫦娥姐姐和小白兔弟弟——

爸爸，你看，她们老是倚在圆圆的窗子上，向下看，肯定是想家啦！

1986.2

跳过去

在高高的鞍马面前，我胆怯了。几次助跑，到了撑跳的时候，手臂和双腿却猛地发软，只好扶着鞍马站住。体育老师的目光严肃又热切，命令式地要求："鼓足勇气，跳过去！"

第一次英语考试，我拿起试卷，原本好像记熟的单词和语法知识，却乱得像一锅粥。成绩一下与其他功课拉开了长长的距离。英语老师的目光严肃又热切，命令式地要求："像你在体操比赛中跨跃鞍马一样，鼓足勇气，跳过去！"

呵，生活中会有一个又一个障碍沟坎，我要学会自己命令自己：

鼓足勇气，跳过去！

1992.5.5

动物园里的骆驼

你那迎着风沙昂然向前的威武和雄壮到哪里去了？在大戈壁，你是有生命的山呵！

现在，在铁栅围起的小小场地中，你双眼微闭，驼峰塌瘪，毛皮黯然无光，似乎已没有热血在浑身涌动……

我真不愿在动物园里见到你，骆驼呵！

1992.5.27

我是书

你们看，我是谁？小同学们准会说："你是书呀！"可是——不对，在刚刚的眼里，我可不是书。

当我跟着刚刚的爸爸从书店来到刚刚家的时候，刚刚马上高兴地一把抓起我，和弟弟扔呀，抢呀，闹个没完——我是玩具！

早晨，刚刚带着我上学去，路过早点铺，买了一只烧饼。呀，饼好烫！他一下塞进我的怀里——我是饭盒！

算术课上，做习题，刚刚顺手拉过我就演算起来——我是演草本！

语文测验，刚刚有个题不会做，趁老师不注意，赶紧把我卷起来，想和后面的同学打个"电话"——我是小喇叭！

下课了，刚刚看见牛牛的纸飞机飞得挺高，羡慕极了，"嗤！""嗤！"他从我身上扯下两页，赶紧也折起来——我是废纸！

看球赛，石阶上灰尘好多，刚刚一把从衣袋里拉出我，放在石阶上，毫不客气地坐在我的身上——我是坐垫！

放学路上，突然下起雨来。于是，我又被刚刚顶在头上——我是雨伞！

小同学们，快替我给刚刚说说：我不是玩具、饭盒、演草本，也不是喇叭、废纸、坐垫、雨伞……我是书！而书，是无价的知识珍宝的结晶，应当无比爱惜。

1979.11　玉门

要不是

语文期中考试，隔壁刘姨姨家的芳芳得了一百分。豆豆的妈妈问豆豆："你怎么才考了七十分？"豆豆高声大气地说："咳，要不是我的铅笔一个劲儿地断，我保准得一百分——那些题，我都会做！"

算术期中考试，芳芳得了九十九分。妈妈问豆豆："你怎么才得六十二分？"豆豆晃晃大脑袋说："哼，要不是我卷子上印的题不清楚，最少也能考九十五分，题可简单了！"

转眼到了期末，芳芳的语文又得了一百分。妈妈问豆豆："你怎么还是七十分？"豆豆嘴一撇："要不是明明的胳膊老碰我，我也写不错那么多字，那些字，谁不会写！"

……

学期结束了，芳芳被评为"三好"学生，高高兴兴地捧着一张大奖状回家来。豆豆的妈妈连连夸奖芳芳是好孩子，又轻轻地对豆豆说："要不是有那么多'要不是'，我们的豆豆也早捧回一张大奖状来啦！"

豆豆一句话也没有说，脸儿活像一个通红通红的大皮球。

1980.4　玉门

心的探寻

天

我采来沙枣花染一个金色的天；我采来胡杨叶染一个绿色的天；我采来苜蓿花染一个紫色的天，我采来罗布麻花染一个红色的天……

我不愿只有一个蓝色的天。

1988.6

问星空

夏夜，仰卧在温热的沙丘上，忽然，一道亮光在天边闪过。我知道，那是流星——不，也许是来自外星的一只飞船，完成了自己的使命，返回了家乡？老师说，星空已经不纯是自然的……

那么，这星空的千颗万颗星星，哪些是原来就有的，哪些是人造的，哪些又来自陌生的外星呢？也许，这满天眨动的眼睛，有的透出的是亲切

的微笑,有的带来了好奇的询问,也有的充满狼外婆的凶险呢?

我的心里突然很乱,紧接着,不由得留恋地想起奶奶讲过的那一个个关于星星的美丽的神话故事……

1992.7.14

太阳要是一片叶子

在西戈壁,早晨的太阳,红,可是不像火,而像一朵很大很大的花,潮润润的花。

可是我们知道,待一会儿,它就会变了,变成一团烈火,烤干云朵,烤干戈壁,烧焦流动的风……

哦,我们想,太阳要是一片叶子,一片透明的、绿绿的叶子,该有多好!那样,天上的云朵就会像远山的片片丛林,戈壁就会碧绿如茵,流动的风就会像流动的泉水一样清凉、香甜……

1983.2

时间的疑惑

爷爷带我爬祁连山,一会儿指着一片墨绿的胡杨林说:"当年,我爷爷带我在林子里打死过一只黑熊……"一会儿指着一条峡谷说:"我的一袋马奶子就滚进这条山谷了,你老爷爷挡住不让我去拾,说峡谷深……"说着说

着，他忽然抬起头来，"唉，就像是昨天的事，就像时光没有动……"

可是，在家里，我不止一次地听爷爷对奶奶感叹："咳，日子过得可真快，一眨眼咱们已经老了！……"

我真不明白，时间是快还是慢？

1992.7.22

火车开过来了

一列火车，隆隆地开过来了。一节一节墨绿的车厢，挟带着一股股绿色的风；一个个明亮的窗子，闪闪地眨着眼睛；车头喷出的烟，像一条白色的长长的河流……

娃娃们，无论是背着书包正要上学去的，赶着羊群正在草滩放牧的，还是正在树上打着吊吊抢沙枣吃的，都不约而同地安静下来，出神地、出神地望着这隆隆而来的火车。

"呜——"列车深沉地鸣响着，向远方驰去。它把娃娃们的心带出大戈壁，带向很远很远的地方……

1991.11.27

沙　蓬

它，举着绿色的盾牌，挺胸凸肚站在沙丘上，准备出击。

风沙来了——还未搏斗，它却已经被轻轻卷起，像一只飞轮，旋转、

跳动、跌跌撞撞滚向灰色戈壁的深处……

爷爷遥指着它说:"可怜的沙蓬,谁让你不把根扎得深一些呢!"

1980.8

梭 梭

梭梭的根多么长,多么粗,根须多么茂密,像一株倒长的小树。梭梭呵,它把自身最发达的一部分深深地埋藏在了地下,而表露在地面上的却是那样矮小。

怪不得狂风能扬起砾石,却拔不起它;喷火的旱魔能烤焦空气,却晒不死它——谦虚,意味着力量。

1981.8

歌与吟

雄鸡赋

一

高山一般沉重的静寂完全地震颤了，渊谷一样深沉的夜空完全地动荡了：当一声雄歌爆出来的时候。

——那就是你的歌，雄鸡！面对太平洋，在地球的东方，在熹微的曙光里，你昂首挺胸，雄视万象，火冠金羽，辉煌地屹立！每一引颈，都激荡起金属般的音响，与黎明的色彩、海天的芳香互为感应的音响。

于是，天亮了，心亮了。一颗颗亮晶晶的心应和着你的歌鸣，又热切地向你呼唤：

祖国！祖国！

二

你总是催促，催促一个又一个黎明走进历史。在蓝色空气拧得出水来的大森林，在一个清风流淌的早晨，你终于唤醒了我们的智慧。揖别猿群和野蛮，我们艰难而又自豪地用双腿支撑起挺直的躯干和高昂的头颅，摇摇摆摆走向新的视野。你依旧催促，唱落秦时明月，又唱来长安花红，你歌唱觉醒和创造。感谢罗伯特·坦普尔向世界证实，岂止是四大发明，你至少用一百个"世界第一"，唤醒了东方文明、人类的文明！

你于是唤醒思想家，唤醒奴隶解放的欲求，唤醒陈胜、吴广们，唤醒孙中山们，唤醒毛泽东们。全部天空变成翻飞的战旗，变成造反与镇压、进步与反动、革命与反革命者的血，变成霞彩，簇拥出一个新的日出……

三

不仅歌唱斗争与欢乐。雄鸡啊，你也唱过愤怒，甚至痛苦和忧愁。那有什么呢！单色不叫生活。单调怎能称得上音乐呢！你的歌鸣，不是乏味的蒸馏水，而是大河般浑浊却充满力量的奔流，是雄浑的、浩浩荡荡的交响诗。

你从来没有过缄默。无论是晴光即现抑或是乌云奔突，即使在疫疠病魔纠缠你的时候，你总是以心去感知地球的不停的旋转，感知太阳倔强的升腾，以哑不了、卡不住的歌喉，诉诸自己的子民。在我们心上，黎明便天天升起。

四

你的歌是最亲切的声音。拂晓，当你一声刚健嘹亮又悠扬深沉的鸣唱，飘到我们的耳中，落在我们的心上，我们便常常像听到乡音，听到亲人的话语，想起故乡的村落，那朦胧的田野上乡亲们朦胧的身影；想起家，想起院墙上那只熟悉的芦花鸡；想起母亲，那一声声催我们早起去上学或是去拔草的呼唤。一股热流，于是潜潜从我们心上流过……

你唤起爱，唤起我们爱生活，爱母亲，爱故乡，爱整个中华。即使在艰难的日子，在苦难的岁月，也未像失恋者烧掉情书那样，焚毁对这一切的爱。明丽的晴光和狂风暴雨我们都爱。太阳催我们成熟，风雨锤炼我们的脊骨。青山绿水和童山秃岭我们都爱，大地母亲再瘦弱，乳头也总是塞在孩子的嘴里的呀！历史和现实我们都爱，历史让我们收获哲思，现实给我们灌注诗情……

当爱被唤起，它便化为力，理性的力。因为爱，也为了爱，我们便还会憎，更会战斗和劳作，终生不息地战斗和劳作！

五

你的歌鸣每天都是新鲜的。

因为你总是唤来新的时间,也唤来新的空间。当万籁俱寂,山野还在夜幕中酣睡,市街还在月光下静眠,你便一声长啼,冲破暮气的帷帐,带来袭人的清韵,宣告旧的已去,新的将临!你反对苟且,反对怠惰,反对停滞,反对沮丧,反对沉沦,总是催促振作,催促勤奋,催促前行,催促革新!

于是,无论是满头华发的,还是肩飘黑瀑的;无论是身居高位的,还是"草野百姓",都"闻鸡起舞"!让陈腐的消亡,让鲜嫩的成长;让假、恶、丑消亡,让真、善、美成长;像解魔方,找回应当寻找的;清除淤塞,让脉管畅通,食古也化,食洋也化;让每一台机器都生产效率,每一株谷物都萌蘖富足,让每一个头颅都释放核能般的智慧,让每棵树、每根草、每座山、每条河和每个人,都生长魅力……

六

啊,雄鸡。在你所站立的大地,有无数像你一样的人。他们都是雄鸡,辉煌地屹立着,不知疲倦地歌唱生活与生命的大欢喜。

从古以来,埋头苦干的人,拼命硬干的人,为民请命的人,舍身求法的人,都是的。叱咤风云的开拓者、创业者、改革者,都是的。一切像泥土和石材一样默默地效忠祖国,诚实地思考和实践着的劳动者,都是的。都有雄鸡为新事物报晓的灵魂。都有雄鸡追随光明的性格。搏动的心脏和奔腾的热血唱出的,都是雄鸡永远清新的、红橙色的歌鸣!

祖国雄鸡的歌唱,是万千雄鸡歌鸣的汇聚,万千雄鸡歌鸣的伟大的和声!

七

雄鸡呵,你高唱吧!

屹立东方，面向大洋，像巨大的一丛鲜花，像巨大的一炬烈火，你摇颤，振作，引颈发出自己的雄歌！

一唱雄鸡，万方乐奏。你的歌震荡宇宙，你的壮丽形象辉耀宇宙，也永远震荡我们心灵的宇宙，辉耀我们心灵的宇宙。

让新的黎明来得更多、更快些吧！

1987.9.19

祖国，祖国

像含露的花瓣和草叶般新鲜，树林中的空气般新鲜，初生婴儿的笑容般新鲜；

像秋日丰收场上新谷般芬芳，新建楼房的白垩和油漆气味般芬芳，姑娘发辫上的香水般芬芳；

像滚雷催动的春气般温暖，戈壁地质队的篝火般温暖，小小圆桌上饭菜的香味般温暖；

像儿子心中的母亲般亲切，母亲心中的儿女般亲切，情人心中的情人般亲切——

"祖国"——我们心中的辞典上永远新鲜芬芳、无比温暖亲切的字眼："祖国"呵！

倘若没有祖国，我们还有什么呢？

我们便没有了夏夜葡萄架下老祖母讲述的女娲补天的迷人神话，没有了在月球上也可以望见的地球之脊——万里长城，没有了那血一般惊心、冲锋号一般动魄的《义勇军进行曲》，没有了晨光里涌向工业风景线的浩浩荡荡的自行车流，没有了夕阳下采棉归来的姑娘们在淙淙小溪里嬉闹的笑语，没有了在世界乒坛和排球场上拼搏的信心，没有了在丝绸古道喜迎新宾的幸会；甚至，没有了召唤游子的一缕炊烟，没有了遮挡暑热的一方绿荫……

于是，为了保卫你，站起来了千千万万屈原、林则徐、杨靖宇……

在我们的眼里和心里，你无比美丽——祖国呵！

阳春，你有无边的新绿；严冬，你有遍野的梅枝；白昼，你有流荡的色彩；暗夜，你有不灭的灯光！

即使大风雨使每条道路都布满泥泞，你依然倔强地负载起每双跋涉的胝足、每对滚动的车轮；即使劫难使你变得一贫如洗，你对我们的爱，却依然像日光、空气和泥土那样富足……

因为，你是养育我们的母亲，我们是你的儿女呵！天堂，也比不上母亲的怀抱……

在母亲面前，孩子再大，还是孩子。

于是，祖国呵，在你的面前，我们永远年轻，像春天的太阳一样年轻！无论是白发白髯的，还是牙牙学语的；无论是唱着歌刚刚踏上生活征途的，还是爬山过水膝盖留有伤疤的；无论是叱咤风云的，还是默默无声的，思想和肌体都时时裂变出新的生机，爆发出青春的憧憬……

我们用青春的烈焰冶炼出透明的彩石，去补那还有伤口的蓝天；冶炼出坚韧的钢和镍，为那理想的殿堂铸梁锻柱；我们用青春的犁铧开垦片片呼唤播种的处女地；用青春的锋刃突进科学的城堡；用青春的旋律和色彩颂扬美……

祖国母亲，有了你，也为了你，我们永远年轻！

1981.8

重 温

  洁白的灯光流泻于我翻开的书页，我读着，不由得想到，繁难又平凡的建设生活，常常会使一些人淡忘那在如火如荼的革命岁月为理想而热血沸腾的精神状态。殊不知社会主义现代化建设正是我们为实现理想而正在进行的"最后的斗争"。因此，那种热血沸腾的精神状态是不能冷却下来的。

  我读着上世纪末、本世纪初德国共产主义战士卡尔·李卜克内西："海面昏暗，暴风雨在呼啸，处处布满暗礁，难道我们就放弃我们的目的吗？我们要睁大眼睛绕过暗礁，向前航行，我们将达到目的，不顾一切！"

  我读着保加利亚共产主义战士季米特洛夫："具有与老伽利略同样决心的我们共产党人今天宣布：'地球仍然转动着！'历史的车轮向着共产主义这个不可避免的、不可压倒的最终目标转动着。"

  我读着方志敏："敌人只能砍下我们的头颅，决不能动摇我们的信仰！因为我们信仰的主义，乃是宇宙的真理！"

  多么激动人心的"满腔的热血已经沸腾，要为真理而斗争"的精神风貌！我想，我们真需要时常重温革命年代那些共产党人的音容笑貌、警句心声，以使我们在现实的斗争中，一腔热血永远鲜红，火热，滚滚沸腾。

  冷漠与真理，也与胜利绝缘。尽管我们永远也不需要非理性的狂热。

1991.5.15

初 衷

绝望引爆的

全世界无产者,联合起来!

《共产党宣言》

无产者!无产,甚至无釜可破,无舟可沉。
两只粗拳,一身硬骨,是他们的奢侈品。
真是绝了望啊!当官的望,发财的望,甚至活下去的望……
于是,想要活下去、想要做人吗?只有拼命!
抱成团拼命!折下骨,当武器……
绝望引爆希望——这是最后的斗争!……

平等的预期

……直至消灭阶级差别……

《中国共产党纲领(1921年中共一大通过)》

把骑在人头上的拉下来!
被踩在人脚下的站起来!
让人人都活成人,这才是人的世界。
一个人,就是灿烂宇宙的一颗星星。

剥夺掠夺者的财富,让果实属于每个被剥夺者。
革命,就是铲平跑道:
同一起点,人人参赛!
不靠神仙皇帝。不靠特权、关系。铲除一切不平等的助力和裁判。
——人人参赛,只用自己的汗水和心血,开拓和创造……

是我们的口号

……用革命手段打倒帝国主义和封建军阀,建立民主政治。
　　　　　《中国共产党对于时局的主张(1922年6月15日)》

民主,是呱呱坠地的我们的第一声啼哭,响亮地宣告:
封建专制的黑暗里,滚来红日一轮!
于是,在延安的毛泽东说:
"每一个在中国的美国士兵都应当成为民主的活广告。他应当对他遇到的每一个中国人谈论民主。美国官员应当对中国官员谈论民主。"
在延安的毛泽东呼吁:
"为民主和自由而斗争"!

我们的呼号划破暗空。古老民族,在这清冷新异的晨曦中惊醒了!呼号聚起不愿做奴隶的人们:
要做人!做世界的主人!

新娘送郎当红军；农妇用自己的乳汁抢救濒死的八路军战士；在推翻旧王朝的大战场，满载民心，车轮滚滚……

——为着砸碎枷锁，为着扫荡黑暗，为着翻身，为着解放，为着人的生命和权利的太阳辉耀宇宙！

是的，民主、自由是我们的呼号啊！我们胜利的理由。我们活着的命根子。

靠实事求是吃饭

讲真话，每个普通的人应该如此，每个共产党人更应该如此。

毛泽东

决不要撒谎！我们的力量在于说真话。

——前额宽阔发亮的列宁发出的警告，也迸发着大光亮。

马列主义照亮的陕北山沟里，毛泽东重复：我们靠实事求是吃饭。功劳全国人民都有份，不能只归共产党。情报要真实，打仗缴枪要缴一支讲一支，不要扯谎！

真话的力量是揭露伪谬：昨天的欺骗、现世的假象、来生的虚妄……

真话的力量来自：

真相无敌；

真实的欲望无敌；

真实的规律无敌；

真实的趋势无敌；

真实地循着规律和趋势、满足和升华人类的欲望、解放全人类、幸福全人类而言真行真、筚路蓝缕、胼手胝足的人们无敌！

自吹自擂耽于假、大、空、套，会灭亡；

为追求真理而诞生；靠实事求是团结人民打下江山；讲真话真抓实干，

就活下去。

——我们就是这样一个党。

洁　白

清贫、洁白朴素的生活，正是我们革命者能够战胜许多困难的地方。

方志敏

洁白是我们的资质，标的是绘出天下姹紫嫣红，溢彩流光。

洁白是我们的力量，是战胜污染的凯歌和长久地、长久地上演的连续剧。

真想锦衣玉食啊，可为了争来天下的温饱，不怕饿倒山野，冻毙雪峰。

真想歇歇脚、享享福啊，可前景遥远肩负犹重，怎惧夜以继日，超荷运行！

后天下之富而富。后天下之乐而乐。

只有没落者，才忙着用贪占、掠夺的肮脏财富充填荒凉、虚空的躯壳。

洁白，是我们的旗帜，是真正的共产党人与生俱来的命运，虽然目标是"获得整个世界"……

2011.4

《兰州广播电视报》2011.7

我在阳光下歌唱

在七月，在赤橙黄绿青蓝紫组成的七色的阳光里，我歌唱——

我歌唱少男少女，歌唱一天天把蕴藏的全部美都显露出来的年龄。美的线条和色彩吸引着世界的目光，美的旋律和节奏激荡着生活的心湖。肢体：比早春幼嫩多汁的树干更加丰实鲜活；脚步：向四周扩散健柔与活泼泼的弹性。每一张面颊，黧黑的，白皙的，都是一个润泽、鲜亮的黎明：芬芳的红霞般的笑靥，晨曦般鲜嫩的眼白和晨星般晶亮的黑瞳；瀑布喷泉般浓密、蓬松的乌发；而云雀鸣啭、抑或是春水激溅般的歌声，从那"美之极致"的心室涌出……

我歌唱少男少女，歌唱通体透出的那从母体带来的甜甜的奶气，有如田野春晨轻轻的雾气和湿润润的泥土气息；思想像二月霜浸的风丝一样清气袭人，像把一球蒲公英当作一团音符吹向天空的孩童般的稚气，像香蒲草叶般单纯；光润的前额下，眼睛是两扇窗子，明亮的、没有尘垢的窗子；瞳仁里的世界，是一枝七色花，有着无尽的神奇、无尽的趣味和无尽的清新；是为了创造，才来到世界，革新就是天赋的使命！心的天空纯蓝纯蓝，怎能容陈腐、停滞、暮气、因袭……

我歌唱少男少女，歌唱精神和脚步都有着未曾试过的锋刃，雪亮、锐利！阴霾吗？扫荡它！狂涛吗？击碎它！高山吗？辟成平地！荆棘吗？踩在脚底！因为幼小，所以无畏；因为是新生，所以有伟力！像遍野淡黄的春芽，也许还柔嫩得有如颗颗露珠，一挺身——却有冲破岩层冻土的锐气

和刚强！伸出双臂，腱子肉在隐隐耸动，稚嫩的双肩敢驮山岳呢！放眼远望，思绪腾飞，大脑的条条沟回，流荡着冲刷时间和空间的豪情和意志。呵，只有探求，只有搏击，只有奋斗，只有前进！……

我歌唱少男少女，歌唱洁白的心帆向知识的海洋进发，哲学般不知疲倦、执着和灵活；文学般激情弥漫，充满个性的创造力；史学般山重水复、困惑而又清醒；数学般循序前行，量变而又飞跃！让年轻的知识和自己一起成熟，让年迈的知识绽出鹅黄的芽苞……

呵，七月，当我歌唱青春，歌唱美、清新、坚强和智慧，年轻的朋友，更让我们一起歌唱阳光——我们的党吧！没有阳光，美将黯然失色，清新变成毛霉，坚强失去钙质，智慧踟蹰在黑暗的隧道之中……

而太阳——我们的党，热烈而亲切：我们是未来的党，而未来是属于青年的。我们是革新者的党，而青年总是更乐于跟着革新者走的。我们是跟旧的腐朽事物进行忘我斗争的党，而青年总是首先投身到忘我斗争中去的！（恩格斯）

我歌唱！我在阳光下歌唱……

1984.5

我的歌献给党章《总纲》第43句

> 党除了工人阶级和最广大人民群众的利益，没有自己特殊的利益。
> ——《中国共产党章程·总纲》

我把歌献给党章《总纲》第43句，因为它属于我们的党，只属于我们的党。我们的党属于它，只属于它。

1

它厚重朴素一如泥土的大地。这民心的土地！沉积了嘶哑的祈祝，葬埋了多少朱红威仪、咆哮狰狞？沤烂颠倒的历史沤出沃土，一日东风，扑棱棱长进风景线的，原是那颗千百载民心之恋！

清新成连天碧意，用鲜嫩的情绪洗涤宇宙；妖娆成彩云般的花朵，装扮起崭新的季候。茁壮成巨树，每片叶子都是翱翔欢唱的再生的凤凰！于是长成多汁的果子和沉重的麦穗，长成芳香的金属和耀眼的油涛，长成只有孩子才能编织出的幻想。长吧！反正暖风也足甘霖也足，每一粒泥土都是催生素。日光之精月华之灵踊跃供奉于七月的光合作用。

只是要厮守这片土地。宗旨是让民心开花。

2

　　蒸腾着血和汗的气息,它是路,自昨日铺来。

　　就是这样严酷:人民创造了世界,要让奴役人民的世界变为人民主宰的世界,却要艰难地拼争。于是有滔滔红霞似的血洒在与凶顽吞噬人民利益的寄生虫们的激战里;有血洒在启迪人民认识自己真利益的繁难奋斗中。甚至有血洒在与自己队伍中蜕变为吸食人民利益的腐败者的斗争里。焦裕禄的汗水,浇绿了兰考人的片片心叶;王进喜的汗水,催动着中国热机的做功冲程;雷锋的汗水,抚慰了渴望热心肠的世界;村支书们的汗水,使浊流滚滚中的灾民又一次看清了谁是自己的精英!

　　走这条路,注定要一脚汗,一脚血——却溢彩流光成山村孤老大爷绕膝的爱子,溢彩流光成人民的卫星,溢彩流光成崭新地球的崭新年轮……

3

　　二十七个字,划出一道裂谷,裂成历史的深度。新旧世界决裂的可怕的大裂谷呵,谁郑重地望着它都不免心惊如醍醐灌顶!和着三重诅咒为私有制掘墓的共产党不会谋私利。谋私利甘做私有制殉葬者的不是共产党。简明,但是深邃。

　　生活大舞台。美言信或者不信。华章实或者不实。分贝极高的是声遏行云的绝唱或者震耳欲聋的噪音。主席台会议桌报刊屏幕都是道具。只是在利益的摄像机前必将卸妆,人人赤裸。于是映现真身是在方生的此岸,抑或是将死的彼岸。于是毛泽东肯定鲁迅是"共产主义者",而彭老总怒斥那些贪占人民血汗的"共产党员"是"国民党"!

　　名号绝对次要。人民用心确认:谁是真正的共产党员……

4

　　面对没落者靠煽动起人最卑劣的感情——私心,去血淋淋地涂抹发达富有的画面,我们的党却用苦口婆心和鞠躬尽瘁呼唤着人最美好的感

情——公心，去拂拭世界，放飞万千透明的乳鸽般生动的阳光；面对没落者"他人即地狱"的枯叶似的脏幡，我们的党高扬的旗帜是："把有限的生命，投入到无限的为人民服务之中去"；面对没落者妄想用压榨千百万劳动者养肥一个资产阶级的药方"西化"中国的狂想，我们的党至诚地带领人民奔向辉煌温暖的共同富裕……

于是设想人民抛离共产党如同设想亲娘抛离赤子；如同设想人民抛离自己的安宁、幸福和企盼……

太阳的钟摆叩响历史，报道着我们党和跟随着党的人民跋山涉水的足音。没有谁能阻挡这多难更多情的进军。啊，党章《总纲》第43句！……

1991.8.15

歌与吟

致毛泽东

历史有多么久长,你的生命就有多么久长。你属于过去,也属于现在,属于未来。你的胸怀如晴空一样宽广开朗,目光如海洋一般含蓄深沉,身躯如崇山峻岭一样巍峨坚定。晴空,海洋,崇山峻岭,都是永恒的存在。你就是永恒,毛泽东呵!

你不是神。那些造神的人,捏弄的只不过是一堆草屑、泥巴和污浊的谎言。90年前你降生在韶山冲一个普通的农民家庭。然而你的目光从农家的庭院、从旧式的教读经书的私塾和新式教授西学的学校、从新军的兵营和储藏丰富的图书馆,射向真理和人类将要开拓的光辉前程。"问苍茫大地,谁主沉浮?"你思绪腾飞如鲲鹏鼓荡双翼,壮志如清新而刚健凌厉的风,吹向整个宇宙!

华夏热土农民的儿子,近代中国工人阶级的儿子!以工农的全部质朴和坚毅,你,双脚站立在土地上革命。暴虐的风雪滚滚滔滔,新奇的种种学说如万花筒的闪烁,"百分之百的布尔什维克",飞扬的唾沫比星星还要明亮。你不为所动,不相信涅瓦河上阿芙乐尔巡洋舰的炮声送来的真理轰不毁赤县长夜!不相信真理扫不清那种种鲜艳而有害的毒雾!不相信真理属于哗众取宠者——"狭隘"?你的心中的确没有动摇、盲目和狂热的位置;"经验主义"?革命原本植根于实践的土地;"右"?"纯粹的革命"只能是"为渊驱鱼"……宇宙间最朴素的是真理,最实在的是真理,而最有力量的也是真理!你和自己的战友用真理战斗。

美文生活

　　每一座山峰，每一条河流，都在你真理的烛照下意识到自己的力量。每一株小草，每一粒泥土，都在你真理的滋润里涌动战斗的激情。泥土里的跋涉。风雪里的冲锋。血泊里的苦斗。井冈山上梭标的光彩。渡江船上枪炮的交响乐。你，正像你自己说的，是一个"教师"。伟大的导师呵，谙熟中国有如谙熟自己的指掌，驾驭客观规律有如驾驭湘江中流的水波。你和战友们用马克思主义与中国革命实际相结合熔铸而成的真理，引导自己的阶级、民族和祖国，学会了革命，赢得了胜利；从重重夜幕中，从"左"的和"右"的、从幼稚、虚妄和欺骗的雾障霜阻中，一步一步地走进玫瑰色的晨曦——古老中国的晨曦呵！

　　你成为永恒的存在——因为你的思想的生命力。今天，正如昨天和明天，这以你的名字为标志的思想，像地平线上的旭日一样新鲜，太平洋的潮水一样有力，农民的语言一样朴素。它继续引导着自己的阶级、民族和祖国前进。

　　九百六十万平方公里的国土上，前进着十亿名脚踏着大地的战士！脊背上留有炮弹皮的，脚跟冻伤刚刚痊愈的，初次踏上行军路的，个个都无比清醒而自信。退居二线和三线的老一辈正把第二梯队、第三梯队扶上马又送一程；海上钻井队把进军的足迹直印进万里海底；大型建筑工地上新一代正操纵着欧罗巴的机器奠基；"万斤粮户"的手扶拖拉机载着富足和欢快的小调飞驰；造林英雄正率领绿色队伍日夜兼程；新入队的少先队员紧握小拳头宣誓为继承父兄的事业"时刻准备着"！……

　　呵，清除了狂热也清除了颓丧，没有自傲也没有自卑；信念铸成的坚定，沉着燃起的热情！中国在前进——沿着有自己特色的社会主义道路。以你的名字为标志的思想因之更加光辉灿烂，闪闪地照耀着征程！你成为永恒的存在，在我们永远高擎真理的旗帜下，永远脚踏实地，永远奔向太阳般光明美丽的理想的队伍和事业里…

1983.10

试看将来的环球
——纪念李大钊

1

我看见你走来了,在这十月的漫天朝霞和遍地爆竹花的绯云中。还是那一袭灰布袍,一双旧布鞋,浓须里贮着坚毅,星眸里闪烁着理性之光。

我看见城市托起橘红色鹤鸟般的塔吊引颈向你问好,山野摇曳色彩斑斓的果实向你致意。征途上的战士匆忙检视起自己的衣装和步伐,襁褓里的婴儿推开奶瓶,舞着小手咿呀歌唱!

天和地都感知你,因为你和天地同在——既然你以前驱者的火炬焚烧过沉沉深夜,以前驱者的大光辉和大温暖汇入时代的太阳,升起在黑色的地平线,让天空和大地都翻涌光明的浪群,羽化的心灵向渴望翔舞……

2

然而你绝不是神祇。僵死的时代拽过你的衣角。民主主义,空想社会主义,托尔斯泰的乡村主义,尼采和泰戈尔,五颜六色的路标前都曾闪射你焦灼又迷惑的目光。路在何方?希望在哪里?真理的求索者永远被难题纠缠。而当攻打冬宫的呐喊一旦和你企盼解放的心声激情地对撞,一个丽日般鲜亮的新世界便陡地在你面前辉煌地展现——

人道的警钟响了,自由的曙光现了!试看将来的环球,必是赤旗的世界!

这是隆隆黄钟大吕,震颤无声的中华,昏睡的民族,也永远震颤着你自己的心房。有什么能比对真理的崇拜更令人激动不安！你于是义无反顾，像你自己说的，终生为这将来的世界，献出"诗人的狂热"！

3

伟大的"诗人的狂热"！冰冷、麻木的心，只能是真理的绝缘体，革命的绝缘体。

五峰山下的"读书石"记得，你饥渴的灵魂狂热地向马克思、列宁讨教，贪婪地吞食和咀嚼布尔什维主义的新知；北大的"亢慕义斋"记得，你每月用多半的薪金狂热地购买革命经典，忘形地向青年描画"英特纳雄耐尔"的美丽曙色；张家口的工友记得，在那只铺着一层干草的地铺上，你狂热地鼓动着"全世界无产者，联合起来"；全中国都记得，你用《青春》《庶民的胜利》《再论问题与主义》狂热地拍击着神州大地的灵魂！

你也喜欢在绝无人迹处，听空山响流泉。前驱者的使命却使你把社会责任感看作最壮美的诗情。每篇论文、散文、诗歌都为革命斗争而作，狂热的律动与火辣辣的气势，令一切苍白的"超脱""闲适"之作越发显得没有一点血色……

4

你却不自诩为真理的化身。迷信自己只能走向冷淡真理。你说："人间的历史是无始无终的大实在的瀑流。"永恒的真理只属于瀑流滚滚的人类历史。于是你只沉醉于那崇山峻岭、崎岖险阻道路上攀越的雄健的兴味。

"李着灰长袍，青布马褂，满脸髭须，精神甚为焕发……"这是你留给人间的最后一张肖像，旧时代的报纸记录的。好个"精神甚为焕发"！狂热的、兴致勃勃的追求使你面对绞架也确信死亡只属于整个旧世界。"不能因为你们今天绞死了我，就绞死了伟大的共产主义！我们已经培养了很多同志，如同红花的种子，撒遍各地！"

没有什么比与真理共命运更幸福、更充实。

5

啊,你走来了。中国和世界都看到你的目光。你是在看你播过种子的复苏的祖国,从每个心房到每座楼房和厂房,从每片心田到每片麦田和蔗田,从每个心室到每座教室和实验室,那魅力无穷的理想在怎样茁长?是在看今日地球是怎样沿规律旋转,潮汐在怎样起落,千帆在怎样竞飞?也许还在看远天有几颗滑坠的星斗,近处有几许歪斜的身影……

"试看将来的环球,必是赤旗的世界!"

还是那震撼世界也震撼心灵的啸喊。你的后来人急切又稳实的足音,嚓嚓如时钟的劲歌。时间活着,真理活着,你迷信将来的心灵活着,人类挣脱自然形式与社会形式的羁囚走向大解放的瑰丽事业活着!

1989.10.15

身　影

毛泽东

　　有几个人属意于一个农民儿子的身影？"百分之百的布尔什维克"不屑一顾。

　　你贪大步地走，向着贫穷僻远的井冈山，向着一个构思。一身老蓝布农家衣衫，赤脚草鞋，高大的身躯微微前倾，浓密的短发闪烁倔强。平平仄仄。千回百折。万木霜天。雄关如铁。路隘林深苔滑。苍山如海，喇叭声咽。有的是踏在地上的沉郁，没有满口本本倒背如流的潇洒；有的是把根扎向中国深土的朴实，没有攻占都市、"一举成功"的浮华。马背上的诗意，似有土腥气的中国味……

　　当那橘子洲头谁主沉浮的怅问化为摇撼天庭地极的警句，在天安门城楼一吐为快，整个世界都看清了：在星火燎原的意境里，你的身影铺成的，是有中国特色的革命之路、胜利之路！

　　而你，正向责怪你就爱吃个红烧肉的"洋包子"夫人大发雷霆："不错，说对了！我就是土包子，我是农民的儿子！"拍案而起的身影，像一座耸动的山峰！

1991.4.18

彭德怀

  元帅的雄姿变成一个问号,向着羸弱的大地,抖索的枯木,向着龟裂的挂着血珠的心。

  这曾是横刀立马的雄姿呵,在平江起义的誓师大会上,在百团大战的青纱帐中,在保卫延安的南泥湾战壕,在鸭绿江边炮浪涌动的前线司令部,巍巍如万仞云崖,凛凛似倚天霜刃……

  既然为人民奋战一生,便不忍听半句百姓的呻吟。他急切地走向庄田,急切地走进茅屋,急切地询问真情。那张一见到"国民党作风"便怒云突布的脸,那一刻满是歉疚和沉痛……

  遥想庐山那夜你通宵达旦伏案疾书的身影,谁能不自问:我可有那样一颗与人民息息相关的真正共产党人的良心?

1991.4.19

方志敏

  我读着《可爱的中国》,感知你的思绪自由如奔流的风,铁笼般的囚室关不住,生锈的镣铐锁不住,死神的凶恶的指爪也攫不去,奔流如你披散的野草般的长发。

  ……谁能想象,面对生命将被残酷地折断,你奔流的思绪竟酿为烈焰沸汤,燃沸成自我的炼狱:你清刷"政治领导上的错误""军事指挥上的迟疑""自己的疏忽",再次提纯肌体……

  这就是你的思想清鲜刚劲如滔滔清风的缘由了。在荡涤世界中永不休止地荡涤自我,自我便充满大光明与大清新,便有了为宇宙的真理和可爱

的中国而扑向死亡的无畏,有为了大众无私奉献到一个铜板也没有的洁白的崇高……

　　铁镣叮当。你步步向前,走上刑场。伟岸的身影,像缓缓移升的太阳,逼射,照耀,照透我的心谷哪怕一片一缕贪功虚骄、文过饰非的阴影……

1991.4.20

中国好人

读雷锋

读他，就是读自己。
机器，读出螺丝钉的意义。
斗士，读出那三条伤疤的疼。
不屑于身体力行也来做点利他利众利社会利国家的好事、小事者，读出他的作秀。
儿女情长者，读出他没有写进日记的浪漫爱史。
中国的好人，读出他是：中国好人。

扫 帚

他似乎只成了一把扫帚，每年三月，被拿出来，扫扫街道、马路。
纪念者抓住了精髓！
这世界，真得好好清扫。

利他人生

他写的是他真做的:"我觉得要使自己活着,就是为了使别人活得更美好。"他这样铺开自己的人生旅程:

尽责本职,又热心学习委员、文化教员、技术小组长、小学校辅导员等等兼职,在列车上帮忙服务,为丢失车票的妇女掏钱买票、送站,在工地参加义务劳动,捐款救灾救难……

没有哪个人不想自己成功。区别在于追求的路径。

他是人类中的那样一种人:每一个"别人"都是自己的信仰,于是将全身心的温暖、扶助作为拜谒的"长头",无比虔诚地去朝觐……

很通俗却很哲学:"助人为乐"。

谁以利他为主义,

就获得最幸福的自己。

他人的笑容,圆满着跋涉的自我。

天地大器

带病主动冲进百年不遇的洪水,情愿遵从一声命令变成一只铁锹,锋利地铲沙挖石,开掘溢洪道。鲜血染红的稀泥,溅满军装……

在以后,在他殉职之后,在我们的国家和人民又遭遇一次次灾难的时候,我们都看到了他,千百个、千万个他:变成铁锹,变成推车,变成绳索,变成沙袋,机械一样没有思索没有表情不知疲累不知痛感地流血流汗……

良知指挥意志。在需要的时候,高贵的人格情愿化身有体温的工具。

此时,工具,乃天地之大器。

阳光男孩

别让他负担的意义太重,像应该减轻孩子们的书包。

共和国比他小 9 岁。在比自己小 9 岁的阳光里,他相信天是真的,地是真的,空气是真的,人是真的。他相信自己做得对。于是他成了他。

他离开它时,才 22 岁。

阳光男孩。像"5·12"大地震中的那个"可乐男孩"。

春 意

春 气

　　芽儿，叶儿，苞儿，如同无数细小的水滴，组成团团、片片、层层淡绿色的雾，挂在枝梢，罩着原野，裹起灰黄色的山。
　　那是春呼出的气——憋了整整一个冬天……

春 色

　　早春，令人性急的时节！青山绿水、芳草杂树的景象在哪里？瞅瞅四周，还是一片灰褐、一片沉寂……
　　不，在山坡上眺望的人们说：一片跃动的嫩绿春色，就在你的脚下！

春 声

  种子冲开硬壳，草芽拱破冻土，枝头花苞绽裂，地下根须萌动……哦，是这超声的巨响，引起震动天地的回声——春雷滚滚……

1980.12

春　思

这才是春天呀

隆隆的惊蛰雷里，冻土化了，根和种子醒了。每一粒土里都有了脉搏和呼吸……

最精明的农夫也不免一时迷惘，呀，这陡地冒出遍地精灵的田野多么芜杂，连小麦和花此时都那么像蓬乱的草！

哦，这就是春天这才是春天呀！

击败死寂的冰雪，春，在生的纷乱中宣告新的季节。

芽

比一切都柔弱，又比一切都锐利。

面对铁的地皮，你真是勇敢，金刚钻般的芽锥果断地刺破了禁锢。（哦，既然你是新生，便有规律般的伟力……）

当你刚刚冒出地面，残留的冬寒一次次进攻——你看起来多么娇小呀，

揉碎你,像揉碎一颗露珠!(倘若让春生长,冬便只有死去。)

于是,我懂了,你为什么八面出击——从田野、山岭、石缝、墙角,到处冒出来冒出来冒出来冒出来,化身千亿、万亿——你是为了迎接太多太多的拼争,前仆后继,执行春的命令!

太多太多的柔软

土地像冒着蒸气的软糕,小河扭动着柔软的腰身,阳雀花笑开温软的红唇,垂柳轻摇着嫩金似的软发,软软的云在软软的风里舒卷,偶尔,飘下一阵雨——雨丝也像姑娘的绣花线一样柔韧……

怎么,难道忘记了:那呼啸的钢丝鞭般的朔风,那刀刃一样锋利的沟坎,那铅板似的河面,那生铁条般的枯枝,那比枪刺还要尖利的檐冰;连那看似花朵一样的雪,也像飞旋的钢片儿打得脸生疼……

冬,曾施尽严酷、强硬,而春,却有太多,太多的柔软——可这是要征服一切的柔软哩!

1980.12

美文生活

春燕翔舞

当天空出现第一只燕子,星眸,金喙,乌翠的尖翅,流线型的雪腹,微斜着,划出优美的弧线,柔和得像一缕微风,又迅捷得像一片闪电,这时,哪颗心不为之一震:燕子!春燕飞来了!

燕子是一只剪刀,剪断冬日的历史,剪开嘶叫的朔风,剪开飞旋的雪霰,剪开小河血管的冻凝,剪开太阳惨白的面纱……

在燕子优美的弧线飞舞的地方,死寂的空间风开始酝酿,漂着冰凌的溪水开始流淌,树干里绿色的汁液开始涌动,杨树开始扬撒思绪,草芽像锥子拱破地皮……

在燕子的呢喃洒落的地方,沉默被冲破,空气里浸润声波,每个屋檐都滴起歌。云雀在长天抒发喜悦。

燕子是色彩和芳香。它在空间涂染阳光的嫩黄,雨的浅紫,柳的淡绿和杏的粉红,涂染残雪消融颜色正在加深的土地。它鼓荡清新,泥土和小草蒸腾带土腥味的芳香,花蕾笑出香甜,树枝流溢生命的芬芳……

春燕翔舞,美妙的春天!最美的诗,最美的画!

第一个发现燕子的人,是欢欣又痛苦的。发现,于是欢欣:绿色闪现了,温煦透露了,生命躁动了,灵感涌出了!却是第一个,于是不免痛苦地感受:枯黄还在弥漫,严寒还在逞威,寂寥正沉重,构思还那么混沌一片……

当整个世界终于习惯于燕子昭示的春天,新的春天又在孕育了。于是

总是有燕子,总是有第一个发现燕子的人。因为我们的生活总是奔向春天又奔向春天。希望没有始也没有终。

于是,我歌唱燕子,也将崇敬献给那第一声呼喊:"燕子!春燕飞来了!"

真的,春燕飞来了,看,星眸,金喙,乌翠的尖翅,流线型的雪腹,微斜着,划出优美的弧线……

1988.11.20

美文生活

自然笔记

晨

1

　　淡淡的、青色的光，透进窗口。

　　楼房、城市，也许是整个地球，启动了。似有马达粗重的、颤抖的轰鸣。被流荡的晨气荡开的、显得格外悠长的汽笛声，载着微微的晃动。

　　遥远、遥远的地方，隐隐传来火车的吼叫，哐当当、哐当当……载着几乎觉察不到的晃动。是另一座楼房，另一个城市，或许是另一个星球，也启动了吗？

　　淡淡的，灰色的光……

　　明亮的，白色的光……

　　耀眼的，金黄色和红色的光！

　　声音消逝了，晃动消逝了，消逝在声音里，消逝在运动里。

1983.3

2

(像有一支笔涂抹色块……)
一抹磁青（看见地平线了），
几团墨绿（看见丛丛的街树了），
一片青晃晃（看见柏油路了），
几个白点（看见卖油条的了），
一块米黄（看见转弯的电车了），
点点橘红（看见女长跑队员了），
一片赤红，辉煌灿烂的赤红（看见太阳了，太阳雄伟地升起来了）！
……
我们一点点地终于看清了世界。

1991.5

云

没有热烈的大地便没有你，你是大地升腾的思绪。
远离大地，有清醒的凝聚、透明的结晶。
当你复归，一刹那，大地却惊惧地颤抖！
不要怕呵母亲，你怎么怕了，母亲？
我是你年代久远的追求。
我是你日想夜盼的企冀。

1983.5.17

黑风记

　　住张掖县招待所。晚餐毕，拟出小游，忽有人惊喊："黑风！"猛抬头，只见西北天边有一派深棕色浓云滔滔而来，如迅潮，似洪峰。满院人都急回客房。刚跨进房门，只见整个天空已被浓云笼严。黑黄色沙风如千百猛兽席地卷天扑来，横冲直撞，吞没一切。天地间立刻漆黑一片。门窗抖动。杆木折断声、杂物破碎声响成一片。坐在房内，开着灯，感觉犹如所乘列车进入隧道。头脑一片似乎在等待驶出洞口的空白。然而，是在最准确意义上的"忽然间"，当心理尚未从一种莫名的混沌状态驶出，风沙已经过去。一切恢复如常。窗外，明媚的夕阳余晖似水，柔和地浇洒着白杨树绿绿的树叶。

1984.8.20

二　月

　　白，一夜变成黑。风不再铅灰。旗子柔软得像炊烟。河岸上草湿了。
　　幼春说，让我自己走，不要再送了，不要再送了。世上最残酷的是柔情。
　　帆反倒战栗起来，忸忸怩怩不知所措。
　　每颗土粒，都感知胎动。

1986.10.12

太阳的感觉

是宇宙发出的一只殷红的请柬。

生命涨红了兴奋的脸,像熟透的日子。
太阳说:欢迎你,欢迎你,欢迎!

视野斑斑点点,闪烁成惊诧的问号——
我这是到了哪里,世界竟这样灿烂辉煌!

1989.2.21

雨中的树林

透明的雨。透明的躁动着的酽酽的绿。

每个细胞都会跳舞因为洗去背负。叩抚心扉每个细胞都会唱歌。踢踢踏踏,抵抵磨磨,沙沙拉拉,哼哼唧唧,咿咿呜呜,因为不是表演因而忘乎所以地宣泄欢乐和悲痛、意识和潜意识,生使生命变为精灵,生命之精英,生命之灵魂,绿精灵。

啊,雨中的生命的树林……

1989.2.23

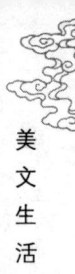

初 夏

漂着冰块和泡沫的春天,遍地泥泞和白雾的春天,呜呜作响的春天,干燥的黄土和细沙飞扬的春天,演完了一时令人极度兴奋又心烦意乱、躁动不安的前奏……

丰满而娇羞、嫩得弹出水来的她,袅袅婷婷走向花轿。

1989.2.24

鸟儿的沙汀

雪一样洁白的沙,月光一样柔和的沙。
铺开安宁,铺开惬意。

没有人影,没有兽迹。
一只只、一群群落下来的,是各种各样的鸟:斑头雁,白天鹅,灰鹤,沿着风的滑梯盘翔而下,轻轻地,没有一点声息。

真的,四围,清清的湖浪轻舔小汀,发出低低的歌吟。浅草和兰花静静地流溢清芬。

连一个惊扰心境的梦魇都不需要有,索性让全部细胞都融化,化入清新的静谧,不着一丁点儿痕迹。甜美的憩息呀……

只有记忆下意识地指挥着用嘴和指爪洗刷羽毛:
我真爱沙汀,可只有飞翔才是我存在的形式。

1989.3.1

冬

  假如没有这样一个肃杀的季节，我们便难得打一个深刻的冷战，甩脱春天的缠绵、夏天的狂热、秋天的满足，精神陡地一振！没有冬天，我们便难得经历连呼吸都不容掩饰的严酷，难得体验青冰白雪茫茫大地一片真干净给人带来的刹那间的舒畅和随之而来的苍凉的历史感和空旷感……

  冬天让树木落尽花落尽果也落尽叶，花草们连植株也委弃于泥土。只留下树干或根或种子中的生命。冻凝语言和姿态只留下眼神和脑海。反正生命与精神就构成世界。

  冬天是厌弃一切花花朵朵的张致和渲染，却绝不缺乏柔情。它的心曲便是飞舞的六瓣花，两瓣是孩童的狂欢，两瓣是农人的祈祝，两瓣是诗人的情思；而且，两瓣是对秋的眷恋，两瓣是对夏的思念，两瓣是对春的迎迓……

1990.11.2

飞翔的芦苇林

  展开多叶的绿色翅膀，芦苇林飞翔。

  天空鲜洁澄明。云朵如梨花、桂花、白丁香花静静绽放，一簇簇，一堆堆，温润而芬芳。

  天空涌动素湍清流，排山倒海一泻千里，而无声无形。那凶恶的漩涡隐藏在哪里呢？

  天空狂潮翻卷，灰黑的云峰沉沉地压来，压向心房。

  这是空中的芦苇林，时而张翅缓缓地滑翔，每个叶片都憩息着一汪阳光；时而凝息一动不动，像是浸在透明的梦幻里；时而有力地忽闪着翅膀乘长风疾飞，为云阵扬起碧帆；时而疯狂地啸呼着摇响青铜之翅凌波击浪如碧焰紫雷辉耀苍穹！

啊，水天的飞翔的芦苇林！

1991.5

空 气

真情至性地宣泄。

便有植物战栗柔软的经络战栗向期待，鸟战栗着啼血战栗成绚丽的路战栗向新的层面，思维战栗成舒展又痉挛又舒展又痉挛。肺叶陡地眩晕。

幸福的战栗！而那些感觉不到你的感觉是最幸福的。

1991.5

雪 河

从祁连山谷流泻而下的雪河，不像水，像一道蓦然凝固的闪电，是静止的弯弯曲曲，又隐约涌动气势和张力。就那样惨白地，把灰褐色的山体赫然划开一道裂缝，也划开旅人因疲累于单调而朦胧欲闭的眼睛。

走近来，你会发现这雪河并不是只有默默地显示威严的一面。它还活泼得像一群嬉戏的顽童。银铃似的笑声串串飞溅，洁白的赤身裸体在光滑的岩石和亮晶晶的细沙间互相扑打追逐，小巴掌撩起朵朵水花，使劲踢腾的脚丫儿把水面拍得山响！有时，是哪个小家伙突然还来个"扎猛子"，搅得河底红的、绿的、蓝的、花的卵石像条条鱼儿飞旋游动……

突然忆起普里什文，他要说的一定是："我想那时无论是谁，尘思会顿然消失。心境会豁然开旷……"

1991.8.1

燃烧的冰川

妙不可言的水！流起来可以是淙淙弹琴的小溪，是滚滚滔滔的大江，甚至可以是翻天覆地、雷霆暴怒的大海。在这里，却缄默成冰川，一派青白的辉光，一派岩石般的坚硬冰冷，一派听觉的寂静的透明。风缓缓扇动着巨翅，轻轻滑下峡谷，当空也不再有云朵游移。看不清是在冰川的边缘，还是它的中心，半轮血红的夕阳无声地淌着火。殷红的火流成条，流成片，慢慢流向整个冰川。晶亮的冰川此刻辉煌灿烂，成为一望无际的艳丽的火海，火苗跳跃的幽响，火势蔓延的潜息，向四围弥漫……

只有大自然的杰作，才使动与静，冷与热，水与火，万事万物，这样和谐无间、相克相生地组成美。

1991.8.2

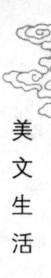

美文生活

裂缝里冒出的草

越来越多的土地被裹上了水泥和沥青铠甲。我常常惊喜不已地注意到，在因人们工程质量低劣而使水泥或沥青地面出现的裂缝中，居然一丛丛冒出雏菊、车前草、狗尾草甚至小榆树来。青葱的草木像憋足了劲猛地迸涌而出的喷泉，伸枝展叶，蓬勃茂盛。片片叶儿，点点花儿，向晴光和雨露述说着无尽的爱。

1991.8.4

无风的风景

早晨是雪和风。中午雪停了，是太阳和风。现在，风终于停了。夕阳傍着山峰落下去了，火红的余辉映得西南天空的云霞像无数匹柔软的纱绸。东边，早出的月亮已在半天，黄白而亮。云天，淡淡的红，淡淡的黄，淡淡的蓝，淡淡的白，融成一片柔和的多彩的海洋。辽阔的铺着白雪的戈壁，平坦而又起伏。远方，一棵棵树的深棕色枝干，灌木的褐色的枝条；近处，颜色较深的地埂和小路，支支直立的枯草，在天色回照下，如同炭笔的写意，显得格外清朗、纯净，一动也不动，凝然地，显得那样静。一切都是那样旷远而又清晰，庄穆而又柔和。

我喜欢风，它使世界生动。然而此刻，许是狂风已经刮得太多的缘故，我又非常醉心于静。在这静的氛围里，我的心情多么安恬舒朗呵！是的，静总是相对的。生命本来就是流动呵。可是静又总是客观存在，它使动的美得以提炼、澄清、升华、结晶，你看，久风之后这一个小小的静场，使世界美得多么赤裸、多么纯洁！我全身心都沉浸其中，化身于静静的光，

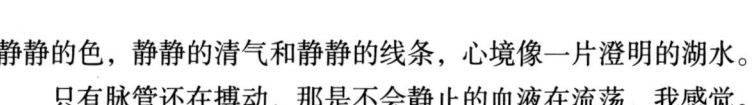

静静的色,静静的清气和静静的线条,心境像一片澄明的湖水。

只有脉管还在搏动,那是不会静止的血液在流荡,我感觉。

1969.12 初稿　玉门

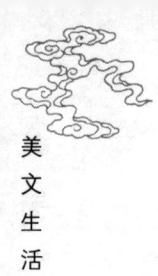

花木写生

喇叭花

在水一般清凉的晨气中,在火一样闪烁的晨曦里,你们举起了一支支喇叭:淡蓝色的、粉红色的、浅紫色的……

那正在逝去的,在你们的喇叭声里逝去了。你们吹奏的,一定是一支礼赞光明、祝福未来的歌吧?

你们起劲儿地吹着,芳香的音波在空中流泻。在被梦魇蹂躏过的田野上,小桦树舒展着腰身,芦苇沙啦沙啦唱起醒来的歌,金山菊扬起脸做深呼吸,蒲公英向天海匆匆启程……

1981.1

树　干

是个丑陋的汉子,风霜使他通身暴起粗糙的鱼鳞,刀斧使他遍体布满大大小小的伤疤，严寒酷暑无数次地摧残过他的躯体，岁月在他的额角刻满深深的皱纹……

我知道，他曾经很美呵：小时候，他曾经像一只碧绿的喷泉；更小的时候，他曾经像一苗乳白的玉针……

但他不妒美。他把绿色云团般的椰叶、被日光镀成金针的松叶、像巴掌一样哗哗鼓动着的杨叶高高地举起来；他把火焰般的木棉花、金子似的梧桐花、雪团般的槐花高高地举起来；他把淌蜜的仙桃、溢香的金橘、红玉石般晶莹透明的李子高高地举起来；他把美高高地举起来，他把身心的一切都献给美……

哦，我突然记起一则故事，记起那把自己的心举起来照亮树林和道路的英雄丹柯……

1981.1

榆钱，轻轻地飘落……

在透明的日光里，像片片闪光的金箔，千百只榆钱，轻轻地飘落、飘落……

春风的爱抚，暖雨的滋润，夏雷那狂暴的辱骂，风沙那严酷的折磨……太多、太多的爱和恨，反倒使它变得无比单纯。此时亮晶晶的它，只剩下一个沉甸甸的信念。

飘落吧，无论是地角、田边、河岸、山前，都在所不辞地落下去，落下去——

它不信哪个种下信念的地方，长不出青绿色的理想。

1981.1

龙爪菊

青铜的枝干。青铜的花朵。

长长的微屈的花瓣,有如一条条向上的、执着的指爪,抓着动荡的云块,攀缘着凌厉的风。那微微的颤抖,透露出力的抽搐,血的涌动!

恍惚中,似有龙的影子一闪!一闪……

龙爪菊,你青铜的枝干里呐喊着不羁的意志呵!

你青铜的花朵里爆炸着飞腾的渴望呵!

1982.10

仙人掌

世界——热烈的生活,像撒哈拉大沙漠喧哗的阳光,你献给它的,却是一个巴掌,暗绿色的、冰冷的、带刺的巴掌。

可是,像华沙高高举起它的美人鱼,一个又一个阳台举起了你,一只又一只书案举起了你,一个又一个公园举起了你;甚至庄严的会堂也举起了你——也许,没有那热辣辣的微疼,便没有镇静和力量……

1982.11

令箭荷花

  风一样流动的思想和云一样舒卷的情感,木棉花一样火红的热情和花岗石一样刚强的意志,幼笋般鲜嫩的青春,浅草般执着的生命,整个儿的身和心,熔铸成一支令箭——一只青翠欲滴的令箭。
  我看见,那一双双昔日曾用锄头、铁锤和枪杆砸碎过无数象征反动阶级意志的"令箭"的手,今天,爱抚地把你栽进精致的花盆,浇上清清的水……
  当你的花朵溢流着绯红色的芬芳,哦,我懂了,你是接受了美的命令,来装点人间……

1983.2

蒲公英

  东风弹响了沟坎阡陌。于是,蒲公英,这支轻灵而又深沉的乐曲,流淌了,流向辽阔的原野。呵,蒲公英,你激情的乐曲奏鸣着什么呢?
  哦,孩子们来了,喧嚷声里,每只小手都举起了你的种子——"噗!"一吹,霎时,满天亮光闪闪——飘满空间的亮光闪闪的音符呵!
  一群小知音,张着嘴巴凝望着。他们知道你奏出的是怎样的心声,他们的心儿随着你的乐曲,飘得很远很远……

1983.3

夏日四论

奔 流

奔流意味着活，不静止，不凝固，不僵死。

大江奔流，惊涛裂岸，卷起千堆雪；大气奔流，清风滔滔，驱雾霾，送清新；生命的汁液奔流，使叶绿花红，禽飞兽戏，使一切美的玫瑰中最美的玫瑰——人的智慧闪射太阳般的光辉。奔流产生美。

奔流没有纯净。尽管百川终归大海，而在进程中，更多的却是纷乱，千溪百河，穿涧过滩，纵淌横漫，千回百转。它又难得清澈，尽管大浪淘沙，自我净化永不停息，而在征途上，强劲的奔流，总是挟泥带沙，鱼龙混杂，雄壮而浑浊。单调将导致寂灭，蒸馏水似的纯净便意味着苍白、死亡。

奔流是不断更新、超越，超越他人也超越自我。奔流是一种追求：世界的历史是一个不舍昼夜、永无休止的过程，以"黄河之水天上来"的强大内压强自觉投身这一雄峻壮阔的大奔流，作"奔流到海不复回"的不倦拼搏，一滴水才能在前进的历史中获得永生。

既然世界在奔流中活着，奔流就是唯一的抉择，假如不想拥偎着几片浮萍、几朵艳荷等待腐臭和干涸。

1988.6.21

成　熟

　　眼角的鱼尾纹，标志着华美的成熟。男人，如青铜雕像，智慧的额头光芒更加热烈而明亮，骨骼和肌腱更加钢铁般强壮，追求更加烈火般炽热而执着；女人，风姿绰约，流溢的情韵描画出更加丰美的曲线，眼波汹涌而深沉，笑容更加妩媚动人。

　　再没有苞的羞涩，花的娇娆。有的是沉甸甸的分量。是酝酿的思绪、播种耕耘的汗滴结晶的，是霜雪的偷袭、雷电的袭击、风雨的扭曲、炎阳的灸灼铸锻的，沉甸甸的金子般的成熟啊！

　　成熟是清明的，如青天、碧水、白日。删除了纷乱，洗尽了铅华。没有了昨天浮躁、稚嫩的狂热，也不再把明天幻想为辉煌瑰丽的仙境。于是精神大解放，自矜和自卑都已甩掉，诅咒和礼赞都不足以动摇心态的平衡。有的只是稳健沉实的跋涉，一步一个力所能及的、向前的脚印。地平线是霞霓般美丽诱人的，而成熟的目光宁愿认定正在抬脚要踏出的那个脚印就是理想。

　　成熟是一个昭示：承继自己追求的种子，已经诞生。

1988.6.21

沉　闷

　　沉闷符合大自然具有"双面象"的实际，是对于夏季热烈痛快性格的一个小小的补充。

　　沉闷是迷惑，是对阴晴变化、气流转换的惶惑的认识，是碰到挫折时瞬间的心灰意懒和无能为力的感觉。

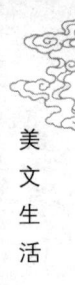

沉闷是反思，是思路未通时的焦虑，是痛苦的求索。

沉闷是酝酿。思绪酝酿成云缕，云朵，滚滚云阵，酝酿成闪闪的电与隆隆的雷，酝酿成倾盆大雨！

接着，便是蓝天丽日，明媚的彩虹！

好一个自我克服！因为，这毕竟是热烈痛快的夏天的沉闷。

1988.6.22

怒 放

以灵魂的焦渴最敏感地感应着季候。当盼望的时刻一旦来临，只要是花，便一个早上全部怒放！

赤、橙、黄、绿、青、蓝、紫。流光溢彩，扬芬吐馥。有牡丹的浓烈，也有水仙的淡雅；有美人蕉的显赫，也有雏菊的平凡；有昙花的稍纵即逝，也有山茶花的旷日持久；有红荷凌波，也有木棉抚云……怒放，是花的盛大节日！

怒放是对季候的最璀璨的颂歌。这个季候催放思想、情感和智慧，催放一切潜在的争奇斗艳的欲望和能量。于是，用色彩和芳香，花儿礼赞阳光的热望，雨露的盛情，土地的深恩，空气的厚爱，礼赞催放美的合力。

怒放是掏出真心，敞开灵魂。是生命和精神的自由解放。是张扬奔放、淋漓尽致的抒怀。是发现自我表现自我奉献自我，献出灵也献出肉。怒放是久积的情愫，又是陡地猛醒。怒放是生命最鲜明的标志，最壮丽的途程。没有怒放史的生命是猥琐的，黯淡无光的。

怒放是最壮烈的牺牲，是分娩新的太阳时的极度欢乐以至痛苦的抖颤，是用全部生命燃炸成的迎接新的历史来临的最隆重的礼炮。

怒放是权利，更是义务，对于这个季候，这个世界！

1988.6.22

生活素描

火车开过来了

夜,哐当……哐当……火车开过来了。

水泥地面在哆嗦。墙缝洒落尘土。窗玻璃轧轧作响。二班归来的工人在床上翻身。被地震惊吓过的儿童,梦里陡地搂紧妈妈的臂膀。

城市幻化在风驰电掣般前进的意象中。

火车开过去了,哐当……哐当……

1980.10

夜 声

城市沉淀在月光下。只有声音,在光的湖面震荡。
像推土机粗重、颤抖的喘息,
像桦树林在风中呼号,

像海浪撞击着礁石——
从极远的远方，正向这儿涌来、涌来；又轰响着，移向远方、远方……

1980.10.17

青年车工

我学习发现美。面对一块粗糙的钢锭，揣摩美的风骨、美的神韵。

我学习创造美。为了削去丑，而锻打思想的刃，磨砺智慧的刃。

我用意志和技艺把车刀植上我的自身，让它听从中枢神经的指挥，带上我的体温和脉搏……

当我举起一朵金属的花，整个世界都笑得那么会心：祝贺美的诞生！祝贺又一代美的创造者的诞生！

1982.3.23

写在一个青年读书角

是绚丽的星空吗？

多少晶亮的星星闪现出来，灼灼地眨着诱惑的眼睛，点燃每一双目光迸发的好奇、惊喜和沉思的火花……

是芬芳的土壤吗？

在飘洒的蓝色的春雨里,渴盼勤奋的不畏劳苦的犁尖,渴盼心的种子。播种啊!有虔诚地播种,便有遍野的沉甸甸的收获。

是潘多拉那只神奇的箱子吗?

可是,开箱来,飞出的不是魔鬼、瘟神和痛苦,而是多彩的阳光、滴露的花朵和载着企盼飞向未来的宇航船。

还满满盛着的,倒是和潘多拉的那只箱子一样,是希望。

1983.6.5

好听的声音

日常生活里好听的声音很多。在我的心灵深处这样的美声要数炉边水壶的吱吱声。

在戈壁深处,当我第一次独立踏上生活之路,我便深深爱上了这声音。你想,无论在自己的屋里,还是朋友、邻人的家里,有了这声音,便意味着炉火是燃着的;有水,而且是热的。有了这热,要是在友人家,你会感到友人是在过日子,满有生气,有条理,甚至有心计。友人送你的,会是温暖,惬意,如在家中。而如果是在自己屋里,有了这声音,便意味着自己是在主动安排着生活,充实,甚至富足。这声音伴着的,也许是伸展疲累腰脚的甜甜的睡眠,也许是斜倚床架自在的读书,也许是与熟识的友人以茶当酒,畅谈酣论,也许是随意哼着一支又一支熟悉的曲子挺有兴味地洗衣、擀面。总之,无论在哪里,听见这声音,心里就满是踏实、快乐的感觉,好像生活里再没有什么可忧虑的了。

最能抚慰旅人心神的,便是最动听的歌。

1991.8.3

给一位音乐指挥家

　　一株挺拔于山崖的毛发飘抖的树。

　　是你把身和心的全部动能和气势献给了山峡林谷,还是山峡林谷用全部的翻腾升沉烘托出你伟大的静止和轰鸣?

　　也许,你们原本都以心凝形释,融为一体,一幅完美的音乐风景,摇撼着天、地、人间……

1990.11.5

花 园

　　空荡荡的小院中间，出现了一个小花园！看，修得挺圆的一个小花园，土翻得那么松软，又整得那么绵细，活像一块褐色的海绵；花园的周围，砌了一圈花砖，一块红，一块青，交错着，宛若一只艳丽的花环。

　　这小小的花园，这花砖的色彩、泥土的芬芳，使每个下班归来的人都眼亮、心跳了！"哎哟，花园！多美的新花园！"住北房、在歌舞团当歌唱演员的小陶姑娘一拍巴掌，用女高音嚷起来："奇迹！出现奇迹了！"东屋的老车工刘师傅嘿嘿笑着，从上衣兜里摸出老花镜戴上，蹲下去仔细欣赏；西南房花白头发的李老师眼圈一下红了，她喃喃着："花园，咱院里，又有花园了……"

　　这个小院，有六户人家，都是老户，长的，相处了三十多年；短的，也有二十年了。五十年代、六十年代初，他们曾连年以和睦相处为小院赢来"团结院"的金字红匾牌。可是最闻名于街邻的，还是这个小院的花。六户人家，家家爱花，小院本来不大，花园倒占了四分之三——不，应该说是四分之四、四分之五——连一面面墙上，都爬满了红梅豆、牵牛花，连空中都遮盖着葡萄藤叶的绿云彩呢！天天早晨起来，你洒点肥，我浇点水，成了锻炼身体的最好项目。晚上下班回来，坐在绿荫下、花丛里，看报纸，听收音机，打毛衣，交谈单位上的新鲜事，花香笑语，把一院的空气都酿成了蜜！

　　可是，不知怎的，那一年，金红牌匾叫人摘了，说是"姓李的那个教

员成天放毒，被开除公职了，你们和她讲团结，是搞阶级调和！"又过了不久，养花也有罪了，说是"只有资产阶级才爱美！"有人煽动起六户人家自己的孩子，在小院开了一个批判会，在历数了花的罄竹难书之罪以后，一顿棍棒，小院便只剩下了一堆残红败绿。那年月，人还顾不上了呢，谁还能顾上花？花迷们似乎也没有太难过，连苦叹也没有一声，全是木呆呆地蹲着。

从此，小院便没有了花。也没有了笑。有的是频繁变换的红绿标语，有的是"勒令""通告"。孩子们的打斗使花园变成一个尘土飞扬的战壕。刘师傅一赌气，拉来一车碎砖填了起来。小院终于与"花"绝了缘，一下显得那么空荡、荒寂。

一晃，就是十几年，小院开始变了！残破的标语、"勒令"被清除了。遣散的、下放的又都回来了。一家做点好吃的，又开始端着挨着家送啦。新的一代红领巾又开始在院里嬉闹。小院又有笑声了。而特别叫人高兴的是：突然，小院又有了新的花园了！

二十几口子人围着花园，笑呀，说呀，一天的疲劳消逝得无影无踪，连做饭、吃饭也忘了。住西屋的王处长感慨地说："这算是咱们这一院子花迷庆祝节日呢！别看还没有花，我看你们大家比当年在花丛里讲咱们国家第一颗原子弹爆炸还忘情呢！"大家连连称是，笑得更美了。倒是住南屋的民警小王心细，提出一个问题："这花园，是谁修的呀？"是啊，大家都去上班了，这花园是谁修的呢？大家一下怔了！

"嘻嘻！"大门后尖尖的一声笑，引起了大家的注意，纷纷回过头，只见六七个扛着小锹、小镐的孩子，笑着转身往外一溜烟跑去。鲜艳的领巾，像点点红花。大家几乎是异口同声地喊出："是咱们的孩子们！"

新的开花的春天，来了！

1982.10

一 闪

滋 味

  不知你留心过调味店没有，反正它是触动了我的心。
  你看这生意兴隆的小店，铺面像一排排调色盘，一盘白，一盆黄，一堆红，一柜绿。不过，它不是展览色彩，而是专供滋味的调剂：老奶奶来买盐面，小调皮来买蜂蜜，大嫂提着醋瓶走来，小伙子端着辣椒粉走去……
  哦，人生原本是五味俱全，这才诱我们品个仔细。只食甜会软化我们咀嚼生活坚果的利齿。只陶醉安乐会弱化我们奋斗的肌腱。只经历胜利会脆化我们经受拼搏考验的神经。我们因此不怕苦，甚至甘心情愿在艰险中摔打，在挫折和失败中磨炼……
  呵，充溢这调味店的复合的芳香，正是生活的气息……

1981.7

我　愿……

　　我愿，我愿是一根在晴空下和迷蒙的风雪里永远正直站立的电杆，把心的导线通向四面八方，伸向遥远……

　　前方——我深信有无数个我；没有起点和终点的导线里，流着尊重、友爱和七月清凉的风，十月温暖的泉……

1981.12

秋之思

　　思维在每个季节都开花，秋天也是一样。

　　秋气像冰凉的、清明澄澈的水，兜头倾下，向着热闹的世界。世界猛地一颤！秋天真像良师，不吝在生活的长途提醒我们：清醒点，前面，前面有考验。

　　秋叶为了把在风中抖动旗帜的岗位让给新生的一代，悄然离开枝头。大地张开臂膀，拥来祝它凯旋。

　　秋雁把那么大的"人"翱翔着写在天际，它绘出的，却是趋炎避冷的形象。真正大写的人，双足踏在地上呢，酷暑撑起浓荫，严寒捧出心房。

　　秋雨洒落、洒落。不是无病呻吟，经过春的孕育、夏的酿制，像琥珀色的葡萄，熟透了……

1982.8

让心化作……

让心化作一片绿叶，永远回应大森林的歌唱；
让心化作一粒泥土，时刻感受大地的运转升沉；
让心化作一朵浪花，终生在波尖潮头绽放激情和艳丽……
认知属于森林、大地和波涛，心，不会寂寞，不会停滞，不会僵化……

1991.9.5

美丽的沉默

常常发现默默地、却又几乎溢出语言的目光。也常常投出默默地、却又几乎溢出语言的目光。

要是借助嘴打破这沉默，溢出的会是一个或几个什么字，一句或几句什么话呢？我真想问别人，像想问自己。

然而，我没有问，别人，甚至自己。是勇气不足吗？是勇气不足吗？……

哦，我终于想通了，何必要那种勇气呢？有什么有声的语言的蕴含能比这投出光线的沉默更丰富、更深沉，因而也更有无穷的魅力、更能引人遐思神往呢？

朦胧的美，美在朦胧……

1988.12.22

一　闪

一闪，就沉落进身后的人流里。

闪电一样耀目，白雪一样清新，月亮一样温润，荷花一样娇嫩，丁香一样芬芳，湖水一样澄明而深情。然而一闪———一闪，也许长过一天一月一年一生。前世曾在哪里相识？今生在此时相逢。也许要倾吐千言万语，也许无须着一字，于是只作灵犀相通的对视。千种相思万种滋味，当年共剪西窗烛，今日夜雨涨秋池吗？反正都凝上眼角眉梢，亮在四只眸子，然而毕竟是———一闪。

一闪，从此互相失落，像未曾相识、未曾相逢、未曾相视！

呵，人生！

1989.3.6

企　盼

我说企盼就是人类的全部生活，因为是企盼使我们的祖先艰难又勇敢地从兽群中用双腿站立起来，走向人类。从那时起，我们便不能想象没有企盼的生活。

没有企盼，我们就不会黎明即起，欢迎新的一天，就不知道今天应当努力做什么，明天又准备做什么。没有企盼，我们甚至不会感受现实有什么谬误、缺憾、不如人意，就不会构思更美满的未来。没有企盼，谁能含笑走向刑场？谁能截瘫卧床却废寝忘食为别人针灸诊病？没有企盼，有谁能从低矮的农舍一步步走上大学的讲台？有谁会乐而不疲地从早上6点到半夜1点提水取牛奶送孩子上班下班买菜做饭洗衣服忙得头昏脑涨？

企盼如诗，使生活充满激情；如戏，使人生充满魅力无穷的悬念。有了企盼，杲杲旭日才清新娇艳，冉冉夕阳才温暖绚烂，天地才高远，花木才葱茏。企盼使我们聪明，使我们健壮，使我们美丽，使我们永远不满足于已达到的，一代代去追寻更新更好的生活和人生……

1990.5.26

向日葵

不是在凡·高的笔下，而是在西戈壁，你将我的心点燃成熊熊的、金黄的一炬。

宽大粗糙的叶片，抖落风尘，不停地抖落。筋脉暴突的粗壮的秆，是精神锻铸的，穿过寒春酷夏，长成大漠向宇宙伸出的倔强的求索的手臂。金黄色的憧憬不尽地释放，像呼啦啦燃烧着，又像汩汩流淌着；像飘荡的火焰，又像簌簌抖动的手指，你的花瓣永远迎向晴光。

就这样，一株一株，一排一排，一片一片，西戈壁用你，书写生命的意志和向往。

那时我突然记起普里什文："……这种美丽的景象，只有用彩色才能够留得住，整个问题都在彩色上头。我又回想起了一个窃听来的定义：空间就是创造彩色的力量……"

1992.5.3

戈壁草

在一片戈壁上,我曾久久凝视一丛草,一丛迸射鲜绿的芨芨草:一支支长茎,一条条尖叶,像一簇碧闪闪的光线在辐射,又如一眼喷泉在涌动。

在这片戈壁上,它描绘出绿。它也因此描画出灰黄。它突显出生命、美和喧闹,也因此突显出僵死、丑和沉寂。粗心人定然不会想到它是在宣告灰黄和死寂开始破裂,反会觉得它只能反衬灰黄和死寂的强大哩!看,对比是那样鲜明,力量又似乎是那样悬殊。而它不怕这鲜明与悬殊。它选择搏击的命运,就在这开阔、开阔的阵地,拱破地皮,充满自信地抽茎展叶,还开出淡绿色的花。

这一丛喷发哲理的草呀!

在之后漫长的日子里,我常常想起这丛草。

1982.11.2

路

再宽阔的路,比起我们所要征服的叠嶂密林、旷野大漠,都像是一条细细的、淡淡的线。它在林草间钻进钻出,它在沙石里时有时无,也许没有人能一把按住它,说:"这,就是路!"它似乎只是一根游丝在山野飘浮!

然而我们一代代踏路,一年年开路,从撕破裤脚的荆棘里,从碰伤脚踝的乱石间,从疾霆滚滚的云阵,从险波湍涌的浪丛,甚至从岩石和泥土密封的地下……

不怕它只是线,一条一条一条,我们就用它纫起未知;一条一条一条,

我们要用它结成一只密密实实的网，网住自然、社会和宇宙的必然王国，像网起千万条蹦跳挣扎的鱼。

那时，只有在那时，我们才能说：我们是自由的人。

1991.1.21

船

我自然喜欢缓缓行驶在蓝玻璃似的平静的水面，有如鸟儿滑翔于晶莹的晴光。柔丽得像一曲甜美的轻音乐，任梦幻翩飞如悠悠云片。

我却不怕风浪，因为航行是我的使命，而航行与风浪语义几欲重合。走顺境也走逆境。走波澜不兴更走一泻千里更走翻江倒海。我是劈风斩浪烜赫狂烈的闪电，我是执拗地伸向前方的无畏的路，我是驯浪水手坚实的鞍，我是游子身心倚靠的家，我是从陆地向海洋探寻的人类的热土，是不沉的岸！

壁立千仞的波涛也在我脚下。我的生命在浪尖上。

1991.8.31

我不会无动于衷

不知你是不是注意过，在山野，在路边，在墙角以及任何别的什么地方，一丛丛小草，是那样认真守时，分秒必争，当春的消息刚刚开始传递，

当复苏的暖流刚刚开始浸润，它们便立即一刻也不肯迟缓地以全部的激情和欲望萌芽，吐叶，刚刚还是"草色遥看近却无"，一眨眼，却已经"野草芬菲红锦地"了。

我不会无动于衷于进入视野的任何一丛草：碧叶飘摇的冰草，温柔的狗尾草，攀缘而上的野牵牛，开着明丽黄花的蒲公英——它们是那样珍重着青春，致使我们不能再懒洋洋地看待只有一次的生命。

想到这，春草就绿进我的心里了。

1991.11.26

根

当我们惊叹沙生植物英雄们在干旱中伸枝展叶，在贫瘠中开花结实，在风魔沙怪的围剿中啸喊抗争、喷吐生机时，科学家告诉我们，它们都是根深大于株高、根幅大于冠幅的：籽蒿的根深是株高的两倍，荒漠锦鸡儿的根深是株高的五倍，柠条的根能深入沙下九米多长；花棒的水平根可以伸到三米以外，黄柳的水平根能在沙下潜行二十米远，沙拐枣的水平根长达三十米远……

庞大、细密的根须八方追寻，上下求索，涓滴无遗地将能够汲取到的水与养分都汲取来，化作神采与力量，于是才有艰难困苦中的坚韧生命、壮烈一搏！

那么，把我们的人生之根也扎得深远些吧！

1990.10.9

另一面

灼灼桃花一夜凋尽的另一面，是无数鲜桃儿而正在枝头坐果。

金月渐渐惨白地消失的另一面，是红色的朝霞正在地平线燃起。

老奶奶华发稀疏"浑欲不胜簪"的另一面，是小孙女发辫浓黑，红绸结如蝴蝶翩翩飞舞。

跌到失败的谷底的另一面，是每一步新的登攀都意味着胜利……

看不到另一面，心房会被忧苦笼罩，甚至被绝望窒息。看到另一面，你便会从生生不息的世界获取生生不息的力量，胸中永远辉耀乐观和希望的晴光！

1992.1.22

啃

秒针在每个人那儿都以同样的速度"嚓嚓嚓嚓"地前行，那声音急切得像饥饿的蚕儿在啃吃桑叶。不同的是——

在有些人那里，它啃吃的是年华：嚓嚓嚓嚓……就这样，把他们生命的绿叶一片片啃光，啃吃得只剩下衰老和死亡。

在有些人那里它啃吃的是命运之枝：嚓嚓嚓嚓……不论是丰润香甜的，还是瘦瘠苦涩的，都坚韧地甘苦寸心知地一口一口啃到底。

在有些人那里，它亢奋地啃吃的，却是追求之果：嚓嚓嚓嚓……一个又一个未知数，一片又一片未被认识的领域，一层又一层未被涉足的境界，孜孜不倦，不知老之将至！

布莱克说："蜜蜂永没有时间的悲哀。"

1990.9.26

乐　观

　　乐观是对人生哲理的通达。"人有悲欢离合，月有阴晴圆缺，此事古难全。"怎能用苦恼折磨生活？

　　乐观是使人看到希望的一种视角。萧伯纳说："乐观与悲观的区别就在于：如果面前放着半杯水，乐观者看到的是'还有半杯水'，而悲观者看到的是'只有半杯水'。"

　　一个旅行者到达一座外国都市，天已经黑了，而且在下雨。那时正值旅游旺季，他又没有预订旅馆，也不会当地语言，地下铁路正在罢工，计程车也找不到。火车站挤满了和他处境相同的人，有许多已预备在行李上过夜。他心情的烦躁可想而知。正在这时，他听到一位母亲开导自己要哭的男孩说："孩子，这就是所谓奇遇啊。"旅行者心胸豁然开朗。乐观使困窘变得有趣。

　　乐观给人力量。"梅花欢喜漫天雪，冻死苍蝇未足奇"，"可上九天揽月，可下五洋捉鳖，谈笑凯歌还"，壮丽的诗句唱出了革命者的气魄，也道出了乐观的源泉：必胜的信念。

1991.8.6

草和禾苗

　　由于期望值的不同，草和禾苗常常轮番收到我们的抱怨。我们抱怨禾苗太难侍弄，从播种到收获，浇水、锄草、施肥、灭虫……哪能稍有懈怠？即使如此，谁又能保证就一定长出个丰收年？而待庄稼丰收了，我们还会抱怨：为什么不能收得更多些？我们抱怨野草的生长，在麦田里即使只见

到几棵也赶紧无情地锄掉,生怕落得像陶渊明老兄那样空发"草盛豆苗稀"的喟叹。我们有时甚至会嫉妒地想:要是庄稼也像草一样,无须管护,兀自葱茏,那该多好!

只有静下心来,把人类着意培育的农作物与野草细细比较,我们才会发现它们的种子,或叶,或茎,或根,或果,无论质还是量,都不是野草所能比拟的。如果农作物真像野草一样爱出多少就出多少,种子、叶、茎、根、果爱长不长,爱长多大就长多大,岂不是人类的灾难?所以野草一旦成为牧人需要的"庄稼",牧人就会发现它距离自己的企盼原是很远很远的。为了长成那个企盼,它所需要的培育之功,绝不亚于禾苗……

一个恰当的期望值永远是重要的。它说服我们不去强求理想境界,又会使我们的努力得到一个阶段一个阶段的"如愿以偿"甚至"喜出望外"的报答与鼓舞。

1991.6.24

养路赋

乘长途汽车旅行,我们常常能见到养路工,三个,五个,或只有一个,草帽上跳动着烈日的光焰,抑或是皮帽系住呼啸的雪风,满面沙尘汗气,深深地弯着腰用工字镐、鹤嘴锹凿挖凹凸的路面,撒沙石,铺沥青……

越是在车稀路荒的地方,越能见到他们。伸向戈壁深处的公路,十里百里,不见车影,四围一色青褐的荒滩,望也望不到边。险水高山之上的公路,在杂树峻石中七盘八曲,旋入青天。在这样的路上行驶,突然,车前闪现养路工的身影。他们或像他乡遇故知,欣喜地直起腰向我们投以热忱的目光;或快步让向路边,俨然是护卫车子不致闪落峡谷的铁栅。这时,我们怎能不身心震悚,一扫戈壁长途或山峡险路带来的厌倦或惊惧,不无

感慨地向他们油然而行注目礼？

　　自然，也每每有人向他们扔去鄙薄的眼神。这并不奇怪。因为世上并不是所有人都懂得，要想抵达心中的未来，人人都需要虔诚地修筑、养护一条路，人生之路，人类之路，栉风沐雨，岁岁年年，丝毫也不比养路工轻松、潇洒！

　　尊重养路工的人，懂得生活……

1990.10.14

晾葱及其他

晾葱

　　还忘不了那不经意间的发现。那是秋末冬初，家家都在买大葱储藏。于是，解开大捆，结成小把——"阳台流行晾大葱"。不过，你若有心细瞧，便可见家家晾法颇有不同：有的人家，将葱上泥土磕了又磕，然后小心翼翼，葱根朝里，摆上阳台，生怕掉下一颗土粒；有的人家却呼呼啦啦，将葱一下摊到阳台上，葱根向外，还拍拍打打，一任泥块尘土向楼下人家、路上行人扬洒。

　　人于细微处无暇像在人前表态、台上讲话、纸上作文那样精心装扮，刻意表演，所以真性情、真心地、真水平更多的是从细微处溢流出来。如此，要看一家人的道德、文明状况，可以看看他们晾葱的方式。想着别人，还是只顾自己，就在似乎不经意间明明白白地"晾"在阳台上。

1990.11.7

容不得脏

G 是有名的容不得脏的人。每逢上班来,他总是先用毛巾在楼道把裤脚、鞋面的尘土重重地拍去,然后洒扫擦洗,把办公室收拾得井井有条,窗明几净。遇到吐痰,便将窗子轻轻打开,微闭双目"啐!"一口吐下去,又迅速地将窗子轻轻关上。

G 的办公室永远是整齐清洁的。

1990.11.12

不可信任

不少出惯差的人,不信任旅馆客房的用品。真的不可信任!一些不顾公德的人,在那里什么都干得出来。但是,假如(假如!)有一种"窃视器"把旅馆的每间客房都展现在人们面前,我们会发现,不少在别的场合激愤地谴责过不良行为的人,此刻,也许正以愤激的不信任的态度,将房间用品各各派了不必信任的用场:洗脸池只配洗脚,尽管脚抬那么高不免有点酸;落地窗帘、枕巾,只配擦皮鞋;浴巾只配去里里外外擦马桶;茶杯只配磕烟灰……

这情景,与一些人在会议室愤慨地责骂"走后门",散会后却东一个电话要"出厂价"地毯,西一个电话谈侄女提干,是多么相像!

一些口号依然新鲜,说明现实需要它,比如:"从我做起。"

1990.11.11

柳

那夜月白风清,岸柳婆娑。我心潮忽来,面对一老柳,学着盛赞其灵活性。柳微微摇头,不以为然:

"我何曾在暮秋才吐碧叶？我何曾为残冬装点柔条？柳的心，只坚定地向着春天啊！所以，春气一动，春风乍起，我们恨不得个个化身千亿，让整个天地满绽黄金似的幼芽，飘洒细雨般的绿枝，弥漫新鲜生命的芬芳——这才有了随处生根的灵活性……"

我频频点头，称说懂得了柳树君为人称赞的灵活性原本是以原则为根基啊！

1992.7.28

早 晨

风是新鲜的，含着树和花的淡淡清香。天空是新鲜的，艳丽的彩霞像旗帜在轻轻舒卷。大地是新鲜的，露珠浸润得每片草叶都那么明洁娇嫩。早晨，是新鲜的！早晨的一切，都是新鲜的。或许，这种新鲜感更深刻的原因在于我们的心理感受。既然我们的生活被流转的昼夜切割出节奏，那么，不管过去的是失败还是成功，是悲苦、懊恼还是欣喜，反正，每一个早晨，都是一个新的开始。思想和情感经过了一夜的沉淀、过滤，心智和体力经过了一夜的恢复、积蓄。"昨天已经过去，今天正在来临"，这就是早晨的说不尽的诗性和哲理性的诱惑。

"在早晨我们出发"，这是一句绝妙的诗。早晨的道路被阳光泼洒得鲜明敞亮。早晨的脚步踏响的是刚劲有力的乐曲。拥有早晨，我们便拥有了新的一切。

1992.10.8

歌与吟

活它个张扬奔放淋漓尽致

好个红高粱！一场雨下透了。你在地里听，四周全是乱七八糟的动静。棵棵高粱都跟生孩子似的，嘴里哼哼着，浑身骨节全发脆响，眼瞅着一节一节往上蹿。人淹在高粱棵子里，只觉得仿佛置身于生命的大广场，满世界都是绿，满耳朵都是响，满眼睛都是活脱脱的生灵！就在这样的高粱地里，张狂着一群同样获得有声有响的男人女人：无拘无束，豪放开朗，泼汗干活，大碗喝酒，扯嗓子歌吼笑骂，爱得汪洋恣肆，恨得暴烈悲壮，浑身喷发热气和生气，"一人敢走青杀口"，"见了皇帝不磕头"！

这是浪漫化的再造的灵魂。与几千年"三从四德""三纲五常"所培育的人生模式对立的另一种活法。"世上如果还有想要活下去的人们，就先该敢说，敢笑，敢哭，敢怒，敢骂，敢打"的哲理酿酒的燃烧的诗情！

我热烈地爱着这样的生命，迸溢着生力、高扬着磅礴的生命意识的生命。冲开残冰余雪禁锢的地壳，昂然举起鹅黄色春旗的，是这样的生命。在人被异化成非人的暗夜，以灿烂的思想映红人类彻底解放的地平线的，是这样的生命。把人类挣脱地球的束缚活得更舒展的灼烁憧憬送进太空，送上月球，送向宇宙的，是这样的生命！

这样的生命是生命的希望。然而自然的社会的历史的现实的有形的无形的多少僵冷的手拽着一个个活泼泼的生命。生命倘若畏惧，便必被七手八脚塞进历史棺木以就范……

而生命日日从危险中爆发生机，在希望中锻铸力量！幼稚不怕，粗陋

不怕,孱弱不怕,只需敢活,便是真的生命。让每个细胞都张扬,尽情分裂更替,让每管热血都奔放,瀑流般冲击跃动;让智和力的能量发挥得淋漓尽致,上天,就上到生命所能攀登的最高度,入地,就入到生命所能挖掘的最深度,为了那个我们以最迷人的词语命名的理想,抛弃僵化压抑拘谨封闭,敢歌敢哭敢生敢死,奔向人的全面发展、自由解放的目标,活它个张扬奔放淋漓尽致,活它个灿灿烂烂辉辉煌煌!

1988.4.22

旗帜在海风中飘抖
——读海明威《老人与海》

一条雪白的长长的鱼脊椎骨，末端还有一条大尾巴，矗立在海滩。当海风吹得港外波涛翻滚的时候，那尾巴就随着摇摆。这是一面旗帜，失败的旗帜呵！

圣蒂雅各老人确乎是失败了，捕鱼八十四天而一无所获；第八十五天开始的三天三夜的远海捕鱼，拖回来的却又只是被鲨鱼撕吃得精光的一副大鱼的骨架！真的，他船上的那张用面粉袋补了又补的帆，好似一面象征永远失败的旗子！

然而，失败的圣蒂雅各却不是失败者。因为"他从未丧失过希望和信心"。他说："人生本是不能被打垮的"，"一个人可以被消灭，但是不能被打垮"。龟类被剖杀后，它们的心脏过几小时还会跳动，老人说："我也有这么一颗心。"当他拖着鱼骨挣扎回岸昏睡过去时，却"正梦见狮子"！

呵，只要心不失败，行动的失败便只是黎明前的一抹乌云，挡不住霞彩满天的。心在失败中磨砺，它的活力才更加锋芒灼灼。失败是钟，唤醒耻辱和振作；失败是力与智的内压强；失败是一声引爆，释放出无穷的潜能！

我们生活在怎样一个千帆竞渡、百舸争流的竞争的时代！既风景独美，又风浪千迭。风险和失败，是竞争中必有之义，一失败便颓丧者，必被淘汰。哀莫大于心的失败！让我们经受失败的考验，为着祖国的未来敢于拼

争，不怕失败，失败了雄心勃勃地又去拼争吧。以成功论英雄、"成者王侯败者贼"的小农时代已经过去。胜利与喜悦总是和失败与忧伤难解难分。

……失败的旗帜在海风中飘抖。当这旗帜为心永远打不败的人所高扬时，它就是英雄的旗帜，大写的希望的旗帜。即使海明威笔下的硬汉子总是孤独的，而那种孤独对于我们永远陌生。

1988.4.15

流通赋

　　世界要活着，于是需要流通。流通是生命的表现。清风是流通的，活水是流通的，树枝里绿色的汁液是流通的，人体内活泼泼的血液是流通的，生机勃勃的现代社会经济的细胞——商品也是流通的！

　　流通是桥梁。它联结起昨天与今天，联结起上下东西南北，使孤立的入群，使封闭的开放，使隔绝的握手言欢。它沟通渴盼，沟通理解，让整个世界跨越山海连成一片。

　　流通是震撼人心的大拼搏，堪称骄傲的大学问！一切势能、动能和潜能都在这里尽情释放，竞智、争勇、竞力、争速，愚昧、僵化必被冲溃，胆怯、停滞必被排挤，犹疑、减速必被超越，真个是"无边落木萧萧下，不尽长江滚滚来"！

　　流通是自我净化的伟力。"九曲黄河万里沙，浪淘风簸自天涯"。涌进来时，不免鱼龙混杂，泥沙俱下，但它无休止地伟大运动，不竭地焕发着无比巨大的自我克服，自我革新之力。是泥沙，必被沉淀；是泡沫，必被簸除；是污染，必被分解。只留下美丽的蔚蓝，昭示大海般的魅力！

　　流通，是奔向未来！不流通便只有凝固，而凝固只能产生化石，被送进历史博物馆。流通，尽管要淌经泥泞，流过浅滩，漫过草丛，千回百转，最终却必将汇为浩浩大江，唱着壮美的歌，绽着美丽的花，向着太阳升起的地方，一泻千里！

　　世界要跃向新境界，于是需要流通！

1988.6.11

美文生活

文学,是战斗的!

一

文学,应战斗而生。

"今夫举大木者,前呼'邪许',后亦应之,此举重劝力之歌也。"(《淮南子·道应训》)这"举重劝力之歌",不正是人类与客观世界斗争的最初的战歌吗?

"哲学的日历中最高尚的圣者和殉道者"(马克思语)普罗米修斯不畏艰险,偷来了象征光明、智慧的天火。这神话之火,不正是人类向邪恶作战的斗争之火吗?

呱呱坠地于生产斗争之中,牙牙学语于阶级斗争的襁褓,文学,从它一出世,便把自己的命运与战斗紧紧连在一起。它总是向人类的战斗投以关切的目光,并以全身心投入战斗!

二

文学,在战斗的风雪中跋涉、登攀……

听,这是奴隶的愤激之声:"不稼不穑,胡取禾三百廛兮?不狩不猎,胡瞻尔庭有县貆兮?"听!这是诗圣含泪的怒号:"朱门酒肉臭,路有冻死骨!"王子哈姆雷特把人文主义者驱逐黑暗重整乾坤的理想展现于舞台;牛虻把千百万青年引上反对封建主义的战场;《国际歌》那"起来,饥寒交迫的奴隶"的呼喊,成为全世界无产阶级革命的号角;鲁迅那深刻锋利的杂文,闪电般划破沉沉阴霾,让历史看到了希望……

打开文学史,我们读到的是人民的战斗史。战斗的文学,与人民、与历史同脉搏，共命运！

三

革命的思想性：战斗的文学的锋芒！

不要忌讳它吧。难道文学史上曾有哪一个伟大的作家不是深沉的思想家，曾有哪一部伟大的作品没有锐利的、闪光的思想吗？难道无产阶级的文学不正是以其批判旧世界、创造新世界的无比光辉的思想性而倍增其战斗力吗？

一场悲欢离合，一番高歌浅唱，当它出自一个立志做人民的、时代的歌手的作家之手，难道会是为哗众取宠而编造的荒诞离奇的故事，会是没有一点意义的无病呻吟吗？不，他不会忽视它的结结实实的、革命的思想性，不会忽视它应有的有利于人民、有利于历史前进的社会效果。

毫无疑问，这里的思想性，指的是文学作品的思想性。贴标签，搞图解，喊口号，那种"思想性"，不仅不会增强作品的战斗力，而且会使作品失去作为"文学"武器的资格。

四

反映时代生活的主流：战斗的作家的天职！

是啊，在文学事业中，"绝对必须保证有个人创造性和个人爱好的广阔天地，有思想和幻想、形式和内容的广阔天地"（列宁语）。可是，怎能设想，一个革命的作家、进步的作家，他"爱好"的竟然不是我们生活的主流；他的"思想和幻想"，竟然不能与时代同脉搏、与人民共命运；他所乐意选取的创作"内容"，竟然不是那些最有意义的、推动历史前进的生活！

在浩浩荡荡、波飞涛涌的时代洪流里，采撷的即使是一朵小小的浪花，它也会蕴含着奔腾不息的生命力……

五

多一些雄壮激昂的鼓角之声吧!

宁静的月色,飘荡的花香,异彩奇姿的山水,真挚、甜美的爱情……生活中一切美的东西,尽可以绘之笔端。因为,美的存在,本身就是对丑的战斗。

而一个有责任心的战士懂得,筚路蓝缕、披荆斩棘的大军,在他们艰苦的斗争中,更需要的是催阵的战鼓、冲锋的号角。

让我们的文学,为昂扬的时代精神,为阵容浩荡的伟大进军,为挥汗如雨忘我劳动的创业英雄,满腔激情地奏出最强音吧!

文学,是战斗的!

1981.1

跋涉，在朝日下……
——纪念马克思逝世一百周年

一

"第一个给社会主义、因而也给现代整个工人运动提供了科学基础"（恩格斯语）的马克思，也第一个给革命文艺、给现代整个无产阶级文艺运动提供了科学基础。

昔日曾辉耀一时的思想和理论，纷纷像冬季的太阳一样地苍白、衰老了。马克思主义，却像早春的晨曦，跃然腾升，光被四野。它照临文坛艺苑，从世界观和方法论，艺术本质论，创作和批评，文学艺术和无产阶级，到文艺史上那些知名的或尚未被人重视的作家、艺术家、作品，都被示以新鲜的、清气袭人的思想和见解；以科学性和革命性的统一、理论和实践的统一，铸成闪烁着红色、橙色、黄色、绿色、蓝色、靛色和紫色光芒的朝日，催一代新苗萌生、茁长、郁郁芊芊……

二

一切伟大的文艺作品，无不闪耀着思想的光芒。社会主义文艺却使这光芒聚于焦点，燃烧起不灭的、金色的火焰——这，靠的是朝日。

没有年轻的马克思的社会主义思想的熏陶、感染，海涅《西里西亚的纺织工人》能够那样有力地呼喊出工人阶级对旧世界的"三重诅咒"吗？没有马克思主义世界观的指导，高尔基能够那样激情充沛地在《母亲》中为倔强的、叱咤风云的革命的无产者树起丰碑吗？没有辩证唯物论和历史唯物论这"明快的哲学",鲁迅的杂文能够那样淋漓尽致地剖开残酷、虚伪的旧世界,洞见光明的未来吗?

于是,不是因为谁的强迫、命令,一百多年来,一切进步的、革命的文艺家,都争相奔跑到马克思主义的朝日下,以全身心沐浴它的光芒……

三

理所当然地,社会主义的文艺家,把马克思主义作为自己的安身立命之本。

他们在马克思主义的朝日下——

即使如鱼儿畅游江河而涵泳于丰富多彩的、热腾腾的生活之中,有了它,对闪光的金子会更加独具慧眼;即使如百万富翁,占有原料的金山银海,有了它,能更准确地衡量出每块矿石的真正价值;即使胸有呼之欲出的人物、出奇制胜的故事、生动真切的场景,有了它,能拭净尘雾,各个更鲜明地显示自身的社会意义,闪射出哲理的光辉;即使才情"如万斛泉源,不择地皆可出"(苏轼语),有了它,会来得更崇高、深沉、纯真和美好……

而没有它,即使严肃的文艺家,也会倒退到前人那里去。因为文艺所反映的,总是既包括客观世界,也包括人们的特别是作者的主观世界啊!

四

我们处在一个需要千万个新的但丁来放歌宣告的伟大时刻:新的历史时代正在到来。

小手小脚、小家子气是不足取的;低吟浅唱也是不够的。历史在呼唤着担得起万钧使命的巨松般的大作家、大艺术家!而没有马克思主义的朝日的照耀,绝不可能有参天的松林!

需要读书,一页一页地读。需要思考,从宏观到微观地思考。需要哲学的根底。需要议政议经议文的胆识和才学……

切勿轻信"不睬此道照样创作"的轻薄之论。没有阳光的地方也能长

出植物——但那只能是芜杂的一丛柔条弱草……

五

　　自然界的太阳，造就了亿万颗比它更加光彩四射的、辐射意识和智慧的物体——人类的头颅。吸收意味着创造。

　　把学习、宣传马克思主义简单地变为在文学艺术作品中进行理论说教，是文学艺术的变质，会导致文学艺术消亡的变质。

　　即使在理论研究的领域，我们也不能把马克思主义文艺思想视为"宗教教义"。"马克思列宁主义并没有结束真理，而是在实践中不断地开辟认识真理的道路。"（毛泽东语）如同在其他领域，在文艺领域也要把马克思主义理论推向前进，这是历史的责任。

　　那么，在马克思主义的朝日下跋涉向前，同时又以我们实践的光芒为它增辉吧！

1983.2.27

走向自由的诗

一

自由，肉体地诱惑着诗。

马克思预言那令人神往的未来将"以每个人的全面而自由的发展为基本原则"（《资本论》）。其中自然包括人的诗才的自由发展，包括人用以言志的文化物——诗的自由。

诗史，即诗山一程水一程跋涉向自由天地的历史。

二

人类社会无可遏制地走向自由。虽然有时看似硬环境与软环境的反自由因素天狗吃月亮般地吞食了自由，而更高层次的自由其实正在浓重的暗影里酝酿新的晨曦。专制主义之类是人间罪孽，而又物极必反地在人类社会史上为自由创造条件。

于是诗人与诗走向自由无可遏制。只是不要等待。不要把对于人类和社会和艺术的神圣的责任感，化作阴阳怪气的牢骚和祥林嫂关于孩子被狼吃掉的诉说般无济于事的喋喋不休。不要希求诗人与诗的自由的"桃花源"。

于是历史永远传唱着一代又一代优秀诗人已经和正在由人类物化为革新世界的勇气的忧思之歌，它们是作为站在人类较高层次的思想者的人投向远不理想的现实存在的辩证否定性思维的理性之光，是诗人介入实践，使现实与自己与诗在自由之路得以前行的宣言和斧钺。

三

  诗跟着感情走。这感情是弥漫于心灵的感情。最重要的是感情的自由，爱我所爱，憎我所憎，不爱不憎我所不爱不憎。美好感情的裸体的真实的奔流，是诗的至境，是诗人良知与理性盛开的花园。

  然而，真实地、自由地奔流是何等不易！作为对外界刺激的心理反应的感情之潮，受着那么多社会的、自然的、物质的、精神的、客观的、主观的闸门的管制！况且，从哲学角度，受管制是绝对的，虽然冲破闸门，才有自由；而有一份感情的自由，才有一份诗。我们应当历史地说：只要迎合着自己时代奔向自由的啸喊与步伐，用率先冲破可以冲破的闸门并鼓动去冲破难以冲破的闸门的歌唱，去唤醒民众感情的洪流，这歌唱便是真情的歌唱，是真诗。《离骚》是屈原对腐朽贵族统治下黑暗现实与美好理想尖锐矛盾的忧愤之情的真实自由的奔流，是真诗。《草叶集》是资本主义初级阶段惠特曼民主思想感情的真实自由的奔流，是真诗。至今读来仍能使人感受到鼓动力的《向困难进军》（郭小川），作为新中国开国伊始精神风貌的写照，也是感情的真实自由的奔流，是真诗。
我们不能苛求前人，却可以勉励自己，更勇敢、更深入地探索，冲破得更多些，让感情奔流得更加自由因而也更加真实！

四

  "百花齐放"的提法真好。不是单色调、一维性，也不是两种花三种花冷冷清清的开放，而是百花无数花都有机会有权利也有欲望有姹紫嫣红争芳斗艳互补并存一齐自由地开放！

  最荒唐的是靠权力或权威来推行一种类型的诗。

  最滑稽的是自封"为主"，自封"工农兵喜闻乐见"（其实定睛一看四周，会发现竟没有喜闻乐见的工农兵）。

  最无理的是前无先人，今无旁人，只准许"崛起"自己。

五

　　诗追求着形式的"薄、透、露",为了血液的流动更自由更欢畅,让骨骼和肌肉的发育更自由更健康,为了让美的肉体更美更具诱惑力。

　　于是不断地甩脱着桎梏与绳索,甩脱呆板的四言、五言、七言,甩脱繁难死硬的格律,甚至甩脱匠气的韵脚,甩脱琐碎的标点,甚至索性走向散文诗……

　　也许一千年以后仍有人用七言格律体写出好诗,如今日之聂绀弩。但是诗的主流,在形式上必定是走向自由更自由。

　　我钟情于诗的自由、自由的诗……

1989.4

流年拾影

流沙坠简

暴风沙之夜

我不认为在那个年代真的感情都泯灭了,比如那一夜。

那一夜,暴风沙把戈壁掀卷了起来,也把村人的心猛揪了起来:羊群,生产队的羊群失踪了!

一个一个庄子紧闭的大门被猛地拉开,冲出了所有能动弹的人。我们插队知识青年也冲出门,满怀着一种激情,像不少书和电影里写过的那些英雄人物在那些激动人心的时刻所具有的激情——

冲进暴风沙!

没有幸运亲见天地未开时的情景,今夜却真正是置身于一片混沌之中。辨不清上天下地,看不见近路远山,世界只是一团昏黄,昏黄的风,昏黄的沙尘,昏黄的枯草败叶。尖利地鸣叫着的沙石,疾雨般密集而急骤,从东、西、南、北、上五面向我们扫射,使人无处藏身。狂暴的风声,像海潮,像霹雳,像无可形容的恐怖的音乐,摇撼着、摇撼着世界!……

人们臂挽着臂前行。不这样,你就挪不开脚步,挪开了,也会被卷起来,又丢进沙堆里。劳动者的臂膀!因紧张、激情而显得更加有力的臂膀,紧紧相挽,把人们组成一支支钢铁的梳篦,被沙雨打得睁不开眼睛——睁

开眼也看不见东西的梳篦，向着四面八方，梳过去！……尖刺刺破了脸皮，才知道面前是沙枣棵子；天塌地陷般滚进泥水里，才发现掉进了水渠！深一脚浅一脚，磕磕绊绊，全力奋进！虽是深秋子夜，人们衣衫也都很单薄，但热汗早已把衣服和身子粘在一起，额角、脖子里的汗涌出来，冲去毛孔外的沙尘，沙土又扑过来，把汗孔塞住。全身都在和泥。可谁也顾不上擦。每颗心都变成了灵敏的耳朵，在风吼沙啸中捕捉哪怕是一丝半缕羊的哀叫声；每颗心都变成了触须，渴盼猛地触摸到那绵软而温暖的羊儿……

当暴风沙使完性子终于栖息，湿润的朝阳把戈壁泼洒一新；当迷途的、被一夜沙尘染成黄色的羊群终于被找回来时，一把把钢梳全散了，一支支钢齿全瘫在地上，瘫在羊群里。顾不上清理自己脸上"泥石流"的痕迹，人们轻轻地、轻轻地为羊儿们梳理绒毛……

1985.12.8

曲曲菜

玉就要走了。祝的心要碎了。

知识青年中传说，玉要到省城附近的一个煤矿去。

这个六七届高中生，长得颀长秀美，面庞白白，慧目盼盼。她多才多艺，在大队农田基本建设专业队的业余文艺宣传队里，她是个引人注目的角色。她会谱曲。宣传队让我写过这样的歌词：

告别城市来农村，

愿把泥巴滚一身……

经她配上"花儿"风的调子，听来还很是悠扬激越。她更有一个好嗓子，清甜优美，天然无饰。听她的歌，叫人想起村旁哗啦啦的小河水，想起三月温馨的杨柳风。她常常在大庭广众之下，因着众人的邀请，唱上一

两支歌或京剧，总是博得人们由衷的掌声。据说，她的爸爸是一位文艺工作者，京胡拉得特别好，但好像有点什么问题，在"清队"中被"清"了出来。这样，她是无望招工了。因而尽管有时候在知识青年们相聚时也有说有笑地闹一阵，而她流动的美目里，更多的是忧郁。而且，这个原本一定酷爱音乐和唱歌的姑娘，除了被大家邀请时唱两段外，独处时总是默默地，从没有出声唱过什么。现在，据说是省城的亲友终于为改变她的命运，而为她找了一个驻守煤矿的解放军副连长。她的户口可以迁回城镇了。

这可使深深地爱着她的祝，悲痛欲绝。祝是个很老实的小伙子，也是六七届高中生，中等个，话不多，却也爱唱歌，而且细细听来很有些韵味。不知是不是因为他把玉引为知音，也不知从什么时候，他爱上了玉，爱得很深很深。据说他笨拙地表白过，结果玉默默地，没有说一句话。他又笨拙地表白过，被婉转地拒绝了。以后，他又笨拙地表白过，又被婉转地拒绝了。然而他没有死心。大约他觉得爱情就是爱，只要爱着，真心地、深深地爱着，就总会得到爱的甜果。直到现在，他才如梦初醒。

玉几乎是无声地跟大家告别。她到我宿舍时，正是一个黄昏，淡淡的夕照映射进来，映着她近于苍白的面庞。我向她祝贺，她凄然一笑："其实咱们一伙子在一起，也挺好……"她与祝告别没有，怎样告别的，我不知道。只是祝像被无情的现实击倒在了梦中。玉一走，他躺在自己的宿舍小屋里，下不了炕了。

我没有空闲时间，大队小学五个年级的学生，不能没有这唯一的老师。因而我顾不上看他。但是当听到他已两天滴水未进时，我慌了，趁午饭时间，赶忙去看他。

正要出门，莲进来了。她是本队一户社员家的姑娘，二十来岁，丰满而娇羞。虽说只念过几年初小，但她喜好到知青们的屋门口或是人堆旁来，却又不插言插语，只是半低着头，默默站着，听我们这一帮知青说笑歌哭。印象中，我只听她说过一次话，那是我在农田基本建设专业队劳动时，她也被抽进去。一次收工，我与她同路回来，忘了说的是什么话题，她突然低下头，叹了口气，说："你们反正在这里是待不长的……"平日，她常来给我送点腌菜，如酸白菜、咸韭菜、咸沙葱等。现在，她又端着两大碟菜来："张老师，尝一尝吧，我妈妈调的……"我一看，原来是两碟凉拌

曲曲菜，菜叶鲜绿，辣子皮嫩红，汪汪的油黄亮亮的。一股香味扑鼻而来。我霎时馋涎欲滴了。我接过一碟，刚要说话，她把另一碟也已放在桌上："麻烦你给祝哥哥送去一碟吧，看他愿不愿吃，听说他……他胃不好，两天没有吃饭了。"她怯生生地抬起眼，又补充半句，"野菜，兴许你们都不爱吃呢……"说完，一低头赶紧走了。

我心里一热，像求得了灵丹妙药。两天滴水不沾，有这样爽口的鲜菜，是最适宜的食物了。我匆匆端起两碟菜，走进祝的小屋。借着天窗射进的微光，我看见他躺在被窝里，眼窝已明显地陷下去了。我虽然还没有失恋的经历，毕竟是六六届高中毕业生，在祝心中有点大哥哥味吧，我们很快就敞开心扉了。说"敞开心扉"，现在回忆，其实他总共说了三句话："……爱情算什么……她妈妈孤苦伶仃……错的是我……"说了这些，他从已经流干了泪的悲伤渐渐转向平静。我于是献上两碟曲曲菜，又说明了来历。祝没有推辞，一口一口慢慢吃起来，吃一口，轻轻说："凉！"吃一口，又说："辣！……"

好像清凉凉又热辣辣的曲曲菜也到了我口中，不过，我是一时辨不清心里的滋味了。

1985.12

批判发言

趁着生产队每晚必开的社员会还未开始，我坐在宿舍小煤油灯下，批改学生们的作业。从破屋门宽宽的裂缝吹进的戈壁风，把如豆的灯焰刮得东倒西歪。

忽然，一阵大风卷进来，灯险些被吹灭。一个颤巍巍的身影摇进来，又回身慌忙把门关住，接着是一个颤抖的叫声："唉，张老师！……"因

为我当着大队小学民办教师,人们都这样叫我,"看打搅你,……唉!叫人咋活呀!……"

我看清了,是老黄,队里的皮车户,一个富农家庭成员,因为据说多年来还老实,所以没有像电影《青松岭》里的钱广那样丢掉鞭杆子。四十八九岁的汉子,此刻,双眼噙满泪水,满是沟沟渠渠的脸涨得青紫,斜披的黑布棉袄抖索着。

我让他坐下,他不坐,一个劲儿用左手掌拍打着脑门,嘴唇颤抖:"……咋活呢!唉!"他顿一顿,努力使自己镇静一点,接着低下头乞求似的诉说,"张老师,我求你个事,你说这批判发言该咋说呢?晚上开会,队长说叫我发言呢——唉!你说叫人咋活呢——鲁克那个坏怂!今个早上,我起五更套车去拉粪,那个坏怂钻到我家里,把我老婆……唉!坏怂啊!坏怂啊!……这个气我咋受啊!"说着,他口里忽然一顿,紫青脸奇怪地抽搐着,语调格外激愤了,"他但是、他但是个贫下中农,也就算了!……你知道,他坏怂也是个'地富'!饶队长说,今晚夕开会批斗他坏怂,我有发言权!可我,该说几条条啥话哩?……"

不知怎的,关于写批判稿、发批判言的方法之类,这会儿我是一条也想不起来了。

1986.1.12

悼蒋焦影文

　　焦影，焦影，你怎么竟去了呢！

　　我怎么也想不到，刚刚进入中年，就要为自己的同学写悼文。然而，二月二十七日《兰州晚报》头条通讯无情地告诉我：你，年仅三十八岁的你，已倒在榆中县五中那乡村学校的讲台上；一月九日凌晨二时，已离开人间！读完通讯，我的眼泪涌出来，不断线地涌出来，把你在我记忆中的形象与咱们断绝音信后、这通讯上所写的关于你的那些事迹联系起来。

　　我忘不了咱们同学时，你那活泼可爱的形象。高高的个子，圆圆的脸，聪慧明亮、忽闪忽闪的大眼睛，一件半旧的淡黄条绒夹克，一双玉门石油城老少咸宜的大头翻毛皮鞋！你总是笑，有说不完的调皮话，在班上是有名的滑稽人物。在足球场上，你一脚能把球踢得老高、老高……我却不知道，分别这些年来，你竟有那么多坎坷遭遇：因为是"右派"的儿子，插队后四次被取消招工资格；当了个民办教师，"反回潮"时又被赶出校门；还有，在农村繁重的劳动中，摔伤留下了病根……

　　我忘不了咱们同学时，你学习是那么认真。你门门功课都学得很努力，作业本上的字写得大而工整。你特别爱学外语，每天清晨，在上学的路上，你总是在石油城双马路的林荫道上边走边记单词。你和班上的许多同学一样，抱定决心要考大学。你常常笑眯眯地说："我将来要为祖国当个高级专家！"我却不知道，分别这些年来，你上"文革""大学"，上农村"大学"，上社会"大学"，而直至人到中年，才走进省城一所大专院校；你于

是献身农村教育事业，忘我地把自己的社会和科学知识传授给新的一代，好让他们比自己这一代成长得更快、更顺利……

我忘不了咱们同学时，你和同学们是那么亲密友爱，班上谁都愿和你交朋友，你也愿帮任何一个同学做事：温课、做值日、搞家务。咱们班那时候多么"封建"，男生女生绝对"授受不亲"，而你在女同学有困难时也乐于帮助，以至于引起我们的嗤笑。勤工俭学拾废铁、除"四害"、上街做好事，你样样都是跑在前头。我却没有想到，分别这些年来，经历了那么多风雨的你，把人生凝为一个信条：至诚地为人民群众效力。大学毕业时本可留在省城，你却选择了农村，因为你知道故乡需要科学文化；舍不得从食堂买份好菜吃，却不吝惜每月从微薄的工资中拿出钱买回大量书刊以提高自己育人的本领；风湿性心脏病越来越重，你却坚持奋斗在讲台上，以至以身殉职！

不，应该说，咱们虽然分别二十多年没通音信，但咱们的心是相通的，整个"老三届"，一代从坎坷中跋涉出来的中年人，心是相通的。既然我们是五十年代的红领巾，是六十年代的共青团员，六十年代末七十年代初又是和农民在一个土炕上滚过来的；既然我们个人的命运与整个祖国、全体人民的命运那么典型地连在一起，同苦共甘，那么，尽管十年"文革"，在别人也许还勉强成为工龄、学龄，而在我们只成了年龄；尽管我们眼角布满鱼尾纹才同我们的孩子挤在一张小桌上复习应考，以便取得我们二十年前就应当取得的"文凭"；尽管工作、学习、老人、孩子一齐向我们肩上压来，使我们几乎承受不住，但是我们还是咬着牙踩碎坎坷跋涉过来了，并将继续负重而坚毅地前行！

那么，分别以后你所走的路，你所做的事，我应当是再清楚不过了！我却想不到这么早就哭你于今日！妻子正需要你，孩子正需要你，父母正需要你，学生正需要你，故乡正需要你，祖国正需要你，而你却离去了，这么快，这么快！

愿一切忘我劳作，只知为人民为社会做事的人，都得到最大的关心和爱护吧！

焦影，焦影，既然早早地走了，那么，愿你安息！

1986.2.26

附记：一九八六年五月六日《人民日报》通讯《不灭的烛光》记载了榆中县五中一千多名师生为蒋焦影举行追悼会的情景：

灵车离开校园，缓缓向蒋家营村东山脚下的墓地驶去。突然，送葬的队伍停住了。眼前出现了令人感动的情景：全村老幼伫立在寒风中。蒋焦影的遗像前供奉着酒菜，老乡们要再看一眼"为娃娃们活活累死的蒋老师"，要以这古老而庄重的仪式，表达他们对这位鞠躬尽瘁、无私献身的乡村教师深沉而灼热的崇敬之情。

通往墓地的公路宽阔平坦，灵车行驶畅通无阻。但是乡亲们执意要由八个小伙子抬着灵柩前往墓地。全村的晚辈们跪倒在公路两旁，师生和乡亲们悲恸的哭声汇合在一起，在黄土高原上的高山峡谷间久久回荡。那情景，不似发送一位乡村的普通教师，倒像是抬埋一位战死疆场的将士。气氛凄凉，却又悲壮。

这是人民自发的追悼，只有将全心献给人民的人，才配受这样的殊荣。

歪批一例

这几年，有不少古典文学爱好者对上海古籍出版社出版的三十二开本《中国古典文学作品选读》很感兴趣，每出一本，便竞相购买一本。这套小丛书选录的是历代具有一定代表性的优秀作品，诗、词、散文、小说、戏曲、书信、日记等等皆有，按作品分别采取选注、选译等相宜的编辑方式，加之装帧设计统一，小巧精致，惹人喜爱实在是有理由的。我也曾买了几本，闲来翻读，爱不释手。

翻读中，不免想起这套丛书的前身，即丛书《出版说明》中所说的原中华书局上海编辑所出版的《古典文学普及读物》。那套书，内容与这套书基本相同，形式也是一律三十二开本，封面是雪白底，墨笔书题，再点缀上一枝半朵国画花卉，真是典雅清新，美不可言！那套书大约出版于五十年代末、六十年代初，那时我刚刚升入中学。当时，抚养我上学的姐姐经济并不宽裕，但碰到我十分喜爱的书，家里还是情愿成我之美的。于是，《左传故事选译》《史记故事选译》《唐诗一百首》《宋诗一百首》等，就一本本出现在我的小书架上。

谁知过了两三年，批判这套书的文章出来了，揪住的辫子是：丛书《出版说明》里只有"继承"而没有"批判"的字样，且书中的一些说明性文字"感情不健康"等。今天看来这种批判甚是可笑。而那时的我，由于受"左"的思潮的熏染，看了那些批判文章，竟有一种大吃一惊的"醒悟"的感觉，以新的"批判眼光"再看，果然发现书中毒素甚多，于是提笔左

涂右抹，写下批判的字样——在《唐诗一百首》上写得最多，这儿批一句"此句颓废至极"，那儿批一句"对李白诗中消极因素无批判"等等。现在，谈起某部古典文学作品的消极因素或局限性，我肯定会比二十多年前说出更多的话来。但这与自己那时的歪批却是两码事了。眼见那套丛书的新生，我愿意把这段"轶事"写出来，尽管这比写"我那时坚决抵制了'左'的错误"难堪些。

1986.7

戈壁滩上的《西行漫记》

读到一篇记述胡愈之当年组织译印美国作家埃德加·斯诺《西行漫记》一书情况的文章，思丝不由得飘回到二十五六年前。

那时，我正在西戈壁的一个村落插队。我所在大队的保健站，有个操北方话的老医生，医术挺高明，因为据说历史和现实均"罪行严重"，所以在"群众专政"下半天参加体力劳动，半天行医。他的家不在本队，孤身一人就住在保健站。当时我觉得这个人很有特点，尽管挨批，情绪却不颓丧，劳动（比如为大队基建扛木头）时乐呵呵地，腰板挺得很直，步子也迈得挺稳；午晚饭，顿顿是一大盘肉末拌拉条儿；早餐，则是自制的油条豆浆（亏他有兴致）。平时话也挺不少，是个热闹人。唯独不见他有什么精神生活。

但不久，我却发现了一个秘密。是在我等候开药的时候，坐进里屋他的床上，一侧身，我看见枕畔有半本书露出来——《西行漫记》。书已很旧，纸是黑黄色的，封面也已残缺不全。虽然那时我还没有直接读过这本书，但从其他书刊的介绍中我是知道它的大概内容的。毕竟是一个西方记者写的，毕竟不是"红宝书"啊！我赶忙正过身，装作根本没有发现那本书的样子——免得给他增加思想压力——在那个年代、那种境遇下，他是不应当看"杂书"的！

1980年初，在我作为一名业余作者到兰州参加创作学习班时，我买到了三联书店1979年底重新翻译出版的《西行漫记》。细细读来，感到有一

股清新之气沁人心脾。斯诺对中国革命是友好的,对中国共产党、对毛泽东等革命领袖是肯定和赞扬的。但这是客观的肯定和赞扬,而且这是一个外国人的赞扬,这就使得书中的描述和评价比国内盛行多年的"造神"式的颂扬显得调子平实,却更真实、更能撞击人的心灵。它比那些"最最最"的颂词更能揭示毛泽东所率领的中国共产党人取得胜利的历史足迹和启示,在历史的客观上,它甚至可以提示置身"造神"歪风中的人们思索:真正的共产党人的作风应当是怎样的,究竟应当怎样做才能使革命传统永继、革命事业长青。

那么,那位老大夫,在那个时候,以那样的身份,在夜深人静的戈壁荒村,偷偷地看这样一本书,是在做历史的反思,还是在探寻希望?

1986.8.13

寄 托

——悼念李挺同志

1

仿佛电话耳机里还响着你的声音，兴奋又急切："我又写了一篇杂文，关于党风的，马上寄给你，我觉得现在正需要……"

仿佛你还坐在我对面的沙发上，目光闪闪，兴致勃勃地谈着你写作的新构思，或是激愤地谴责你在社会生活中发现的丑恶事物。

都是"仿佛"了。无情的事实是：你已经永别了我们，我们这个世界。

然而，我想说，你没有死。"人活着总得有个寄托"，"有寄托才算活着"，你的声音还在震荡……

2

我们编辑部的同志都认识你，都知道你是个杂文写作的"老热心""老积极"。真的，你是那么热爱写作，从《党的建设》创刊起，你不间断地有新作寄来。近两年，在你退居二线，继而离休后，更是几乎每月一篇。你说，离休在家，却没有睡懒觉的习惯，每天还是早早起床，洗漱、活动一番后，很自然地就坐在了书案前，不是读，就是写。你的老伴常常提醒你："少写点吧，你心脏有病啊！"有时，这提醒还变成了责备："已经退下来了，还那么劳心费力干什么！"你或许一时会像做了错事一样，草草地把读的、写的收起来。但是过不了多大一会儿，趁着老伴不注意，你又摊开稿纸拿出笔，开始了自己的劳作。你解释自己的行为："我总不能啥事都不干，吃饱睡足了等死！人活着总得有个寄托……"

3

"寄托很重要，是不是?"一个朝阳满窗的上午，你来到编辑部，坐在我的办公室里，一边递给我一篇刚刚写好的杂文，一边诉说自己的心曲，灰灰的两鬓闪着光，面庞因动了情感而微微发红。"退下岗位，生命还在嘛！有寄托才算活着呀！现在写作就是我的寄托了。"

我知道，你40年代就投身革命，有功劳，更有苦劳和疲劳。你却没有像有的人那样，以革命经历为资本，把贪得无厌地向党向人民索取作为晚年的"主要任务"。你在长期担任领导干部的生涯中，清正廉洁，如同熟悉你的干部、工人们说的，是个"很干净的人"。因而，在通常说的"五子"方面，你未必那么优裕、遂心。然而，你却没有像有的人那样，在退下来后一反初衷，把滥施"余权"以权谋私，以补偿一生的"损失"为"追求"。你找到了自己的寄托。

你坚持读书读报、听广播、看电视，你常常和工人、干部交谈，对社会生活进行调查研究，然后经过认真思索发而为文。你歌颂前进的社会主义事业，歌颂党的队伍的好传统和新风尚；你揭露党内和社会上的阴暗面，对官僚主义、以权谋私、一切向钱看总是痛下针砭。你为美鸣锣开道，做丑的清扫工。

4

因为你对自己的寄托是那样郑重，那样真挚，真的爱写作，也真的想写好，我也就毫不隐讳地向你谈道：你的杂文，党性鲜明，可惜写作上往往空泛、枯燥。于是你不顾年已花甲，下决心从头学起。你从《人民日报》上剪辑好杂文，订《杂文报》，买新出版的杂文集，参加社会上的杂文学习、写作活动，认认真真地钻研起杂文写作艺术来了。读着你在最后日子里所写的几篇杂文，那更加锐利的思想锋芒，那在写作艺术上的长足的进展，使我深深感动于你的寄托的执着，感动于你为了这寄托而不疲倦地求索的毅力。我知道这进展对于一个六十多岁的老人意味着什么。

5

执着，便是"攻其一点，不及其余"。真的，你只执着于自己的寄托，对于物质生活，对于自己的健康等，注意得太少了。街上的服装包括中老年人的服装频频兴替，你却总是那一套半旧的深灰色涤卡中山装。你不习惯于奢侈和享受。你的下级说，跟你下基层，没有吃吃喝喝那一套。我还记得，一个星期天你来我家，闲谈到中午，我请你一同吃饭，你坚决推辞，怕麻烦我。直到我展示了饭的全部"内容"：一盘包子，一碟蒜瓣，一盆蛋汤，你才释然而乐："这可对我的胃口，真是老乡，是咱河北乡下风味！"

6

有人把共产主义者称为理想主义者。我想说，共产主义理想，确是共产党人的灵魂。可惜现在有一些党员早让权欲物欲吞噬了自己的灵魂，在形形色色腐朽思想的腐蚀下，像飘进污水里的草叶一样发臭了。你却坚持着自己的寄托——这决不仅仅是写作本身。它在你的一生中曾经表现为投身革命，又表现为奋力从公。这寄托，实际上就是你作为一个共产党人的理想在不同生活阶段的表现形式啊！

这寄托，是肝胆的光明，灵魂的灯烛。有了它，人便不会死去。那摇摇的光芒，或许并不巨大、强烈，却将永远映照着生者的道路。你就是这样的，李挺同志！

1989.1.5

从听众到广播人

有三十五年，我对于广播，是听众，热心、虔诚的听众。

三十五年，从 1958 年算起。那时，我随家从华北平原迁到了玉门市，住在三台北村一处小平房里。很快，11 岁的我开始注意起挂在墙上的那只小小的"广播匣子"来。以当时职工的收入，不要说音响之类，家庭能置备收音机的也寥寥无几。石油城把"广播匣子"挂进家家户户，对于活跃石油工人的精神生活，无疑是一项善举。我也正是从那只"匣子"开始感受"听广播"的乐趣。

当时，每天早上，玉门人民广播电台在预报节目之后，总爱先播几段广东音乐。而由于学校要求到校时间早，所以我也只能听这几段乐曲，后面的节目就听不上了。早晨，是这几段乐曲将我唤醒，在暖暖的被窝里听几分钟，然后边洗漱、边吃早点边听。虽然由于年龄小，知识少，难以深刻地领悟赏析，但那悠扬的旋律，婉转的音调，《雨打芭蕉》《孔雀开屏》等美丽的意境，仍然使我惊喜地感到：人间竟有这样美妙的好东西！以至从此深深爱上了音乐。多少年来，我在晚会上，在收音机前，在银幕荧屏前，默默地用心灵感受一支又一支歌和曲，或者一个人关在房间里，全身心投入一支歌或一支曲，便会陶然忘情于那优美奇丽的艺术境界，任它触动哪一点生活的感受，哪一段灵魂的历程，或者什么都不触及，只是精神无挂无碍地随乐章而欢喜和悲怆。我知道，这心灵与音乐的契合，是从聆听那只挂在墙上的"广播匣子"开始的。

待进入中学，初知世事，广播新闻便走进了我的听觉。那时，每天晚上，我都在家里的"储藏室"兼做我的"卧室""书房"的小屋里，温课或读课外书。这样，外屋"广播匣子"里八点钟的新闻联播便渐渐引起我的注意，并终于变成必听。中国、世界，政治、经济，既新鲜，又丰富，使我的头脑在课堂、书籍之外多了一扇窗户。青少年时期，记忆力强，求知欲旺，现在回想起来，不少打底子的思想观念、知识信息，是靠齐越、夏青、林如们灌的。而且，五十年代戴红领巾、六十年代戴共青团团徽的一代人，在他们的心地还像白雪一样晶亮、蓝天一样明净的时候，他们认为世事也像白雪一样晶亮、蓝天一样明净。作为这一代人中的一员，对于北京的声音，我是深信到虔诚的，以至正、误、偏、全兼收并蓄。六十年代初发奋图强、克服困难的号召，使我感受到沉实和振奋；"飞鸣镝"般的《九评》和每篇雄文播完之后高放的《国际歌》则使我感受到"为真理而斗争"的庄严、神圣。当播音员用悲痛的声音读着《县委书记的榜样——焦裕禄》里老贫农泣不成声的话语："我们的好书记，你是活活地为俺兰考人民，硬把你给累死的呀"，我的眼泪夺眶而出。当后来酿为祖国和全民族巨大灾难的"文化大革命"风云初起之时，半夜，钻在被窝里听着"为社会主义革命，为保卫毛泽东思想，为共产主义事业，敢想、敢说、敢闯、敢做、敢革命"的呼喊；随着事态的发展，专心地听着每一篇"重要文章"，我也常常暗暗命令自己从正面去"理解"，以为那一切都真的是为了建设一个"红彤彤的新世界"……

六十年代末，我告别了"广播匣子"。原因是插队到了农村。临行，我的二姐夫，一位中学物理教师，意外地送给我一台他自己装配的、非常简陋的小收音机，要我带到乡下听；并且送我一本讲收音机修理的小册子，说如果机子出了小故障，可以照着书上讲的自己修一修："不复杂，好修！"由于我在数理化方面的天生愚钝，我从未奢想过自己能学会修理收音机。但从那时起，我开始小心翼翼地享用收音机了。可惜因为那时生产队天天晚上开会开到"鸡娃叫"，天不亮又要早早起来去劳动、教学，听广播的时间少得可怜。之后，随着招录回城工作，随着历史新时期的到来，随着个人经济条件的改善，自己手边的收音机逐渐多起来，"档次"也高起来了。在时代的变迁里，人生经历、思想世界都随之发生着变化。在这些

变化里，作为一个热心的听众，我不会忽视广播所起的催化作用。

还应当提及的是，听广播，提高了我使用语言文字的能力。老舍先生六十年代写过一篇谈散文的文章，曾经提倡从中央电台的全国新闻联播里学语言，说那里播的是新闻，也是一篇篇好散文，因为它们语言精炼、准确、鲜明、生动，又朗朗上口。这篇文章我印象很深，因为我完全同意老舍先生的看法。我爱写诗，听广播新闻的确对我追求语言的精炼和音调的铿锵悦耳有许多裨益。

1993年夏秋之交，情况突然发生变化。一纸通知，使我由一名听众，变成了一个"广播人"。昔日不无神秘之感的电台重地，成了我的工作场所；昔日只能通过电波传出的声音去揣测其德行状貌的大名鼎鼎的记者、播音员们，成了我朝夕共处的同事；昔日只是"超然物外"地听广播，现在却要沉沉重重地办广播……

好在被人们称为"老三届"的这一代人的真实至今仍是"党叫干啥就干啥"，更何况如前所说，有三十五年的"收听史"。于是到职。于是赶快熟悉工作环境的每个角落。于是赶紧结交电台的每个同志。于是慌忙搜罗旧的、新的、本台的、外台的一切有关的资料生吞活剥，在汽车里看到车队长日常翻看的《中国广播电视学》，急忙索来，一口气读完……

广播在我的面前展开一个灿烂的天地。恢宏又精妙，诱人又惊人。你可以钻研它，却不能穷尽它；你可以亲近它，却不可以轻薄它。论及历史，你会在每道工序听到延安窑洞"XNCR"呼号的回声。论及舆论导向，你会感受党性和良心的逼视。论及宣传内容，你会感知党和政府操心的、人民群众着急的都理应是电波不容推卸的神圣负载。谈及宣传形式，你会想象让每一个听众紧紧围绕在收音机旁津津有味、恋恋不舍地聆听是多么艰巨的企及。谈及事业建设，你几乎计算不出要想让电台时刻在飞跃的当代世界作称职的"先进媒体"需要让国家投多少资、自己创多少收。谈及队伍建设，你必须兼具大刀阔斧兴利革弊的魄力和润物无声温暖每颗心的柔情……

雄关漫道真如铁，而今，真是要迈步从头越了。

1994.6.30

沙葱的滋味

沙葱,是西北戈壁农家的尤物。早先,不兴种菜,一缸腌沙葱,往往便是家家户户从春到冬唯一的下饭菜。现在蔬菜多了,可是,一小碟油泼咸沙葱,仍然是吃拉条儿或揪面片时饭桌上惹人喜爱的点缀。油,汪汪的;沙葱,乌绿乌绿的,夹一筷子,滑脆适口,喷香,比大油大肉的其他蒸煮煎炒更能衬托出面食的深长香味。

我不仅在插队下乡时大吃沙葱,而且有过拔沙葱的体验。那是在三年困难时期。虽然说是在城市,吃商品粮,但因定量少,又没有什么油水,人人喊饿,所以我们一大帮中小学生,每到星期天,就担负起家里交给的任务,或爬西山,或跑东戈壁,大拔沙葱。沙葱的叶子是银灰透绿的,一条条像细长而柔韧的葱管儿,它丛生在比较潮湿的坡地上。开春,积雪消融,运气好,有时会碰到连坡连片全是这可爱的小精灵,微风一吹,一股葱香直沁入肺腑。于是,大把采拔,很快就装满了小布袋。"偷嘴"自然难免,"近水楼台先得月",伙伴们一边拔,一边不时选一束束特别肥嫩的,入口大嚼,辣得眼泪汪汪,相视哈哈大笑。那时我们采回的沙葱,不是为腌咸菜,而是搞"瓜菜代",所以多用来做馅子。沙葱喜肉,以猪肉、羊肉拌馅包饺子、包子都很香。而且用今天的标准要求,沙葱还是十分够格的绿色食品。只是当年饥肠辘辘,它的功能就只是填肚皮了。

不能忘记的是,那时拔沙葱,因为路远,每次出门前,母亲总是为我先备足午饭,而且比平时的定量多加一个小馒头。可惜因为我和我的伙伴

们那时年龄小，跑不太远，而近处呢，常常是选定的方位早已被大人们"扫荡"过了，我们只好搜罗一些"残渣余孽"，有时甚至只好采几把羊胡子回家。羊胡子也是可吃的野菜，但细瘦而且略带涩味，不受欢迎。有时则因为贪玩，把时间浪费在摘野杏、抓"沙婆子"（沙蜥）、找花石头上，玩着玩着，抬头一看，大事不妙，太阳已经要坐到西山头上了，于是胡乱采几把回家。这样，家里真是"得不偿失"了。

再次集中吃沙葱，是在插队以后。其时，就国家整体上说，已经度过饥荒，而戈壁滩上的乡村还是满目贫苦。自己虽有家中小补，并没有彻底成为"贫下中农"，但毕竟近三载农民生涯，艰苦可知。知青们因为无家无业，没有人着意操持，所以在吃食上还不如农民丰富。有时，大娘、大嫂们端来几碗腌沙葱、腌韭菜、酸白菜，大家必定蜂拥而来刮"共产风"，大碗扯拉条面，抢着拌咸菜，又说又唱，像开宴会！于是，腌沙葱的清香便深深地留在了齿颊。近日，一次老同学在饭馆聚会，忽然上来一道"山珍"，满座皆惊喜大呼："沙葱！"夹一大筷子入口，真是说不清的滋味！

1995.11.10

吃洋芋

近几年，西方报刊从营养学、卫生学的角度，把洋芋称为有百利而无一弊的食品。而我最初吃洋芋，则纯粹是为了解决"温饱问题"。

在家乡河北时，吃的是红薯，没见过洋芋。随家到甘肃后，吃不上红薯了，正值三年困难时期，于是，洋芋初识，便成了举足轻重的食品。那时，大姐在商业部门工作，母亲在市区街道人民公社劳动，还都能特殊地分点、买点蔬菜，搞"瓜菜代"。这其中，洋芋是主要品种。每天中午一锅面片里，洋芋块儿要占"固形物"的四成。母亲做饭细，洋芋块儿切得匀，煮得软，咋吃，是好吃的。但是没有油水，一年到头天天洋芋煮面片，未免倒胃口！粮食供应站有时干脆在每个人的口粮标准里规定有几斤是供洋芋不供粮，比例是五斤洋芋顶一斤粮。这样，有时上午吃了洋芋面片，下午还得成顿吃煮洋芋。在老家也常成顿吃糊红薯，但那是甜的，铁锅上还有厚厚一层糖稀可以供我们小孩子用勺挖着吃。煮洋芋，则不咸不甜，当时实在没有给我留下什么好印象。

但是，在西北生活，是离不开洋芋的。即使在正常年景，洋芋仍然是这里农民充饥、佐餐两用的主要食品。所以，过去一些外地或城里人，把这儿的农民索性蔑视地称呼为"洋芋蛋"！但是，贫困的农民，不吃耐贫瘠耐干旱，自己出力就能种植、收获的洋芋又吃什么呢？于是不管人家怎么说，自己照吃不误，而且过节、待客，全少不了，俨然上品。我们插队一到村里，生产队就是用洋芋馅饺子招待的。那饺子皮厚，裹着一兜剁碎、煮烂了的洋芋馅，吃到嘴里，立即让我想起洋芋煮面片！但是，看着队干

361

部和做饭的大娘们热情洋溢的面容,看着陪我们进村来的公社干部大口吞吃的样子,想到从今往后就要在这里和普通农民一样过日子,竟顿时觉得这样的饺子也该吃、可吃甚至吃得嘴里有滋有味起来!

当了农民,自然也便成了"洋芋蛋"。不过,生产队贫穷,连洋芋分得也不多。下面条时锅里切几片进去,就算是有菜调剂的饭;炒盘洋芋丝,拌面,则近乎奢侈了。在寡淡的农民生涯中,洋芋真得有滋有味起来。大队选我到大队小学做民办教师后,教室里冬天生起火炉,一些学生在炉边和灶灰里烤满了洋芋、胡萝卜等,算是早点。一熟,焦香的气味满教室飘荡,叫我这"为人师表"的也未免垂涎三尺了。大队小学很小,只有一间教室,两名教师。教室与三队刘队长的家同在一院。另一名教师,就是刘队长刚从镇上小学毕业的女儿。老刘是个精明又热心的人,不但队里的工作管得井井有条,在操持父女二人生活的同时,还很注意照料我。于是,几乎每天下午课间休息时,他都为我备好了一大碗煮洋芋、胡萝卜。农村没有油水,肚里什么时候都好像是空的。两节课下来,这热腾腾的洋芋、胡萝卜,吃起来真是香甜无比!

洋芋吃出了香味,待到当农民近三年,生产队正式划给我们每人一小块自留地时,我便将大半块地种了洋芋,整地、浇水、切种块、蘸灰、点种,好辛苦!棵子长起来时,还学着其他农民的样子,拔了许多蒿子壅培在洋芋棵下,算是施了绿肥。七月,我被抽调回城。秋后,进城来看我的农民朋友专门告诉我,那洋芋你务得好,挖了不少,大家分吃了,听得我心里喜滋滋的。

这些年,生活渐渐好起来,却再也忘不了洋芋的美味。每年洋芋新上市,先蒸一锅,拣大个的,热腾腾地捧在手里,剥去已爆开的皮,在飘飘的蒸气里,趁还烫热咬一口,那清新的气息,那沙甜绵香,真是醇厚悠长!不再吃洋芋煮面片了,但是洋芋丁儿是吃臊子面时臊子汤里不可缺少的品种。酸辣洋芋丝提味爽口,隔三岔五,不吃就想起来。最常吃的是"土豆烧牛肉",星期天红烧一锅牛肉,然后每天中午下班回来,切几只洋芋,舀两勺带汤牛肉,烩在一起,作为主菜,简捷,却香喷喷地填饱了肚子!

饥寒时不离不弃地支撑你,温饱时别有滋味地营养你,多好的洋芋蛋啊!

1995.12.17

日本印象

敬业精神

  日本人的敬业，是常被称道的。在东京、大阪，我以自己的亲身体会，验证了这一点。

  我所见到的日本职员，几乎都是早上班、晚下班的。办公室里，没有人抽烟、喝茶、看报纸，更没有天南海北聊天闲扯的。连走在街头和乘车途中，也不断以"大哥大"联系工作，洽谈业务。接待我们的小泽先生，在汽车上几乎没有五分钟以上的闲暇，"大哥大"铃声不断响起，他也不断向外拨打，内容清一色全是业务事务。

  宾馆服务人员十分尽责。每天清扫完毕，都恭恭敬敬地将写有清扫者姓名的小卡片摆放在客床显眼的位置，以便客人检查监督。在大阪阳光宾馆，我到隔壁房间去，不小心带上了门。电话一拨，没等我从隔壁房间走出来，服务小姐已迅速开好了门。

  最周到的要数导游人员了。公务之余，一次，我们曾有小半天时间可以逛一逛大阪难波商业区。为了让我们活动自由又不至于迷路，导游员特地绘制了一小张地图，复印给每个人，图上道路、建筑物画得清清楚楚，还特地用红笔标出了上下车的位置，使人一目了然。

  敬业精神处处保证着社会生活的质量。交往，不用为候人烦躁，约定几点钟就是几点钟。用餐，有一种放心感，因为热毛巾是密封塑料袋装的，筷子是一次性的，黄油、果酱、糖、盐都是装在密封的盒子或小袋里送上来的。建筑物门窗整齐，不会有门扇翘起来、窗子关不住的事；地毯与墙角、门槛严丝合缝，不会这儿鼓成包，那儿露出地板。水龙头关住不会再

滴水。灯泡不会几天就烧坏。最细小的日常生活用品都制作得像一件精致的艺术品。

敬业，无论干什么都当成一件神圣的事来干，于是，什么都干成了事。

尊重人的氛围

入夜，家家店铺灯火灿烂。琳琅满目的商品，纷纷从店门一直陈列到店外，沿床沿墙，摆成长阵。无人在门口盯视，也无人到门外巡看。老板稳坐在店内商品深处，只管为挑好商品的顾客计价、收款、打包、送别。

趁夜间车稀赶修马路的工地，四周站着交通警察，每人手里提一只红色电动指示棒，提醒路过的行人注意安全。走近，只见警察立即微欠身子，用闪闪的指示棒彬彬有礼地指明可以通过的安全路线。没有喝叫、命令，甚至没有任何话语声；细看时，他们的目光都有意避开行人，只用尽责的余光和殷勤的面色送你通过，然后改为立姿。

在办公楼的楼道与友人交谈，尽管楼道很宽，来往的人们走近时，总是尽量沿墙根，微微弯下腰快步而过。

不　扰

我在日本体会到了"不扰"。"不扰"，实在是现代社会尊重人格、尊重自由、提高效率、加快发展的一个条件。

住过不少宾馆，从未见过清扫房间的服务人员。打亮"请勿打扰"的提示灯时固然如此，不打提示灯，服务人员也决不会在客人尚在房间的情况下贸然冲进来清理擦洗。但他们并不是乐得偷懒，只要你有一小块时间外出，回来时就会发现房间已被神出鬼没、争分夺秒地整理过了。原则是：不打扰客人。

租用房间，房主与房客当然要见面。但仅仅在洽谈时会一面。条件谈妥，租约一签，往后的日子，房客便只需按月往房主的银行账户上汇寄一次房租。房主不会隔三岔五再来查这看那，房客也不必逢年过节上门去表示意思或无事寒暄。原则是：互不打扰。

至于工作、事业，更是各司其职、各奔前程了。同事曾问一位日本朋友，像他这样的高级职员，月薪是多少。那位日本朋友说他只知道自己的，而不知其他同事的："我尽心工作了，我就觉得自己是同级里工资最高的，其他人，上级不公布，我们互相也不问。"

竞争激烈，强生弱息；日月飞梭，人生短促，得互不干扰地做事。

水是神水，舀子可要消毒

金水，澄明鲜洁，喝一口，清凉，微甜。

这泉水，在京都清水寺。此寺建于日本奈良时代后期，创建人是唐玄奘的第一弟子慈恩大师。后曾多次遭遇火灾，现在的寺是1633年重建的。正殿气势巍峨，殿顶铺以多层宝珠形桧树皮瓦。寺内有神水，人称"金水"。据说，掬饮金水既可疗治疾病，使人耳聪目明、延年增寿，又可福佑心想事成，一切如愿。于是善男信女纷至沓来。有趣的是，水的神威这样大，寺院管理者却在水旁专门修设了紫外线消毒装置。于是，每个准备敬取神水的人，真正虔诚的倒是先将长把舀子塞进消毒孔里仔仔细细消一番毒，以免染上什么杂病。这不免使我思索：现代人，是担心神佛并无效用宁可相信科学，还是有着科学解除不了的困惑于是乞助神佛；是两者都相信以求物质征途与精神家园的相通，还是二者都不在乎只尽兴赏玩眼前的风景呢？

不管怎样，寺院的做法是对的：既激发游人沉浸于神佛传说中的兴致，又替90年代的游人提供现代卫生保护。

从踩石子到脱鞋

在日本游览，发现一个奇怪的现象，每处名胜古迹门前，总有一段路，铺满蚕豆大的石子。到了这里，所有的车辆都停下来，由游人沙沙地踩着滑碎的石子走进门去。

这是为什么？一问日本友人，原来这是为了让游人把鞋底磨擦干净，免得把污物泥土带进圣地。

于是，我立刻理解了，为什么在京都游览二条城时，进入二之丸御殿，游人统统都要脱下鞋子，硬是要光着脚，沿长长的木廊完成观览的全过程。

踩石子、脱鞋子、爱护文物、热爱祖国，就这么具体。

美、鲜、淡

在日本，我们得知有越来越多的人爱上了西餐和中国饭菜。但我们作为"老外"，则着意吃日本的正宗饭菜：和食，以领略"异国情调"。周作人曾概括日本吃食的特点一是兽肉稀少，二是多吃生冷，我则另有感触，谓之美、鲜、淡。

先说美。一餐普通的和食，也足以悦目。你看，珍珠一样莹白的大米饭，粉红、透明的生鱼片，橙黄的萝卜条，翠绿的豆角，五颜六色的菜卷，红褐色的酱汤，再加上各色调味品，特别是餐桌上少不了的一小碟淡绿色芥末，真是美不胜收。

再说鲜。日本的海鲜，是地道的鲜。叫一个海鲜面，白里透着红丝的虾肉，雪白雪白的墨鱼片，满铺在碗面，都是刚刚出海的尤物，夹一筷，满嘴清香。生吃的各类菜蔬，更都是水灵灵的，不蔫不枯，也没有"冰箱味"。

最后说淡。我是北方人，吃惯重味，盐不必说，近年来赶时髦，大麻大辣的川味火锅也敢下箸。所以乍吃和食，立觉过于寡淡。连清酒，叫酒，味却薄薄的，谈不上一点"刺激"。但是多吃几顿，却从淡中品出味来：淡，能清火去躁，平心静气；淡，方能感受各种食物的原味；淡，有利于身体健康，报刊上不是越来越多地说起，多盐不利心肾，调料太重容易诱发疾病吗？

饭是家乡的香，但以"拿来"肚肠领略一下异乡异国的风味，则既开眼界，又练胃口，还能从营养学角度取长补短啊！

1995.12

思想，依然锋芒灼灼
——怀念吴坚老

吴坚老已经辞世远行。他的音容笑貌却还时时清晰地浮现在我们眼前，他的思想作风更是以其光彩依旧的锋芒，时时在启迪我们，鞭策我们。

我们党是为追求真理而
成立的，我们参加革命参加党没有错

上世纪八十年代初，我有幸走近吴坚同志，为时任中共甘肃省委常委、宣传部部长的吴坚同志做秘书工作。他给我最初、也是最强烈的印象是：这是一位具有坚定原则性的革命领导干部。在那个寒冷的冬天刚刚过去、历史的新春乍暖还寒的年代，作为一个历尽劫波重新走上重要岗位的领导干部，吴坚同志有着一种因"解冻""解放"而迸发的激情；同时，作为一位自青年时期就投身党所领导的革命队伍的老共产党员，他又对于坚持自己在人生道路上所确立的信仰有一种理性的执着。他坚决拥护党的十一届三中全会所确定的正确路线、方针、政策。为了组织全省宣传、文化、教育、科技、卫生、体育系统清理"文革"灾难、极左错误所留下的种种祸患，拨乱反正，开启改革开放的新局面，他一个领域一个领域、一个部门一个部门、一个单位一个单位宣传动员、部署策划，日夜忙碌。他逢会必讲丢掉余悸，解放思想。他频繁走访和接见作家、艺术家、理论家以及

系统内各单位的业务骨干,鼓励大家振作精神,大胆实践,迎接文化事业春花灿烂的新繁荣。他还带领宣传部门将改革的思想动员做到企业、农村。1981年冬,他不顾天寒地冻,一辆吉普车、一件军大衣,走遍当时的天水、武都两个地区,逐县进行调查研究,并且在每个县都要给广大基层干部作一场报告,以深入浅出的马克思主义理论和当地的实际,宣传党的农村改革政策,以统一人们在推进家庭联产承包责任制中的思想认识。与此同时,他对于门窗打开之后的社会思想动态,保持着政治的警觉,引导宣传文化工作队伍在投身改革开放的过程中,坚持四项基本原则,抵制和克服各种错误思潮、风气的影响。队伍中出现不良倾向,报刊上发出不健康的作品,他总是立即鲜明指出。自然,他不搞极左时期动辄"批倒批臭""一棍子打死"那一套,而是辨明是非,分析来由,重在以思想的沟通疏导解决问题。当时有位基层作者的一篇小说发表后引起争议,不少批评很严厉。吴坚同志下去调研时,有意约见小说的作者,以国际国内和我们党的现实与历史的经验教训,以自己的人生感受,启发那位作者学习唯物辩证法和社会发展史,帮助作者分析作品的得失,鼓励她创作新的作品,更多展示社会的光明主流和生活的前进方向。他说,青年人包袱少,敢说话,是好事。但是只有认真学习,用科学理论和社会历史知识弥补自己生活经历的短浅,才能正确认识和描写生活。对于当年引导自己在革命文艺道路上前行的指路明灯——毛泽东《在延安文艺座谈会上的讲话》,他满怀深情,每逢与青年文艺工作者谈话的时候,或每逢《讲话》发表的纪念日,他总是以自己几十年学习实践的体会启发大家:对于社会主义文艺,《讲话》精神没有过时。在下地县调研路过"文革"中被迫"劳动改造"过的山区时,他说,支持我们这些"黑帮"挨过那些苦难日子的,是一个念头:我们这个党是为追求真理而成立的,绝大多数党员是为追求真理而汇聚到一起的,一切违背真理的胡闹都不会长久,当年我们参加革命参加党不会有错!晚年,吴坚同志曾很积极地策划要创作一部反腐戏,主题是:腐败不反已到了不得了的地步,但不管费多大劲,我们党最终一定能战胜腐败!虽然因为身体和精力的原因,创作的策划没能实施,但他对于党和事业的信念,感人至深。

要创新，要突破，决不要唯京津沪穗的马首是瞻

吴坚同志有一个曾为我省文艺界熟知的口号：要创新，要突破，决不能跟风跑，决不能拾人牙慧，决不要唯京津沪穗的马首是瞻。这个观点，他给文艺单位的负责人们讲，给作家、导演、演员们讲，在文艺界大大小小的各种会议上更是逢会必讲，几乎成了他不厌其烦的口头禅，几乎成了他奉送给每个文艺工作者的座右铭。不少作品，在他听构思时就一口否定了："这样的东西在北京、上海都搞滥了，你们不烦我嫌烦！"吴坚同志抓作品的创新、突破，不是只停留在号召一下、强调几次。对于重点作品，他是没明没夜坐在排练场上挥汗细抠的。他具体指导、参与创作的文艺作品，几乎都因创新而成功，最突出的如《西安事变》，以在新的历史条件下正面展现国共合作的伟大历史而呼唤祖国统一，并在国内舞台上首次树立起毛泽东、周恩来等领袖人物的形象；《丝路花雨》顺应时代潮流高扬敦邦睦邻、友谊开放的主题，并以独创的美轮美奂的敦煌舞令广大观众倾倒。这些剧目从情节、主题、剧名，到人物塑造、舞蹈设计、音乐、舞美甚至广告牌，都浇灌了他的才智心血。

提倡创新贯穿在他的整个工作指导思想中。平时宣传部里研究工作，他常常强调要分析新问题，探讨新方法。他说，形势发展这么快，社会思想这么活跃，宣传工作如果还是习惯了的路数，还是老词老调老方法，有谁听？他对于部里负责组织召开的会议、举办的活动、起草的文件，要求很高很严，要求的重要内容之一，就是要出新。有次部务会研究一个会议报告的起草，一位部领导成员首先谈自己设想的报告稿提纲，还没说到一半，就被吴坚同志打断："太老套，太一般化！请大家谈新点子！"有家杂志约稿，他因为实在太忙，就让我先起草稿。我不敢怠慢，写得很认真，谁知写完拿给他一看，一句话就枪毙了："小伙子，你以为把这些官话套话现成话通通顺顺地给我抄到一起就能交差了？不中啊！"我只好转变思路，以跟随下乡调研时他讲的一些观点，结合调研了解到的实际情况写了一篇开口较小、内容较实的新稿，才算过关。不少在吴坚同志领导下工作过的同志都说，老部长总是逼着人开动脑筋求突破！

要做正正派派的人，不要做庸俗的人

吴坚同志十分强调实事求是，要求宣传干部重视到改革开放第一线、到工农和知识分子中调查研究，了解真实情况，分析真实情况，汇报真实情况。他在部领导班子中，在部务会上，不止一次地强调，解放思想的实质就是要让我们的思想甩脱各种束缚，真实地认识事物，按事物的客观发展规律办事。要保证党的正确思想路线的贯彻执行，最基本的是要听真话、汇报真实情况。怎样做决定是领导、是省委的事，我们作为思想战线的干部，一定要汇报真话、实话！

吴坚同志主张堂堂正正做人，不屑于搞歪门邪道。几十年风风雨雨中，他曾不止一次受到过不公正的待遇，每次他都是泰然处之，从不做以丢弃人格、党性为代价去改变处境的事。丰富的阅历和热诚直爽的态度，使他在上级、下级和同事中如鱼得水，相处很融洽，但他从不刻意为自己营造人脉，以关系谋私。他也这样要求干部。当时有位干部，很有能力，工作也很积极，但因为种种原因一直未能得到提拔。那位干部有点急了，忽然想起给一个据传不同意提拔他的管干部的领导写了一封信。信中汇报了自己的工作情况，末尾说了几句自己知道那位领导的革命经历、工作成就所以很佩服以及盼望得到关照之类的话。因为他觉得吴坚同志平时关心他，所以信写好后先送给吴坚同志，让部长看看合适不合适。吴坚同志平时的确很器重这位干部，并最终协调妥善解决了对他的使用问题，但当时对于他写这封信却十分生气，在信上批了很长一段话，批评他把干部使用这一组织行为低看为个人行为，教育他要相信组织，正确对待个人出处，特别指出那种谋求联络个人感情的做法"几近庸俗"，使那位干部深受触动。

吴坚同志非常注意学习。在日常服务上，他对我只有一条要求：只要他在兰州，每天的报刊必须按时送到他的手上；离兰期间，则必须一天不少地将报刊为他收好备读。平时稍有一点机动时间，他爱翻几页理论书籍，并随手做一些笔记。吴坚同志律己甚严，在住房、用车、子女上学就业等方面，从未搞过特殊化。他下基层很低调、俭朴，途中遇到吃饭时间，总是随便找家小饭馆草草吃点继续赶路，不麻烦没有工作任务的地方。到了有任务的地方，也一切从简。一次到几个村调研完到了乡政府，正赶上吃

饭，炊事员急得满头汗：咋办，没有好招待的！吴坚同志笑了："我就不信！我问你，有面没有？"炊事员答："有。""有蒜没有？"炊事员又答："有。"吴坚同志一下得意地大笑："这不就万事俱备了嘛！"结果，两碗稠乎乎的蒜拌面，吃得部长心满意足。

2008.12.18

美文生活

素 描
——在政协甘肃省十届主席会议成员中

飞雪如花，兆瑞迎春。二〇〇八年一月，政协甘肃省第十届委员会及其常务委员会产生了。十一名主席会议成员随即团结带领一百零三名常委、五百七十名委员开始履行自己的职责。在政治协商、民主监督、参政议政中，在加强产学研结合推动中小企业自主创新、推动城市发展带动战略实施这两大重点课题的调研中，在对省政府承诺为全省人民所办十四件实事的重点视察中，他们忙碌着。

"竭泽而渔"

甘肃要从主要依靠资源、投资被动发展的窘迫现状，转型为在加大力度争取国家战略投资扶持的同时，主要依靠科技创新而跨越式发展，并取得长远发展的后劲，必须加强产学研结合，推动科技成果转化，促进企业特别是在经济社会发展中地位越来越重要的中小企业自主创新。这是关键，也是目前的软肋。基于这样的认识，科教文卫体委员会在计划十届第一年工作时，将此定为调研课题。陈学亨主席一眼看中，经研究，把这个课题确定为常委会的重点调研课题。陈学亨主席、栗震亚副主席、张世珍副主席亲自抓。

课题得到常委会认可，说明它表达的是一种共识性的呼声。组织工作

升格了,更让我们兴高采烈:主席亲自抓,正好乘大树之凉!谁知,这个凉,并不好乘。

既做过主持全面工作的酒泉市委书记,又在省委副书记职位上主管过教育、科技工作,对于产学研结合、推动科技成果转化和企业自主创新、促进经济社会发展这个问题,学亨主席毫无疑问是了解的乃至上手抓过的。但是,从课题一确定,到拿出初步成果,他始终强调的是:学习!学习!学习!

他说:进入新时期以来,党中央、国务院对于产学研结合的问题,对于自主创新的问题,早就做了强调,并且强调得越来越重。省委、省政府也是这样。那么,从中央到我省,下发过多少有关的红头文件和领导同志的重要讲话?我们要统统找来,我们要弄清楚,要学明白,不然,我们的调研怎么能有一个正确的、明晰的指导思想?

他说:就加强产学研结合,中央和我省这些年来已经出台过哪些政策?对企业的政策是什么?对高校的政策是什么?对科研院所的政策是什么?我们要统统找来,要弄清楚,要学明白,不然,我们怎能确定哪些问题已有政策,是落实的问题;哪些政策已不完全适应需要,需要修正;哪些问题还等待政策来解决和推动,需要制定?

他说:在加强产学研结合方面,外省已经积累了哪些成功或比较成功的经验?我们要通过各种途径广泛收集了解,这样我们才能有借鉴、开思路。

他说:要搞好这个调研,首先要学习,学习是前提、是基础。头脑充实了,到实地扎扎实实地调查,广泛深入地掌握材料,追根问底地弄清情况,然后我们的研究才能心里有底,我们提出的对策建议才能是有的放矢的,解决问题的,一句话,有用的!

这些话,他讲了又讲,调研组成员们受一次触动又受一次触动。最让人们受触动的是,他自己首先这样做。

那些日子,他很具体地指导我们调研组的同志们从政协机关文档,从省直有关部门,从报纸刊物,从互联网,从外省政协……一份份收集资料。每找到一份,他都如获至宝:"一定要给我复印一份!"这一句交代很重要,因为现在更多的情况是,领导者让找来什么文件、资料,那只是要求

工作人员参考着把材料写好点，自己是无心真看的。

学亨主席是真看的。在处理完其他事务的办公室里，在本该休息的家里，在奔波的调研途中，他一篇一篇真看。而且，戴着老花镜，一边看，一边写笔记。在整个调研过程中，他搜集到的资料有高高一大摞，他的笔记本上一页一页记得满当当！

他从头至尾地参加省直有关部门介绍情况的座谈会，一个一个问题刨根问底，一个数字一个数字记录、核准，一个想法一个想法探讨、斟酌。给人的感觉是，他要把那几个提供情况的厅局长们头脑里的财富榨干。

他到实地，是真调查、真研究。无论在兰州，还是在天水、白银；无论到高校、科研单位，还是企业，座谈会上，他提问的内容常常在汇报材料之外，常常是那些容易被人们不得不说的官话、套话、现成话掩蔽了的活生生的矛盾、问题；在现场，他则点点滴滴汲取实践者们的智慧，而且一一验证已被总结的成绩，一一体味仍然存在的问题。

在整个调研过程中，他不厌其烦地一遍遍亲自主持调研提纲、调研报告、建议案的讨论——那是使调研组不少同志很怵头的！你要是没有真正下功夫好好学习、调研，看你在这个把情况、想法装了一肚子的主席面前怎么发言！学亨主席呢，在那样的时候，总是时而挨个点名，静静倾听，让每个同志把自己掌握的情况、思索的成果搜肠刮肚倒出来；时而深深发问，激烈争论……

"不尽可能弄清情况，心里不踏实！咱们是要给省委、省政府提建议，是要真正解决一点改革发展中的问题哩！"学亨主席说。

我说："不要说领导干部，现在连许多大学者也懒得这样'竭泽而渔'地下笨工夫搜集和研究资料了！"

一个偶然的机会，说起这个话题，一位当年在"学亨副书记"主管下抓过禁毒工作的同志，心有余悸地说："你啥时候都得把情况弄得透透的，那个人哄不过！"

如今，担任了甘肃省四大家三位主要负责人之一的这位华发丛生的六十岁的正省级干部，还是"哄不过"！

慈颜一怒

说起栗震亚，省城许多人，省内许多人，还有省外医疗卫生界的不少人都熟悉，熟悉他是一位执医近四十年的大夫，牙科大夫；熟悉他精确的诊断，精湛的医术，干练麻利地操作，特别是他笑呵呵的面容——成天笑呵呵的，让患者一见就有一种亲近感，慈祥感，温暖感。二〇〇八年，他荣膺"国际牙科学院院士"的称号。对于这位名医、良医，这是实至名归，好得很。可是，对于他这些年来做甘肃省人民医院副院长，做省食品药品监督管理局副局长、局长，做农工民主党甘肃省委主委，进而担任政协甘肃省十届副主席，不少人还不是很清楚。特别是对于他还有怒火中烧、拍案愤斥的时候，就连我这个25年前就曾就医于他的人，也十分震惊了。

那是十一月，在对省政府承诺为民所办十四件实事实施情况的视察活动中。按照主席会议的安排，震亚副主席率领我们第五组，视察天祝、山丹和临泽三县，内容侧重教育方面，主要是农村义务教育阶段贫困家庭寄宿制学生生活补助标准，是否达到小学生全年五百元，初中生七百五十元；生均公用经费是否按标准提高；农村中小学校舍维修改造补助标准是否达到每平方米五百元；免费教科书覆盖范围是否已扩大到所有农村义务教育阶段的学生，等等。一路走去，天祝藏族自治县民族中学、新华中学、华藏寺镇初级中学、岔口驿小学、山丹县三中、双桥学校、城关小学、临泽县城关初级中学、平川镇初级中学、卢湾小学、板桥镇初级中学……校园、教室、实验室、图书馆、宿舍、伙房、餐厅、医务室、财务室，教师群、学生堆儿……看得仔细，问得明白，查得严格。视察组成员们为党和政府政策的落实，教育事业的发展，学校建设面貌和师生精神面貌的焕然一新所深深鼓舞。

然而，来到临泽县城关初级中学，走进学生的宿舍，却让大家产生了担心：一间间房舍，十分阴冷，时令已进冬天，取暖问题却尚未解决。在这些房子里，大人白天已难以待住，入夜，少年学生们怎能安眠？于是震亚副主席和其他委员们提出了意见。校方先是表示要解决，后来被大家问急了，索性说其实煤砖早准备好了，只是学生们懒点儿没把炉子升起来等等。早已生气的震亚副主席，这时再也按捺不住了，他脸涨得通红，猛拍

了一下床架，大吼一声："真是岂有此理！"这一声非同小可，惊得全场霎时鸦雀无声。接着他怒问："谁是校长？"校长走上前，喃喃地刚想要解释，震亚副主席一顿重炮："天已经这么冷，不抓紧解决学生取暖的事，还要找什么借口！假如你的孩子在这儿住校，你能忍心吗？党和政府出台了那么多政策，群众把孩子送到这里对你们那么信任，你连学生宿舍及时供暖的事都不操心，道理何在？！责任何在？！感情何在？！"

慈颜一怒，让人们看到了一位省级政协副主席、一个省级民主党派主要负责人，与时下许多人媚上媚下只求为"运营自己"营造环境的庸俗风气截然相反的一面：勇于揭露矛盾、勇于为人民鼓与呼的赤胆与良心。

很好，震亚副主席和委员们批评的问题，当天就解决了。学生们享受到了他们应该享受的温暖。

成竹在胸

十届主席会议成员中，最年轻，又有博士头衔的，是张世珍副主席。在关于产学研结合的调研组里，他身份复杂：博士，"学"是上够了；上学期间和走上工作岗位后，陆续就矿物元素的毒理、自由基生物学、动物肿瘤流行病学、环境毒理、草原有害植物毒理学等课题进行了潜心研究，论文、成果多次获得省部级以上奖励，"研"也硕果累累；特别是在参加国内外有关项目的科研中，他的好几项成果实现了转化，正在经济社会的发展中发挥着作用，"产"也占上了；而在以副市长身份在兰州市主管教科文事业的日子里，他又为促进产学研的结合发挥过政府主导的作用！于是，主席会议点将他参与领导调研组，而他自己又把自己定位于落实学亨主席、震亚副主席的指导意见，和调研组其他成员一起做"具体操作层面"的工作。"产""学""研""结合"占全，"领导""操作"兼任，复杂不复杂？

于是，他不仅参与调研提纲的讨论，而且逐字逐句修改提纲文稿，亲手拟定到天水等地方和单位的调研题目；他不仅参加各种类型的座谈会、实地调研、赴外省考察，而且惦记着将到手材料有参考价值的部分——标出，将有意义的例子——记下，交给写作的同志使用；讨论调研报告和建

议案稿子,他一次不落地参加,而且次次从头盯到尾!

让人叹服的是,从第一次讨论调研报告稿子的提纲开始,他就已经说得头头是道:全文分几大部分,每个大部分里分几个层面,每个层面里又分几个小问题……慢声细语,像探讨又像自语,娓娓而谈,连贯且严密。搞得几个具体执笔写作的同志屏声静气,挥笔速记,生怕漏掉哪句话——对于具体执笔,他说得多有用啊!

有意思的是,我注意到,从第一次到最后一次,除个别顺序上的调整、内容上的少量充实外,他所拿出的构思,主干、主枝、甚至叶丛的形象,完全是成型的"那一枝"——他是早已胸有成竹了!

这,自然得益于他那产学研结合的实践了。

他是民主的,自己的意见已成型,并不妨碍他一定叫每个同志都说出自己的意见。最后一次研究,到做结论的时候,他说:"好了,我看可以定了,就按家昌主任最后所讲的意见搞吧,写好,改好,定好!"

虽然因为年龄的原因,世珍副主席总爱一口一个"老哥"的称呼,但毕竟是被领导啊,有句话我不好直接出口"纠正"主席的结论——我想说的是:"其实,我的意见,只不过是对那根'竹子'做了一番'追光'罢了!"

2009.7

《阳关》七岁

　　《阳关》七岁，编辑部约我写点感想。且不要说六七年前，自己曾参与过这个刊物的创办，并在创刊初期担负过一段编辑工作；仅仅作为一个普通读者，我也不应当失约。因为我爱《阳关》。

　　——它有追求。自创办，到今天，它总是力求坚持正确的、明晰的方向，使自己成为一个严肃的、对社会对人民有益的刊物。这不仅是由于酒泉地委时时关心它，培植它，在它取得每一点成绩时鼓励它，在每个关键时刻提醒它；也由于办刊人有一副比较清醒的头脑。历史新时期为艺术文化提供了一个无比广阔的自由创造的天地，使"百花齐放，百家争鸣"真正成为正常、合理的秩序，同时，也给每个艺术文化产品的生产者提出了一个重要的任务：在纷纭复杂、令人目眩的状态中独立思考，增强责任感，坚持正确的方向和追求。现在社会上印行的报刊很多，并不是所有的报刊都意识到了这一点，都为社会、人民做着有益的、负责的工作。一些反动、淫秽的报刊受到理所当然的谴责和取缔。还有一些报刊，宣传无用的东西，如列宁当年所指斥的，"用无边无际的，九分无用一分歪曲了的知识来充塞青年的头脑"，使他们的头脑"被一堆无用的垃圾塞满"。这显然也是值得警惕、必须改变的。《阳关》不是这样，我不认为它所发表的每一篇作品都经得住检验，但我以为，从总体上说，在五颜六色光中，它能够执着地奔向自己认准的光芒；在东西南北风中，它能够挺住自己的躯干。想一想七年来虽然不长但并不简单的历史，一个刊物能做到这一点，不是很可贵吗？

——它有特色。它没有为了显示"气派"而力不从心地追求"全国性"。其实，只是重复别的刊物的调子，一味跟在人家屁股后面走，永远也不会"打到全国去"。越是地方的，才越是全国的；越是民族的，才越是世界的；只有独特，才有价值和生命力。酒泉人到北京去想尝的是全聚德的烤鸭和东来顺的涮羊肉，而不是糊锅、拉条子；南方人到敦煌来想尝的是李广杏而不是香蕉。《阳关》把握住了这一点。它是地方刊物，地区级刊物，它就牢牢地站在自己脚下这块土地上——这是一块怎样的土地呵！丝绸之路的西端，敦煌艺术的故乡，神秘诱人的历史，雄奇壮丽的风光，浓郁的地方特色于是为它增彩。另外，它也没有像不少刊物那样，期期目录都是"全国通用目录"，成为本刊编辑为了在一些大大小小刊物上登稿子而交换回来的一些大大小小刊物编辑的"专辑"。它植根于"土作者"，不希冀主要靠名人抬身价。没有理由拒绝而应当争取名人、外省外地区人们的支持，因为没有借鉴和交流就没有文化的进步。但是着力培养本地的作者群，则是一个地方刊物力量的基点。在《阳关》上，"新绿"已经萌蘖，并将成长，壮大，蔚然成林，这是令人欣喜的。

——它有创新。它倾全力于敦煌艺术乃至整个敦煌学的介绍、研究，倾全力于敦煌文艺流派的创立。工作虽然仅是开始，业已引起各方注意。即使看法并不一致，但它所表现出的创新精神、开拓精神，毫无疑问是值得肯定的。我还想要说的是，它还有另外值得注意的新颖之处：它正由一个纯文学刊物，逐渐转化为一个融文化、艺术、史学、民俗学、社会学乃至政治、经济等于一炉的带有"大文化"性质的综合性刊物。而且，这种倾向越来越明显。为了繁荣创作，文学刊物是需要的。不过我以为起码在目前阶段，像《阳关》这种综合性倾向，对于更好地适应当地经济、政治、文化发展水平，适应多方面指导群众的精神文化生活的需要，应当说是一个有益的尝试。假如进一步联想到，在我国古代，文、史、哲、经等本来就是融为一体的，而在现在，各学科则在高级形态上重新呈现互相沟通、互相渗透的趋势，那么《阳关》这种尝试未始没有某种启迪的意义。

七岁，是一个很有意蕴的年岁。对于一个孩子，七岁，标志着他告别幼儿时代，跨进了入学求知的新阶段。而对于《阳关》则也应当标志着它告别了幼稚的摸索，开始了深思熟虑的探求。愿它更自觉、更鲜明地坚持作为社会主义精神产品应当坚持的东西，从更高和更深的层次上探索、发扬自己的特长，更扎实、更有抱负地培养自己的作者群，为繁荣我们的社会主义艺术文化事业做出更大贡献。李大钊有段话说得非常好："凡事都要脚踏实地去作，不驰于空想，不骛于虚声，而惟以求真的态度作踏实的工夫。以此态度求学，则真理可明，以此态度作事，则功业可就。"《阳关》编辑诸友，愿共勉！

1985.11

让革命传统传之久远
——读《血与火》

是在一次行军途中，刘志丹、谢子长、唐澍、许权中等人有这样一段对话：

许权中……赞叹道："你们每个人的经历，就能写一本厚厚的书了。"

子长说："将来革命胜利了，我们几个坐在一起，回忆一下，让志丹把这些全都写出来吧！"

"要写，自然得由志丹执笔了。"唐澍说。

"也许，咱们谁也写不成，还得由后人去写哩！"志丹说，"我们时时都在枪子里闯着哩，说不定哪一天倒下去再也起不来了。"

刘志丹不幸而言中。在漫长的革命岁月中，刘志丹、谢子长和其他许许多多优秀的革命战士，相继倒下去，为人民革命事业献出了他们宝贵的生命。而令人欣慰的是，他们"写书"的遗愿由"后人"实现了。甘肃青年作家张俊彪就是这"后人"中的一个。几年来，他致力于传记文学的写作，先后出版了《刘志丹的故事》、《黑河碧血》（写董振堂）、《红河丹心》（写赵铁娃）、《最后一枪》（写董振堂）。现在，摆在我案头的，是中国青年出版社新近出版的他的第五部传记文学作品：《血与火》。上面的一段引文，就出自这部书。

这不是一部普通的文学作品，而是革命斗争的真实记录。它记录了无产阶级革命家、陕甘革命根据地和中国工农红军第二十六军的创建者之一

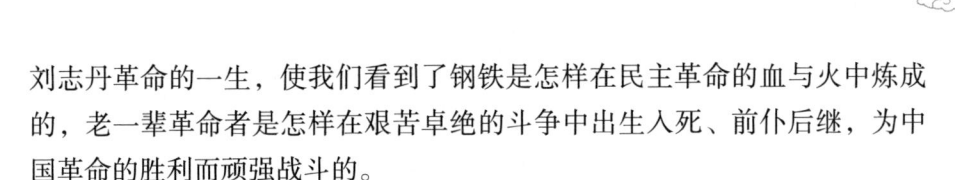

刘志丹革命的一生，使我们看到了钢铁是怎样在民主革命的血与火中炼成的，老一辈革命者是怎样在艰苦卓绝的斗争中出生入死、前仆后继，为中国革命的胜利而顽强战斗的。

这就是刘志丹：他献身革命，革命又锤炼了他。当脑后还吊着一根"猪尾巴"小辫时，面对不平等的社会，小志丹就幻想"长大了也要当个李闯王"。而后，小学毕业，他认识到"当今那些做官的，吃人饭，干鬼事，连狗都不如"；在榆林中学，在进步教师的引导下，他刻苦攻读马列，进一步认识到"唯革命是中国社会的根本出路，唯共产主义是救国救民的真理"。他带头闹学潮，反军阀，进而加入了中国社会主义青年团，加入了中国共产党。而后，他进黄埔军校，参加国民革命军，领导渭华起义，创建陕甘革命根据地，开展游击战争，发动土地革命，以一个自觉的无产阶级战士的姿态战胜重重阴霾雾障，英勇而坚韧地奋斗，为中国革命做出重大贡献，使陕甘革命根据地成为中共中央和中央红军长征的落脚点和八路军奔赴抗日前线的出发点。

这就是刘志丹：他来自人民，又永远忠于人民。他"看得起穷下苦的"，说："咱吃着穷苦人种的粮食，穿着穷苦人种的棉花织的布，不能忘了穷苦人呀！"在黄埔军校，当有人劝他不要和蒋介石"顶牛"，因为一校之长是"实权派"时，他鄙夷地说："我是来追求真理，学习救国救民的本领的，不是来找个靠山日后求官做的。"当看到敌人书写的要活捉他的标语和将他丑化成青面獠牙的恶魔的画时，他笑着说："不要理睬，只要老百姓不怕我这个'怪物'就好"。他认识自我的位置："革命要靠千百万人民大众，要靠党，不能靠哪一个人"，"我算甚？只不过是党的一名普通战士！"他以自己一生献身人民解放事业的忘我斗争，报效人民。而人民也因此而无限敬爱他，请看书中这段动人的描写：

部队在一个村子里宿营，老百姓都跑来慰劳红军，看望志丹。这时，一位瞎老人，两只手拿了两个白馍，一连声地喊道："老刘在哪里？老刘在哪里？……"

志丹急忙跑着迎了上去，扶住瞎老人。

那瞎老人把两个白馍塞到志丹手里，连声道："老刘，你带领红军，帮助咱老百姓闹翻身，是咱穷人的好领袖！我虽说是瞎了，这心里亮清着

哩！老刘，咱没别的可口东西，给你两个白馍，你吃吧！快吃下去，老刘！……"

志丹双手攥着两个白馍，眼里滚出了感动的泪水。瞎老人边催志丹吃馍，边在他的身上摸着，从头到脚连摸了几遍……

多么动人的情景啊！唯有人民忠实的儿子，才能获得母亲这样的爱。

这就是刘志丹：他来自实际斗争的大地，又永远立足在这坚实的大地。他有远大的理想，又能清醒地认识国情、敌情、我情的现实；他渴望早日看到革命胜利的朝阳，又不惮漫漫长夜的艰苦考验。他认定井冈山道路是毛泽东将马列主义普遍真理与中国革命实际相结合所开辟的唯一正确的革命道路，就在陕北坚定不移地效法、实践。任凭杜衡等"左"的领导者给他扣上"右倾投降""上山逃跑""土匪路线""梢山主义"的大帽子，一次次无情打击他，他坚持"有多大的能耐，就办多大的事情"，"不离开南梁，脚踏实地"建立根据地。他说："左倾，右倾，不是谁说了就能算，要由实践来检验！"而革命的实践，也的确明确地宣布了这种实事求是的马克思主义立场的胜利。

《血与火》不仅成功地再现了刘志丹的英容，它还让我们看到了当年与刘志丹并肩战斗的谢子长等一大批前辈革命者其中包括今天仍在为人民事业操劳的王世泰、黄罗斌、高锦纯等老同志的战斗风貌，读来十分亲切。

革命传统，是革命队伍无比珍贵的精神财富。在向共产主义进军的长途中，它将永远是党进行思想政治教育的重要武器，是激励后来人将革命进行到底的巨大动力。所以，我愿向读者推荐《血与火》这部进行革命传统教育的有用教材，并诚挚赞扬作者坚持革命传记文学写作的出色劳动。

1987.5

净化人的心灵的书
——读《沙都散记》

得到陈舜瑶同志所写的《沙都散记》一书，不由得想起两件往事。一件，是在1978年。当时任中共甘肃省委宣传部副部长的陈舜瑶到酒泉调查研究，连夜在地委招待所召集我们几个参加地区文艺创作学习班的同志座谈，专题动员我们一定要好好用文艺形式反映一下治沙斗争。她说，治理沙漠戈壁的斗争，是人与自然的伟大斗争，又有鲜明的社会内容：旧时代沙进人退，新中国却正在实现人进沙退，社会主义制度的优越，人民群众的伟力，抗风治沙的胜利与曲折，内容丰富，有情有景，值得大书特书。她充满激情，直谈到午夜二时。另一件，是在1981年，在临调北京前，她还曾计划到河西走廊再走一圈，再亲眼看看那里的人民与风沙干旱斗争的壮景。这两件事使我知道，一个革命多年的党的工作者，写出这部反映治沙斗争的书，实在不是偶然的事：她一直在关心着大西北的治沙斗争，人民群众的治沙斗争也时时在撩拨着她的文思诗情！

这部长篇文艺通讯写的是奋斗在腾格里沙漠东南缘沙坡头沙漠科学研究站的知识分子群体，为保障包兰铁路建设的需要，三十春秋不畏艰苦，开展防治沙害的科学研究工作，终于创造出人工植被固沙防护体系的事迹。1952年，东北边境外抗美援朝的战火还没有停熄，党和政府就制定了修筑包兰铁路、贯通大西北与内地的计划。实施这个计划，铁路要穿过我国第四大沙漠——腾格里，必须解决治沙护路问题。为了完成党交给的任务，

从那时起，生于上世纪末、本世纪初，在旧社会壮志难酬，在新中国受到信托的刘慎谔、李鸣冈们；生于20年代，在抗日战争中饱经国土沦丧、颠沛流离、艰难困苦，热爱社会主义祖国、酷爱新时代科学事业的刘媖心、陈文瑞们；50年代、60年代离开学校走上工作岗位，以听从祖国召唤、哪里艰苦哪安家为荣的新中国培养的知识分子王富康、蒋瑾、石庆辉、刘恕们；70年代末、80年代初呛着求实惠追名位的对流风走上沙丘的李金贵们，五代治沙人前赴后继，毅然放弃城市优越的工作与生活条件，告别父母、妻子（丈夫）、儿女，来到僻远荒凉的大沙漠。尽管这里一年能刮两百场风，风起沙扬，天昏地暗，"人在屋里相对而坐，两米远竟辨不清对方的面目"，刚煮好饭端起碗，"一阵风来撒上层沙粉，太硌牙，不敢嚼，只好囫囵吞下肚"；尽管这里冬日冷到-25℃，手脚冻得生疼，盛夏却又能热到74℃，滚滚沙浪烫伤人脚；尽管这里吃水得用毛驴从黄河边缓缓驮上来，滴水贵如油，干燥的空气逼得人人要过"流鼻血"和"脱层皮"的关；尽管这里照样躲不过天灾人祸酿成的大饥馑，每人每天靠八两高粱面和沙葱度日，躲不过"文革"政治沙暴的扫荡，科学和人才横遭摧残，但是，祖国忠诚的治沙科学工作者硬是在这里安营扎寨，坚持拼搏。尖兵队闯风冒沙查风情，李玉俊骑驼长征挖梭梭苗，刘慎谔、李鸣冈飞渡黄河查植被，陈文瑞土法测沙样，蒋瑾培育灌木苗……读着这一个个生动的故事，谁能不为社会主义中国知识分子的拳拳爱国心、孜孜事业心所深深感动！轻视他们，是无知的偏见；摧残他们，无异于犯罪！是他们和挥汗如雨艰辛劳作的工人、农民一起，构成了中国的脊梁，社会主义现代化建设的脊梁。

所以，作者是那么爱他们，爱他们所从事的治沙事业，爱他们用汗水和心血浇灌培育的每一种沙生植物。她这样写治沙人的思想境界："在骆驼蹄窝般小天地里，他们自得其乐，尽管肚子吃不饱，人们晚间还会和着黄河波涛的节拍，引吭高歌。他们最爱唱'洪湖水，浪打浪'。歌声把他们带入幻境，眼前洪湖烟波浩渺，莲叶接天，革命前辈的小舟出没波涛，隐蔽在荷花莲叶丛中打击敌人。他们今天也遨游沙海，撒开一张铺天盖地的大网，去捕捉那狂暴的风魔怪。两代人一样豪情！"她充满激情地讲述治沙的知识、沙生植物的知识，开拓读者的知识范围，启迪读者的聪明才智，更鼓舞人们用智与力和大自然斗争。她歌唱花棒、柠条、沙拐枣、油蒿，

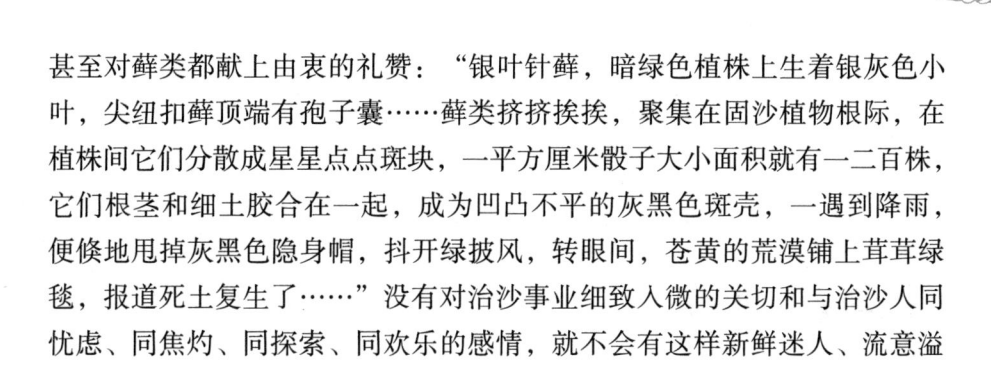

甚至对藓类都献上由衷的礼赞："银叶针藓，暗绿色植株上生着银灰色小叶，尖纽扣藓顶端有孢子囊……藓类挤挤挨挨，聚集在固沙植物根际，在植株间它们分散成星星点点斑块，一平方厘米骰子大小面积就有一二百株，它们根茎和细土胶合在一起，成为凹凸不平的灰黑色斑壳，一遇到降雨，便倏地甩掉灰黑色隐身帽，抖开绿披风，转眼间，苍黄的荒漠铺上茸茸绿毯，报道死土复生了……"没有对治沙事业细致入微的关切和与治沙人同忧虑、同焦灼、同探索、同欢乐的感情，就不会有这样新鲜迷人、流意溢情的散文诗。

《沙都散记》是一曲人与大自然斗争的颂歌，一曲新中国知识分子的颂歌，更是50年代、60年代那种到祖国最需要、最艰苦的地方去，把一切献给党和人民的火热情怀、崇高精神的颂歌。它能净化人的心灵。

1990.9.27

《花刺集》小序

机关干部,通常被人们称为"坐机关的"。分析起来,"机关"有几种"坐"法。整日利用职位、工作之便,孜孜以求谋权、谋利,那种"坐"法,应该受到谴责。天天泡在"一杯茶、一支烟"里。既懒于到群众中考察了解情况,又懒于学习研究问题,其结果"坐"得从理论到实际都变成一个空壳,这种"坐"法,显然也是不足取的。我们应当提倡的是,既经常注意保持同基层、同群众的密切联系,又认真学习,善于思考,勤于实践,从而不但在本职工作,而且在自身素质的提高方面都不断有新的收获。身在领导机关的陈田贵的"坐"法,属于这后一种。散文杂文集《花刺集》正是这种"坐"法的产物。

陈田贵同志土生土长于陇山陇水。他有过在三年困难时期吃榆树皮、奶奶饥饿而殁的悲苦,有过拾粪、放羊、背着玉米面和洋芋到外村求学的艰辛。虽然以后有幸完全凭思想、工作而被领导机关直接吸收为干部、进入省城,可贵的是,他没有"忘本"。他以多种途径保持着和乡土的联系,梦绕魂牵地关注着那里父兄的忧乐,关注着"列车,驰过家乡的田野"所昭示历史的变迁。这一点,从收入集子中的几篇散文,读者可以看得很清楚。没有真情就没有散文。对劳苦群众、对乡土发自内心的深爱,使陈田贵的散文具有强烈的情感力量。

省城、领导机关的生活,使作者视野广阔,站得更高。他没有停留在对过去生活的回忆之中,而是更自觉地面对现实,靠着对群众、对生活的熟知和勤读书、善思考，指点是非，激扬文字。这就是他的杂文。细细读来，在陇上杂文诸家中，陈田贵的杂文已经形成比较明显的特色。他热情地赞颂生活中的每一种新生事物，尤其注重一再提醒人们以实行扶持新生事物茁壮成长，蔚成风气。他激烈地抨击腐败现象，尤其注意敏锐地揭露其新的或不为人注意的表现形式。作者非常注意探寻杂文的多种写作手法，乐于创新。那一篇篇抒情散文式如《啄木鸟颂》、拟人式如《"小报告"的遗书》、对话式如《玩的"学问"》的嬉笑怒骂的文字，读来叫人有一种新鲜、痛快的感觉。

值得一提的是，所有这些作品，都是作者在一天繁忙的工作之余，深夜秉烛草就。业与余相长，作品和作者因而都是充实的。

1993.8.1

探明走势　迈步向前
——读《90年代改革走势》

历史正处在世纪之交。在即将过去的20世纪，中国继40年代末取得民主革命胜利之后，从80年代起，又开始了一场新的革命：改革。这场革命对社会经济、政治、文化触动之深，对五千年中华古国进程推动之巨，使得它不可能一蹴而就，也不会总是霁风朗月，而必然是跋山涉水、风雨兼程。这是一次惊心动魄的新长征！我们都会以一种亲历者的特殊感情将自己民族的足迹深深铭刻在心底，也会焦急又深长地求索：90年代，中国的改革将呈现怎样的趋向？我们的步履又该怎样才能更加矫健而沉实？赵胜勤同志的《90年代改革走势》一书，研究的就是这个国人普遍关注的问题。

"1992年伊始，年事已高的邓小平乘坐专列，离开隆冬的北京南下，亲临广东、上海等地视察。在中国改革开放的前沿——深圳、珠海，中国的改革之父——邓小平，把睿智的目光投向未来，发表了振奋人心的南方谈话。"

《90年代改革走势》全书紧紧扣住党的十四大精神和邓小平同志南方谈话这条红线，展开自己的论述。作者认为，80年代改革开放的成功仅是起步，并已成为过去，未来十年中国从决策层到普通民众，都必须肩负历史的责任和时代的使命，去拼搏追赶。90年代的改革开放，在深度、广度上都将大大超过80年代，为此，作者指出，我们必须掌握两把钥匙，开启新的思想解放运动。这两把钥匙，就是邓小平南方谈话中关于"要害是姓'资'还是姓'社'的问题"和"中国要警惕右，但主要是防止'左'"的论断。这两个重要论断，是观念上的重大突破，使人们"大有《国际歌》中所说的'让思想冲破牢笼'之感"，"其准则是毛泽东亲笔所题的四个大字：实事求是"。解放思想，实事求是，是邓小平南方谈话的精髓，是十四大精神的核心，也将是中国改革在 90 年代继续发展、深化而不致逆转的思想保证。依据这一科学的思想路线，作者从六个方面勾勒出了 90 年代改革的走势，这就是："势在必行，构建市场经济运行体制"；"退出跑道，政府职能大转换"；"培育市场，改革开放出现新态势"；"弃劣纳优，建设新的道德文化观"；"人才为本，培养跨世纪的人"；"遏制腐败，消除权钱交易"。应当说，作者的概括完全符合党的十四大和邓小平南方谈话的精神，对于我们更深刻地认识 90 年代所面临的形势和任务，在实践中把改革推向前进，具有重要的参照意义。

《90 年代改革走势》一书致力于从理论与实践的结合上说明问题。作者以马列、毛泽东的经典著作和当代党的文献为望远镜和显微镜观照中国的改革事业，又荟萃丰富的实践信息论证了马克思主义的科学社会主义学说，特别是建设有中国特色社会主义理论的正确性。值得称道的是，在作者的笔下，理论与实践水乳交融，理论之树因有实践泥土的壅培而显得枝青叶茂，实践之花因有理论阳光的辉耀而更加光彩夺目。试举一例：几十年中，我们走惯了计划经济的老路，"计划经济＝社会主义""市场经济＝资本主义"几乎成为人人皆知的定见。改革大潮却使我们义无反顾地跨越误区，在我们面前展现了一个别无选择的新境界："势在必行，构建市场经济运行体制"。作者寻根探源地追述了从资产阶级学者到马克思、恩格斯、列宁、斯大林、毛泽东对于计划经济、市场经济和社会主义国家到底应该实行怎样的经济体制的思想历程，相当明晰地揭示了我们是因为怎样的理论与实践的偏颇而偏离马克思主义初衷误入沼泽，深刻地分析了旧经济体制的弊病。作者写道：邓小平"决心冲破传统、挣脱索链"，虽然"每走一步都要触动传统的观念，教条的理论"，但是，"中国再也不能坐失良机了"。作者排列了我们党从十一届三中全会到十四大领导进行经济体制改革的实践历程，说明：对社会主义市场经济提法的最后确认，不是出于哪一个人

的灵感,而是全党理论与实践探索的必然结果。这样写来,实践的感召,理性的启迪,相辅相融,说服力是很强的。

赵胜勤同志做过新闻记者,从事过文教、党务等实际工作,现在甘肃省政府担任副秘书长职务。职业的经历和长期思考、写作的锻炼,使《90年代改革走势》一书避免了文件腔、八股调,行文生动活泼,记者笔触、政论锋芒随处可见。还值得一提的是,作者不仅精选哲人睿语置于书内每章的篇首,而且独创性地配合全书正文增加了精警的旁注,使读者耳目一新。这些篇首语和旁注,提纲挈领,指点心路,对于读者理解正文,有画龙点睛之妙。

"我们需要用望远镜展望前进的目标,但望远镜不能缩短要走的路程。"探明"走势",最重要的是迈开双脚前进。

1993.8.31

在现代我们怎样活人
——高志凌杂文集《活人要紧》序

喧闹冲撞、波涛汹涌的工业化、商品化进程,使人们的精神境界得到空前提高,也把空前多的烦恼和疑惑带给了人们。思想家纷纷陷入对人类本体意义的追寻:"我是谁?我从哪里来?我去向何方?"不是思想家的我们,至少也与这样的课题耳鬓厮磨:在现代,我们怎样活人?

陇上青年杂文作家高志凌所著杂文集《活人要紧》,正是对这个问题的思考和回答。

颇有特点的是,他的回答大都不是正面的。他的方式是:我们不能怎样活人。

比如:

我们不能墨守小农观念的陈规,懒求进取,安贫乐道,在低下的生产力状况下小富即安;

我们不能继续恋恋不舍地在平均主义"大锅饭"里"减负荷""半负荷""负负荷";

我们不能再用喋喋不休的空话、套话、假话来充塞时间和生命,继续沿用"修一个厕所要盖三十三个公章"的重叠、扯皮、拖拉、官僚主义的旧体制管理经济与社会;

我们不能继续低眉顺眼于论资排辈、安分守己、"行高于人,众必非之"的小生产意识,不敢竞争,罔顾比经济效益还低的人才效益;

我们不能因为物价上涨、分配不公、腐败现象而迁怒于历史必由的商品经济、市场经济之路，时时表现出"相悖心理"；

我们不能沿袭封建遗风，把本应举贤任能、为人民服务的领导机关搞得满是庸风、假风、滥风、逸风、贪风，腐朽不堪；

我们不能靠虚应故事的"三令五申"、"'认真清查'不认真，'严肃处理'不严肃，'严厉制裁'不严厉"来纵容市场经济发展过程中的阴霾蔓延滋长；

我们不能在商潮滚滚、物欲诱引面前丢失了正确的价值观，丧失了高洁的精神；

我们不能只问目的不择手段，为权蝇营狗苟、为利昧了良心；

我们不能终日盲目为权累，为利累，为得累，为失累；

我们不能心浮、气躁、眼花、脚乱，只能享受辉煌和喧闹，而不能承受孤独和寂寞；

我们不能把挥霍钱财、放浪形骸错当作潇洒；

我们不能低下到只知比吃、比喝、比车、比阔；

我们不能搞"一窝蜂""一哄而起"，摒弃自我，献身偶像或这个"热"那个"热"；

我们不能只满足于自我表现、自我欣赏、自我陶醉，甚至将精神产品的生产变成"副性交"式的"排泄"；

我们不能时时设防，丢却理解；

我们不能容忍巧取豪夺、为富不仁、仗钱欺人、目无法纪的阔佬恶少在中国大地重新横行；

我们不能脱离国情，打肿脸充胖子或挖肥腰包搞"高消费""超前消费"；

我们不能妄自菲薄，搞民族虚无主义……

一连串的否定，实际上从否定的角度勾勒出了我们应当肯定的"活法"。

但是，不能不使用否定的武器：现实生活中，必须否定的事物实在还有太多；实在还有不少人，正用应当否定的"活法"做人！

而且，在否定中肯定，在批判旧世界中发现和建设新世界，乃是中国杂文的传统。不信，请看看自"五四"那场思想解放、人的解放的运动以来的杂文，看看鲁迅的右杀左刺、前迎后防、名斥暗嘲、匕首投枪！杂文从来以与对立面斗争为生存形式。

但是，否定，需要胆，也需要识。

极左思潮对人们精神的戕害不仅表现在对活生生思维的"铸型""改造"，还表现在：当伴随着工商业文明，五颜六色的思潮滚滚而来时，我们一些人竟猥琐到难以做出自己独立的判断，更不敢说出有思想穿透力的臧否。

甚至表现在：喊"坚持社会主义"竟是怯生生的。喊——仅仅因为喊惯了，又知道是党的号召；怯生生——党还号召改革开放，那一句喊多了，是不是有"保守"之嫌？其实，社会主义作为比资本主义更进步的思维和实践，它不但与商品经济不对立，而且恰恰是商品经济高度发展的产物。在我们这样一个商品经济尚不发达的国度，体现着人类社会自我认识、自我革新、自我完善、自我发展的社会主义，将促进商品经济、市场经济的发展，又将使之尽量避免西方资本主义发展过程中所经历的那些丑恶和血污，以最小的代价取得最大的成功。

《活人要紧》的作者来自贫困地区的普通人家，又受过80年代的高等教育；他有过"文革"情景的记忆，又置身改革开放的热潮。因而他既否定对僵化模式的温情，也否定对高尚精神的失落。集子中的杂文，就是他心迹的表露。他工作勤奋，学习勤奋，特别是思想勤奋。他结合自己的体验在现实生活中认真思考。他发出的是真实的声音，自己的声音。

杂文需要的就是作家自己的声音。

愿志凌的声音更成熟，更有震惊力和启迪力。愿具有自己声音的杂文作家随着国家经济、政治、文化生活的发展而越来越多！

1994.3.29

《丝路诗词硬笔书法欣赏》序

丝绸之路是一条光荣的路。这条东起长安、西迄罗马的友谊通道，从公元前2世纪，或者更早一些时候，便把我国的渭河流域与万里之遥的地中海连接起来，使以丝绸为象征的中原文明、中华文明远播西域和亚、欧、非。这是一条给空间和时间都留下深深划痕的历史之路，它显示出人类的伟力，显示出中外人民战胜自然条件的挑战、摆脱地理方位的束缚、冲破封闭保守的意识和社会环境羁绊的决心，显示出人民对开放和交流的渴求，甚至昭示着人类"地球村意识"的萌动。时代的发展，使开放、和平和发展成为全球的主旋律。今天，掌握了现代化交通工具的人们跨越千里万里，只是朝发暮宿的易事，但越是这样，千载之下，人们越是忘不了那些中西通道上的先行者和他们不平凡的征程。

丝绸之路因而又是一条诗之路。其间进酒壮别、马背驼峰、栉风沐沙、跋雪涉冰，艰难之至而又充满"凿空"的神圣感；长河落日、大漠孤烟、关隘烽燧、琵琶羌笛，满蕴行旅的悲怆而又撞击出多少壮阔的诗情！

渭城朝雨浥轻尘，客舍青青柳色新。
劝君更尽一杯酒，西出阳关无故人。

——唐·王维

这是出发。前程充满撩人的新奇和无奈的莫测。

"十里一走马，五里一扬鞭"（唐·王维）；"长城饮马寒宵月，古戍盘雕大漠风"（清·林则徐）；"云岭崎岖骨浸冷，流沙波浪彻心寒"（唐·玄

裴）；"野云万里无城郭，雨雪纷纷连大漠"（唐·李颀）……

这是征途。特别是"无数铃声遥过碛，应驮白练到安西"（唐·张籍），一种悠远的历史感，在我们的心中久久地回荡。

由于自然和社会的原因，丝绸之路，特别是它的西段，在过去的年代，即使是汉唐盛世，在诗人心中也留下了许多苦歌涩韵。最有名的是唐代王之焕的《凉州词》："羌笛何须怨杨柳，春风不度玉门关。"明代李开先异曲同工："未交八月先飞雪，已尽三春不见花。"然而，丝绸之路丰饶的物产、神奇独特的自然与人文景观，留给诗人的更多的是惊喜和陶醉。"笳声不动霜华静，练色如新玉宇清"（清·张昭美），这是大漠明净、清幽的美。"秦时明月汉时关"（唐·王昌龄），"大漠孤烟直，长河落日圆"（唐·王维），"明月出天山，苍茫云海间"（唐·李白），"西极地荒秘奇怪"，"古潭老鱼立波舞"（清·朱凤翔），特异的自然风貌，奇丽迷人。"边方浑似江南景，每到深秋一望黄"（明·郭绅），"有客到门相揖坐，当先一碗点酥茶"（清·王宏珏），"黄瓜紫葚并堆盘"，"尚有青青麦索餐"（清·郭楷），反映了绿洲农事的兴旺、民风的淳朴。"凉州七里十万家，胡人半解弹琵琶"（唐·岑参），"蕃人旧日不耕犁，相学如今种禾黍"，"城头山鸡鸣角角，洛阳家家学胡乐"（唐·王建），是风情画，更是丝路带来民族团结交流的生动写照。"葡萄美酒夜光杯"（唐·王翰），"浑炙犁牛烹野驼，交河美酒归匣罗"（唐·岑参），酒香肉香和西部汉子健食豪饮的气概跃然纸上。"散尽天花佛有情"，"乱山回首夕阳明"，则是画圣张大千对丝路瑰宝——敦煌莫高窟的高妙感悟。

感谢傅文章同志，策划出这样一本好书——《丝路诗词硬笔书法欣赏》，使热爱丝绸之路的我们有幸喜获双璧：既能读到精美的诗词，又能欣赏到优美的硬笔书法艺术。担负诗词选注的张辉先生，是酒泉中学的一名退休高级教师，学养深厚。他选注的《岑参边塞诗选》，在1981年由人民文学出版社出版，颇受唐诗研究界的重视。张先生多年来从各种诗集、史书、方志、笔记、碑铭、拓片及敦煌遗书中搜集到大量与丝绸之路有关的古典诗词，这次从中选出汉代至抗日战争时期一百一十多位诗人的一百八十多篇诗作，精心加以注释，为读者了解有关丝绸之路的诗词，做了一件好事。担负硬笔书写任务的几位先生，都是陇上较有成就的书法家。关振邦功力

深厚，古雅淡朴；孟天宇结体自然，流畅秀美；傅文章落笔沉稳，定中有变；粟本琳潇洒奇特，富有个性，都使我们得到美的享受。

愿读者喜欢这本书。

愿诗词和书法所共同描绘的丝绸之路在新的时代更加雄奇瑰丽！

1994.4

呵，驼铃
——写给十五岁的《驼铃》

我曾在西戈壁生活了二十二年：戈壁油城，戈壁村落。我曾一次次在西戈壁踏访：从古浪峡，到库姆塔格沙漠，到阿尔金山下。有一种声音深深地录入我的心版：

一天寂寞的云影。满目无声的褐沙。一条蜿蜒的驼队，从我面前走过，缓缓移向远方。叮咚叮咚的驼铃声，由远及近，又由近及远，单调得令人心悸，又丰富、深沉得令人心悸……

驼铃，是人类的创造，戈壁人的艺术。它和驭驼人的心灵相感应，和驭驼人的吟唱相感应，是人对人的照应和抚慰，人与驼的相互照应和抚慰。

它使无际的空间荡起波纹，一波一波，昭示时间的前行。

在戈壁瀚海，驼铃就是生命，就是岁月，就是全部无奈和企冀，就是泣诉和欢歌，思索和宣告。

驼铃与现代城市无缘。城市公园被牵来供游人作秀留影的骆驼有最尴尬的心境，它的铃定然是喑哑的。骆驼天生是漠野的宠儿。

在车笛和牧笛消失的地方，驼铃响起来了。它在宽天阔地获得自由，获得自己。长风把它的气韵传得很远很远，霜尘将它的音色镀得很重很重。

偶或阳光明媚，草绿泉清，小憩的驭驼人和骆驼们都心旷神怡，亮闪闪的驼铃发出的声音也便变得轻快、随意，像活泼泼的小溪。

每一次出发，都有确定的目标。因为路程再长，也长不过驼铃的歌。

于是，驼铃一次次传达过到站的欢乐。

但驼铃的生命，天生属于行进。于是，更多的时候，驼铃奏响的是行进的旋律。驼队冒风沙，迎寒暑，挨饥渴。于是，驼铃用坚韧、凝重的节奏，度量生活，度量意志，度量无尽的长征的使命。

是的，驼铃天生是跋涉者的伴侣。叮咚叮咚的，是跋涉者倔强的脉搏和不知疲累的心音。循着驼铃，人们会看到跋涉者，晨曦晚照中，那屈身向前的身影。

看到生活路上宗教徒般执着的跋涉者，我的眼前和耳边就会浮现：

云影。褐沙。驼铃。叮咚叮咚的驼铃声，由远及近，由近及远……

1994.7.9

捧读《我与广播》

　　这是一群广播人对自己与社会主义广播事业所结情缘的深情倾诉，是他们对自己广播生涯的生动记述。捧读这一篇篇珍贵的文字，我们是在捧读历史——甘肃人民广播电台活生生的历史；也是在捧读心灵——老中青三代广播人一颗颗或苍老，或强壮，或年轻，但却一样火热、一样充满活泼的生命力的心灵。

　　人民的广播电台，诞生在人民解放战争的凯歌声中，成长在欣欣向荣的新中国，成熟在党更成熟、社会主义事业更成熟的历史新时期。四十五年，有前进也有曲折；有发展也有困难；有阳光也有风雨；有欢乐也有忧伤。抚今追昔，能不心波翻涌，感慨万千！

　　1949年8月26日，在解放兰州硝烟未尽的时刻，普金、施致铳同志作为我军代表接管了旧兰州电台，从此一生"情系电波，心在广播"。如今他们虽均已年逾古稀，但他们说，自己的心"还是年轻的"。他们关注着生机勃勃的甘肃人民广播电台和整个人民广播事业，作诗吟诵："历史谱新篇，改革领先。节目丰富人喜欢，前景璀璨当无限，高峰再攀。"

　　何谧同志作为原兰州电台内的中共地下党员，是甘肃人民广播电台的创建者之一，为电台在1949年9月7日第一次呼出人民之声立下功劳。他又是电台第一代技术领头人，风餐露宿千里河西追设备，击波弄浪万里长江运线杆，踏遍陇原规划建设全省广播事业，何其辛苦，而在作者笔下，却是"含辛茹苦谈笑间"！

刘颖、盛玉川及钟政同志，记录下了甘肃人民广播电台第一代播音员的自豪与艰辛。刘颖同志的丈夫、原兰州电台的中共地下党员李泊，牺牲在黎明前的黑暗里。她的深情回忆，使我们长久地记着：人民夺取新闻舆论权，同夺取其他权利一样，付出了血的代价！

一批解放前投身革命，后陆续来到甘肃人民广播电台的老同志，记录下了他们在新的战场所创造的新的业绩。

1934年参加革命的老红军胡彦斌同志，"三八"式的黄德元同志，都是早在40年代初就与红色电波"结下了不解之缘"。延安新华广播电台的机房里，有他们洒下的心血与汗水，他们把革命的优良传统带给甘肃人民广播电台，也以切实的行动为甘肃广播事业的发展做出了功不可没的贡献。"装点陇原毋自诩，贡献青春到枯黄"（黄德元），这是自警，也是老同志高风亮节的写照。

李屺阳同志是甘肃省的老领导。在她亲自动笔写下的《回首往事，倍感亲切》一文中，对她在任省广播事业管理局局长兼电台台长的一年中所熟悉的广播战线许多优秀的老同志给以热情的赞颂，对于她亲自抓的宣传解放兰州、机关民主分配住房等工作作了追述，表达了一位老革命战士对人民事业的一往情深。

同样是老革命的薛剑英同志也曾任甘肃省广播事业局局长兼电台台长。他以"继承和发扬延安精神"表达了对四十五岁的甘肃人民广播电台和全台广播工作者的"祝贺与希望"。

新闻单位"官"的意义，无非是"总记者""总编辑"，要对事业操更多的心，做更多的事。对于40年代开始革命工作的延国民、高剑夫和王燕天同志来说，实实在在研究事业、干事业，是他们的本色。他们关于艰苦奋斗办广播、克服困难搞采访和字斟句酌研讨业务的回忆，读之令人深受启发。

我们还非常感动于吴天任同志追踪农业合作化中的新鲜事物进行采访报道的干劲，吴珩同志到中央台下苦功夫进修播音业务的认真，曲滋琏同志产后刚满两个月便丢下婴儿到条件十分艰苦的陇中农村抓广播网建设的风格，段玫同志搭卡车进戈壁背负十多公斤重的录音工具箱采访阿克塞哈萨克民众的热情，刘春平同志为了写好每一篇言论勤奋收集占有资料的执着，辛乐同志全身心沉潜于创制一部部电影录音剪辑而顾不上孩子病痛的精神，卫群平同志不怕阻力坚持宣传生活中的先进典型的职业道德，邓彩兰同志为编好《大家谈》而与来稿的每一位通讯员逐一通信研究稿件的责任心……

　　社会主义事业并非一帆风顺。没有矛盾就没有生活。历史的每一步前进都经历曲折。王达、杜珊等同志用他们的坎坷经历，告诉我们：在我们党的工作产生失误的时期，广播事业的天空也有过阴云冷风。这阴云冷风侵袭过广播人的心。值得敬佩的是，他们经历磨难，信念不改。王达同志在《缕缕广播情，悠悠归队梦》一文的结尾笔触深沉地写道："……风浪过后，反而更觉生活充实，心宁气爽，不觉老之已至。也更坚定了我相信党，沿着她指引的社会主义道路，走向21世纪的决心。"这就是人民广播工作者的襟怀！

　　自然，在社会主义广播事业近半个世纪的历程中，更多的是春风艳阳，是意气风发，是"万般红紫斗芳菲"。且让我们一篇篇读来：董华同志奔油矿、下煤窑、宿工棚采访工交战线；林立、常景春同志金色话筒伴春秋；常青同志在一日四季的抓喜秀龙草原和滴水成冰的甘南采访少数民族生活；贾维廉同志如痴如迷录鸟鸣、录水声、录马达轰鸣与汽车的喇叭声以揣摩和感受音响效果；吴俊民同志放弃休假制杆、竖杆、架线、焊地线参与新发射机的安装调试；黄绍雄同志为立体声音乐节目的开播潜心劳作；赵奉钧同志以二十年"快乐的单身汉"生活献身新闻采访；刘筱珊同志手捏冷汗，一次次排除因机器破旧或天气原因造成的险情以保证安全播出；祁克发同志投身抢险保机房；李恩春同志在稿纸、卡片、胶带中找到了广播艺术家的灵感；贾淑珍同志向采访对象学习"得精髓""持以恒""勤奋学""实地干""知难进"；王振英同志五次垦拓，在通讯写作、广播剧、文艺版块节目《祝您愉快》、直播板块节目《星期天，您好》和《午夜温馨》中留下深深的足迹；王正强同志为采录地方戏曲，以苦为乐，跑遍全省大大小小百十个剧团和民间自乐班社；李杰民同志为广播工作者的"五子登科"（票子、儿子、车子……）上下奔劳；汤永夫同志在本乡本土驻站六年写稿近五百篇……所有这些，只是一个个作者们几十年为广播事业所建树的一枝一叶。但它已足以使我们感受到，社会主义广播事业是何等迷人的事业，

它像新中国、新陇原的各项蒸蒸日上的事业一样，召唤人民的广播工作者以最明净的心灵挚爱它，以最高涨的热情投入它，以最纯真的精神境界在工作的每个环节，创造性地劳动，无保留地奉献！

说到奉献精神，应当特别提及李宗涵同志。这是一位最彻底的广播人，他的工龄就是"广播龄"。而且已近四十年！他的《往事的回忆》几乎未提及"我"，谈的全是广播事业如何"走出低谷""面对竞争""选好突破口"。这没有什么奇怪，他的"我"就是广播，广播事业也就是"我"！

罗祖孝同志的回忆非常生动。他真真实实地爱广播，也真真实实地办过广播，下笔自然有血有肉。如今他已不再具体地从事这项工作，但他说，"对电台的同志们在广播宣传改革方面的每一个进步，甚至一个优秀节目的诞生，我都由衷地感到高兴。同时也盼望他们能继续加快改革的步伐，朝着更高的目标奋进。"真情切意，溢于言表！

邢同义同志是一位典型的新闻工作者。《为了一个"快"字》是他孜孜以求的目标，也是他身体力行的实践。无论担任记者，还是到了领导岗位，他都以"播撒'快'的种子，收获'快'的果实"为乐事。的确，广播新闻天生是争分夺秒的事业，丢弃了"快"，就不会有新闻，甚至不会有广播。

改革开放的历史新时期，是我们祖国新的春天，也是社会主义广播新的春天、甘肃人民广播电台新的春天。"喧鸟覆春洲，杂英满芳甸。"无论是事业还是人心，都是又一番春和景明。电台老、中、青同志兴会无前。一批中青年新生力量又源源不断进入队伍，带来一派清新之气。

"高屋建瓴，借鉴创新"是张振汉同志十年广播生涯中的追求。"好企业、好厂长评选"活动、"春节农民秦腔大联欢"、"工人歌手广播大奖赛"、全省经济法律法规培训班……一桩桩、一件件，是他与电台同志们实践这个追求所创造的好平台、获得的喜人成果。

我们还欣喜地读到：张开勋同志在农村第一步改革的日子里闻风而动宣传先进典型；樊永义同志在"喉舌"和"牛"的统一中寻找记者的价值；高戈同志在广播阵地热心推介陇上诗坛新军；刘永兰同志除夕夜身背机子奔波采访；李玫同志把她所从事的外语广播教学工作提升到这样的境界："把你最美好的一切奉献给/你的事业，/为世界祝福，/世界也会祝福你"；

杜希甫同志劳碌在白龙江边采制节目而忘记"紧张和辛苦";史青同志在为复制教学录音带、报名、发教材忙得"头昏脑涨"时却自感"甜甜的";匡文留同志以爱心建筑《文学大厦》,为通过广播与听众建立起的深挚友谊而感动;薛海生同志带着对广播事业真心的敬畏而又心甘情愿自己一生"属于广播";武爱忠同志为自己深爱的广播与音乐二者相辅相成而心满意足;喻丕赋同志二进电台,与新闻、广播事业的感情与日俱增;刘天鹏同志作为真正的"小字辈""后来人",一声"从不后悔爱上你",昭示出广播的希望,使每一个广播人心头发热……

在本书的作者中,我与赵英斌同志是进台最晚的。不过,如果按照"厅台一家"的传统来说,英斌同志应当说已为广播事业工作了多年。而且,此前,在部队里,他就曾以二百四十个日日夜夜"为广播的安全播出站岗放哨"。他作诗朗诵:"电波连万家","党的声音暖人心"。作为一名人民广播工作者的自豪感、神圣感,那时就深深地扎在了心里。

这样说来,作为最近走进广播事业大门的名副其实的"生手""新人",我的本分便是:通过这本书,更通过从今往后每一天的工作、生活,向一切先我而入门的同志们学习,学习,再学习。

"年年岁岁花相似,岁岁年年人不同。"人不同,人随事业而前进,也在为事业的奉献中代代交替,新老相承。毫无疑义的是:人民广播工作者的优良传统和精神,永远年轻;魅力无穷的社会主义广播事业,永远年轻。

1994.12.5

美文生活

经济杂文
——读《世事杂说》

半年前,在评选全省优秀杂文作品时,评委们对一篇题为《"名闺"为何迟迟嫁》的杂文褒赞有加。杂文从国学大师章太炎的三个女儿,因为分别取名为"章㲉"、"章叕"、"章㠭",人们不会念,不敢说媒求婚,因而迟迟嫁不出去的趣事说起,批评了为产品定名一味求洋气或求古奥的现象,进而说到"给商品取什么样的名字,说到底是次要的,关键还是要有质量"。评委们说,这篇杂文虽然写得还不够深,但因落笔于杂文还很少涉及的经济生活而充溢一股清新之气,而且此杂文的作者近年来专心属意于经济生活,所写经济杂文已数量可观,更应予以鼓励。于是,那篇杂文被评为一等奖。

那篇杂文的作者,叫陈双梅。

半月前,双梅同志送来她的杂文的结集:《世事杂说》,要我读后能说点什么。集中所收九十余篇作品,绝大部分正是她的经济杂文。

我首先想说的,当然就是提倡杂文作者朋友们像陈双梅一样,多写一点经济杂文。经济建设现在已理所当然地成为我们社会生活的主题。这个主题也许少一点浪漫主义、理想主义、激情满怀、气冲霄汉,但对于人类社会历史的进程来说,它比之于革命、战争等毕竟更大量、更日常、更能反映社会发展的不可逾越的实在步伐。在经济生活中,特别是在市场经济体制下活动的,是更真实的活人。他们的欲望与需求,他们的巨大力量和无可比拟的主动性，以及他们的缺点甚至罪恶，都无可掩饰、昭然若揭。直面经济生活，认知和颂扬历史的每一点切实的进步，发掘和讴歌有利于推动经济发展、社会前行、人性提升的真善美的新观念新事物，正视"礼崩乐坏"、精神走失，揭露和鞭挞金钱至上、鲸吞纵欲、损人利己、坑蒙拐骗等丑恶现象，是作家不可推卸的崇高职责。杂文作为干预生活的短兵利器，更应当在生活中试锋展刃，入化出神。《世事杂说》努力这样做了，陈双梅同志在许多杂文作者中如此专注地做了，这是陇上杂文界的好消息。

　　陈双梅的经济杂文，从内容上说，较集中于和群众关系密切的消费领域，而且多是从普通消费者的角度议论评说，使作品充满平易亲切之感。这并不奇怪。正像作者在《世事杂说》的《代序》中所说的，作者来自陇上贫苦农家，历经普通工、农、兵、学，身份、学历，乃至思想文化修养的起点，都是低微的。她信奉"人是自己的雕塑家，成龙成虫全在自己"，同时深知对于自己来说，"你的一切都得靠你自己奔波"。那么，在实践中，"比别人多付出三分泪水、八分汗水、十分磨难"，"磕磕绊绊、跌跌撞撞"的艰辛苦痛，则是可想而知的了。但她走过来了，不仅在本职工作上，而且在思想的磨炼与写作的学习上，都取得了可喜的成绩。《世事杂说》的问世就是明证。可贵的是，她因此带有普通群众的情感，对经济生活特别是消费生活中的真善美与假恶丑心直口快地表达了褒贬爱憎。也许这些表达有的还不够准确和严密，并且略显直白，但绝对应当肯定的是，她使杂文在经济生活中代表普通群众、普通消费者一吐为快。

　　愿陈双梅同志的经济杂文越写越精彩，也愿陇上有更多的杂文家重视写作经济杂文。

1995.4.16

《雅兴清趣联语精华》序

对联,传统久,好者众。一副好对子,虽只上下两联,用墨不多,却因思想、艺术兼优,文辞、书法俱佳,如珠联璧合,引人清兴。不是吗,即使在闹市街头,一副精彩的对联,也常常会引得人们驻足赏读,沉吟之下心为之一定,神为之一清,恰像暑热中忽逢一阵凉风、偶遇一片绿荫,好不快哉!正因为如此,读到陈田贵、贾廷权所编的对联集《雅兴清趣联语精华》,真是喜不自胜。这是集珠萃玉盈箱累箧,诗情哲思流光溢彩的一卷呀!

这部美不胜收的集子,共收入对联两千多副,或采自古今联丛,或辑录名人名句,叙事绘景,写意抒情,内容十分丰富。从艺术形式看,既具有上下相应、对仗工整、平仄协调等共同的特点,又姚黄魏紫,呈现多种风格。或雄浑,或清新;或典雅,或朴拙;或深沉,或诙谐。或上下严整直如律诗、绝句中的妙联,或句读参差像一首小令或词,或信手拈来行云流水洋洋洒洒似一段散文。

特别值得称道的是,这部集子的编选立意新颖,入手独辟蹊径。它一改以往大多数对联集大而全的做法,专以"雅兴清趣"为选择标准,广采精选,汇为雄心壮志、道德修养、交友联谊、恋爱婚姻、居家生活、仪容装饰、诗书文采、翰墨金石、艺苑雅趣、闲情逸致、饮酒畅怀、品茗谈天、幽景佳境、名胜古迹等十四辑,颇耐人寻味。

有人曾以"浮躁"概括我们今天的生活。体质朗晦交替、乍新还旧,

旧的还在花样翻新顽强挣扎,新的大呼猛进却难以步履沉稳,车轮滚滚向前却因道路泥泞辙沟不免浊滓泛起,机器启动却由于磨合而伴随噪音。商品经济、市场经济的强烈日光使目光一时缭乱,新旧交替中波峰浪谷沉浮无常的感受使心灵应接不暇。时尚瞬息万变,思想骚动流转。社会生活呈现相当程度的暂时性、过渡性特征。缩略必经阶段、勒紧物质需求只靠思想一步跨上天堂的美好愿望固然是沙滩上作画,一场风雨便冲洗殆尽,而曾几何时,商潮奔涌、物欲漫流、红尘滚滚,蓦然回首,人们又不免发现,理想旗帜已然蒙尘,精神家园正在荒芜!物质文明和精神文明应当共同进步。在历史前进必经的却又是弥漫着铜臭气息的峡谷中跋涉的人们,需要信仰的激励、道德的规范、情感的安慰、精神的凝聚、思想的升华。在世俗的热浪中拼斗竞争的人们,需要文化的抚慰与陶冶。这一切,要靠精神文明建设。而整个精神文明建设,则是由千千万万件具体的劳动组成的。《雅兴清趣联语精华》成为恰合时宜的一件精神文化产品。其独到的选材宗旨,使这部书甚至具有了某种象征意义。

  翻读这部集子,"自信人生二百年;会当水击三千里"(毛泽东)、"宇宙事常挂胸襟勿忘重任在肩;天下春尽收肺腑更有壮志开怀",激励我们直面人生,壮怀立志。"英雄无种;良玉须雕"、"海纳百川有容乃大;壁立千仞无欲则刚"(林则徐),启发我们修身养性,求道立德。"交以诚接以礼;近者悦远者来"、"须披胸臆亲诤友;莫让殷勤翳明眸"(魏传统),呼唤着人间真情。"并蒂花最美;同心情更长"、"好伴侣相爱相让相勉相谅;新青年互敬互信互助互学",道尽婚恋真谛。"门对千山秀;心怀万木春"、"父慈母爱福寿双至;子孝孙贤福乐俱来",居家生活,其乐融融。"有关家国书常读;无益身心事莫为"(徐特立)、"开卷有益知识就是力量;自强不息光阴贵于千金",谆谆告诫,醒世清心。"墨研山水色;琴纳芭蕉声"、"一生清风明月;四壁名绘法书",何其优雅!"扮女装男虚情节;说书唱戏明劝人"、"欲知世人观台上;不知今人看古人",何其精警!"江山开眼界;风雪练精神"、"竹间扫石安棋局;松下看云吟唐诗",闲情逸致,涤洗性灵。"绿蚁新醅酒;红泥小火炉"(杜甫)、"悲欢离合一杯酒;东西南北万里程",酒能醉人,亦能醒人。"为品清香频入座;欣同知己细谈心"、"茶亦醉人何必酒;书能香我不须花"。茶兴

来自人兴,又净化人兴。"昨夜春风才入户;今朝杨柳半垂堤"、"杨柳春风万方极乐;芙蕖秋月一片光明"(郭沫若),风景透露心景,又美化心景。手捧这样精美的对联,含英咀华,尘世的疲累,生活的愁烦,形而上和形而下的双重生存困惑,怎能不一时消解,心境于是获得一片安稳平静,被磨钝了的情感又敏锐细腻起来,灵性感知自身的律动,激情重新苏醒。

为社会、民族的健全发展,今天,我们实在需要太多有益的精神文化产品,一粒石、一滴水似乎微不足道,人类文明的高山大海却正是靠着粒石滴水、日积月累、久久为功呵!

1996.2.6

温馨的礼物
——方慧《午夜温馨》序

一

这是一份温馨的礼物，送给听众朋友、读者朋友，特别是青年朋友。送出它的，是甘肃人民广播电台名牌直播板块节目《午夜温馨》主持人方慧女士。

温馨的主题，温馨的文字，温馨的风格，温馨的意蕴。

二

爱情是什么？它自然不排斥花前柳下相依相偎的漫步，静夜河边甜甜蜜蜜的私语。然而，它更是泥泞跋涉中的互相携手与搀扶。她疲倦了，他扶着她；他跌倒了，她拉起他。共同的目标，共同的追求，共同的乐趣，忘我的互相恋念与体贴，使两颗心融化在一起，重铸在一起。

爱情是一支好听的歌，而真正的好歌是用心做音符的……

理性的过滤会使爱情之水更加纯净，然而爱情不是苍白的理念。

给予的热诚会使爱情之火更加旺盛，然而爱情不是一方抑或双方的施舍。

性的魅力会使爱情之力猛烈又缠绵，然而爱情不是浑浊的肉欲。

爱情是什么？有的人一辈子也没有想到过这个问题，有的人也许会整整思索一生。

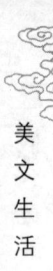

三

婚姻是什么？是像终生未娶的康德所说的就是"两个性别各异的人为了彼此占有他们的性别而成就的毕生的结合"（《道德形而上学》）吗？当绚丽的爱情之花结出硕实的婚姻之果，合法的夫妻生活代替了热烈的追恋，庸常琐细的生计消磨着浪漫和激情。这精神生活的物质实现，更强烈地呼唤的，也许恰是精神的力量！

呼唤共同的生活追求。因为"人必生活着，爱才有所附丽"（鲁迅），长久地长久地拒绝凋零。

呼唤体贴。爱，不要结束，而要深化，深化成心心相印，息息相关。

呼唤信任。婚姻是社会中两人共有的自由天地，信任则使婚姻双方分享自由。

当婚姻是政治的行为，政治任务完成，它便胜利闭幕。

当婚姻是经济的行为，千金散尽，便飞鸟各投林。

当婚姻只维系于红颜，芳春逝而肃秋至，便随风飘零。

只因始终不会改变的爱而结合吧。那样，如同车尔尼雪夫斯基所言：求婚的时期"其实只应该相当于一天的黎明，黎明虽可爱、美丽，但是在接踵而至的白天，那光和热却要比黎明时分更大得多"……

四

家庭是什么？在这个对于社会来说仅只是一个细胞的所在里，谁能说得清从它出现的那天起，有过多少喜怒哀乐、悲欢离合？

"我想有个家。"然而，当家庭纷纷组成时，却又"家家有本难念的经"。

每本经其实呼唤的都是一个共同的字眼：爱。爱妻子、爱丈夫。爱老人、爱子女、爱家庭的所有成员。

融释猜疑和误解，去除隔膜和冷淡，消除嫌弃和忌恨，靠它。

笑傲世间风雨，等闲饥渴困顿，使家如港湾般安恬，炉火般温暖，蜜糖般甘甜的，是它。

一个爱意融融、和睦亲密的家庭，即使过着贫苦的日子，也比一个资财万贯、金玉满堂却弥漫冷酷与算计的家庭幸福一万倍。

五

人人都躲不开的话题，在人人都拥有的午夜里展开，没有说教，也没有迎合；没有厉言，也没有矫情。百里千里，如促膝晤面，电波传送着娓娓道出的无尽的温情。这就是《午夜温馨》节目，也是方慧女士这本同名的精美小书。

也许可以更多一些深沉——那种散发着感情温热的识见的深沉。也许可以更多一些体贴——那种基于理性剖析的切中肯綮的体贴。

午夜，是思想拔节的时辰。为了新的黎明，为了田野的绿色更加清新秀丽，温馨的雨丝，飘降吧……

1996.6

热情、深情、真情
——序《今夜有阳光》

由于在新闻主管部门已有近二十年的工作经历，苏锐钧的名字，也许更为甘肃新闻界所熟悉。其实，锐钧同志也是甘肃诗坛一位辛勤耕作的诗人，他写诗的历史，至少不比他在新闻主管部门工作的时间短。他的诗作早在70年代就频频见诸报端，引起读者注意。收在《今夜有阳光》这部诗集中的，是80年代以来发表的他的更为成熟的作品。

锐钧的诗，都是热情之作。读他的诗，会感到有一股热烘烘的力量，使我们感奋、激动，受到鼓舞。这种感觉，与我们读贺敬之、郭小川诗歌时的感觉颇相似。我知道，锐钧是极喜爱贺、郭的诗歌的。可以看出，他的诗，在风格上留有贺、郭的深刻影响。虽然贺敬之、郭小川最有影响的诗作乃是新中国一扫半封建半殖民地的污泥浊水喷薄而出蒸蒸日上的朝气与光华的结晶，而《今夜有阳光》集中的诗作落笔时，我们的国家却已经受了十年浩劫，继而在商品经济、市场经济的泥泞道路上开始了新的长征，可贵的是，诗人对我们的事业和人民葆有像当年贺、郭那样崇高的热情，总是看到希望，看到力量，感知理想与信念。他热情讴歌，从石油城到钢城到镍都，从山丹军马场到腾格里治沙前沿到兰州滨河路建设工地，从神奇的敦煌、酒泉到秀丽的陇南山乡到黄土般沉实的渭水源头，处处留下他的诗思，处处流荡他的激情。也许因为同是在玉门长大，我特别喜爱《油海壮吟》这一辑诗。诗中，"歌声带着油花"的石油河，遍是"油的人，

油的歌，油的山，油的树"的石油沟，银色铝盔日夜闪光的老君庙，"赤金村长大的油娃""文殊庙抓来的民伕""石油师转业的老团长""吴淞口支边的女学徒"走出的石油工人之路，还有"蓝道道工服黑油油的发，四十八寸管钳扛在肩头"的老矿长的儿子、"齐刷刷的短辫胖乎乎的脸，量油标偎在紧束的袖口"的老石油的女儿，以钻机的欢唱、原油的奔泻为"全部乐趣"的钻井工人，因"需要速度"而废寝忘食的特种车司机，写得多么亲切，多么动人！诗人曾经当过石油工人，他的字里行间充满对玉门石油城，对石油工人的热爱之情。用今天的眼光来挑剔，诗人笔下的生活与人物或许过于理想化，而对于现实生活严峻复杂的那一面的表现略嫌缺欠。但是，每当看到、听到，在商潮滚滚的今天，在玉门油矿，在可敬可爱的石油工人中间，那种对社会主义事业的忠贞之情，那种艰苦奋斗无私奉献甘之如饴的精神，依然辉煌闪耀，那么，对他们的抒写，难道能够故意选择冷涩、阴郁甚至卑琐的调子吗？锐钧的诗，大都写得节奏明快，音调铿锵，即使是一首十来句的短章，也可以朗朗上口，诉诸听众。这恰与热情的基调相吻合。

锐钧的诗，不仅热情，而且深情。这使他诗与那些飘浮、虚夸的大话、空话区别开来。锐钧喜唱颂歌，但是他的颂歌不是顺风随潮的盲目的谀辞，而是基于清醒的理性认识的深长吟咏。对毛泽东的缅怀与歌唱将成为中国诗歌的永久性题材之一。锐钧自然也献出了自己的诗作。可是，在他的笔下，"太阳也是一颗星"，"有升有落不可抗衡"。他认识到，随着历史新时代的到来，"该推倒的都推倒了"。我想，诗中所指，自然包括曾盛极一时的造神运动。只有毛泽东思想、毛泽东言传身教于中国人民的革命创造精神和对社会主义、共产主义前途的乐观信念，如风帆、星辰，将永远招展、辉耀于人们的心中。而这，正是锐钧颂歌的重心。显示锐钧诗作情感沉实的另一个方面，是他的创作如同罗曼·罗兰所说，"深深扎根于现实的肥沃土壤之中，并从我们的时代精神中，从它的激情和战斗中，从它的意向中，吸取营养"。他极少涉笔自己没有亲身到过的地方、没有亲身经历过的生活场景、没有亲身体验过的情感。他总是老老实实地在自己置身其中的生活的燧石上击打自己的灵感。无论是一幅优美的风景画，还是一段隽永的哲思，都不是没有实践根由的闭门造车。当然，锐钧诗的情感

深度并不是完全一致的。我的看法，八十年代后期至近几年的作品，比此前的作品显得更加深沉。依序试读《绿色的砚石》《在地平线消失的地方》《今夜有阳光》，这个感觉会相当明显。这是时代的进程和诗人个人认识的进程使然。

"愤怒出诗人"，也许可以解读为真情出诗人。可贵的是，无论是热情，是深情，在锐钧的诗里，都是一种真情。对于什么是真情，不同的人有不同的理解。这些年来，在有的人那里，似乎爱祖国、爱人民、爱社会主义事业、爱一切健康美好向上的事物，都是矫情，只有翻来覆去赤裸裸地表达爱自己、爱利益、欣赏一切庸俗、阴暗甚至卑污的东西才是真情实感。我和锐钧都对这种现象非常反感。人类情感的主流总是热爱真善美，热爱健康向上崇高的，否则人类怎么可能成长、发展到今天？的确，在人类经过和正在经历的每个社会发展阶段，假恶丑，病态、卑下、低俗的东西，都是客观存在。但是，既然诗歌创作的主要目的是要诉诸公众，既然诗歌是一种思想的创造而非生理的宣泄，那么，它理应成为人类精神世界美丽的花朵、纯净的甘泉、灿烂的灯火、动地的鼙鼓，以一腔真情表达人类感情的主流，陶冶、启迪、鼓舞人们向着更加明媚的未来、向着理想的境界登攀。更何况我们的诗歌是社会主义精神文明的一部分。锐钧是坚持这一点的，应当受到赞扬。

因为繁忙的本职工作，锐钧同志的诗数量不算多，艺术经营上常显得匆忙。我很喜爱他的这些诗句："瞧，头盖下的背篓/装着整整一个/鼓囊囊的秋！"（《碧口，飘来的小镇》）"情依依和你惜别/一回首，缕缕油香把脚步拴住太久……"（《访石油沟》）"春之手，湿淋淋地/拈出一片绿的世界"（《裸露的春》）"轰轰轰烈烈的太阳/黄昏时在山头/终于流尽/最后一滴血。"（《今夜有阳光》）"太阳踮脚/在楼顶跳来跳去"（《南来的风》）但是，这样精心推敲、炼意炼字而成的使人眼明的佳句，还嫌少呵。诗是语言的精华。汹涌的诗情、睿智的诗思，只有通过最精美的语言表达出来，才能获得永久的魅力。我们期待着。

1996.11.13

《流动的艺术》序

对于已经逝去的和正在到来的时光之河,以五十年来计量的,实在是一段太短的过程。对于已经存在的和正在经历的人类历史,五十年真的是"弹指一挥间"。

然而,对于具体的我们,五十年,却足以感知"知天命"了。

五十年,甘肃的人民广播事业,命定地成熟为党、政府和人民不可须臾离开的喉舌。

五十年,甘肃的广播文艺,命定地繁荣出"思辨之光""心灵沃野""情感花雨""岁月回声",记录在这本书里。

五十年!甘肃广播文艺这块田园上的耕耘者,许多青春少年收获满头华发,多少挚云心事化为无尽忆想。有的,甚至已辞别人世,飘然远行。自然,更有许许多多后来者,后后来者,走进这片田园,带着年轻的风。

在事业五十周岁生日的时候,正在这片田园上耕作的朋友们,合个影吧。

这是李恩春:清癯中透着执拗,对事业和信念的执拗,对广播文艺,特别是"花儿"的爱的执拗。这是成倬:有条有理地策划着文艺部的创优、创收,如同用他那工整清秀的钢笔字不紧不慢地写下一篇篇倾诉"稚子"之情的诗文。这是王学秀:一年又一年,几十年与广播戏曲为伴,爱得平静因而持久。这是王振英:天晓得他哪来那么大的精力,五十八九的人,半夜半夜地监制甚至主持《午夜温馨》,却能按时间表不停地拿出一部又一

部广播剧！这是王正强：说起他那一部部受到艺术界重视的关于秦剧的大著，他总要满蕴感情地追忆当年背着采访机翻山越岭，风里雪里采录地方戏曲的情景。这是柳廷信：从河西走廊走来，腼腆地放飞的，却是闪耀着祁连山的沉雄与肃南草原的热烈的音符。这是匡文留：一面，循规蹈矩地完成着自己的编辑任务；另一面，昼夜不倦地真正地用灵与肉在写诗，用诗呐喊着灵与肉。这是马应昌：他以持久不懈的"长篇连播"诉诸和拥有着数量不可低估的听众群。这是张慧珠：我们还是用她主持节目时的名字称呼这位原来是医学院讲师的"方慧"吧，她温馨的风格，温馨的语言，获得的是"追星族"热烈的喜爱。这是刘新民：细声慢语与浓黑的大胡子，统一在他的音乐世界——时尚而又传统，激扬而又精致。这是刘东方：是编辑，是主持人，甚至是够格的广播剧演员，从一条又一条路径上追求着年轻的广播文艺人的追求。这是巨静波：也是一个多面手，编辑稿件，主持节目，甚至热衷于投身广告公关事业，一试身手。这是胡冰：躁动的音乐天赋使她放弃行政工作，而与广播音乐为伴，走路也带着不知忧愁的歌。这是肖自明：没有耀眼的学历，却有着掩饰不住的学养，短短的发丛中茁长着茂密的思想。这是张鹂鸣：以婉转悠扬的歌喉一"鸣"惊人，人们说，电台文艺部，有人才哩！这是薛永健：潇洒的文字透露出聪慧的思绪，但愿他写得勤些，再勤些。这是孟繁博、袁香玉、廖丽萍、任翠琴、闫亚清们：不可缺少的管家人，有时还乐呵呵地做起替补队员：编辑、主持、导播……这是廖亮、黄文涛们："我们部里的年轻人"，在师长的期盼的目光里，一二一，朝前走……

一个可爱的集体，一群可爱的广播文艺人！读着他们的作品，与他们一起研究文艺部的工作，策划广播剧创作，讨论节目的情景，一幕幕重现眼前。

他们从事的是这样的事业：广播作为党、政府和人民的喉舌的性质，使他们的文艺认知沉甸甸的社会责任感和舆论导向意识；广播电台作为国家新闻宣传机构的性质，使他们的文艺在为人民服务、为社会主义服务的遵循中，更直接地体现于为党和国家的工作大局服务。然而如鲁迅所告诫："千万不要忘记它是艺术。它之所以是工具，就是因为它是艺术的缘故。"在政治与艺术、理性与灵感、现实与永恒之间，他们求索。

他们献身的是这样的艺术：无论文学、音乐、戏剧、曲艺、理论等等，都无一例外地搭乘无线电波的载体。电波为作品插上超越空间、甚至时间的翅膀，使它们拥有更多的受众，也苛刻地规定着它们展翅之前必需的羽化蜕变：无论形象思维、逻辑思维，无论语言艺术、视觉艺术、听觉艺术，都只能通过听觉这唯一的管道，诉诸受众。他们不啻钢丝上舞蹈，奉献最美的形象，遵守最严格的限制，在艺术与听觉的双重规律中，探究规律，让受众用"听"去读、去看、去欣赏、去想象与思维，去感知艺术世界的丰富而深刻的美。

他们追求的是这样的目标：是一个履行职责的工作集体，又是一个雄心勃勃的创作群落；是一个个令行禁止的新闻宣传工作者，又是一个个各有千秋的艺术家。在矛盾中求统一，在结合上见水平，很难。但唯其如此，才能突破，才能出色，才能从必然跃向自然，和谐地实现社会价值与自身价值、群体价值与个体价值。

于是，需要学习政治。它使人敏锐，使人昂扬，使人摒弃冷漠和卑琐，关注全局、关注现实、关注民心向背、关注人世冷暖，使匹夫自觉有责于国家兴衰、历史进退，使艺术家是非分明、疾恶如仇，甘愿作时代和社会先进力量的"眼睛、耳朵和声音"（高尔基）。

需要磨砺思想。不知疲倦地向着真理的前方奔驰的思想，是向着无限和永恒伸出的永不缩回的手。它使人的精神产生穿透力，获得大智慧，大清明，如庄子所言："十日并出，万物皆照。"雾里看花，一目了然；盘根错节，一点即破。多的是宽容与尊重，多的是远眺的风度，解放的潇洒。

需要精通业务。广播文艺，既有艺术层面，又有技术层面。美国哈佛大学哲学教授闵斯特堡在其《艺术教育原理》一书中曾谈及，科学家致力于与其前辈和同行合力建造一个企图概括宇宙的知识系统，而艺术家则营造着一个个既不与前人重复，也不与旁人雷同的独立天地。艺，无止境；技，又何尝有止境！艺术与技术的结合，臻于完美，更非易事。有志者浸淫其中，寝食皆忘，"为伊消得人憔悴"，一旦成功，天会更蓝，日会更丽，个中妙趣，岂可言传！

需要潜研文化。人化即人的文化。法国一位作家说，文化是知识被遗忘后的遗留。它来自对广博深远的知识的刻苦研求，是万千具体知识的结

晶、升华、了悟，日积月蕴，蔚然而生，似无形无质，又难遮难掩，所谓"腹有诗书气自华"。它使为人为文境界不断提升，层楼更上，无尽无穷，"天目"洞开，气象万千！

广播是现代科学技术的产物。世界整个科学技术的飞速发展，推动广播科技也在日新月异地发展。这给广播文艺这一特殊的文艺样式带来了许多新的课题，提供了许多新的可能。在万事万物越来越趋向于表象化、感官化、快餐化、一次性化的今天，也许广播大家族中的后起宠儿电视更适合于人们的休闲消费需要。就文艺欣赏来讲，电视所提供的美学空间也是广播难以匹敌的。但是不容置疑的是，广播仍然拥有广大的受众，广播文艺仍然拥有广大的"发烧友"。我自己就固执地认为，从书籍到广播到电视，媒介符号渐次增多，供受众思想耕耘的"留白"却渐次减少。比如，音乐天生是听的，MTV靠直观形象增强了对歌手的宣传效果，却令人遗憾地削弱了音乐自身的效果。"看"对"听"乃至思索、想象、回味构成了障碍。固守和强化自己的特色，借助高新科技探索弥补自己的短项；靠着矢志不渝的广播文艺人以韦伯所说"圈外人嗤之以鼻的陶醉"齐心努力，超越经验层次，解读无穷新知，用更多更精美的作品服务受众，赢得受众，是广播文艺应有的追求。

本书出版之日，将是甘肃人民广播事业和广播文艺第二个五十年的起步之时。让我们致以深深的祝福。

1998.11.15

认真的诗
——读《散歌集》

马昕同志是一位认真的人。大学一毕业,他认真服从组织分配,从省城兰州一下扎根到远在戈壁的玉门市,三十一年认真地工作,认真地生活。当教师,他是一名认真的教师。当校长,他是一名认真的校长。他还认真地当过市委、市政府的部门负责人,直至认真地当起市委副书记。这些年,则调回兰州,在一所高校认真地搞起了党务工作。说他认真,我还清楚地记得一件事:一次,省上开会,他被安排在大会上介绍经验。为了发好这次言,他不仅从内容、文字方面把稿子改了又改,末了,竟然把全篇几千字一字一字注上汉语拼音、标上了四声。他说:"我是为了念得更准确、更抑扬顿挫一点……"这千真万确够得上"令人叹服"了!

在认真地工作之余,马昕认真地爱着诗。写诗即使没有成为他的生存状态,至少已成为他生活中不可或缺的内容。翻读汇集了他几十年来全部诗作的《散歌集》,我们可以看出,几乎在生命岁月已经经历的每个年代,在行踪所至的每个地方,每一种生活内容,他都吟咏了,书写了,留下了自己的诗作。以时间为经,以空间为纬,我们读到的是一个认真的知识分子在半个世纪沧桑变化中的认真地思索与表白。

他认真地歌颂:从人民领袖到农民、工人、教师、医生、解放军战士、公安干警,从雷锋、王铁人到优秀少先队员、"三好"学生,从革命圣地到河西走廊、甘南草原,乃至青海高原、川西平原,从农业、工业到教育、

科技、体育、文艺……在生活的空间里,他应接不暇地歌颂每一个亮点。

他认真地抒写:有对祖国、对党、对改革与建设事业的热爱,有同志情、友情、亲情,也有年过半百之后费尽奔波求助之力,从塞外回调省城过程中的渴盼、焦虑、忧苦与长出一口气的释然而喜。

读过诗集,也许有人会觉得作者的歌颂、抒写和表白似嫌浅表。我想,从某种意义上说,也许他的浅表正源自他的认真。中国的半个世纪,深刻与浅表都是果实。可以肯定的是认真的马昕,浅表却真实。

在形式上,马昕也是认真的,认真实践"百花齐放"。他的诗,包括了自由诗、古体诗、七律、七绝、五绝、歌词等,甚至自创了九律、九绝,平平仄仄,推敲得煞费苦心。我喜欢集中的这样一些诗句,如"啊,白杨哟白杨,你英武可爱的形象,使人们想起了、想起了,战斗在戈壁的小伙子和姑娘……"(《白杨礼赞》);"群峰似浪涌迭,托出一轮朗月"(《祁连山月》);"你不倦的精神,化作万木的层层年轮;你的滴滴血汗,浇灌出芳草绿、百花红"(《园丁颂》);"渠旁自有黄花艳,关外夏初展秀容"(《农场行》);"玉关道上遇同窗,党水泉边话故乡"(《叙旧抒怀》);"万仞雪山临大漠,一条丝路过雄关"(《写宏篇》);"群鸟在高远的碧天飞翔,溪泉在深邃的山谷歌唱……"(《祁连放歌》);"我们虽在这远离北京的关外边村,但北京的声音时刻鼓舞着我们"(《喇叭声》);"身躯——砾石筑铺,筋骨——柏油浇铸。无言地通向每片油田,无私地伸向大漠深处……"(《油城即景·路》)不一定很精辟,但清新、秀丽,充满感情。

人生苦短,而滚滚滔滔不舍昼夜的时间是永远年轻的,人民的事业、人类的追求是永远年轻的。以有限对永恒,我要说,想要较高质量地、较高效率地做人、做事,认真的态度是绝对需要的。正是在这一方面,马昕同志为人为事,颇受同事们称道。当然,诗而认真,也许就有了两层意味。如果就创作的经营而言,是优点;如果就诗艺、诗的表达策略来说,则显有偏失。从这个意义上说,也许一首诗成功的程度,与艺术表现上的"不认真",即构思的不循规蹈矩,意象的不概念、雷同,语言的拒绝套话等,反倒是成正比的。不知马昕同志以为然否?

2000.2.6

真　诚
——读《卡西莫多的眼睛》

读潘涛的散文,有一种读大少年、小青年写在作文本上的习作的感觉——这主要不是因为作者谋篇还不够圆熟、遣词还不够精确,而是因为这篇篇作品中所坦露出的真诚。这真诚,没有掩蔽在着意装点的文章华彩之中,也没有销蚀于人近中年所经历的奔波劳碌中,而是就这样毫不设防甚至未及三思地、一句也不隐晦、一篇也不作假地写出来。我感动于这种真诚,它能够将读者带进一个光线充足的内心世界。白话总是优于矫情的美言,清浅总是优于深沉的浑浊。

她真诚地叙事:红纱巾的故事,雷台湖的故事,钢琴的故事,看戏的故事,奶奶的针线活的故事,牛仔装的故事,电视机的故事,炸油果子的故事……一个个故事,发生在作者的生活里,自然也发生在我们大家的生活里——因为真实,便让我们自然地产生一种共鸣,通过文章感知儿童的天真无邪,老奶奶的灵心巧手,乡风村俗的淳厚,祖国大地的神奇壮丽,还有你、我、他,我们大家从贫困简陋中一年一年、一步一步走出来的难以忘怀的记忆。

她真诚地抒情:对丈夫的情爱,对孩子的眷爱,对父母亲人的尊爱,对领导师长的崇爱,对同学朋友的关爱。真诚的爱使她从卡西莫多式的丑陋中发现了卡西莫多眼睛的美,还使她忏悔于对一个诚心助人习练武术的老者曾有的"戒心"。她还将爱的心歌献给自己曾常走、常逛的一段路、一

个市场，献给一只军犬，献给家乡的风味小吃，献给活泼泼的小鸡，表达了热爱生活的美好情怀。特别是作者对于几位同桌、同学和年轻亲友的感情的抒写，折射出这个全新的时代环境中青年一代丰富多彩的生活抉择。有决绝也有犹豫，有欢乐也有忧伤，有奋发也有无奈。难得的是，作者以非常宽容的心境描写和评述同龄人们的选择，并不世故却又旷达地祝福他们随缘而又积极地走好人生之路。

"文学是人学。"不同的是，小说和影视戏剧由于其艺术创造的需要，其中的人物形象对生活的概括提炼更高、更集中、更加强烈和突出；而在散文这种自由、灵便、拈得起放得下的文体中，经历、性格、情感、心灵的传主，却是作家本人。散文是作家人格的最直接的导体，是最充溢个人信息的语言。这就是郁达夫说的："我们只消把现代作家的散文集一翻，则这作家的世系、性格、嗜好、思想、信仰，以及生活习惯等等，无不活活泼泼地显现在我们的眼前。"也就是说，在散文中，文更如其人。所以从《野草》中，我们读懂了鲁迅蒸腾着血气的呐喊与渴望回应的深广寂寞。从《新月集》《飞鸟集》和《吉檀迦利》中，我们领悟了泰戈尔那神秘的、投向人类和大自然每一棵草、一粒沙、一滴水的微笑的眼神。从庄子与巴金，柏拉图和卡夫卡，我们明白了充满大智慧、大爱憎的思想与文采是怎样感动漫漫古今、茫茫天地。从梭罗、普里希文、郭风，我们结识了痴迷于与云彩和风儿同呼吸，与胡獾、椋鸟和梭鱼同嬉戏，与蔷薇和叶芹草对话谈心的名副其实的大自然之子。诚然，艺术成就有高下大小之分，但是，心灵不掺假，让笔管流淌生活的真实和心的真实，确是散文本质的要求。潘涛的散文，是在努力学习这样做的。

作者在书中几次写到自己的读书生活、写作生活。在集子的第一篇文章中，作者更写道："我深深感到，写作是我生命中不可缺少的追求。"潘涛是一位广播电视工作者，工作负责，学习勤勉，不断取得成绩。而多年坚持业余读与写，更是值得称赞。读书与写作，对于人们提高生活质量、生命质量，有着异乎寻常的意义。关于读书，高尔基说得最透彻，他说："书籍鼓舞了我的智慧和心灵，它帮助我从腐臭的泥潭中脱身出来，如果没有它们，我就会溺死在那里面，会被愚笨和鄙陋的东西呛住。"他进而说："每一本书是一级小阶梯，我每爬上一级，就更脱离畜生而上升到人类……"而写作，则会使人个性的追求更加广阔，知行的水平更加提高。写作是以笔与古人今人对话，面对人类曾经有过和正在存活的思想、情感、知识、经验发言。从情感到思想，从内容到形式，认知与扬弃，交锋与融合，效法与创新，真可谓胸中风云，笔端波澜！此中写作者所受到的思维的磨砺，思路的训练，思想的开拓，感情的滤洗，结构与语言的抉择锤炼，足以助其摆脱愚氓懵懂地认识世界、含混粗疏地表达世界的低层次认识与实践的状态，获得自我提升。懂得并真心地喜爱读书、写作，实在是一种幸福！

那么，祝愿作者读写不辍，以思想更深广、艺术更成熟的新作奉献给读者。

2002.5.5

美文生活

笔谈《喧关》

  需要对话，需要沟通，需要交流、融汇和凝聚，地球正连成一个村落，你、我、他于是需要《喧关》。
  心在热喧中纷纷绽放，喧哗成春天。
  需要思索，需要表达，需要探讨、扬弃和提升，生活的考问每个都是新题，《喧关》于是需要每天从头攀越。
  登上一个台阶，便有一片新的风景。

2002.5.14

持 守
——写在《敦煌中波写真》

也许是最寂寞的地方,却放送着洒满时间、空间和人间的五彩的音响;

也许是最单调的操作,却发射着涂染云空、田野和生活的喧哗的色彩。

耐住寂寞,排除嚣乱,我们的心灵正好自主地倾听和弹奏琴歌弦语,澎湃松涛、海浪;

耐住单调,一万次重复,我们的追求将被磨砺和熔铸得更加锋利,更加炉火纯青⋯⋯

春天,老奶奶的拐杖也做起返青的梦了;

夏天,泼洒的豪雨冲刷得天更蓝了,地更绿了;

秋天,每一株草木都垂下沉甸甸的感恩的种子了;

冬天,空中弥漫着煮肉的热气和香味了⋯⋯

像守卫边疆和海洋的小小哨所,我们护卫着声音和色彩,持守自己的光荣与梦想。

2003.1.1

精神的寻梦

——读《给生命一个理由》

中国知识分子是一个极具使命感和道德激情的群体，追求真诚、真知和真理，历来是他们为之奋斗的目标。时代变迁，世事纷繁，世相百态，"不拘一格"，在他们却总有"一格"，总有一种东西必须寻找，必须持守。可是这种寻找、持守，在20世纪80年代以来的历史转型时期，却突然变得格外艰难。现实功利的价值合法性对理想主义的空前解构，似乎真成为洪水猛兽，席卷、吞噬，意义、信念、良知、人格范式似乎都只成了一种说法，处处可见、可感的入皮、入肉、入骨的功利化价值观，挟裹着热烘烘的肉欲，也挟裹着传统意义上的文化人内心的巨大悲凉。

然而，人之所以成为人，恰恰就是在不断地为生命寻找理由。现代人，是在不断地为生命赋予崭新的内容和意义的过程中成长起来的。"给生命一个理由"，这是来自远古的绵延不断的人文呼唤，是人类使自己的悲怆命运变得壮丽的智慧和力量，是人类穿越黑暗进程中照亮自身的一束灵光。对于知识者来说，它尤其还是人类生命的一个底线。面对商品化、技术化的社会生活和滚滚而来的物质欲望，那些对人文精神怀有深重情感的人，必然要在现实与理想的裂缝中左突右冲，在追求中上下求索。

常金生是一个勤于思考的人，过去曾写过不少评论文章，喜欢在各种思潮和学术的前沿吸取养分。同时，他又有过不少实践的追求，如他自己所说，无论是以前的插队，还是后来的机关生活和市场经济第一线的经历，

对他来说,都是一种体验。经历这种体验收获了什么,我们也许知焉不详,但当代社会确实有一种生命方式叫体验,有一个名词叫体验经济。对一些人来说,体验本身就是目的,甚至是生命的意义所在。应当说,他这本集子正是他追求生命意义的一个写照。

上世纪90年代初,常金生曾对"文化决定论"弊端进行过反思和批判。他写的许多文艺评论文章,透露出他对一种"务实"精神的追求。十多年过去,他似乎在思想上经历了一个"生死两茫茫"的过程。如他自己所说,过去虽然说回归,但实际上根本还没有走出;而现在,他才真的有资格谈论回归了。其实,从反对"清谈"到自己的另一种"清谈",这差不多是新时期许多文化人个人思想和生命追求的一个历程,只是,不同的人对这种"回归"的感受不同罢了。

长期生活在内地,曾遥望过远方的辉煌,接着便有幸亲临经济和社会形态完全不同于内地的改革开放的前沿地带,这使得他能将自己的思考与西部的贫穷、沿海的发展,锁定在一种宏观参照体系中加以考察,表述他属于自己的见解与思索,反映他的某些焦虑与担忧。书中大多数篇幅都在关注现代化条件下人的精神生活问题。理想与信仰一直以来就是政治家、社会学家们关注的问题。市场经济的发展,科技的飞跃,功利观念的变革,似乎一时吞没了这一命题。但是,"于无声处听惊雷",一时的吞没,其实正昭示着新的凸显。西方社会的走向,是有力的证明。如何在全新的历史进程中,构建起植根于优秀传统又立足于市场经济现实、引导社会与人生健康发展奔向美好未来的理想、信念和价值平台,如何把国家的意识形态动员变为大众的自觉行动、道德自律,如何为现代人精神追求、价值取向赋予现实的操作性和文化意义上的建设性内容,恐怕的确是一个需要认真思考和值得广泛关注的问题。

集子中有些文章虽然关注的是带有普遍性的社会热点问题,但落脚点仍然是人的信念。这类文章以大量事例和具体的数据说明问题,具有强烈的思辨色彩和实证分析的特点,有时候,让人感觉到更像是第一线的记者的深度综述分析,与现实社会生活保持着近距离的接触。

作者对生命理由的寻找,说到底还是寻找精神家园的努力。但正像许多知识分子,他内心有太多的矛盾,太多的复杂感情,既充满理想色彩而

又不可避免与现实相纠结。在"应然"和理想方面，他有一种责任感，有一种认真和执着，试图寻找一种秩序，苛求一种宏观上的道德自律，他甚至可以用自己做实验，以完成他的精神追求。当然，对一个文化人来说，他这种追求，必然充满了形而上的意味。更何况精神领域的理想本身就是一个动态的过程。我们愿意把他对房子的感受看成是一个象征："没有人的房子不过是一个建筑材料的集合体，只有人在其中的和谐相处，只有心灵的安顿，我们才有了真正的居所和家园。"问题是，许多人常常不知道如何让自己的心灵安顿下来。

记得冯友兰先生曾把人生的境界分为四种，从低到高依次是自然境界、功利境界、道德境界、天地境界。四种人生境界之中，自然境界、功利境界的人，是现实境界的人；道德境界、天地境界的人，在更大程度上是理想境界的人。这种境界，依靠精神的创造。在这种境界里的人，他了解他所做的事的意义，自觉地正在做他应做的事，这种自觉为他构成了最高尚的人生境界。按照传统哲学的说法，生活于道德境界的人是贤人，生活于天地境界的人是圣人。古代的贤人与圣人已离我们远去，在今天做一个有理想的人，却是历史深情的呼唤。人性化的生活，意味着除了物质的欲望，更有精神的梦想。没有梦，日子就枯萎了。梦尽管可能会相当遥远，但追梦的日子，却是真实又充实的。

愿金生的思考与探索能于我们有所裨益。

2003.5.2

一路珍重

——写在《我从陇上走过》结集出版的时候

流行一时的东西，大都难以久存。有一首曾经走红的流行歌曲《小芳》，却从一听到，便使我感到了一种心灵的震动，并深信它不会随风而逝。搁置"始乱终弃""喜新厌旧"的道德批判，那么，它唱出的乃是人生一种具有普遍意义的感怀。

　　谢谢你给我的爱
　　今生今世我不忘怀
　　谢谢你给我的温柔
　　伴我度过那个年代

生活在前进，人生在前行，我们总得告别一个又一个给过我们爱和温柔的日子、人和事物，走向新的日子、人和事物。这种告别，与其说是无奈，不如真实地说是我们向往已久、为之奋斗已久的。奔向新的日子、新的人和事物，是我们梦寐以求、"为伊消得人憔悴"的。然而同样真实的是，在真要告别的"那个晚上"，我们会发现，自己与即将分手的日子、人和事物竟结下了那样难以割舍的情缘！告别已经无可选择，而那情缘也已永远挥之不去，且历久弥深。

最珍贵的，往往是我们最容易忽视、甚至无视的。只有在失去的时候，

我们才能猛然感悟。正如伟大、深厚的父爱、母爱，待我们真正懂得时，父亲、母亲已经长眠地下。

是的，我们要告别的，相对于要得到的，总是比较落后的、贫穷的、粗陋的。但这落后、贫穷、粗陋不是罪过，它是一段历史的河床，甚至是一方人生的襁褓。她养育了我们，我们从那里走出来。那落后，曾以最古朴的人性教育我们；那贫穷，因为别无长物，便用血酿的乳汁哺育我们；那粗陋，给我们以没有任何雕琢修饰的火辣辣的真情。那是一个爱的巢！自然，在那样的巢里，除了温暖，也有难以排解的苦涩。人总是向往更美好的生活，人类总是向往未来，凝固思想、停止追寻与人类的使命相悖。于是告别——有空间的，也有时间的；有物质的，也有精神的。

然而，当我们获得比较文明的、富裕的、精致的新际遇的时候，是不是会突然发现，某些原来我们视而不见、浑然不觉的最珍贵的东西，已经失去，永远也不可能重现？理智倾向未来，感情倾向过去，这怀旧情结、寻根情结，是否缘于人生在每逢有所得时总是无可挽回地有所失，而且只有在真正失去的时候，才能意识到我们失去的是什么！

于是，我们应当珍重每一次告别，像《我从陇上走过》的每一位主人公。

《我从陇上走过》收录的是甘肃电视台公共频道一个同名栏目中的部分文稿。这是一个受到观众重视的栏目。也许因为曾参与过它的构想、命名，所以自己一直注意它，几乎每期必看。它的主人公，有党政领导干部，也有科技工作者、文化工作者。这是一群从陇上走过的人，借助电视主持人构架的心桥，又回到了陇原热土，回到了"那个年代"。水均益看见小脚的奶奶"一拐一拐"地端着一盘"世界上没有人能炸出来的"鸡蛋送到面前；张保和又感到了当兰州小学生把自己的名字和白兰瓜、牛肉面并提时心中的震撼；拉姆措想起了天祝草原上自己小时候背着书包上学时走的小路；朵英贤想起了七八个人盖一条被子挤睡在用粪土烧的热炕上的情景；朱军忘不了他在甘肃的三十年，他说："人生有几个三十年！"牟本理忘不了大学毕业下乡时自家穷得没什么东西吃，吃的是农民送来的热乎乎的苞米、土豆；蔡武说，走进牛肉面馆喊一声"师傅，拉个韭叶子"的情结在"骨子里头"，"挥之不去"；银杏·吉斯回到飘荡着《奶羊羔》谣曲的故乡

就嗅到了山野里祖辈温暖的气息；贺燕云永远是一听到《丝路花雨》的开幕音乐就激动得"紧张"；夏学禹因为看到小时候人与成群的野生动物和谐共处的山丹草原由于过度开垦退化沙化而心情沉重；崔育新从一个林建工人、轴承厂工人到医药学专家的跋涉靠的是"西北人一根筋"；阎敦实带着队伍日夜不息地找油，却也曾喊住随行的车队自己跳下车大口吞下两碗兰州酿皮子……

他们的述说情真意切、爱心灼灼。的确，作为西部的一片热土，甘肃跟整个祖国一样让人眷恋。从橘花朵朵、茶园青青的陇南山乡到雪莲绽放、牦牛出没的祁连冰峰；从陇东浑厚的黄土高原到河西走廊葱茏的戈壁绿洲；从白龙江边遮天蔽日的原始森林到阳关西望无边无际的金色沙漠，这是一片辽阔美丽的土地。遥远的大西北和祖国陆地地理中心的概念一起指称着这里；无量数的贫瘠与无量数的宝藏一起养育着这里；最严酷的自然环境与最甜美的瓜果一起诠释着这里；三国、五凉、十六国战场的刀光剑影与西藏从这里盟誓走入祖国版图，丝绸之路从这里通向亚、欧、非一起记载着这里；大地湾先民草创的村居与戈壁深处现代化的核工业基地、敦煌莫高窟飘逸如云的飞天与酒泉卫星发射场风驰电掣的神舟一起礼赞着这里，这是一片神秘奇幻的土地。人文始祖伏羲在这里诞生，黄帝、周穆王以至秦皇汉武足迹犹存，李渊、李世民父子的祖籍在这里，旷代诗仙李白的祖籍也在这里；处于反动派围追堵截中的红军，是在这里确定了落脚的目标——陕北，并三军会师，走向胜利；党的三代领袖都在这里留下了身影；更有人掐指称道，改革开放后几届党和国家最重要的政治家群体中，都至少有一人曾长期在这里生活、工作；自然还有当今中国受众最多的媒体——中央电视台的各主档栏目几乎均有"从陇上走过"的靓女俊男担纲播音主持，这里是民族人文史上的一片福地……

但是，水均益们的感念不仅仅是简单甚至狭隘的"思乡之情"。这是走进新境界、新生活的人们的"思本之念"。这是善良之念、深情之念、奋发之念。种子是在土壤里发芽的，枝叶和花朵是在树根的滋养下美丽的，大海是靠千江百河壮阔的。善良的心不会忘记她们的爱和温柔（那种感受是不能复制的），深情的心会永远愧疚于曾经给予她们的太少、太少（那种遗憾是不能弥补的），于是，奋发的心将激励我们的灵与肉以不知疲倦的跋涉来回报那一次又一次困难却又决绝的告别，向着未来一个又一个陌生的日子、人和事物进发。告别与感念构成我们的全部豪迈与忧伤，构成我们的全部生活。历史因告别而前进，因感念而向真、向善、向美。

> 多少次我回回头看看走过的路
> 衷心祝福你善良的姑娘
> 多少次我回回头看看走过的路
> 你站在小村旁

陇原，"站在小村旁"。那么，尊敬的牟本理等领导同志，尊敬的朵英贤等学者、专家，尊敬的拉姆措等艺术家，尊敬的朱军等同行们，一路珍重！

一切已经告别的日子、人和事物，"站在小村旁"。我于是也向一切匆忙的路人，和自己，默念一声：一路珍重！

2003.6.29

学习、实践、创新
——读《西部声画艺术探索》

我一页一页读着《西部声画艺术探索》，沿着文集的思绪前行。作者卢谨从事电视事业已有十八年，是1985年初试播的兰州电视台的创业者之一。十八年所思所想、所作所为，落墨于纸，即使大删大砍，也丰美到这部文集的程度：二十五万字，有回忆，有思索；有电视脚本，有理论文章，深深地镌印出一个严肃的电视人的足迹，也透露着我们事业成功发展的"秘诀"，这就是：靠着一批又一批、一代又一代深爱着自己事业的电视人才，学习、学习、再学习，实践、实践、再实践，创新、创新、再创新。

真的，我们的电视事业是值得热爱的，这不仅因为它是党和政府传达政令的有效喉舌，更因为它是社会生活中最重要的、人民大众每日不可离开的现代传媒；不仅因为它总是引领人们感知国际国内最前沿的政治生活，更因为它能够引领人们切入经济生活、文化生活永恒变幻的时尚潮流做最新体验；不仅因为它是大文化群落中的重要一员，更因为她几乎是领略整个大文化的大观园；不仅因为它在文化产品中意识形态属性最强，更因为它在文化产品中产业属性也最强。在当代，关注文化，不能不关注电视事业；投身电视事业，不啻穿上了催人永不止步的"红舞鞋"，日夜身心兴奋地搏击在社会生活的第一道战壕。

热爱，意味着忠实与投入、辛苦与奉献，而且，甘之如饴。

在电视生活里，从一定意义上说，所有的任务都是措手不及，真正的新闻有几条会是等待我们做好采访"策划",一切到现场准备就绪后,才宣告发生呢?这便有了卢谨突然接受采访研制出新型气测找矿仪的地质工作者任务时的惶恐和随之而来的夜以继日的劳碌。

电视画面是电视记者眼里的世界。正如在热爱生活的诗人的眼里,"无边落木萧萧下"是大自然轻装上阵以迎战严冬,而消极颓废者感受到的却是人生易老的无助与苍凉,视点,是需要选择的。于是卢谨精心地校正着对报道对象的视点,以便使自己镜头里的世界,既闪烁个性化的光芒,又能表达时代,为人民代言。

电视是剪辑的艺术。干净利索地剪删冗余,天衣无缝地拼接必需,一堆素材就成了一件作品,画面便活跃成流动的思维,句读之间便有了脉动,音与画便灵犀相通、浑然一体。卢谨从雕塑家的劳动得到启发:好的电视作品,是靠着电视人创造的张力所生产的一个完美的雕刻的团块,"就是从山上滚下来也滚不坏的"。

电视又是遗憾的艺术。一件作品完成、推出,为之呕心沥血的、负责的电视人总是会发现那些或多或少的又无法弥补、修正的缺陷、不足,从而长久抱憾。还有一种情况是,有责任感的电视人,常常会在生活中发现感动自己、也会感动世界的情境,却因为真正的"措手不及",便永远遗失在镜头之外。卢谨正因为这样的感怀而常有"永远不能了结的"歉疚。

纪实是电视真正的优势。会有一天,我们将能够以"点播"的形式,在家中的电视机前,随意领略地球上每个角落的即时情景,如同今天目睹电视直播现场的足球赛事。虚构的、典型的艺术魅力永存,而置身于最现实、最务实的历史阶段为发展而日夜拼争的人们,更迫切的需要是最快地、最大限度地降低拼争的成本以求利润的最大化。反映在文化上,便出现纯艺术性的鉴赏活动因其无功利性而被挤压到最小的空间与时间,更不用说人们摒弃一切胡编乱造、令人徒耗时光的"文艺作品",把它们和假货同等对待;他们更厌弃一切虚假宣传,呼唤"实话实说"。这些原因催生一种现象:直击事实的纪实作品大受青睐。对这种现象我们自然应当做出分析,但又必须正视。作为大众传媒,又具有纪实优势的电视,正可一显身手,适应需要,又于适应中去引导人们在思与行中坚持正确,修正偏颇。于是卢谨致力于专题片的摄制,进而尝试纪录片,并努力追求其历史价值与审美价值。他说:"记录真实需要一种动力","认清时代的主流,再现真实的世界","抓住生活中普遍存在又不被人注意,却能体现生活内涵的现象"。这样,就不但会实,而且会新,会深,会具有震撼人们心灵的力量。

表现和再现,是电视人常常谈到的两种创制手法。从最深层的意义上说,其实没有再现,只有表现。"无主题变奏","无主题"就是作者的主观意图,就是主题。只要不搞什么"主题先行",从生活中获得明晰的思想,用它去过滤和照亮那些丰富多彩的素材,从而精心创制,是电视作品成功的基础。自然,在成功作品的完成态中,作者心中明晰的思想又大多隐蔽在事实和细节中,如花之香、火之热,使人受到感染和熏陶,却不见作者喊口号、挂条幅。卢谨在"冷静"中选择的,其实正是主题与材料、心神与形体的最佳处理方式。

主持人是电视的骄傲。无怪乎其他媒体纷纷仿效,为自己的责任编辑等冠以"主持人"的名号。电视主持人是电视走进生活、走进大众的使者,也是生活和大众进入电视的代表。电视主持人是你、我、他,而又非你、我、他,在是与非之间,他们塑造了自己亲近又高雅的形象(当然不能"亲近"到媚俗,或"高雅"到玩深沉)。卢谨说得对:"有魅力的主持人永远是节目的生命,但在生命的后面是阳光、土地和汗水。"他援引高尔基的话说:"新闻工作和文学工作一样,都是非常困难的职业。它要求的学习和工作,不是少于而是多于其他任何职业。因此,这种工作不是顺带做做,而是需要把整个身心献给它!"

DV把普通观众与电视人之间的鸿沟一夜荡平。它的出现,不仅使普通人破除了对于电视拍摄的神秘感,更重要的是,百千万来自广阔生活海洋的生手站在一个个全新的角度,以自己的所思、所欲、所知、所能记录生活,将从内容到形式对电视形成巨大的冲击,从思想到技巧给电视人以无穷营养。卢谨敏锐地感知了这一点,呼唤"让DV风暴来得更猛烈些吧",这表现了一个专业电视工作者的胸怀,更显示了一位中年专家关注新生事物、渴求新知、渴求开辟新境界的不竭热情。

电视工作实在是一项迷人的工作。迷人之一,在于它是名副其实的学习型工作。世界风云变幻,生活日新月异,时间永远前进,新知汹涌而至,对于这一切,有的行业可以保持距离"避一避",电视人却无处逃遁,不以学习为第一需求,"强取豪夺""生吞活剥""敲骨吸髓",你能看清这世界、弄懂这生活、跟踪时间"召之即来,来之能战,战之能胜"地"现场直播"吗?更何况还要准确到让每个行业的人都觉得你不是外行,还要深厚到新闻刚发生你就能说出事件的缘起走势、人物的祖宗三代,还要生动到让尽可能多的人喜闻乐见地"锁定频道"!每一次采制都是一次赶课,每一个节目都是一份答卷。成功的电视人有一个有深厚文化背景的心灵,学习成为生存状态。迷人之二,在于它是极富实践性的工作。说与做没有距离,想了就能干,有策划,立即可以组织实施;有设想,立即可以化为荧屏形象,有一分耕耘,就有一分收获。艰辛又喜悦的劳动成为生存状态。迷人之三,在于它是创新性工作。拾人牙慧与一成不变是电视的天敌,观众对精神产品日新又新的要求,鞭策着每一个敬业的电视人都要成为"点子大王"和"探险队员",去发现,去创造。为着创造吸引观众眼球的新颖、奇异,为着探索社会与自然中未知的领域,为着从人们司空见惯的生活中洞幽烛微,捕捉陌生的亮点,为着熟悉的风景在全新视角里的变幻,食不甘味的创新也成为生存状态。痴迷于学习,痴迷于实践,痴迷于创新,这是严肃、敬业的电视人的苦,也是严肃、敬业的电视人的乐。

可喜的是,我们的电视队伍,就是以这样的严肃、敬业的电视人为主体的。在苦与乐构成的引力场里,他们欲罢不能。我们的电视事业,就是靠他们支撑着、推动着,不断走向新的辉煌。《西部声画艺术探索》是他们中的一分子学习、实践、创新的手记,很值得一读的。

2003.10.20

《蜂蚕集》读记

樊永义同志拿来他即将付印的文集《蜂蚕集》，嘱我写几句话。我赶紧拜读，感到还确实有话要说。

我想说的，首先是我赞成老樊出书。这些年，对于出书，非议不少。明星出书，斥之曰"炒作自己"；企业家出书，斥之曰"附庸风雅"；领导干部出书，斥之曰"作秀"，等等。我倒认为，劳心费神，构思一番，翻检一番资料，爬一番格子，出一本书，这种"炒作"，总比蹭一串"绯闻""炒作自己"来得高尚一些；这种"附庸风雅"，总比"附庸"吃喝嫖赌、为富不仁对社会有益一些；这种"作秀"，总比日夜奔忙、一门心思谋权谋利多一些精神追求。即使雇"枪手"、靠秘书，只要立意在本人，计划、讨论、审看，总说明还有一份兴趣在文化，有一份兴趣在形而上，也总是好事吧。总之，除了极特殊的情形，对于人们出书，我总是举双手赞成的。更何况老樊此生是以爬格子为生存形式的，工作四十二年，无论是在定西地、县，还是在省广播电台；无论是当一名普通干事、普通记者，还是做省台的部主任，都是以拿笔杆为职业，以记者身份存在于社会的。在退休的时候，将几十年来的写作成果审视一过，择华取精，汇为一集，是对一生经历的总结，也是对一生耕耘的收获，于己有开拓晚景的鞭策，于人有可资评说的借鉴。所以，祝贺《蜂蚕集》问世！

我还想说的是，我完全赞成作者在编辑此书时"保持作品原样原味"的想法和做法。诚如作者所说，新闻是"易碎品"。但"易碎"与没有保存价值并不能构成同义语。今天的新闻到明天固然是"明日黄花"，但一个从

美文生活

业几十年的记者如果把自己写过的每一条新闻稿件都汇集起来,它的价值就不只是自己写作成果的汇集,它还是作者思想观念、职业精神的真实镜鉴,更是时代与社会变迁的翔实佐证。说新闻"易碎",是就其"一次性消费"的特点而言。时间不断地消费新闻,新闻便不断地长进时间,成为历史,不碎的历史。对于历史,溢美者有之,诟病者有之。风吹来,雨打来,溢美之词和诟病之语眨眼消逝,留下来的,还是历史本身。对于一个文字工作者来说,几十年就是那样想过来、写过来了,一直走到今天。有什么必要把儿时照片露着的屁股画上锦裤、把青年时的稚气装点成深沉呢?当然,我并不提倡把过去时代的所有文字都良莠不分、不加抉择地印给青年读者,但更不主张把过去的作品都按今天报章的标准脱胎换骨,在作传、集文、"盖棺论定"时把自己打扮成"一贯正确"。一个有社会责任感的新闻记者,总是站在时代的前列,站在人民的立场,他的心与笔的宗旨,总是要推动历史前进。即使种种客观原因与主观原因造成其笔下某些局限和不足,那条为前进的历史服务的红线仍然是异常鲜明的。因为如此,那局限,那不足,反倒衬出生活的真实、作者的真诚。从发表于1970年的《抓教育促生产》,到1979年的《定西县鲁家沟公社大岔六队实行大包干》,再到2001年的《黄河在这里闪光》,读老樊同志的作品,我们的感觉不正是这样吗?

老樊同志在写作领域的兴趣相当广泛,写作新闻作品及新闻理论文章是他的主业,此外,他还写诗、写小说、写电视片脚本等。两首写父亲的诗,生活底蕴深厚,感情淳朴真挚,艺术笔触细腻,是难得的佳作。对文学的爱好使作者的新闻写作得益,他的大多数新闻报道,都写得生动活泼。特别是报道农村生活的篇目,常常是寥寥几笔,便有情有景地勾勒出一派改革发展的新鲜气象;几句农民的话语,便为通篇画龙点睛,别添生趣。

"绿杨烟外晓寒轻,红杏枝头春意闹"(宋·宋祁)。在广播影视事业热热闹闹大发展的春天,老樊不老,他捧着他的大作来了。他用蜂儿、蚕儿劳苦一生、奉献香甜的精神激励自己,也启发了我们更多的广电人。汲取知识,贡献劳动,这就是我们的全部乐趣。老樊是这"我们"中的一员,你看,他退而不休,甘做"月薪"三四百元的"聘用记者",又乐颠颠地去"上班"了。

2004.3.7

442

《甘肃广播电影电视大事记》序言

当这部《大事记》到达读者手中的时候，广播电影电视业在甘肃诞生的历史已长达八十五年。即使从新时代人民广播电影电视的创立算起，也已五十五载了。看一看今日陇原大地广播影视业的繁荣景象，感受一下它在社会生活中日益显著的作用，作为广播影视队伍的一员，不能不由衷地感谢一代一代广播影视同仁的艰辛劳作和卓越贡献，不能不由衷地感谢我们党和政府对于这项事业的重视、关心和引导，不能不由衷地感谢历史和人民对于它的恩重如山的养育！

虽然已参与几番调整、修改，当得到定稿的本子开卷恭读时，我依然压抑不住内心的激动。读大事记是一件令人感慨万千的事！呼吸之间，一览今昔。一行文字，几多人物闪现；一页篇幅，几多春秋更迭。它使我们感知时光如箭、人生苦短，更感知事业无限、历史无限、精神须永远年轻！自然，大事记的体例，也会给人留下无尽的遗憾。

比如，一项宏伟的工程，留在大事记里的，只是一次开工的典礼，一次竣工的仪式。殊不知，工程建设的过程，其间的调查、谋划、定措施、找资金、施工操作、攻关克难、验收补正，其间诸多决策者、参谋者、实施者、监督者时或众口一词、时或思想交锋；时或左右掣肘疑无进路、时或一通百通日夜兼程；虽矛盾而同心，虽艰难而挺进，这才是真正的大事，大大推进事业的事。分开来看，或回首去看，鸡毛蒜皮，似不值一提；酸甜苦辣，已付诸笑谈。然而对于亲历者，这是珍珠，光彩熠熠地积淀成沉

甸甸的生命；对于过来人，这是美酒，时间越久，在劳动和战斗中酿成的同志谊、朋友情和共同的自豪感，香甜愈发醇浓。

　　再比如，对于不少领导人员、专业技术人员，留在大事记里的，是职务的任免、职称的评聘，还有逝者去世的年月，以及参会、接待之类的活动。殊不知，对于一个人留在世上的信息来说，这些内容，至少不是最重要的。最重要的反倒是活生生的小事、活生生的常态：是无数工作、生活、处世、待人的小事，是几十年日复一日的常态，让人们记住一个个人，人们是根据这些来评说是非功过，也根据这些认师、认长、认朋友的。这些，靠职务、职称之类是分不清、道不明的。更何况，支撑我们事业的，更多的是那些无衔无名、默默劳作的普通职工。广播影视几十年的历史是靠他们书写的，一届一届领导班子的政绩是靠他们创建的，干了大事，可是，大事记却难以留下他们的名字，不是很令人遗憾吗？

　　好在大事记毕竟为历史勾出了轮廓，为岁月留下了印记。循着它的线索，回望过去的八十五年，我们看到：

　　是先进生产力，特别是作为第一生产力的科学技术，催生了广播影视，并且不断地、速度越来越快地为它的发展构建新的平台、开拓新的天地。时刻感知先进生产力的发展要求，追踪科技进步的潮头，敏捷而果断地驰舟浪尖，以最新的科技成果作为发展的起点，我们的事业才能不断突进新境界。

　　是马克思主义科学理论的指导，使我们的广播影视神魂清明，在中国和人类的时代大进军中，自觉地把以正确的舆论引导人奉为圭臬，化为行动。当历史还在市场经济的风雨泥泞中前行的时候，这是十分光荣又十分艰难的抉择！但既然造福于亿万同胞也造福于人类的中国改革发展稳定大业需要强有力的理论指导、舆论力量、精神支柱和文化条件，我们有什么理由消解神圣的历史自觉性呢？

　　是我们党的宣传思想阵地、社会主义国家政权的文化载体这一角色定位，使我们的广播影视受到党和国家的重视与扶持。牢记自身职责，到位地为党和政府的方针、政策、工作部署服务，到位地为熔铸全党、全民族强大的生命力、创造力和凝聚力服务，我们事业的地位才愈显，贡献才愈大。

是亿万听众、观众成就了广播影视的繁荣发展。老百姓的取舍决定着我们事业的生与死。我们忠于马克思主义是因为它代表人民群众的长远利益，我们宣传党的主张是因为党除了代表人民的利益没有自己的私利。让广播影视覆盖每个城镇每个村落，进入千家万户；让声频视屏银幕及时、如实、充分地呼喊出人民群众的意愿，让我们的喇叭、镜头以人民的耳朵和眼睛去录摄和表现花开花落、月沉日升，广播影视便会长久地繁盛在永不凋谢的人民事业的春天。

是一代一代广播影视人不知疲倦的艺术追求，使广播影视日新月异，精品迭出。高文化、高智慧、高创新才能，重脑力、重体力、重集体合力，这就是广播影视。浑身是铁，在这个行当也未必能打成几颗钉子。那么，到书本中，到广播影视史上成功的范例中，到生活中，到群众中，到一次又一次具体的实践中，学习、学习、再学习，把我们队伍的每一员都锻炼成思想、知识、技能和创意的合金钢，是让我们的事业出新、出新、再出新的唯一诀窍。

是国际传媒业的激烈竞争和国内改革开放、市场经济大潮使广播影视的产业属性一旦觉醒。活力、实力、竞争力，事关兴衰，岂容无视！一切妨碍发展的思想观念都要坚决破除，一切束缚发展的做法和规定都要坚决改革，一切影响发展的体制弊端都要坚决革除，放手让一切劳动、知识、技术、管理和资本的活力竞相迸发，让一切壮大广播影视产业财力、实力的源泉充分涌流，把我们的事业做强做大！

是最可宝贵的团队文化、职业精神，使我们的事业蒸蒸日上，不断跨上新的台阶。广播影视部门坚持全面履行基本职责，出色完成重点工作，开拓创新有所突破。广播影视单位努力创优、创收、创造人才。领导班子、领导作风建设中形成的负责、落实的精神，"村村通广播电视"工程中形成的"领导苦抓、社会苦帮、广电部门苦干"的精神，"西新工程"中形成的"讲政治、抓落实"的精神，十六大安全播出中形成的"十分上心、十分负责、十分落实"的精神，使我们的队伍心很齐，劲很足，精神抖擞，无往不胜！

合上大事记，我们走在今天，也走向未来，走向新的大事记。古人鼓励我们说："为者常成，行者常至。"（《晏子春秋》）世界传媒大王默多克

为我们预言:"中国比任何其他先行的国家更有可能成功地发展它的媒体产业","中国具有成为一个新的全球性媒体和娱乐中心的潜力"。愿我们事业未来的每一程都更加辉煌,愿我们代代接力的队伍中每个成员的每一步都更加坚实有力。

2004.3.20

声音：生存状态
——写给《都市调频开播八周年纪念》

声音在空中，有时仿佛蝴蝶，有时仿佛雨燕，有时仿佛鹰阵，辉煌地来来往往。

激越的交响：那是你为都市奏响的进行曲，为都市平添脚力与节奏；

热切的呐喊：那是你为市民的疾苦在发言，让小巷深处的关切听到回声；

娓娓的絮谈：那是你与一颗心一颗心的沟通，让理想与爱情、知识与欢愉汩汩流淌；

美妙的旋律：那是你在歌唱云霞、河水、山顶的薄雪和小松林的绿荫，歌唱茁长的脚手架、熙熙攘攘的超市、野性的街舞和婴儿车里咿唔演说的小太阳……

一切都化为声音：声音的策划、声音的采访、声音的编制、声音的播出……

每个人都化为声音：声音的灵与肉、声音的喜与忧、声音的苦恋、声音的探求……

声音是你的生存状态，是你的全部生命、烦恼与骄傲。想一想，那是多么美好：你的每个成员，当他有一天老得只剩下记忆的时候，他能够说：那时候，在那个团队，为那个城市，我发出过声音……

2004.6.6

让我们努力　让我们祝福
——写入《陇原回响》的题记

十年前，在纪念甘肃人民广播电台四十五周岁生日时，作为电台的一员，我曾和同志们一道编辑出版了一套书，名为《陇声丛书》。十年后，在甘肃人民广播电台五十五周岁生日时，电台的同志们推出了一套新的丛书，名为《陇原回响》。《陇声丛书》《陇原回响》，吟哦间，我感受到时间前行，也体味到"岁岁重阳"。

在《陇声丛书》问世的时候，甘肃人民广播电台正开始一次堪称轰轰烈烈的变革。它和全国各地的广播电台一起，在改革开放大举深入、商品经济席卷而来、社会心理深广变异的大背景和电视红极一时、报刊变脸争新的新形势下，出于一种"变革，还是萎亡"的悲壮思考，策动了广播改革。那是一段难忘的日子！先从播出方式开始。在由钜耀、邢同义、李宗涵同志的带领下，1993年1月，台里的革新者率先推出了三个直播板块节目：《经济大世界》《陇上人家》《星期天，您好》。八月接班来台，我与同义、宗涵和赵英斌同志乘胜推进，全台讨论，观念交锋，责问又首肯，否定之否定。直播变革撩拨人心，各部方案纷纷形成。接近年底，一日，全台播出时间大户文艺部的当家人李恩春推门报告："文艺部全部上下形成共识，申请节目全部改为直播板块！"全台大讨论尘埃落定，全线飘红！从1994年1月1日开始，从清晨到午夜，你看吧，裴立华、樊勇义、张建平、刘永兰、李恩春、成倬、王正强、王振英……一个个端着小收音机，戴着耳机，神情专注，与其说是在监听，不如说是在"先听为快"、自我陶醉地欣赏自己的杰作！担纲主持的小宁、高翔、天鹏、郑蓉、宋颖、唐丽、张子选、王昭、心鸣、方慧、忆辛、临溪等等一时成为空中明星，连电视播音员们也争相利用业余时间过一把"热线直播节目主持人"的瘾。从省委书记、省长，到各地、各部门的负责人，到人大代表、政协委员，到社会名流、各界权威，到基层群众以至中小学生，纷至沓来，走进电台直播机房，坐在话筒前成为嘉宾。热线电话更是连接社会各个角落，让一个个普通人的声音瞬间覆盖四方。热线直播就这样使几十年居于教化高台的广播一脚踏进百姓生活的泥土，在新的历史环境中因为直接连线社会、民生，连线经济进程、民主进程、文明进程和人的发展的进程而骤然升温。接着轮到体制，浅层的理由是延续几十年的三段式播音时间不利于广播"持续升温"，亟须"一气呵成"；深层的动机是在"荒地"上开辟"试验田"，以较低的认识成本和经济成本赢得改革旧体制的第一次手术权。感谢高树新、孙家麒、梁西民同志，他们勇敢地撕吃第一只螃蟹，将原来三段播音中的三小时空档时间开发成了热热闹闹的热线直播板块节目《现场传真》《走向大市场》和《健康大观》，有滋有味、有职有权地成为包创优、包创收、包队伍建设的第一批广播节目"制片人"。"试验田"喜获丰收，"大田推广"便成为必然。自然是"试验田"不可比拟的天翻地覆式的推广。严军、张辉、刘永兰、李乾元先后站出来，成为抢抓机遇、改革创新的领军人物。1996年6月，第二套节目改革为都市调频。同年12月，第三套节目改革为交通广播。1998年9月，米发滋同志接班进台，与赵英斌、裴立华、王新兰同志一起，百尺竿头，更进一步，带领全台继续推动改革。2001年1月，第一套节目改革为新闻综合广播。同月，第四套节目经济广播诞生。频道负责制全面确立。"逼上梁山"的大改革由表及里，由里及表，打开了广播的新局面。

今天，当《陇原回响》问世的时候，甘肃人民广播电台又在经历一场新的更为深刻的变革。仍然是"逼上梁山"。电视、报纸把广播压成了"弱势媒体"。风急雨骤的互联网等新兴传媒把广播扫进了"传统媒体"。发达地区发达起来的广播同行虎视眈眈地逼着欠发达地区的欠发达广播易帜"投诚"。更何况日益丰富多彩的社会生活、日益增长的人民群众的精神文

化需求，天天急切地呼唤广播更快捷、更丰富，精品化、个性化。改革图强，改革图新，改革图大，以改革赢来广播崭新的生存状态，成为有志广播人的必然选择。这是一场技术的革命：从有线、无线、微波、卫星传播的数字化，到台内采、制、播、管的数字化、网络化。这更是一场体制机制的革命：甘肃人民广播电台几十年自立门户的历史已经结束，一个熔广播、电影、电视、报纸、出版等多种媒体于一炉，实行扁平化管理，极大增强宏观调控力与微观竞争力，从而增强事业、产业发展活力、实力和媒体竞争力、影响力的甘肃省广播电影电视总台（集团）呼之欲出。崭新的宏观与微观运行机制，将搭建多层次平台，每个广播人都将在集团化的进军中选择自己新的角色与位置，释放新的思想与精力，施展新的抱负与身手。改革是一场伟大而艰难的进军，无论对于一个国家、一个地区、一个行业还是一个单位，都是如此。"一改就灵"多属炒作，改革的真实意义与成果将在历史中逐步展现。但无论怎样，渐进与突进结合的集团化改革，将使广播大改容颜。

然而改革并不割断历史，战略构想要靠战术操作一砖一瓦、一枪一炮来实现。《陇原回响》作者们的理论思考、新闻实践、艺术创造，是对已经过去的历史的情思依依的总结，也是向集团化改革郑重捧出的一份厚礼。无论对于过去，还是未来，都是弥足珍贵的。正是出于这样的想法，在电台的同志们嘱我为《回响》作序时，我翻检出几年前作为一名广播人时就广播宣传写的一篇短文，并在文前说了上述这么一番话，送到全台同志们面前。

愿自己与全体广播人一起能够紧紧跟上改革的步伐，迎来广播在新形势下的振兴。愿我们已有几十年光荣历史的电台，在集团化的改革与发展中，葆有自己的形象，同时更构建出一个新型的向多终端开放的节目内容提供平台；愿我们的收音机与电视机一起进入家家户户亿万人手中，成为新兴的数字多媒体信息终端；愿我们的广播人成为一代崭新的复合型媒体人才，感受自己的劳动成果在广播化为声音，在电视化为色彩，在网络化为流动的信息的喜悦。集团化的生存将使广播对先进生产力、先进文化的宣传更有影响力，使广播为人民的服务更到位、更精彩。让我们努力，让我们祝福！

2004.7.11

《生态电视论》给我们的启示

非常高兴参加今天的研讨会。为了提高甘肃广电队伍的素质，提升甘肃广电人的业务水平，甘肃省广电局、广电学会决定从今年开始，每年用三个月的时间举行一个学术季，这个"季"既可以在上半年搞，也可以结合"世界电视日"在下半年举行。三个月，从理论层面讲，主要是讲座、交流、探讨，从实践层面上，则要搞成一个业务大练兵活动。我们是希望通过这个措施使甘肃广电从业人员的素质不断有所提高，使全省广电业的整体水平不断有所提升。我们今年的学术季活动以首发、推介刘炘同志的《生态电视论》打头。这部著作从思想分量、文化厚度、开创意义几方面来说，都足以给我们第一个学术季打头炮。刚才，专家们发表了非常好的意见，比如胡智锋教授说刘炘同志其书其人，是省宝、国宝；孟健教授讲此书具有"一鸣万户开"的意义；俞虹教授讲从十几年前对刘炘同志的第一部著作就是"一见钟情"。我想这些评价说明我们选首发这本书作为学术季第一项活动是完全对的。从对这部书的学习，从对这部书的研讨开始，为我们学术季奠定了一个很好的基础。

今天参加会议的，除了我们邀请的专家之外，还有很多我们省广电业的骨干。我想，从这部书，应该引发我们的思考，关于广电业、广电人怎样提升自己的思考。我个人认为至少应当受到这样几点启发。一是要严律己，勤学习。广播电视业是一个覆盖社会全领域的事业，又随时跟着最新的思想走、跟着最新的知识走、跟着最新的潮流走，如果不勤学习，很难

搞广播电视。社会全领域知识那么繁复，不学习，要去宣传报道，必然处处捉襟见肘。广播电视又要不断出新，昨天的新招到今天就变成老套了，就要淘汰。必须不断更新自己的知识，更新自己的观念。所以应该勤学习。但是勤学习不是说一句话，从人的天性上讲，休闲总是比劳动要惬意，玩乐比学习更轻松。在今天，还有一些活动也有文化的意义，比如在网络上浏览各种信息，比如找朋友聊天，很快几十分钟就过去了，也有学习的意义，但更多的是休闲。最重要的还是要读书。做一个合格的广电人，读纸介质书这个最重要的学习形式永远不要放弃。刘炘同志写这部著作引了多少资料，就是他在这五年当中克己奋发、不断读书、不断积累的结果。二是要有思想，有文化。广播电视是党、政府和人民的喉舌，广电人从最基本的层次上讲，必须讲政治，遵守政治纪律、宣传纪律，中宣部说什么不许播，我们就要立即停下来，中宣部有什么要求，或者省委有什么要求，我们就要立即宣传，这是政治方面。更深一层的是如果我们真要自己的工作做得有深度，就要做一个有思想的人，把我们的行为、我们的立场、观点和方法上升到思想的层次、哲学的层次。有思想和没有思想大不一样，同样的对一个问题的看法，两种悬殊非常大，这里有主动和被动之分、自觉与盲目之分、偏颇与科学之分、高级与低级之分。另外，我们应该成为一个有文化的人。要提倡钻研业务，而业务进入高深的层次，就是文化。文化是知识被遗忘后的遗留，有了文化，就所谓深人无浅语，在工作中，思考的层面就不光是局限于一个镜头怎样、几句解说词怎样等技术层面，而是会从文化的层次上思考电视、思考广电。因此，我们一定要提升自己的水平，力争做一个有文化的人。很多忙忙碌碌的广电人，他的水平还没有达到文化的层次，从研究他的节目，研究整体节目产生的基础，可以发现有不少方面实际上是没有文化或者至少是缺乏文化的表现。我想，我们应该从刘炘同志书中得到启发，做一个有思想、有文化的广电人，把技能提高到一种文化的程度，把知识提高到一种文化的程度，把平常实践层面的东西提高到智慧的程度。广电业是高智商、高智慧、高文化的行业，从业者要向这方面努力。三要想人民，想人类。广播电视坚持为人民服务，为社会主义服务，为全党全国工作大局服务，这是方向，毫无问题。但是服务可有浅、也可有深。刘炘同志这本书体现了他想人民长远的利益，人

民根本的疾苦。我们也应该这样把人民长远的根本的利益装到脑子里。节目要好，真正得到群众的认可，我觉得取悦也是应该的，但要真正感动人们，引导人们，还是需要提高到想人民这个层次。另外还有一个问题，就是要想人类，想人类带有共同性的东西，比如像生态问题，就是人类共同关注、与人类整体长远利益攸关的问题。在对于类似这样的问题的思考里面，反映着最深刻的思想。通过我们的劳动，日积月累的节目，以这种对于人类共同的关切、共同的追求的反映、呼应来营造一种氛围，一种社会进步、人类进步的导向，这是广电工作者的社会责任感、人类责任感的表现。我们要向这方面努力。改革开放前相当长一段时间，经常会读到、听到一句口号是"胸怀祖国，放眼世界"，或者说"为人类的解放而斗争"。我觉得，如果摒弃了极"左"的政治含义，这些话是完全正确的。有责任感的人应该关心、关注人类整体的命运。人类最后也总要解放，从社会层面解放，从自然层面解放，彻底打掉一切的羁绊，使人真正从更高层次融入自然，同时又在自然中真正成为人。广播电视应该向这方面做深层次的努力。

　　在这本书的写作过程中，刘炘同志是非常苦的。我们是同事，在一个班子里，这五年来，他工作没有耽误，工作分工量是很大的，他经常是在长假、双休日、晚上休息时才能进行写作，所以他说他的书籍完成后，他的夫人情不自禁鼓起掌来，这是非常辛酸的鼓掌啊，五年辛苦，终于写完了。他还会写下去的。不让他思考不让他写，不让他在广电学术上继续做贡献是不可能的。在一有点功夫就捧起书本，一有点思考就握起笔杆这点上来说，我与刘炘同志有同好。我要说：世间大凡一种思想，或是一种情感，一种追求，如果真正到了深刻的程度，一种思想比如说信仰，一种情感比如说爱情，一种追求比如说对自己的本质存在形式的追求，实际上是一条不归路，用屈原的话就是"路漫漫其修远兮，吾将上下而求索"，用一句俗话，叫"狗改不了吃屎"。既然改不了、停不下，那就往下走吧。祝愿刘炘同志新的研究、新的著作源源不断，带动甘肃乃至全国广电业文化水平的提高。

2005.6.21

《职责与承诺》序言

　　甘肃广播电影电视的历史，将以浓墨重彩记下 2004 这个具有特殊重要意义的年份。

　　在这一年，甘肃省直广播影视进行了重大的体制改革。55 岁的甘肃人民广播电台、34 岁的甘肃电视台、46 岁的兰州电影制片厂及其他各个相关的事业、企业单位，告别了各自单打独奏的历史，立志集约化经营、市场化运作、产业化发展，并拢五指，组成了集团：甘肃省广播电影电视总台（集团）。省广播电影电视局作为政府主管部门，则在政事分开、政企分开的变革中走向政策调控、经济调节、市场监管、社会管理、公共服务的新的层次。

　　这一改革非同小可。它击中了政府行政中存在的该管的缺位、该放的越位，在为企事业单位依法运营营造环境上不力、不强、不主动的弊端；击中了企事业单位体制不顺、机制不活、小天地筹划、旧思维发展的要害，明确了一个思想：经济生产力解放和发展靠改革，广播影视生产力解放和发展同样靠改革；开启了一片新境界：构建两个新体制——党委领导、政府管理、行业自律、广播影视单位依法运营的宏观管理体制和资源优化配置、分工合理协调、适应市场需求、富有竞争活力的微观运行体制；打造两个新格局——以政府为主导，以增加投入、转换机制、增强活力、改善服务为重点的公益性广播影视事业发展新格局和以市场为导向、多种所有制共同参与，以创新体制、转换机制、面向市场、增强活力为重点的广播

影视产业发展新格局；开创一个新局面——广播、电影、电视三位一体，省、市、县三级贯通，创优、创收、创造人才齐抓共进，宏观调控与微观竞争极大加强，社会效益与经济效益双双丰收，以崭新的形象和不断增强的实力，向建设多媒体、多层次、多功能的综合性传媒集团，乃至跨区域、跨行业、打破级别的大型传媒集团的目标迈进。

体制改革的方案是以中央和省委的有关指示精神为指针的，又历经了外出多次学习考察、内部反复调查研究、多方广泛征求意见、字斟句酌修改定稿，最终经省委、省政府和国家广电总局批准付诸实施这一系列的工作过程，算来酝酿历时四载，运作近两年，不可谓不认真、细密，水到渠成、瓜熟蒂落。然而，当2004年12月16日总台宣布正式成立之时，人们在欢欣鼓舞的同时，仍不免心灵震动。原因很明白：改革毕竟是"第二次革命"！而且改革乃是利益的调整，锋芒所及，关涉每个单位、每个人。依据一切有利于解放和发展广播影视生产力的标尺，原有的、人们习惯了的一切格局、关系，每个人的角色定位，都会经受审视、面临变革。于是，躁动焦虑，百思丛生，思前想后，左顾右盼，喜怒哀乐，患得患失，凡此种种，皆属常情，人孰能免？

可喜更可贵的是，以几十年奋斗经历为背景的广电队伍，在立足岗位、发挥广播电影电视优势为全国全省经济社会发展服务中是好样的，在这一场大改革面前，也经受住了考验。他们爱事业，顾大局，与时俱进，勇立潮头，积极参与和真心维护了这场改革。他们拥护改革方案，拥护省委对局领导班子的调整加强和对总台领导班子的选任，拥护省局党组在实施改革方案过程中所采取的一系列重大举措，其中最感人也最能说明问题的例证，就是对省局空缺中层领导干部和总台各部室、各单位领导人员所组织的公开选拔、竞争上岗。工作涉及44个处室、单位，报名参与竞争的达到615人次，竞争演讲、民主推荐大会共组织了13轮42场，4000余人次参加听评、推荐。从对一个个处室、单位分别研究实施方案，到一份份草拟、发出公告，再到组织报名、审查资格、抽签决定演讲顺序、召开大会组织竞争演讲、无记名民主推荐、个别谈话推荐、确定并公示差额考察对象、组织考察、党组个别酝酿、会议决定投票表决，接着按干部管理权限该上报的上报，该聘任的聘任，然后再度公示，正式发文，最终按岗择优共选任处级领导干部179人。整个工作历时一年，集中进行的阶段达百天，环环相扣，一丝不苟，日夜兼程，有条不紊！没有抵制的，没有消极的，没有哭闹的，没有告状的，有的是热气腾腾的议论，主动负责的建言，严肃认真的思索，跃跃欲试的激情；有的是对所报岗位要求的对照，对推进事业产业发展的探讨，对演讲稿件的字斟句酌，对登台亮相的精心准备；有的是对民主推荐、组织决定的积极服从，对成败得失的坦然面对，对失利后再度参与竞争的勃勃雄心，对降格以求到下一个层次占先争锋的冷静心理调整……在另一面，则有局、台领导班子的求贤若渴，有参评人员的郑重抉择，有组织人事部门的废寝忘食、过细工作。感谢所有参与的同志们！全靠大家以不同角色，从不同角度，为一个目的，投入热情、出以公心、严于律己、客观论人，使这项工作落实了省局党组提出的"让优秀人才脱颖而出，让人人都有出路"的口号，作为总台组建后的第一个重头戏，为在体制改革的基础上展开机制改革打了一个开门红！

　　收入这部集子的文章，就是从参与前述省局和总台中层领导干部竞争上岗的同志们的演讲稿中精选出来的。不夸张地说，整个竞争上岗过程中的每篇演讲都是很宝贵的，虽不能说篇篇都是字字珠玑、句句警策，但毫无疑义都是用心之作。只是限于篇幅，编者才做了一些减删工作，共得412篇160万字。这是省直广电系统过去经验的集体总结和未来蓝图的同心勾画，也是骨干分子个人才智思路的展示、责任义务的诺言。文集共分六大类上、中、下三册。上册是管理篇和公共服务篇，中册为广播影视宣传篇，下册包括技术篇、经营篇、党建篇。所有这些论述，既有对过去经验的回顾，更有对未来发展的思考；既有理论层面的研究，更有操作层面的设计；既有做好一方面工作的建言，更有改变单位面貌的妙策。当时聆听深受鼓舞，今天读来启迪良多！一年来，作者们的策划和承诺正在实行，推动着省直广播电影电视事业产业的发展。今天这部文集的出版，一定会在全省广播电影电视工作中起到重要作用。

　　体制改革的阶段性胜利，自然不意味着整个改革大功告成。机制改革的序幕才刚刚拉开。这一项改革不仅是体制改革的重要组成部分，而且是最繁难也最深刻的一部分。进一步说，改革的目的全然是为了发展。只要发展的道路上还有坎坷、障碍，改革就不能停止。以改革为动力，以省直广电事业产业几十年特别是"九五""十五"所取得的成就为新的起点，奔向"十一五"，奔向 2010、2020，乃至本世纪中叶，奔向党、政府和人民群众的期望，我们要走的路还很长很长。改革无止境，发展无止境。高举旗帜，团结群众，改革创新，艰苦努力，使省直广播影视事业产业以体制改革为新的起点，一年有起色，两年大变样，三年上台阶，不断开创出新的局面，全省局、总台处级以上领导干部责任重大，承诺庄严。

　　李大钊曾说过一段意味深长的嘱咐我们继承过去、立足现在、开拓未来的话："无限的'过去'都以'现在'为归宿，无限的'未来'都以'现在'为渊源。'过去'、'未来'的中间全仗有'现在'以成其连续，以成其永远，以成其无始无终的大实在。一掣现在的铃，无限的过去未来皆遥相呼应。"（《今》）

　　让我们以实在的努力迎接省直广电业的大发展！

　　让我们以实在的努力迎接省直广电业的新繁荣！

2006.2.1

好生珍惜
——读《情海轶事》

一

亲情，使人而成家，成宗，成族，成类。人类，打断骨头连着筋。
从前辈的音容和后代的笑貌中，我们看见了自己。
亲情使人间有善。对待亲人的态度，是人们认识一个人善恶的第一尺度。
亲情使人间有泪。婴儿坠地的呱呱号哭，是在本能地表达与最亲的亲人身心分离的大悲痛；逝者四周的呼天抢地，是在宣告：每个人都由于失去一位亲人而被迫在生存链上改变了角色！

二

爱情，使女人忘却岁月，长久地青春；使男人即使是狼也发力改变自己，"披上那温柔的羊皮"，只求爱人"让我靠近"，"相偎相依"。爱情是人生枝干中活泼泼涌动的汁液，春天的汁液。
爱情使人间有美。美心又美容。美天又美地。"情人眼里出西施"。"红雨随心翻作浪，青山着意化为桥"。
真的，"我爱你"，这是古老而又永远年轻的一句话。当你向着千百度寻找终于相遇相知相爱的人发自肺腑地说出这就话时，一切爱情边缘的友谊便都结束了。人的一生真正的爱情只有一次，那是一次最崇高也最美丽的心甘情愿的牺牲。

爱情是亲情的极致。

三

友情，是不同家，也不一定同宗、同族的人们伸出的相互扶持的手。

友情使人间有真。人在本质上都是孤独的。因此友情是人一生的期待。然而也正因为孤独的本质，所以唯有真诚地掏出你的心，才能使另一颗心感受温暖而情不自禁地靠拢。

献上一片城池常常只是一种政治的韬略，捧来一碗热汤却盛满朋友的关爱。最深长的友情，总是千百只细小的、闪光的珍珠连缀而成。

挣扎在地球这个冷漠的硅酸盐大块上，"谈到名声、荣誉、快乐、财富这些东西，如果同友情相比，它们都是尘土……"达尔文说得真好。

他自然说的是真友情。德谟克里特则有另一句耐人寻味的话："很多显得像朋友的人其实不是朋友，而很多是朋友的倒并不显得像朋友。"

四

情，亲情、爱情、友情，是太阳、月亮和星星，是空气、大地和河水，支撑着世界和人间。我由此而心仪一切真情的表达，钟爱充满深情的艺术作品。

《情海轶事》这本书的作者王培铸，自称"小人物"。我愿意认可这一概念。因为一，在生于上世纪40年代末，长在新中国红旗下，经历"文革"又经历改革开放，近年来已相继退出工作舞台的一代人中间，王培铸是既无政治包袱也少光辉业绩的普通一员；二，有意识的写作，对于培铸来说，只是近几年的事，既非大家也无名著。唯其如此，他在"情海"中便没有表演，也没有顾忌，只是老老实实地述说真实的感情：亲情、爱情、友情。他写得是那么老实，有感而发，感多则长，感少则短，只是围绕一个真实感受到的"情"字，全不顾章法是否严整，文气是否圆通。他写得是那么真实，全不顾形象是否丰满，情节细节是否典型。真实的生活里流溢着真情，朴实的文字摹写了真实的生活。欠提炼了一点？带泥带水的活

鱼生葱，倒有许多激人食欲的鲜香；欠深刻了一点？不加雕饰的凡人心绪、琐细人物，倒使写、读两者的心贴得更紧。

亲情、爱情、友情，是人世间的福祉。不能设想，如果没有了这一切，生活还有什么滋味，生命还有什么意义，人类还有什么希望！二十年前，我曾月夜登上嘉峪关城楼，一时突然悲怆莫名，以致鼻腔发酸，继而一派巨大的感慨重重地滚过心头。那夜，我写下一首小诗：

> 嘉峪关头
> 一轮美月
> 亮晶晶撒遍地梨花
> 银闪闪铺满山白雪
> 天涯共此时
> 举头望明月
> 愿爱情长久亲情长久
> 友情长久人类长久
> 宇宙间好一个明媚的世界

为了拥有一个明媚的世界，让我们好生珍惜一个"情"字吧，用心、用身、用智、用力、用整个今生！这，你，你们，一定同意吧，培铸老友，还有我的亲人、爱人和其他友人？

2006.4.1

《广电墨华》小引

很高兴看到全省广播电影电视系统又一部新的书画作品编印问世,向全系统的书画艺术家们道喜!

书画艺术是我国优秀传统文化的重要组成部分,源远流长,丰厚而璀璨。不过,把书画,特别是书法着意地视为艺术,却是站在今天、立足研究的一种做法。如余秋雨先生所说,在中国已经过去的数千年中,"毛笔文化"曾经是整个社会的文化信号系统甚至生命信号系统,那时,笔、墨、纸、砚是求学、做事、交际不可或缺的必需工具,而不是刻意用来进行创作的。今天我们奉为圭臬的不少传本法帖,在当时其实只是书写者的诗文手稿、读书笔记乃至生活便条等等,其中得之于心、应之于手,字里行间流溢艺术灵感和自赏者有之,"为艺术而艺术"则很难沾上边。可是由于整个社会、整个民族,几千年文明发展都以毛笔为物质载体,每个文化人每天都在挥笔弄墨,书法的整体水平,其中佼佼者的神笔化境,自然而然使得千载之下的我们,将之尊为艺术,心灵震撼、高山仰止地读之、赏之、叹之、悟之!

时至今日,情况已大不相同。时代变迁,社会前进,日益加速的生活节奏早已将毛笔"劝退"于日常必备的书写工具之外,而代之以加速淘汰更替的钢笔、圆珠笔、一次性碳素笔……直至眼下计算机席卷而来,小小键盘大有将一切形式的笔统统扫地出门的威势,"实现无纸化办公"的捷报,不断从各个机关、单位传出!然而,事物的发展,极端常常并不是终

点,更多的是在"山重水复疑无路"处,开辟出"柳暗花明又一村"来。不是吗,笔的更新变化,适应了历史发展的需要;而历史的发展所带来的社会文明程度的提高:物质生活的日益优裕、社会服务的日益完备、人们闲暇时间的增加和精神文化需求的增长,又为走尽几千年辉煌而日渐衰微的毛笔,打开了一片新的生面!尽管"毛笔时代"已绝不可能复现,但书法作为艺术却毫无疑问得到了空前张扬:法本翻新、名帖热卖、书法集琳琅满目、书法展遍布城乡、书法报刊随处可见、书法收藏成为时尚、书法名家门前车水马龙,越来越多的各种身份、各年龄段的人们走进书法爱好者的行列,行、草、隶、篆越来越多地涌进电脑的字库以适应用户的需求……

听到过对上述"书法热"的不同议论。我的态度是坚定的:赞赏、支持。理由很简单:总是国泰民安的一种反映啊,总是富而思文的一种表现啊,总是发展和完善自己的一种追求啊,总是陶冶情操、提升人品的一种努力啊,而且,总是书法艺术这一珍贵遗产在新的意义、新的层面上重展壮观的幸事啊!尽管文明已前行到永远也不可能再以是否用毛笔书写和书法优劣对人们进行价值判断的二十一世纪。

祝愿全系统的书画家朋友们笔底生花,花香千里!

祝愿"书法热"恒久地为全系统文化建设加温、助力!

2006.7.17

祝交广十岁

记住十年。导向金不换：给奔驰的车轮以力量，给前行的人们以欢乐！

记住十年。用良知感恩：时代是襁褓，受众是父亲母亲，来自四面八方的关注、关心和支持，是滴滴乳汁……

记住十年。曾在、现在和将来在交广做事的每个人都有一份烫热的事业心，只需点燃；每个员工都是人才，只需发现和关爱。

记住十年。没有终点，正在路上。最诱人的辉煌永远在地平线……

祝一路顺风！

2006.8.28

《甘肃省志·广播电影电视志》序

《甘肃省志·广播电影电视志》出版了。八十多万字，记录了从1918年到1998年的八十年。

回顾广播电影电视业的历史，总结社会主义广播电影电视业的发展经验，我们看到：科学技术是它产生与发展的先导和基础；大众精神文化生活需求是它繁荣的根由和营养；马克思主义科学理论是它沿着历史发展方向前行的路标；一代一代爱业、爱岗、爱奉献，高文化、高智慧、高创新才能的广电人是它兴旺发达的动力。

跋涉的历程更告诉我们：从事广电业，推进广电事业产业发展繁荣，方向、方法和精神，是最重要的。

方向。作为党、政府和人民的喉舌，作为全党全民族建设小康社会、构建和谐社会、不断开创中国特色社会主义事业新局面的重要宣传工具，方向永远是第一位的。导向金不换。方向的底线是安全，宣传安全，播出安全。这意味着，同党中央保持一致不动摇，维护社会主义制度不动摇，围绕经济建设中心不动摇，维护群众利益不动摇，维护社会稳定不动摇，时时刻刻正确引导社会舆论不动摇，严守宣传纪律不动摇，确保安全传输播出不动摇。在这样牢固的基础上，有理想有使命感的广电人，还会把以正确的舆论引导人作为服务建设中国特色社会主义事业的历史性自觉行动，把在改革发展的关键时期，在空前的社会变革中，建设和宣传和谐文化作为自己工作的鲜明主题，把以社会主义核心价值观体系化己、化人，促进

全民族团结奋斗精神力量的凝聚与提升作为自己的神圣职责。

方法。毛泽东早就说过,方法是抵达目标的桥或船,"不解决桥或船的问题,过河就是一句空话"。值得总结的是,这桥或船,不仅是硬件,也许在很多情况下更是软件。无论什么措施,首先都是需要领导班子组织实施,这就要班子团结,一个意志协调动作,一个口径落地有声;无论什么措施,归根到底,都需要干部职工具体落实为成果,这就要队伍齐心,上下左右形成合力,同甘共苦众志成城!而要促使班子团结、队伍齐心,利益激励是必要的,但最重要的是领导者的真诚,真心地以对民主权利乃至人权的敬畏,尊重同事、尊重干部、尊重群众、尊重那些没权没势的人;真心地倾听每个人的意见,集中集体的智慧("何世无奇才,遗失在草泽!");真心地以事业的魅力、以工作的成就感,而不是以威逼、以利诱,吸引人们凝聚起来;真心地构建舞台、创造时机使每个人都得以展示自己,每颗心都燃出自己的光彩;真心地设身处地忧群众所忧,为群众解难……所有这些,看似态度,其实是最重要、最有用的方法;看似方法,其实更是思想、品德、作风!有这样的方法和作风,便会有一个又一个诱人而又经过努力可以达到的目标,便会有坚定而又科学无误的决策,便会有主调高亢而和声丰美的事业发展格局,便会有意志统一而又各负其责的工作秩序,便会有铁的任务、规律、制度的有情实施,便会有"枯木朽株齐努力"的动人情景……

精神。在兰州解放的炮火中创建甘肃人民广播事业的老一辈广电人那种英雄气概、创业精神,已经成为我们队伍一代代后来人永远的政治营养。近十几年来在广播电影电视事业如火如荼的改革发展中所熔炼的广电领导机关、领导干部"负责的精神、落实的作风",村村通广播电视工程"领导苦抓、社会苦帮、广电部门苦干"的精神,十六大安全播出"十分上心、十分负责、十分落实"的精神,"献身广电、服务人民"的李星明、何兴国精神等,如扬帆之风、催阵之鼓,使我们的队伍人心得到凝聚,素质得到提升。我们皱着眉头看生活,因为现实永远不会像我们所希望的那样美满,我们面前总会有矛盾、问题、困难累累堆积,旧的克服了,又有新的涌上来。一事当前,我们宁可把困难估计得更足一些。但这决不意味着可以悲观畏难,无所作为,相反,忧患意识只能使具有责任感的人们虑事更加深远周密而不是大而化之，实行更加沉稳踏实而不是虚浮轻飘，从而艰苦努力，夺取胜利，转忧为喜，一舒双眉！不是吗，细想上述种种精神，其要义无一不是正视困难、做足工作、积极稳妥、务求实效，其核心则是"负责""落实"两词。无论所居何职、所务何业，负责，都是取得成功的最重要却也是最基本甚至最低的要求（可惜在现实生活中对一些人这常常成了组织和群众的"奢望"），负责，则会感知组织重托、群众期待，而不是盲目自大或自卑或不上心、不知轻重；不懂会主动学，向书本、实践和别人学，而不是畏难却步或硬撑威严瞎指挥、蛮干；对待矛盾、问题、困难，会正确分析，整合、创造条件，坚定信心，过细工作，一一化解克服，而不是满不在乎硬拼硬干或盲目放大、强化矛盾，放大、强化消极因素，自减信心，涣散军心，无所作为；做事就会热情洋溢，尽心尽力，而且长计划短安排，有目标有措施，有形式有内容，求实效又求完美，而不是心中无数，盲目乱干或眼中无活、无所事事、敷衍塞责、推天混日。落实，则是创造成绩推进事业的根本措施。常常是设想很振奋人心，措施很得力、可行，只因落不到实处，结果一事无成。说抓落实是措施，其实"落实无巧"，就是按设想、按决议有主有从、分工负责、真出点子、真出全力地实干。这样，就能把哪怕在社会上不少人那里已成为口语、套话、现成话的号召、蓝图，在我们这里一一落实为实际成果！

一年又一年，甘肃省广电人就是这样想过来、做过来了。这部志书里记录的累累硕果，映射着改革开放的社会主义伟大祖国和崭新陇原的灿烂阳光，承载着党和政府关心、扶持的和煦春风，浸润着我们的父亲和母亲——人民大众悉心呵护的暖雨，结晶着全省几代广电人的心智、汗水以至生命和泪水！

富强民主文明和谐社会主义现代化国家的建设任重道远。甘肃发展振兴任重道远。广播电影电视服务大局服务人民任重道远。而我们的广电事业还正年轻。我们代代接力的广电队伍永远青春！记取历史，告别昨天，更加辉煌的地平线正在召唤有抱负、有责任感、肯实干的全省万人广电大军。发挥更大作用、做出更大贡献的历史使命无比神圣，同志们，努力啊！

2006.12.6

读《诺贝尔奖得主的趣味人生》

不懂集邮，却愿意为一部集邮作品写几句话，是因为自己非常敬重一切难得的有心之举，一切美好的文化实践。

我与集邮家张光明有缘。二十多年前，光明到玉门市调查研究农村文化，市文教局派我接待并和他一起跑农村一个多星期。十多年前，我调到省文化厅，与光明共事一年多。后来我又奉调到省广播电视厅，而光明也出于"归队"（初从部队转业时光明曾在甘肃人民广播电台编辑部工作）的意愿，调回广电系统，与我共事直至其退休。三番交往，光明的勤学、敬业、朴直我是熟知的。我知道他喜好集邮，还当过甘肃省文化系统集邮组织的头头，但是对于他在集邮事业中所达到的境界，却不大了解。2004年，他的一册《二十世纪诺贝尔文学奖获得者邮票》问世，读赏过后，十分欣喜。及至年前的一天，这部《诺贝尔奖得主的趣味人生》的清样赫然摆在我的案头时，我真要击节感叹了：光明先生真是一位有心、有成的集邮人！他的作品，是他集邮造诣的显示，也是集邮界的一枚新果。

这部作品，叙述了三百八十多位诺贝尔奖得主的趣味人生，介绍了四百多枚相关的邮票和有关的邮票资料，让我们看到光明集邮搜罗之勤、之广、之深。这源于他对集邮的酷爱与用心、用力。二十多年来，他处处留心，一日不辍，业余时间更是几乎全部都用在了集邮上。在担任省图书馆副馆长期间，他凭借丰富的馆藏，孜孜以求，广搜贪读，获益多多。集邮是需要花费的，光明的工资收入不高，生活清苦，而于集邮却每遇所需，

即倾囊索购，落得个"快乐集邮"！是快乐啊，一枚邮票，就是一帧精美的美术作品，一幅灵动的生活画面，一页历史前行的记录，一份人类创造的积累！而千百枚、千万枚邮票汇集起来，就是一座艺术的花园，一部社会的百科全书，一所启人深思的历史大讲堂，一片波飞浪卷、鸥舞帆扬的文化大海洋！涵泳于这样诱惑无限的美的大海洋，集邮人怎能不"心旷神怡、宠辱皆忘、把酒临风，其喜洋洋者矣"！

  选题好，是这部作品的又一特点。当然，对于诺贝尔奖，从它诞生一百多年来，一直争议不少。我个人也以为至少某一部分人那种驱之难散的政治与意识形态的偏见，使它存在着无可否认的缺陷。但是它又毕竟是世界上覆盖学科全面、学术水准较高、具有其他奖项难以比拟的权威性和影响力的一项大奖。它的近八百位得主，就其绝大多数来说，确是一个多世纪来我们这个地球上的精英人物。以纪念这些人物的珍贵邮票为线索，通过一系列小故事，将他们热爱人类、热爱祖国、热爱生活和生命的思想情怀，勤奋学习、追求真理、创造新知、开拓未来的进取精神，朴实真诚、科学务实、不畏繁难、谦虚严谨的治学作风，以及丰富多彩、妙趣横生、引人入胜的人性魅力，介绍给广大集邮爱好者、广大读者，特别是青少年读者，其思想启迪、人格感染的积极作用是显而易见的。

  感谢张光明先生的奉献！以实实在在的一块一块砖、一片一片瓦，致力于集邮事业，致力于文化的积累、创造与发扬，是集邮事业的呼唤，也是整个文化事业的呼唤。

2007.1.3

说《甘肃影视往事·电影篇》

2004年底,在甘肃省级广播电影电视体制改革的热潮中,通过公开选拔、竞争上岗,柴金明同志从敦煌台进入省城,到甘肃敦煌影视文化中心(兰州电影制片厂)任副主任(副厂长)。他的干劲可真是大!从那时到今天,短短两年多时间,他已组织成功摄制了大型纪录片《甘肃电影之旅》,并荣获了多个奖项;现在,一部二十六万字的著作《甘肃影视往事·电影篇》,又呈现在读者面前。尽管金明毕业于电影学校,可后来长期工作是与电影关系甚少的岗位,归队后这样快节奏搞出一片一书,其进入角色之迅速,搜集资料之辛苦,谋划成文之勤恳,是足可称道的。

表现手段的丰富多彩,人物场景的声像并茂、真实贴切,完成片可复制放映,使电影这一现代综合性艺术,自从19世纪末发明以来,便以一种特异的光彩受到关注,进而在20世纪获得迅猛发展,取得了辉煌的成就,赢得了全人类的热爱。一百多年来电影对于人类社会生活的巨大影响,使得电影人即使在电影受到广播、电视、互联网的挑战而略减锐势的今天,依然充满自豪与执着。

1905年中国电影诞生,13年后的1918年武威一富商在兰州山字石皖江会馆放映无声纪录片,标志着电影这一事物在甘肃的出现。九十年来,特别是新中国成立以来,甘肃电影业紧紧追随着全国电影业发展的步伐向前迈进。到上世纪90年代初,已形成包括电影创作生产、电影发行放映、电影教育及电影机械制造等在内的比较完备的事业体系。我省电影人在不

同历史时期创作、摄制的《黄河飞渡》《红河激浪》《草原雄鹰》《盗马贼》《淘金王》《太平使命》《月圆凉州》等影片被社会普遍认可。电影发行放映依靠几十年经营的全省性的网络和近年实施的农村电影放映工程，广泛服务于城乡。电影科技不断进步。电影管理不断加强。电影队伍克服困难，积极进取，依然燃烧着热情与理想。《甘肃影视往事·电影篇》满怀热爱和丰富的史料，记录了甘肃电影业的发展历程。它的问世，对于全省电影人总结经验、发扬成绩、改革创新、走向未来；对于有兴趣的读者了解甘肃电影发展的历史，了解甘肃的影视资源，无疑都是有意义的。而且应当说，在我省尚显薄弱的电影理论研究中，这部书还具有填补空白的性质。

现代媒介的进步在不断提升人类的生存环境和生活质量。书报、广播、电影、电视、互联网虽因各具优势而频争高下，其不可逆转的总趋向却必然是一起创造出优势互补、共存共荣的新局面，并进而促进人类向着全球化和谐生存与个性自由发展完美结合的未来大步前行。

愿我们全省的电影人继往开来，立足历史、民族、地域文化资源丰富珍贵、改革开放竞争拼搏潮流涌动的甘肃大地，以实实在在的努力推动电影业更加繁荣、发展，让电影更好地为生活摄影，为时代增光，为人民服务！

2007.4

《刘炘电视"三论"评论集》读记

比之于哲学、文学、史学等学科,新闻学理论从形成的时间、成熟的程度、成果的数量与质量等许多方面来说,应当说都还是处于"发展中"。其中的电视理论,更是如此。正因为这样,电视界对于电视理论研究领域的拓展、研究内容的深化、研究水平的提高、研究成果的积累,希求十分迫切。一项新的成果问世,总是引起电视业界、学界关注,其中的佼佼者,更是倍受青睐。刘氏"三论",即刘炘同志的《电视意识论》《电视重构论》《生态电视论》,就荣享这样的待遇。虽因作者地处僻远,没有京城人所占有的那种先天的地利,但是不容忽视的思想高度、学术深度、实践品格与创新品格,却仍使它们理所当然地受到全省全国电视工作者和广大读者、研究者的重视、欢迎。收在这本《刘炘电视"三论"评论集》里的,就是上上下下、四面八方人们对于"三论"的反馈:祝贺、感想、评价、阐释、探讨、生发等等。这正应了唐代诗人李贺说的:"自是桃李树,何畏不成蹊。"

刘炘同志多才多艺,绘画、书法、摄影,甚至棋牌、歌唱,都爱好颇深,钻研得有滋有味、有板有眼,在有的行当中还小有名气。但是他用心最多、用功最大、作为自己基本生存形式的,还是电视。从1978年进入省级电视台,刘炘同志以电视为职业已经三十年。三十年,他从扛着十多斤重的包莱克斯16毫米电影摄影机当记者起,新闻部负责人、台负责人、行政主管部门负责人,一路做下来,靠着认真的实践和勤奋的学习、思考,

成功地塑造了自身作为高级记者、电视节目制作者、电视媒体管理者和电视文化学者的人生形象。

电视通常被人们归入"快餐文化",而这些年来"快餐文化"一词颇含贬义,在很多时候成了草率仓促、粗制滥造、功利低俗、速生速朽一类文化产品的总称谓。我却认为,够格的快餐,其实是完全可能、也应该成为精品的。以著名食品快餐"汉堡包"为例,尽管近年来多为有关专家列举其已不适应今日公众营养健康需要的种种缺陷,但它从出现以来之所以风行世界,久盛不衰,为广大人群"快"而"餐"之,实在是因为经过长期特别是上世纪七八十年代精心研制和改良,它在最基本的标准上满足了人们对食物种类、搭配、烹调、卫生以及便捷的要求,而且将这些标准精确化、程序化(自然,随着社会进步、人类生活质量的提高和人类对自身饮食营养科学研究的进展,这些标准完全应当而且必然不断修正),这就使它虽以工业化方式生产却又十分精致化,毫无疑问成为"浓缩食物精华"的精品。它所具有的优点其实是任何一种"慢餐"难以齐备的。文化方面够格的"快餐"也是如此。报章专栏是快餐,而鲁迅杂文在今天仍是锋芒灼灼、具有普世价值的精品。小品是快餐,而其中相当一部分生活气息浓郁、思想健康敏锐、构思新颖独特、妙语连珠、表演精彩的佳作,二三十年久演久播不衰。流行歌曲是快餐,其中为几代青年乃至中年、老年人入耳入脑、广为传唱的也不在少数。那么,作为受众最广的大众传媒的电视,它每天奉送给受众的,则更应是够格的而非贬义的快餐了。这一点,应当做到,也可以做到。刘炘同志在他"热运行"的电视生活中,对此作出了一步深似一步、一层深似一层的"冷思考"。在《电视意识论》中,作者提出,电视节目制作者的一切制作实践活动都是在其一定的电视意识指导下进行的,要努力通过树立和强化对象观念、审美观念、系统观念、符号观念、技巧观念、创新观念,特别是把社会效益放在首位的效益观念,自觉控制和调节自身的电视节目采、录、编实践,以确保节目导向、提高节目品位。在《电视重构论》中,作者延展和深化了自己的认识,从提醒在社会主义中国电视工作者个人应具备正确的电视意识,扩大为论述在经济全球化和国内社会转型期中国电视媒体要从整体上自觉进行正确的价值选择、文化选择,在多种挑战、冲突和艰难中,构建面向现代化、面向世界、面

向未来的，民族的科学的大众的社会主义电视文化。五年之后，作者进而推出《生态电视论》，将自己的视角提升到地球人类命运的高度，呼吁电视媒体以生态学的理念审视、批评、重构人类电视文化系统，以引领人们追求精神生态、社会生态和自然生态的平衡与和谐，保护和开拓人类的未来。"三论"，一论比一论高远深刻，成为在思想大活跃、观念大碰撞、文化大交融的当下电视快餐从盲目走向自觉，更加理性地以神圣的社会责任感和"金不换"的导向意识规范自己的有益指南。尤为可贵的是，作者丰富的实践经验和对这些经验的用心遴选、综合，使"三论"对于让电视快餐成为优质精神产品的论述充满操作性。不可小看那些操作意味很浓的文字啊，诚如捷克思想家夸美纽斯所说，"巨大的成就常常就是一个技巧问题。"也诚如作者体会的，"技巧本质上是一种思想，是一种创造"。有了向真、向善、向美、向未来的价值指归，有了精益求精的制作战略和策略，何愁快餐作不成精品呢？而想一想电视每一天都在将海量的视觉产品提供给千千万万受众，深刻地影响着社会生活，每一个电视制作者不都应当感知自己肩上的重担，夜以继日地向这个目标努力吗？

"三论"也许还称不上皇皇巨制，但共计80万字的理论专著，思考那样系统，结构那样讲究，资料那样丰富，论述那样尽可能严密，完全利用业余时间完成，其间作者锲而不舍殚心竭力的辛劳可想而知，以至于在第三论脱稿之后终于累了一场不大不小的病，被困病榻达半年之久！再次翻读"三论"，我不能不对我的这位挚友、同龄人、同志油然而生敬意！

责任感，进取心，好学深思，勤奋劳作，成就了刘炘同志的过去，也昭示着这位有心人花甲之后的未来。沧海月明，桑田日暖，我和许许多多读者，会从他已贡献出的作品中继续汲取营养，同时，也很有信心地等待他的新建树呢！

2007.12.16

《新闻岁月》读记

四十五岁的张文德，二十二年以新闻为职业。从热爱到忠诚，从苦苦钻研到乐而忘返，从一名普通记者到敦煌人民广播电台台长，新闻成为他的生命形式，他的全部喜怒哀乐。所以，当组织安排他走上新的工作岗位时，他对自己忘情投入的事业、对灌注了自己青春激情与心血的二十二年，是那样难以割舍、依依情深！我清楚地记得，当他告诉我这个变化时，这个高高大大而性格内向不善表情的汉子，眼窝深沉而湿润。他没有多说什么，双手递给我一部打印的书稿："这算我的一个回顾与总结吧！"

封面上是四颗墨色浓重的大字：新闻岁月。

这部即将付梓的文集，包括了文德从1985年开始新闻生涯以来二十多年的主要新闻作品，有227篇，20多万字，体裁有消息、专稿、言论和业务论文等，可谓丰富多彩，琳琅满目。

作者是幸运的，生活在名城敦煌。这里古代是中原、中国交通西域、中亚、西亚乃至欧洲的国际性贸易、文化都市（《耆旧记》："华戎所支一都会。"），今天是列入世界文化遗产名录的中国西部文化旅游重地。历史与现实的机缘使这里在改革开放新时期，不仅与我们整个国家、整个西部一样深刻嬗变、大步前行，而且常常得风气之先，因而新闻泉涌、气象日新！作者熟悉、热爱这片土地，更热爱和敏感于这里的新生活。经济、政治、文化的改革与发展，人们物质、精神世界的提升与丰富，扑面而来，俯拾即得，作者满心欢畅、挥笔如有神！

他向人们报告：在敦煌，"个体专业户发展到 200 多家"（1985），"第一座中型商场开业"（1987），"两名农民企业家被评为全省优秀农民企业家"（1987），"建筑行业活跃着一支乡村建筑队"（1988），"高善民通过竞聘出任艺术团团长"（1988），"市畜产废旧物资公司职工观念改变效益增加"（1988），"敦煌书画院做活了艺术产业"（2000），"非公经济在全市各行各业释放巨大能量"（2004）……

他向人们报告：在敦煌，"封滩育林工作初见成效"（1986），"农民种菜水平登上新台阶"（1988），"推广地膜覆盖十年成就显著"（1990），"首次将滴灌用于农作物灌溉"（1990），"敦煌旅游业恢复迅速"（1990），"土地成为'吃香货'"（1995），"无土栽培技术让戈壁滩长出了黄瓜和甜瓜"（1999），"我市今年完成村村通油路"（2003），"我市用敦煌文化元素包装城市，大力打造特色旅游城"……

他向人们报告：在敦煌，"农民对美有了新追求"（1989），"南湖乡妇女法制观念增强"（1989），"敦煌八成农户有书房"（1990），"转渠口乡半数农民记'科技笔记'"（1990），"首届敦煌之声诗歌朗诵会昨晚举行"（1990），"咖啡成为敦煌农民桌上饮品"（1990），"马圈滩农民忙时种地闲时打工挣钱"（2004）……

从这些报告里，我们听到了时间前进的响亮足音，看到了文化古城敦煌"姹紫嫣红开遍"的新姿态、新风景。

令人尊敬的是，作为一名有社会责任感的新闻工作者，张文德没有将自己的笔触局限于对光明、青春、美好事物的赞颂。时代在前进，但这种前进多的是步履艰难的泥泞跋涉，是翅膀沉重的穿云斗雨。生活是充满魅力的，而这种魅力中，有甘甜，也有辛酸和苦涩；有喜，也有悲。文德对生于斯长于斯的故乡爱得深沉，他希望它前进得更快，变得更加开放、更加富裕、更加文明。为了启发家乡干部群众改革发展的意识，他一连写了 21 篇赴改革开放前沿深圳考察的观感，在《敦煌新闻》中陆续播出。他用专稿形式，述说生活中的忧虑：《棉花丰收，喜了农民苦了娃》批评变味的勤工俭学，《多情却被无情恼》反映春节文化生活单调，《卖葡萄卖出的麻烦》反映部分农户缺乏遵守契约的诚信，《一路公交，想说爱你不容易》批评单纯追求经济效益，等等。他以大量时评言论，揭露、批评、提

醒、引导："查一查植树造林的效果"，"新上项目谨防短期行为"，"诚实才能生意兴隆"，"为老实人说句话"，"我们和东南沿海的差距是什么"，"敦煌人，请说普通话"，"事事都是环境"，"竞争不能靠歪门邪道"，"告别不文明习惯，树立名城形象"……

新闻的经典定义是："新近发生的事实的报道"（陆定一《我们对于新闻学的基本观点》）。翻读《新闻岁月》，我们依然能够隐约感知这一篇篇新闻作品在它们每一个"新近"的时刻写出、播出时的热度和感染听众的程度、影响生活的力度，更欣喜于二十多年来，作者专意报道的那片土地正日新月异地朝着作者和所有生活在那片土地上的人们心中的目标前进！

《新闻岁月》中的作品，一个显著的特点是短小而生动。这固然是由广播新闻的要求决定的，也显示出了作者的着意经营。消息、短论都是三五百字，甚至更短，专稿类也很精练。同时，在消息、专稿中，思想的亮点，事实的价值，动人的新闻情节，使这种短小显得丰实而不干瘪。在言论中，则由于作者注意紧贴时事，从社会生活的热点、难点、疑点入手，或热情赞扬旗帜鲜明，或不遮不掩实话实说，或现身说法推心置腹，很有说服力、感染力。另外，作者还很注意谋篇和语言，虽是新闻作品，却尽量写得有人有情有景有故事有地方特色。著名记者穆青曾提出一个口号，就是"新闻报道要注意文采"，文德是努力这样做的。

愿文德像在新闻系统一样在新的岗位敬业进取再创佳绩；祝福文德所依依惜别的敦煌广播电视事业繁荣发展！

2007.12.27

社会责任感和自己
——读《人生感言》

读着李志浩《人生感言》一书，不由感想丛生。

毛泽东曾经十分透彻地说："一个人只要他对别人讲话，他就是在做宣传工作。"他进而指明：写文章做演说是"专为影响人"的，"影响别人的思想和行动"的（《反对党八股》）。也许这种强调达到了极端的程度，但除了人们真正葆为隐私、用于自我欣赏、自己查考而不愿第二人看到的内容之外，只要公开发表或虽未发表却并不反对别人阅读、了解的文字，哪怕是使用日记、博客等十分个人化的形式，其作者"宣传"的意图便不容置疑：展示自己创作、研究的成果，表明自己的观点，抒发自己的感情，记载自己经历或了解的生活事实、事物等等，希望得到他人（哪怕只是除自己之外的另一个人）的了解和反映。从这个意义上说，所有这些文字作品，便都有了一个社会效果问题，一个"宣传"什么、为什么"宣传"的问题。专为发表而写作的文字，更是这样。于是，要求作者具备社会责任感，发时代之言，抒人民之情；发向真、向善、向美之言，抒健康、进取、高尚之情，实在是社会公众利益的正当呼吁。

当然，这种呼吁不应当再像过去年代曾有的那样，被曲解或简单化为搞"假、大、空"，或写千篇一律的套话、现成话。因为社会效果证明，那恰恰是背离时代进步趋势、背离人民意愿的。一个作者，是时代的一员，却无须膨胀为"时代"；是人民的一分子，却无须膨胀为"人民"。张扬个

性，磨砺特色，会使社会责任感在一个作者的作品中具体化、生动化。正如思想家所言："真理是普遍的，它不属于我一个人，而为大家所有；真理占有我，而我不占有真理。我只有构成我的精神个体性的形式。"（马克思《评普鲁士最近的书报检查令》）玫瑰花和紫罗兰不必散发同样的芳香，林中每一只鸟都有权利唱出自己的歌。

志浩的作品，让我感知了一个新闻记者、编辑强烈的社会责任感，也感知了活生生于其中的"自己"。

志浩阅历丰富，务过农，教过书，当过兵，搞过科研。而从即将步入不惑之年时开始的专业新闻生涯，最终使他成为甘肃省城新闻界大家熟悉的一位资深的新闻工作者，成为甘肃人民广播电台的一位高级编辑。收在《人生感言》一书中的174篇（首）广播杂谈、随笔以及诗词等作品，记录了他年复一年、自春徂秋的新闻实践，鲜明地说明了一名工作在作为党、政府和人民喉舌的省级新闻单位的记者、编辑所具有的沉甸甸的社会责任感。志浩爱好杂文写作，作品不少。这使他成为开办于1986年的甘肃人民广播电台广播杂谈栏目《大家谈》长达十年的责任编辑和骨干作者。他以所编所写杂谈，热情宣传科学理论，宣传党和国家的方针政策，歌颂中华民族的优秀传统和改革开放新时期的新生活、新事物、新风尚，同时严肃针砭时弊，开展舆论监督。这正是一个新闻单位、一个新闻工作者在物质利益至上、消费主义至上的媒体生存环境中担当以主流价值观引导、支撑社会进步的公益责任所需要的。

在《人生感言》里，作者倡学习倡实践，"劝君惜取少年时"，提醒青年要读书，要"干什么，学什么；缺什么，补什么"，要学习"实际有用的知识"，"要学点文史知识"，同时要注重理论与实践的结合，"使所读的书活起来"。他还引导农民"致富也要靠'学''问'"。

作者为改革与发展呐喊，呼吁人们登高望远，认识改革开放对于中国发展的重要性，从而人人自觉"做开拓者"，勇于面对人生之搏，在变革中奋斗，到广阔的市场中大有作为。我看重集子中《什社西瓜为何夺魁》、《一把笤帚的思索》这两篇杂谈。题目不大，主题不小，不说一句空话，完全从农民和普通农村干部的角度，条分缕析地找原因、出实招，讲出了一番适应市场经济发展的"致富经"。要将党关于改革发展的号召落实为真实的成果，是需要这种平实的、真心解决问题的作风和平实的、说有用的话的文风的。

作者同时对在新的社会历史环境中所凸现的种种矛盾、问题、弊病，保持着警觉，颇有忧患意识地一一指出、剖析、矫正。他批评拒绝真理、不顾常理、专讲歪理的"标新立异"的观点、提法，指斥"一头钻进钱眼"的拜金主义倾向，质疑厂家只追求利润而忽视民生离不开的小商品、农副产品只追求速熟、美观、早上市而质量下降的现象，呼吁莫搞"向豪华高档靠拢"的"超前消费"，揭露短斤少两、掺杂使假以至坑蒙拐骗等缺失诚信和违法的行为，提醒警惕农村宗族势力抬头，坚决支持依法打击刑事犯罪。他呼吁树民魂、重道德、讲良心，呼吁重视对在新环境中成长的未成年人的教育……

作者从各个侧面论及人才、干部的选拔和使用，特别是对事关事业成败、国家命运的领导干部作风问题议论多多，激浊扬清：无所作为要不得，好人主义要不得，漂浮虚夸要不得，牢骚太盛要不得，妒贤嫉能要不得，任人唯亲要不得，攀比享受要不得，以权谋私要不得……他呼吁的是：比工作，比贡献，艰苦创业，造福于民。

所有这些，都体现了"喉舌"的舆论导向，也是一个严肃作者社会责任感的鲜明表现。

但是志浩为文绝不是要做一个简单的"传声筒"。他个性鲜明，喜爱独立思考。在生活中，他正直、激情，每有观点总是直言不讳，不惜红面相争。反映在写作中，则每每锐眼独具，先声夺人。比如在上世纪八九十年代经济大发展中，他已屡论环境保护、人类与自然和谐相处的迫切性。也是在那个时期，他一再呼吁重视食品安全。他还在省内报刊上较早提出"他人隐私莫关心"，呼唤人权、民主、法制观念的强化。他更突出的特点是"反弹琵琶"。比如曾有一个阶段，一些人将对干部要求的知识化、专业化简单执行为看学历，结果在用人者是学历无"大"不予提拔，而一些干部不是走正路求真知提高自己，而是混文凭、造文凭甚至改档案，反正"一夜过去"，放眼一望，大家都成了大学生、大专生（后来是研究生）！志浩对此深恶痛绝，顶风挥笔，写出《学历与学力》，从学历与实际理论、实践水平不能画等号说起，大声疾呼要"讲实事求是"。再比如这些年人们大

都强调对领导干部、对各种违法违纪现象"多发部位"要加强监督，这当然是很必要的。志浩却警鼓一击：《对监督者也要加强监督》，他举例说，有的执法机关和监督、监察部门监督、查处别人违法乱纪，其实自己也违纪违法，侥幸的理由是：我们是检查、监督别人的，不会有人来找错，有点违纪没啥！让读者看到：哪个层次、哪个侧面、哪个环节、哪种角色拥有未受约束的权力，都会产生腐败！

在这些作品里，志浩更加凸现了"自己"。正是这些作品，使我想说：虽然从写作艺术来说，志浩的一些杂谈尚存内容较肤浅和文采不足的缺陷，但是当他站在一个正直、敏锐、探求真理、坚持常理的新闻记者的立场针砭时弊、直言人所未言时，我们心中便不由得涌出敬意！志浩说："写杂文不是雕虫小技"，"时代需要杂文"，信哉斯言！

志浩还十分喜爱诗词写作，说他的诗作是他"人生经历的重要记录，真情实感的自然流露"。读读集子中的诗词，觉得他的自我评价是恰当的。家乡、祖国是他写不尽的主题（这也同样是他散文、随笔的主题）。我喜欢情深意远的《忆故乡》："抒怀人生心作笔，难赋最是故园诗。春日晨耕宜歌舞，冬夜雪落好读书。秋来山花红烂漫，夏至麦浪接天齐。桃李禾蔬绕宅长，黄鹂布谷枝头啼。身在异处怀故乡，梦绕魂牵永不离。池塘戏水儿时乐，瓜棚夜话漫无题。别家壮怀一腔血，归去不觉两鬓丝。人生登攀有止境，乡思绵绵无尽时。"我也感动于这样的诗句："谁说小路太寂寞，透过山林，我听到了五洲四海风雷激荡；谁说小路险峻难行走，我却似迈步在天安门广场。"时代烙印是明显的，但绝不是"矫情"，而确实是当年一个正在人民解放军大熔炉里锻炼成长的、性本率真的年轻战士的澎湃心动。这是志浩一代人不会忘怀的真实！

2008.2.29

读《人民日报》之乐

自高中一年级得识《人民日报》，到今天已四十五年了。四十五年，一万六千四百余天，日日览读，从无中断。何也？答曰：乐在其中！

"人民日报"四字，堪称毛泽东书法作品中的精品，庄重而潇洒，雄伟而秀丽，落笔千钧而挥洒自如，蠹地生根而神飞意扬！每日新报一到，四颗大字入眼入心，壮、美、动、凝，总是激起心中涟漪：一乐也！

"因为我们信仰的主义，乃是宇宙的真理！"（方志敏）正是秉持这个主义的党，率领着我们的人民为日益富强、幸福挥汗如雨地劳作奋斗。《人民日报》忠实地传达着领路人的声音，它的权威性使每个爱真理、信大道、致力于同心同德创造美好未来的人奉之如动员令、指南针和人生教科书。每遇一事，见到《人民日报》，知道了党是怎样说的，便有了遵循，有了底气，与自己的认识相对照，朦胧转趋清明，激情增加沉实：二乐也！

国际风云变幻，国内日新月异。面对林林总总的新闻，作为一个严肃的、负责任的新闻媒体，《人民日报》以快捷满足渴求，以真实赢得信任，以公正受到尊敬。即使对于那些丛生着出于强烈的意识形态偏见事事歪曲中国形象的媒体的国家，它也总是良莠分明地在批驳歪曲的同时，坚持客观地报道那些国家值得我们关注的新发展、值得我们借鉴的新经验。尽管国外少数人还在有意用"文革"时期的"老照片""介绍"中国，而我们却愿意通过自己的报纸兴奋于地球各个角落萌生的新事物——前行的人类需要这种心态：三乐也！

结识《人民日报》，便结识我们生活中不断涌现的先进人物、英雄模范。他们诞生在奋进的新时代，为我们的人生标尺提升高度；他们就在你我他中间，引领我们三省吾身，见贤思齐。《人民日报》报道他们的文字，是最感动人的！随着理念的更新，近年来报纸对于先进典型的宣传报道更为朴实、更为人性化，更让我们读而敬且亲之、颂且学之。遍布报纸各版的短论、杂文、随笔，也是我所十分爱读的内容。这些文字评点时事，激浊扬清，褒扬真善美理直气壮，抨击假恶丑锋芒灼灼，而且总是尽量避免形而上学和片面性，常见不少篇章写得相当精粹，读来很是痛快又很受启迪：四乐也！

《人民日报》的文艺副刊美不胜收！几十年读下来，我知道，我国各个年代重要的作家、诗人，鲜有未在《人民日报》副刊上留下自己精品力作的。他们的精美散文、诗歌和相当数量的向老一代领袖、前辈、友人奉上"心香一瓣"的回忆文章，总是让我爱不释手。因为是发表在报纸的副刊，所以他们的作品带着时代的烫热；因为是"大家写短文"，又使这些作品总是满蕴艺术的隽永。发表在副刊上的更为大量的来自生活一线的无名作者的作品，则以其清新浓郁的泥土气息，同样让人喜爱：五乐也！

自然，同我们党几十年来在前进中曾经受过挫折、有过失误一样，《人民日报》也受过挫折，有过令读者痛心的失误。可"人非圣贤，孰能无过"，何况是一张一天也离不开社会生活的新闻纸！可贵的是，它总是在党坚持真理、修正错误的历史进程中，果决地克服失误，在新的高度、新的境界、新的历史方位担当起党、政府和人民喉舌的重任，赢得读者信任！读着今天在新的历史阶段为经济又好又快发展、为扩大社会主义民主、为推动社会主义文化大发展大繁荣、为进一步改善民生、为建设生态文明鼓与呼的《人民日报》，我们分明地感受到了它新的成长、成熟：六乐也！

2008.6.9

爱梦想，也爱现实
——读汤永夫《梦回大地》

梦想与现实对立又统一，构成人的一生。

梦想对于每个人总是美的。它是人活着的理由。大到人生理想、思想信仰，小到年计、月计、日计的努力目标、运筹计划、言行设计，远的近的，大的小的，一桩桩一件件，有谁不是想得天马行空、梦得灿烂辉煌呢？梦无罪。正是美丽的梦想，像朝霞，给人以走向每个新的日子的清新；像号角，给人以不懈搏击、冲刺的激励；像美酒，给人以得意或失意、振作或疲惫时的慰藉与陶醉……

现实则对于几乎每个人都是不完美的。极少有人完完全全、如愿以偿地"圆梦"。自然的、社会的，客观的、主观的，多种多样的因素构成了每个人的现实——奔向梦想的写真状态。这个状态可能是"春风得意马蹄疾"，也可能是"身世浮沉雨打萍"；可能是"雄鸡一唱天下白"，也可能是"天荒地老无人识"；可能是"莺逢日暖歌声滑，人遇风情笑口开"，也可能是"春蚕到死丝方尽，蜡炬成灰泪始干"！当然，更多的可能是"人有悲欢离合，月有阴晴圆缺"，在实现梦想的长途中有顺利也有挫折，有成功也有失败，让人们遍尝酸甜苦辣，屡经喜怒哀乐！

梦想是美妙的，圆梦的努力在现实中却是艰辛的；现实是繁难、沉重甚至是无奈的，现实的跋涉却指向绚丽的梦境！一代代的人们就在其中活着，一天一天一月一月一年一年，一遍一遍在心里祈祷：有志者事竟成；

483

又一遍一遍感叹：为伊消得人憔悴！有志者事竟成可是为伊消得人憔悴，为伊消得人憔悴可是有志者事竟成——这就是人生，享受不尽精神的快乐也经受不尽精神的折磨、享受不尽肉体的快乐也经受不尽肉体的痛苦的人生，引诱人们走向百年的人生，让人们爱梦想也爱现实的人生！

汤永夫的《梦回大地》，是一支梦想与现实的交响曲，是一例爱梦想也爱现实的现身说法。翻读全书，我们看到，是对理想的追求，使作者一步步从贫苦中走出来，从蒙昧中走出来，从祸难中走过来，从挫折中走过来；是对新的社会与时代、对父老乡亲兄弟姐妹同志朋友的感恩与爱，使作者虽历千辛万苦而甘之如饴，一步步走向自己的前方目标。省级广播电台副总编辑、主任编辑，肯定不是作者人生梦想的顶巅，然而可以告慰社会、告慰亲友也可以告慰自己的是：他尽力了。他没有因为早年生活的穷苦而自甘将目光锁闭于贫院陋屋、荒村僻野，也没有因为畸形年代政治气候对人性的挤压、几十年工作与生活重担给身心带来的挫折疲累而停止脚步，放弃向着人生的三角形的斜面登攀的努力。当暮色降临，旅人欣享憩息的时候，回望来路，他的脚印是指向梦想的。梦回大地，大地接纳的是：曾被青春染绿的叶子，曾被奋斗催红的花朵，几十春秋辛劳结出的果实……

于是我们读到作者从自己长期新闻生涯难计其数的"子夜笔耕"中选出的优秀新闻作品。这些作品，无论是消息、通讯、专访，还是述评、杂文、新闻论文，都是用心之作。翻读它们，可以看到一个热心的新闻工作者在生活的前沿奔忙的身影。报道新生事物是那样及时而热情，描述先进人物是那样细致、真实、生动、亲切，推荐先进经验是那样详实、可信、可学，让我们感佩于作者采访之细、之深，研究之细、之深。而这一点，正是当下新闻行业中许多人做不到或不屑于做的。且不说造假和炒作，单是蜻蜓点水，浮躁轻率，道听途说，断章取义，似是而非，下笔千言而离事实和朴实万里，就造成多坏的影响啊！须知采访是记者的基本功和需用百分之九十的力量去做的事啊！须知真实是新闻的生命啊！须知在我们国家群众是把报纸、广播、电视上的宣传认作党和国家的声音啊！来自生活泥土的汤永夫，知道生活的繁纷深广，也感知新闻工作的责任，他采访得很投入，写得很郑重。即使早期一些典型的报道染有那个时期的烙印，但他的劳作是认真的。他的出访见闻，写得也很认真。虽然每次出境出国大

都是大队伍"下车照相"的"到此一游",但他竟靠记忆、翻资料一地不拉地把那些"一游"一篇篇"记"下来了。当然,恕我直言,这些文章,可就是浮光掠影了!

　　有人戏言:四十岁是青春的晚年,六十岁是晚年的青春。那么,永夫兄是正值仲春!虽已回归大地,梦想并未消泯。看他退休以来不是在这里参与策划,就是在那里帮忙做事,而且写成了这部书稿,正是繁华落尽犹苍劲啊!我想说的是:梦想和现实真得都可爱。梦想让人活得有劲儿;现实让人活得有味儿。梦想召唤人以青春之态,做远方之想;现实启示人以欣然之心,做心爱之事。一虚一实,一远一近,一行一藏,一进一退,一阴一阳,一乾一坤,相悖又相成,相异又相吸,梦想与现实这两个翅膀,负载着人的一生啊!那么,永夫兄,夕照正明,祝君行健!

2008.10.25

心绪后录
——《花雨伴君行》编后记

哀思和追忆，是生者对于逝者的一次画像。在这样的画像里，逝者作为一个具体的人在其生前所不可避免而存在的一些缺点、不足，被善意地淡化和省略。而其人生中的辉煌，包括在其漫长的生命历程中尚未引起人们注意的许多小小亮点，则像在舞台上陡地被加以强烈的追光一样，一下子鲜明地凸现出来，光彩夺目，令人心灵震颤！于是，对于逝者的哀思和追忆，又成为生者对于自身的一次净化与升华，"高山仰止，景行行止"（《诗经》）之慨油然而生，"见贤思齐"（《论语》）之志慨然而振！毛泽东曾经提议，对于革命队伍中只要是做过有益工作的逝者，都要送葬，开追悼会，而且要求"这个方法也要介绍到老百姓那里去"，"用这样的方法，寄托我们的哀思，使整个人民团结起来"（《为人民服务》）。痛苦和思念的力量就是这样大，大到使许许多多人们有意识或无意识地以逝者曾有的生命之光烛照自己现实的生命，从而去除些许阴影，明亮些许暗淡，以至于在共振的趋向真、趋向善、趋向美的思绪和行动中，走向"团结"，走向推动社会和生活前行的努力。

我自己，我想肯定还有参与《花雨伴君行》这部吴坚老纪念文集策划和撰稿的许多人，是在这样的心绪里从事这项工作的。正如人们说的，对于此前半个世纪的甘肃宣传文化界来说，吴坚是一个巨大的存在，辉煌的存在。对于这一已然陨灭的存在的最好纪念，是从其生前所思、所言、所

行中，汲取那些值得汲取的东西，从而检讨、提升、丰富我们自己，促进事业的发展。

　　这部文集的内容分为两部分，一部分是吴坚老的论著，是从吴老几十年浩繁的著作、讲话、信函中选出的，选目以代表作者在文化艺术上主要观点的篇什为重点，也适当兼及作者对于宣传、思想政治工作、精神文明建设、科技、教育、卫生以及青少年、老年等多方面工作的论述。另一部分，是同事、下级、朋友和亲人的回忆文章。让我们特别感到欣慰的是，中共甘肃省委书记、省人大常委会主任陆浩同志，欣然应允，为本书作了序言。我曾目睹，陆浩同志在吴老去世的当天夜里，即与省委副书记、省长徐守盛等领导同志从担负换届任务的极繁忙的省"两会"中抽身到吴老家中吊唁；后又在大雪中前去参加了与吴老遗体告别的仪式。所有这些，体现了组织对于吴老一生奋斗的充分肯定，也充满后来人对于老一代、老领导崇敬与爱戴的情愫。

　　对于吴老的论著，本书是以写作、发表的时间顺序编排的。这样，虽然文集所收入的只是吴老论著的很少一部分，却仍然能让读者对于作者几十年中思想发展的脉络和许多一以贯之的主张、追求有一个明晰的认识。在这些论著中，有相当一部分篇章，我曾在会场聆听过，或是在当时的文件中阅读过。可是在这次编选中重温、细读，仍然感受到一个巨大气场的冲击。这首先是坚持信仰的正气。党的十一届三中全会前的近半个世纪，曾经"左"风频刮，直至酿成"文革"灾难。对于一个以知识分子身份走进革命队伍的人，特别是对于一个以宣传文化系统领导者为主要社会角色的人，其历程之坎坷，其命运之多舛，是可想而知的。吴老用自己的人生作了现身说法。改革开放以来，则又有性质不同的新的历史性考验滚滚而来。吴老又用自己的人生作了回答。无论顺境还是逆境，无论面对哪种季风，他都坚持着自己对于真理的信仰，浩然正气充溢几十年人生宣言的字里行间。二是创新、进取的锐气。他是一个做事的人，直到耄耋之年，还在呼吁着"事业！事业"！强烈的事业心，使他对于组织交给的每一个工作岗位，每一种工作任务，都作为自己的生命形式全力以赴。像群众中的许多劳模一样，他干啥爱啥，干啥学啥，干啥都要经过自己的思索，创新、突破，干出新成绩，开创新局面。文艺是他的最爱，也是他从事时间最长的工作，成绩之辉煌，众口皆碑。可是可以想见，如果组织不是让他以负责文艺为职业，而是让他长久地担任他曾经当过的农机厂长、科技局长，他也绝对不会无所作为。因为他不是那种在内心深处对工作、事业无比冷漠、只一心"运营"自己的人。他以推进事业为价值观。三是朴实之气。虽是高深的理论，他从身边小事说起。虽是远大理想，他以生活实例阐述。分析思想形势，他坚持讲实情。在领导班子会上讲话，他说真话。编读他的论著，以上三点自始至终给人以十分强烈的感受。

  对于回忆文章和少量在吴老生前访问、报道吴老事迹的文章，则是按各篇所记述的主要内容在吴老一生经历中的大致时间顺序编排的。这都是一些充溢至情至爱的文字！编读这些文章，使我的心情不能平静。政协甘肃省原副主席杜大仕，病中以信致哀，纸短情深。李山林、刘秀良的生动回忆，使读者的眼前活跃起一个从中原奔向陕北革命根据地，以文艺为武器勇敢战斗的多才多艺的革命青年的形象。秦一能、姜运林发自内心的朴实文字，使我们感受到吴老人文情怀的温暖。陈光、李迟、李西莲、季成家、刘韧的深情追述，再现了共和国诞生之初的50年代和60年代前期，在甘肃社会主义文化的创业热潮中，吴坚同志忙碌的身影。从组织搜集整理传统剧目，到创排新的剧目；从筹备创办兰州艺术学院，到三年困难时期学院撤销做善后工作；从以亲身经验在业务上教诲青年演员，到千方百计从政治上保护和解放在"运动"中受到打击伤害的专业人才……，这都是一些实实在在、繁难琐细的基础性、建设性工作啊，他思虑长远，又勤勉务实，工作得卓有成效。杨文林、姬崇恭、张京棣的文章，让我们十分沉痛地知晓了在"文革"暗夜中吴老所受的迫害，更让我们体味了"疾风知劲草，板荡识诚臣"（李世民）的世理。吴老承揽责任保护同志、坚信党和群众、从容镇定走过灾难的高大形象，深深印在我们的心里！杨文林老，年迈且病痛，而激情澎湃，不能自己，冒着暑天炎热，一笔一画写出万余字的长文！他是甘肃文艺界半个多世纪历程的见证人和重要参与者，他知道吴坚对于甘肃文化艺术意味着什么、启示着什么、呼唤着什么。在对吴老的缅怀中，在沉郁浓重的文字里，他袒露的是自己作为甘肃文坛一位重要诗人、编辑家、领导骨干对于文艺事业和甘肃文艺界半个多世纪如新往事的一往情深，是对于甘肃文艺事业现状的无可扼制的关注和对于文

艺事业未来的倾心期冀！于忠正、贾承谊、张俊彪忆想起吴老在历史新时期到来、重返宣传文化领导岗位后，率领宣传文化队伍拨乱反正、重整文艺河山的感人工作情景。王家达、贺燕云、许琪、吴学友的精彩描述、激情追忆通过《丝路花雨》创排的实践，使我们看到了今天似已被作为套话逢事必喊的"亲自"、"靠前指挥"、"零距离"等，在吴坚同志领导文艺的实践中，原本是怎样一种真实的行动！谢昌余、陈德宏述说了在文艺战线的风波中，在日常的交往中，吴老怎样善待文化人，尊敬文化人。我本人的《思想，依然锋芒灼灼》一文，向读者介绍了吴老在历史新春天的劳碌里所表现出的坚定的党性、创新的风格和堂堂正正的作风。完全是一种机缘，1980年，我从基层玉门，走进忙碌着宋平、冯纪新、刘冰等大人物的省委大楼，进一步走近吴坚这位全省宣传文化领域最大的官，感触新鲜而强烈！张改琴、庄壮以亲身感受描述了吴老对于文艺工作者的每一项创意、对于文艺队伍的每一个新人的成长所给予的周到细致的呵护。甘肃省老年大学、省关心下一代工作委员会、《甘肃人口》编辑部以及胡玉梅的文章，使我们看到了晚年吴老依然乐担责任、在多项社会工作中发热发光的"精气神"。汪玉良、谢富饶、张国强、吴刚、马进祥以深沉的笔触，评述了吴老只求推进事业、淡泊个人名利的高山长水般的气度和虽执夕照仍求新知，总是跟踪生活前行的不竭的生气。林家英、曾广志献出了热情的诗篇。是啊，"革命生涯路几多？艺文功业仰巍峨。春华秋实足堪慰，花雨弦歌舞婆娑。"

我是流着泪读完吴老夫人王树美的文章的。这是一篇崇高又凄美的爱情传奇，是一曲令人肝肠寸断的爱情哀歌，是当代无韵的《胡笳十八拍》！革命成就了美好的爱情，灾难锤锻了真正的爱情，丰富而完满的人生让爱升华到最纯洁的境界。有支歌唱道："等到秋风起，秋叶落成堆，能陪你一起枯萎也无悔！"王树美的泣喊是："倘若天有灵，地有知，愿与他来世相逢，再续未了情！"常怡、常力、常川三子女，常诚、常芬两弟妹，王静玢、蒋莺两亲戚的回忆，真实生动地描绘出了亲人心中、眼中的吴坚：一个孝老爱幼、宽厚仁爱、恪守中国优良道德传统的儿子、父亲、兄长、亲人，一个忘我工作、克己奉公、家教严明的共产党人！

人最宝贵的东西是生命，而从一个人对于他人、社会和自己的整个同

类——人类的关系来说，还有比生命更宝贵的，那就是人品、人格、气节和奉献。所以古人说："男儿自有守，可杀不可苟"（梅尧臣），"人生自古谁无死，留取丹心照汗青"（文天祥）；所以邹韬奋说："一个人光溜溜的到这个世界来，最后光溜溜的离开这个世界而去，彻底想起来，名利都是身外物，只有尽一人的心力，使社会上的人多得他工作的裨益，是人生最愉快的事情。"（《"生活"周刊究竟是谁的?》）所以孟德斯鸠说："能将自己的生命寄托在他人记忆中，生命仿佛就加长了一些；光荣是我们获得的新生命，其可珍可贵，实不下于天赋的生命。"（《波斯人信札》）

尊敬的吴坚老，将长久地活在我们的记忆中。

2009.1.26

《良辰赋》编后随记

甘肃省政协主席陈学亨同志热心作序的这部诗选集,编选、出版在人民共和国和人民政协诞生60周年的日子里。所选诗作的作者,是甘肃各届、各级政协委员和全国政协驻甘委员,以及少部分省内各级政协机关的工作人员。

人民政协是有中国特色社会主义政治架构中的重要组成部分。是1949年9月召开的中国人民政治协商会议第一次会议,向着独立、民主、和平、统一和富强的目标,代表全中国人民的意志,宣告了中华人民共和国的成立,并选举产生了它的中央人民政府。之后,代行全国人民代表大会职权的任务结束,毛泽东说:"有些人认为政协的作用不大了,政协是否还需要成了问题",他的回答是:"现在证明是需要的"(《关于政协的性质和任务》)。周恩来也说:"去掉一个代行的作用,留下本身的作用","将更使中国人民政治协商会议有事可做,而不是无事可做"(《人民政协的五项任务》)。60年过去,中国政治民主的进程虽劫波历尽,却无疑是在推进。而历史趋向已经并将越来越鲜明:民主越发展,政协越重要,政协所体现和秉持的求民主、讲平等、倡和谐、尚兼容、重建设、图富强的政治智慧和文化气度越发显示出其现实必须和历史必然。广大政协委员,是这一精神的人格化代表。人们通常用"人才荟萃、智力密集"概括这一人群在社会生活中的广泛代表性、精英性和建设性。政协委员的这一特点和优势,不仅体现在他们参政的政治生活中、各自的事业和工作中,也体现在他们的人文情怀和日常的文化生活中。这部诗集就是一个证明。

翻开诗集，我们可以看到，在政治生活中的重要身份，使得政协委员在诗歌创作中难以苟同"远离意义""回避崇高"。"文章合为时而著，歌诗合为事而作"（白居易《与元九书》）也许更符合他们提笔为诗的初衷。在诗篇中，对于最终取得辉煌胜利的过去岁月革命斗争生活的深情追忆，对于新生政权诞生和随之而兴起的建设热潮的激情歌唱，对于"左"潮泛滥、封建专制主义大复活的"文革"浩劫造成的悲剧与创伤的激愤谴责与反思，对于改革开放历史新春天为祖国、人民带来的新生机、新面貌、新希望的由衷赞颂，鲜明而强烈地表达了作者们的思想倾向，使读者深切地感受到了政协委员诗人们抒时代之情、言人民之志的严肃创作态度和宝贵的社会责任感。

政协委员诗人们有着充溢的才情。编读他们的诗作，是一种美的享受。时代背景、界别领域、人生经历、体验视角的诸多差异和丰富多彩，使得他们的作品题材非常广泛，从前天到昨天到今天到未来，从宇宙到世界到祖国到陇原到自己的家乡，从政治生活到经济生活到文化生活，从工到农到兵到商到科教文卫体，从人类命运到国家前途到集体遭遇到个人哀乐，真是"笼天地于形内，挫万物于笔端"（陆机《文赋》）！而且，抒写这林林总总情思与形象的，是几乎涵盖诗歌领域的各种体式，有古体诗，也有新诗；古体诗有古风，也有七律、五律；新诗有自由诗，也有民歌体；另外还有歌词，有赋……真是应有尽有，百花竞艳。诗人们根据题材需要和各自的喜好，运用十八般武艺，金、石、丝、竹、匏、土、革、木地各展其声而又八音克谐，汇成了一曲动人心魄的新时代的交响乐。

1950年，毛泽东曾经以"诗人兴会更无前"（《浣溪沙·和柳亚子先生》）的诗句预言新生的古老国度诗人们的精神与创作状况。这一预言在政协委员诗人们身上得到了印证。

从旧营垒跨入新世界的邓宝珊，作为甘肃省政协前身——各界人民代表大会协商委员会的主席，在《七言绝句四首》《七言诗一首》等诗作中，以常人难以体味的深沉和庄重，抒写了身世之感："马蹄踏遍天山雪，饥肠饱啖玉门沙"的凄苦辗转，"不屑佣书伏剑行，枕戈终夜气纵横"的报国壮志，"红妆素裹新天地，杨柳春风日正中"的扬眉吐气，读来回肠荡气。

老领导、老作家、老诗人杨植霖的诗作，与他上世纪 60 年代所写的被广大青年奉为生活教科书的《王若飞在狱中》一样，理想火热，激情洋溢，而且文采飞动。一首《别兰州》，使我们不禁陷入对这位和甘肃人民一起迎来解冻的春天的老共产党人的深深思念。同杨植霖老一样曾经在甘肃省政协担任过主要领导职务的黄罗斌、王秉祥、葛士英、杨振杰，用诗抒发了对过去革命斗争生活的恋念和对革命先烈的缅怀，赞扬了新中国成立以来的辉煌建设成就，表达了对普通劳动者的敬意。黄罗斌的诗真切而生动。王秉祥的诗豪迈而深情。葛士英将诗献给人民教师："不夸桃李遍天下，但愿烛光万世明。"（《献给光荣的人民教师》）热情颂扬、拳拳祝愿之心何其诚挚！杨振杰是一位情感充沛的诗人，当他将工作、游历、所感、所思一一用诗抒写出来的时候，那工作、游历、所感、所思便都因了感情的浸润而显得青翠欲滴、芬芳怡人。在他的作品中，诗情常常与哲思相融。"乐事只有亲身试，才知乐趣在其中"（《雨中游卧佛寺》）；"人生犹如乘筏去，载舟覆舟当牢记"（《武夷山》）；"谁优谁劣历史记/百姓心中辨忠奸"（《岳阳楼》）；"人生岁月一去不复返/但这黄沙循环往复逾千年/人与沙粒相比是那样短暂/因此，要珍惜今天/珍惜光阴的一寸一段"（《北戴河》）；"什么时候/都不可忘记水下浪涛滚翻/有艰险"（《看大海浪花》）……清新，隽永，启人思索。

李子奇、卢克俭、陈煦、吴文遴、吴坚、穆永吉是曾在甘肃省委、省顾委、省人大、省政府等岗位上任职的为大家熟知的老领导，他们也都曾有作政协委员的经历。他们中大多数人诗作不多，偶尔得见，十分宝贵。李子奇将引大入秦工程的建设者誉为"大禹"，说："当今大禹来治水，造福为民建巨功"（《赞引大入秦工程》），是对劳动者的鼓舞，也是对为民造福政绩观的提倡。对马克思主义的笃信使卢克俭虽年逾古稀而激情不减，《新中国六十华诞抒怀》忆昔思今，对于"生活日日美，人心日日甜，地球天平上，中国沉甸甸"感慨万千，"老骥虽伏枥，千里志犹坚"，红心跃跃，诗思勃勃！陈煦诗风明净。吴文遴情思浩然。吴坚晚年所写的《偶拾》《海南抒怀》等短诗，诗如其人，睿智而安详。穆永吉是甘肃爱好写诗的领导干部之一，出版有诗词集《百襄斋吟稿》。他的诗作简洁明快，斩钉截铁，常常以寥寥数语，表达自己深切的爱憎，给人以强烈感染。"情铸诗词透本性，爱凝笔墨蕴真言"（《学诗有感》），他让我们了解了他的诗，也了解了他的人。

同杨植霖、杨振杰一样，牟本理、杨利民是曾在甘肃生活、工作多年而后奉调到外地任职的领导同志。而且，他俩的故乡就在甘肃。对家乡热土的爱恋和思念是他们诗的主调。"春风送暖向甘南，吹得山川万里鲜"（《春到甘南》），"春风浩荡玉门关，绿染柳丝融雪川"（《春到玉关》），牟本理的诗笔饱蘸陇原的春色，濡润而清丽。杨利民的《阳关情》等两首诗，乡思浓重，感人至深。根是千年万载的，不管我们生发、蔓延、拔节、开花到何处，至性至情者怎能不"万里乡情总入神"呢！

秦时玮、韩正卿、杜大仕、蔚振忠、张津梁在甘肃省政协几届副主席中名副其实堪称诗人。他们的创作数量多，质量高，已在政界和文坛获有美誉。秦时玮集有《逸兴吟草》。他向造福中国的人民领袖——献上诚挚的颂歌，鲜明地表达了对于中国民主革命历程的历史唯物主义态度。他对重返陇东故乡情景与心理的描绘，对于青年时代延安生活、记者生活的回忆，读来亲切且有教益。韩正卿之于诗，可以说是"无心插柳柳成荫"。他的诗，大约多半原本是自己每日工作笔记的一个补充、工作思路的一个归纳，写作之初，作者不会有"作诗"的动机。但由于作者对事物观察、体味、概括力甚强，对事业充满激情，对生活中活的语言掌握很丰富，加之逢事构思，天天挥笔，日积月累，就使得他真正收获了诗：一首首，带着生活的泥水，思想新鲜，感情浓烈，语言精练、押韵且富于机趣。这些作品有的在当时的会议上就嚷出去，成了当地干部群众的行动口号，起到了"墙头诗""诗传单"的作用；那些敞开个人情怀，融事于情、融景于情、融思于情的精品，则成为作者人生长途的一份诗的日记。他实在是一个异常勤奋的人，又是一个异常有心的人。当进入暮年回首以《岁月行吟》清整汇集出版时，他的诗竟足足印了五大本！杜大仕也是一位勤奋多产的诗人。他的诗视野开阔，题材广泛，表现出对风声雨声读书声、家事国事天下事的可贵关注和丰富情感。长歌《冬日漫步黄河风情线》触景生情，思绪翩飞，总结人生，评点世风，"祸莫大于不知足，成就不只权与钱"，"潮起潮落日月新，超越自我浪推前"，"自古人生多坎坷，是非功过有公断"，何其精警！蔚振忠称自己的诗为"顺口溜"，虽是自谦，却道出了他的诗的最鲜明的特色：平民色彩。这不仅表现在形式的晓畅如话上，更重要的是他总是站在最基层甚至最底层的角度观察问题、运笔发声。"借钱挤车始进城，差脏重活都担承。上工多在晨曦里，下班常见星月明。大碗汤菜伴面饼，小块铺板挤窝棚。除夕思亲难回家，手持白条哭无声！"（《农民工》）读之令人泪下！他的收入此诗的诗集《往事如新》出版后，因为情真意切、"言为民声"而广受赞誉。张津梁的诗更多一些文学的熔铸、诗艺的锤炼。他写兰州的两组诗，饱含深深的热爱与期冀。对于这里的每一山每一水、每一花每一木，他都体认心察，潜研精思，在这每个对象面前都倾注了情感，发现了诗意，升华了思绪，落笔写来，词采闪烁，胜意迭出，令人有目不暇接之感。对于兰州这座陇上都市的抒写，是需要这种华美富丽的风格的！

蒋云台、应中逸曾先后以非中共身份出任甘肃省政协副主席。蒋云台清峻深长。应中逸秀艳闲适。应中逸是以画梅著称的画家，其《百梅诗稿》则是吟咏梅花和画梅心迹的诗集。"风飘瑞雪喜迎春，扫却书堂满桌尘。画得梅花装四壁，欣看万象又更新。"（《百梅诗稿选》）自然与社会的新春相衬，梅花与画梅人的气韵相融，这是怎样心旷神怡的境界啊！

袁第锐、林家英是政协委员诗人中的诗词大家，古体诗词学养甚厚，造诣甚深，佳作甚丰，在甘肃诗词界和全国诗词界都有较大影响。袁第锐诸体皆备，律、绝尤为出色。他的许多作品，运思敏捷而不草率，格律工稳而不拘泥，用典丰富而不堆砌，于景、于物、于事常常同一总题下一气呵成连缀数首甚至数十首诗，而几乎每一首都有新视阈、新意味，有可圈可点之要言佳句。选入本书的怀去台故旧、听台湾音乐的两首词，情思缠绵又急切；而"鸟雀迎呼人入画，鱼龙潜跃水成漪"（《秋游白塔山》），则语意两工；"怪道有乡名碧玉，红裳耕耧满塍头"（《天水返兰过碧玉乡》），又多么风趣！林家英作为知名教授，诗词、古典文学研究是"业"，诗词创作则是"余"了。可这"余"同样洋洋大观。她的诗词内容丰富多彩，思想活泼真挚，文辞秀美细腻——正是一位南国才女的风格！而谙熟文史、精通格律，加之几届参政议政、评点臧否的政协委员经历，又使她下笔绝不拘谨、小气，"浩然嫣然"或"嫣然浩然"也许能概括她的诗格。

读着她的《兰山放歌行》《感慨咏西征》，直觉大气扑面；读着"诗家"陇上欣唱嘉峪关、莫高窟、麦积山、木皮岭、刘家峡、成县裴公湖、碌曲石林、崆峒中台、文县秋夜的"新声"和"此身合是春蚕侣，日夕成丝绕海村"（《乡思寄闽中亲朋》）的乡思，又怎能不"击节叹赏处，如醉复如痴"（《中华诗词颂》）呢！

王沂暖也是一位锦心绣口的诗人，读他的词作，你会觉得格律对于他绝不是束缚的绳索、险绝的钢丝，而是缥缈的彩纱、柔曼的丝弦，只是用来衬托优美的舞姿、清丽的歌喉的。他写兰州："西东一水，南北群山。更镶嵌、翠玉蓝天。红楼列肆，碧树成园。喜步绮岸、仰白塔、听流泉。"（《行香子·兰州》）他写舞剧《丝路花雨》："忽然天上，花雨如烟。看惊鸿轻举，明眸盼盼；游龙百转，舞态翩翩，解语琵琶，慰心梦幻，弄玉飞琼个个仙。"（《沁园春·观舞剧〈丝路花雨〉》），真是美不胜收啊！水梓清简，只须一句"花明柳暗入敦煌"（《敦煌道中》），一句"杨柳千条水一湾"（《莫高窟》），立即令人浸淫于敦煌的佛光灵氛之中。柯与参情辞兼茂，"志士求仁非为己，丈夫宁死不容奸"（《临洮椒山祠》），气宇何等轩昂；"长空旷漠天如水，永夜银河月似舟"（《莫高窟》），造境又多么旷远幽美！甄载明气度不凡，"夙愿未酬人竟老，夕阳无限满秋塍"（《重过山丹口占》）似显苍凉；"老来吟啸过嘉峪，犹想鸡鸣舞大刀"（《重过嘉峪关》）则无限苍劲！彭铎诗律谨严，诗句优美。"稼熟黄金方被垄，渠横白练正经丘"（《张掖》）诗中有画；"地有亭台知市近，道随塍埒觉泉香"（《酒泉》）景中有情。张思温、裴慎诗风典雅，句句皆有风度。"扬帆何日来归棹，剪韭蔬园待故人"（张诗《癸亥新春有怀甘肃旅台同乡》），思念是温馨的；"不愁日晒七星草，且喜风鸣五色沙。黑背鱼苗时见影，白头芦荻正飞花"（裴诗《游敦煌月牙泉》），描绘出了月牙泉的全部生趣。孙其芳顺爽而隽永，吟咏着"今寻诗圣迹，犹觉水声愁"（《成县杜甫草堂》），读者怎能不忧念颠沛流离的诗圣。马汝邻、马廷秀高古清逸。何晓峰多写思恋，诗句浓艳。王如东短小别致。邓品珊素朴情真。宋廓诗艺精熟，诗产颇丰，每有高识佳句令人叹服。"河西堡外柳堪梳，袅袅春风满镍都"（《金昌绝句》）景美，"披襟风浩浩，极目大河来"（《登皋兰山三台阁》）气壮，"绪分万叠丝难尽，肠曲千回日恐迟。倍爱桑柔垂紫葚，奚辞春去脱层皮"(《春蚕》)情深！赵燕翼是有全国影响力的著名作家,他的成就主要在小说和儿童文学,但也偶有好诗出手。收入本书的六首诗词,篇篇精警。最出奇的是五绝《黔驴赞》,一反传统对黔驴的讥讽,而唱出一曲悲壮的颂歌:"莫道技已穷,长啸兽王惊。扬蹄敢搏虎,死亦为鬼雄!"弱者的反抗固然结果常常是悲剧,而反抗本身却无疑张扬了人间正气,是应歌应泣的!何裕是名书法家,诗作不多,"试问当年赫赫者,几人姓氏至今留"(《游天水李广墓》)的诗句却让人印象深刻。师纶跟踪时代,佳作不少。他的语言鲜活优美,"家家流水傍垂杨,起新房,绣花窗。平畴无际,麦浪送微凉。放学儿童同嬉笑,活泼泼,喜洋洋"(《江城子·访景泰灌区移民村》),是活泼泼、喜洋洋啊!

吴廷富、孙一峰、裴正学、张炳玉、张宝元、赵宝生、李文衡、秋阳、仇非、李永昌、张国宏、黄英、姚学礼,曾经或仍是甘肃诗词界的实力诗人。他们中有的主要精力在别的方面,但由于旧体诗词修养较深,每有诗作,总是质量较高。吴廷富的《感兴一首》,裴正学的《雨中迎香港回归》,仇非的《游华亭》,黄英的《邓亭歌》,都是情格俱上、爽心豁目之作。孙一峰谙诗律、写作勤,许多诗写得意境很美,情趣很美,像"峭壁万帧存古意"(《游刘家峡》)、"登临顿觉山山小"(《初春登崆峒山》)这样的炼句随处可见。张炳玉倾情于自己作为带头人的全省文化系统,将诗思献给了一个个"乐为人民写大戏"(《甘肃省话剧团》)的文艺团体和"终得名伶出寒窑"(《窦凤琴〈白花曲〉咏》)的优秀文艺工作者。他特别感叹于老一代艺术家让台补台、提携后昆的奉献精神:"每观艺绝思难静,谁识老骥站后台"(《甘肃省杂技团》)!这是歌颂,也在提醒人们,不要忘记历史和前辈。张宝元诗趣天然,生活气息很浓:"物镜如月向天装,取来太阳一束光。池内新捞鱼几尾,顷刻烧出十里香。"(《太阳灶》)清新又亲切!赵宝生诗风遒劲,夹叙夹议,字里行间有一股挥斥指点之气。他作为清华学子给校友的壮行诗《为宫燕生等清华校友重返青藏线壮行》,特别让人感动。李文衡作为文艺理论家,在创作中也是识见独到、诗挟激扬之气的。他的锋芒在《拜胡耀邦墓》《谒包公墓》《庐山风云》甚至《咏滕王阁》中都闪烁可见。而对于人生,他有着中国文人的淡定:"有才毋须怨天时,风行水涣不待期"(《咏滕王阁》),"人生如花花如人,得失成败总

淡然"(《赞木棉花》)。秋阳在生活中热情洋溢,他的诗也热情洋溢。李永昌诗如其人,素朴本真。"我本农家子,饥寒困少时。感恩跟党走,坚定不疑迟。"(《五十抒怀》)他写得很勤奋,用很明白的语言,不断抒写对于时事政治的很明朗的感受,却不给人以假大空的印象,因为真诚。对于信仰的忠贞持守,永远是可贵的。张国宏是著名农民诗人,他的新诗创作成就,在甘肃诗坛占有一席之地。收入本书的作品,说明他的古体诗创作也很可观。姚学礼是甘肃的一位重要诗人。他的创作以新诗为多,且曾在海外形成影响。收入本书的是他的几首古体诗,反映陇东新貌,笔触典重而莹净。

陈田贵、柴生祥、韩慧群属于政协队伍里较年轻的诗人,而创作成绩引人注目。陈田贵两年前出版了诗词集《行思草笺》,两年来仍从未停笔。就他公务繁忙的情况来说,这实在是太不易了。而他自己说这是"苦中作乐,乐在其中",可见对诗词之爱!他的作品题材丰富,诗思活跃,辞采雅润,而对格律又下了功夫,得到袁老第锐"格律娴熟"之誉。像"绵延高速通关外,巍巍楼群接日边"(《河西走廊》)、"鬃扬碧落英姿爽,尾扫青冥气势雄"(《铜奔马》)这样的佳联,"欲捡片陶叙旧事,忽听移动叫声急"(《种谷台》)这样的趣句,"淡淡清香风送爽,笑得最晚亦最长"(《菊花》)这样的警句,所在多有,沁人心脾。柴生祥关注社会生活中的大事新事,歌唱充满激情。在诗艺上,他重视"卒章显其志",很注意推敲结句。"天不佑人人自佑,万民泪眼送英雄"(《赞任长霞》),"神州儿女同欢庆,今此一飞越万年"(《贺神六载人飞船胜利返回》),意味蕴藉。"苔藓茸茸翠欲滴,弯弯栈道草莓红"(《野林关》)绘出了一幅悦目的风景。韩慧群坚持写诗多年,为祖国和陇原的山水名胜献出了一首首赞歌。他的《缅怀慕生忠将军》一诗写得很动情:"凯旋归乡鞍未下,奉命高原架天梯",革命——建设,绘出了共和国开国、创业的热气腾腾的画面和人民军队为人民的赤胆忠心。然而胜利总是来自奋斗和牺牲,"几多忠骨埋青藏,将军借酒掩泪滴",一个爱兵又爱民、爱党、爱国的老将军形象高高矗起!

王仲保诗风疏朗。陈生蕃淡远。汝文郁清美。薛长年自在。张荣樵诗情泉涌,用律熟稔。王凤保诗笔非常柔美,"雨中嫩蕊春恋雨,花里桃农汗润花"(《秦安看桃花》)、"淡淡幽香香自远,清风吹入万人家"(《再

看甘泉寺双玉兰堂》)、"悬崖覆古寺,明月照禅房。夜静风铎响,虫声送晚凉"(《夜宿仙人崖》),清词丽句,悦目赏心。古元章如行云流水而有力度。乔高才让气势磅礴。孙桂舫古雅。杨发春歌颂家乡如数家珍。王守智以物喻物妙喻相生。刘志刚富于民歌风。李逢春双联竞美:颔联——"映月牛头山势壮,笼烟燕子水声柔",腹联——"高梧细柳相矜色,脆管鸣禽竞啭喉"(《康县嘴台纪行》)。马应笑情感真挚。黎成武善撷新事物入诗:"五千年来稀罕事","而今百姓不纳粮"(《秋声赋》)、"看罢电视玩电脑,泥腿少年跑网络"(《山乡家电》)。邓明作品不断,愈写愈美。金希明"政策归心风物异,励精图治展新颜"(《庆华诞》)的诗句,亲切又深切。李云泽写古河州新貌,喜气洋洋。侯立文写高原大熟有声有色。杨得金写黄河着笔壮阔。丁国文笔下的民勤人承担着"不叫罗布泊,再现沃野中"的历史任务。樊泽民大气。孔晓风雅致。成林为政协工作而吟咏。范玲词采清秀。雒永强以诗作画。高仁山充满豪气。刘勤学乐观。蔡霞《渔家傲》劲风飒飒。吴农荣雄浑。张全国清朗。朱芳华写《总设计师》、写《人民公仆》的两首念奴娇,颂扬了新时期党和人民领袖崭新的形象,语言于平白中透出谐趣,思想和艺术都是有分量的。李青松诗笔秀逸,"山径有尘清雨洗,窟门无锁白云封"(《五佛沿寺石窟》),多么明净!冯惠东诗格典雅,文采斐然。《河西走廊行》盛赞这条历史长廊上的名胜古迹、建设成就,有气势,有激情。书中还收入他写得很好的其他几首诗。"好雨细润山塬绿,和风轻拂麦浪翻。洋芋泛碧浮白花,苜蓿漾翠笼紫烟。"(《陇中六月天》)寻常田园风光,作者绘成了一幅多么明丽的图画!刘光裕笔下岷州好得头头是道。张永祥笔力遒劲,"千年青史凭谁问,叹兴亡,古今谁省?和谐人本,道崇生命,有仁当政。"(《桂枝香·太祖山》)发人深省。方兴国、廖立志一写邓公一写诗圣,浓墨重笔,感情深挚。"半生风叶飘零远,千载诗声响巨钟"(《成县谒杜公祠》),钟声久久回响。张开瑰依律挥写,情文并茂,且有新意闪现。孟仁诗神采奕奕。焦玉洁诗笔凝重。

政协委员诗人中还有一批新诗作者。著名散文、杂文作家谢富饶其实最初是以诗人身份登上文坛的。《和平》对共和国诞生伊始"坦克车履带的痕迹,还深深留在地上","拖拉机从履带痕上轰轰走过,翻起一条沃黑的泥浪"的历史性新镜头的发现,《沙漠素描》对沙漠风物形象角度新颖独到的捕捉，让我们看到他诗人的特质。王殿也是一位老诗人。他着笔于生活中的感受，而每当沉浸于童年和青少年生活的回忆时，笔触总是那么温馨与细腻。他的不少诗篇蕴含哲思。著名舞剧《丝路花雨》文学脚本的执笔创作者赵之洵，更是一位优秀的诗人，出版过多部诗集。《一块石头》的深刻隽永，牧区生活诗的热情洋溢，歌咏敦煌的诗作中所流露出的对优秀传统文化艺术的浓浓情结，都打动着我们的心。于忠正新旧两体兼写。他热爱生活，勤于动笔，山水风物、名胜古迹、新事新风、思想生活都汇于笔端，韵味恬静而悠长。他还热心音乐文学，组织学会，带头创作歌词。他所写的《从辉煌走向辉煌》等词作得到好评。石星光也是新旧兼写。他的《陇南行吟》，是新诗，却明显带有散曲的特点。马少青主要致力于小说和书法，现正主持甘肃文联的工作，忙碌于对全省文学艺术事业的组织、指导。他的《积石山在歌唱》流畅热烈，倾诉了陇原大地上少数民族兄弟爱党爱国的衷情。萧菡以明丽的词采歌颂祖国，一次次反复咏唱的"我的爱——你可知我的脉管里涌动着什么"、"我的爱——你可知我的双眸闪动着什么"，显露出女性诗人浓情如醪执着恋念的风格。曹焕荣是一位长期生活在基层、从上世纪70年代末就出现在甘肃诗坛的老诗人。今天，他兴致勃勃、生动形象地描绘着新农村、新气象，将火热的爱献给"住在我家里"的祖国。

　　陈云平、杜小义、李明春、田国治、李国元以燃烧的激情歌颂祖国、歌颂党、歌颂新的生活。陈云平对象征生命、青春、赤诚、力量和希望的"中国红"的汪洋恣肆的铺排，杜小义的引吭高歌，李明春对如日中天的新中国的酣畅淋漓的祷颂，田国治节奏鲜明的短歌，都具有强烈的感染力。李国元心潮澎湃的歌唱代表着在改革开放新时期涌到历史潮头的新型工商业者，他们冲破僵化体制和习惯观念的束缚，发挥聪明才智，闯出了致富的天地，也在实践中不断提升了自己，因而对新的时代的感恩和歌颂是由衷的。

　　王元中、辛轩、王振武、刘新吾、耿生旺、赵毅、马改秀、路笛唱的是家乡的深情颂歌。王元中诗想象奇特，意境深邃，为一般写名胜古迹的诗作所不及。辛轩写的是秧歌调，天水的"百宝箱"有这样一位诗人又说又唱又跳地、无一遗漏地、一一光彩四射地展现在世人面前，实在是天水的福气！王振武、赵毅、马改秀为民乐、泾川、崇信这一片片可爱的土地献上了供群众朗诵、歌唱的诗篇，篇篇激情澎湃，语言富于音乐性。刘新吾对民勤的抒写鼓荡着时代的律动，古谣风格的语言，为全诗营造了一种苍凉又旷达、质朴又深沉、感恩又自信的气氛。耿生旺献给华锐圣地的祝福虔诚又美丽。路笛用信天游将现实与历史连接起来，使人不由得对过去岁月中许多珍贵的东西深深怀念起来。

书中也收入了我自己的一组诗，歌颂祖国，咏唱陇原。用的名字是"嘉昌"——这是我发表文学作品时的笔名，用以表明属文学创作而不是职务作品，与社会身份中所供、所履之职无关。对于祖国，我要说的是我们每个人都是孩子，千年万载以来，是祖国，构成了中华民族子孙万代每个人"上下求索的人生路"、"扬帆击浪的岁月河"。而对于陇原，自从小学四年级随家人离开华北平原来到这里，几十载日月轮旋、春秋兴替，自己已经完全成为这片土地上的一株草木、一粒土沙。诗或许是浅表的，爱深沉！至于诗体，我冒昧借用著名诗人臧克家的表态："我是一个两面派，新诗旧诗我都爱"（《新诗旧诗我都爱》）。诗经、楚辞、汉乐府、唐诗、宋词、元曲以光芒万丈的思想和光芒万丈的艺术滋养了我们这个民族，更滋养了每个热爱文学的人，不爱是没有理由的！爱在心灵里、骨髓里以至性格和命运里。这是其一。其二，新诗以形式的大解放昭示和催进思想的大解放，功莫大焉！不是说旧瓶不能装新酒，龚自珍诗词，毛泽东诗词，以及近年来不少诗词佳作，其中跃动着多少气势凌厉的新鲜思想！可是正像今天人们厌恶的许多"套话"在它们产生之初多数都还是有新意、有鲜活思想内容的，待用滥之后却成了创新思维、鲜活思想的对立物——它的"套"性使说它用它的人只会在平滑重复的惯性中失去思维和追求创新突破的能力，古体诗词也有它如毛泽东所说"束缚思想"的一面（《关于诗的一封信》）。迁就古体形式到使新思想、新语言窒息的程度，古体就走到了它的反面。其三，同样，新体诗的"体"一旦"解放"到与散文甚至论文无异时，新体也就走到了它的反面。所以，我以为，应当欢迎古体诗创作焕发新的生机，让这一久经铸炼的艺术形式为新时代服务；应当继续探索推进新体诗的创作，让这一伴随新的历史产生的新形式在历史不断走向成熟和完美的进程中也一同不断走向成熟和完美。不知诸位政协委员诗人朋友

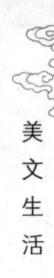

以为然否？

末了我要说，这部诗选的每一位作者都是值得尊重的，因为他们对诗的执着和出色的奉献。从前述可以看出，在他们中，几乎没有专业诗人。也许，"业余写作"的境况更加检验了作者们对诗的真爱和"有感而发"、"不吐不快"而不是"无病呻吟"的写作动因。平时，他们的许多诗作，都曾发表、出版，抒发了心志，也活跃了诗坛。在以甘肃省政协科教文卫体委员会和《民主协商报》名义发出征文通知和邀请后，这些遍布全省各地各行业的政协委员，包括省、市、县政协往届和现任的许多领导同志，都很快发来一篇又一篇、一叠又一叠诗稿，其热情让人十分感动。现在选集中有的作者收入了几十首诗，看似不少，其实对于不少作者这还只是他们来稿的一小部分，其余因为篇幅的限制只好忍痛割舍了；有的集中只选了一首两首诗作的作者，其实幕后他们是辛苦创作了几十首诗作"后盾"供选的！为了使"政协委员诗选"更加名副其实也更加有特色有质量，在征文来稿之外，本书还通过走访征集、翻检书刊查阅资料等形式，选入了部分已故或因故未能参与征稿活动的政协委员的重要诗作。今天呈现在读者面前的这部诗选，可以说大致勾勒出了60年来甘肃政协委员这一特定人群诗歌创作的概貌。这是甘肃政协委员给人民共和国和人民政协60华诞的一份献礼，是甘肃政协委员诗人们给全省和全国文坛的一份献礼！也希望它能够为研究全国政协委员诗歌创作、研究甘肃诗坛的界别状况有一点用处。

编委会的集体策划成就了这部书。同时，感谢一切有关的领导和同事对于此书出版的支持。感谢甘肃省精神文明建设指导委员会办公室、中石油西北销售分公司、兰州福田房地产开发公司和所驻政协委员的支持。感谢甘肃人民美术出版社的精心编辑、包装、出版。当果实红熟枝头，阳光、雨露、空气、土壤的功德，根、干、枝、叶的功德，是不言而喻的。

2009.12.31

其乐融融的生活歌者
——《桑榆情》读感

"生活本淡淡，细味乐融融"，这是张润臣、戴云兰诗集《桑榆情》中的两句诗（《乐融融》），我觉得可以用来概括这本诗集的基本思想内容和艺术特色。

我赞成这样的说法：平平淡淡的生活其实是最幸福的生活。平平淡淡，意味着日月星辰每天静静升落，二十四小时每天静静循环，城市里上班下班挣钱花钱接送小孩看望老人聚会旅游，乡村里春耕夏锄秋收冬藏娶亲生子打工盖房，小小不然的新事奇事开心事烦心事像佐料伴着家家户户每天的三顿饭，层出不穷的家庭矛盾邻里纠纷职场争斗出来了解决了又出来了又解决了，小辈一天天悄悄长起来长辈一天天慢慢老下去，日子一天天在变化又好似每天都在重复着昨天。这样的境况，确实是平淡的，然而，它却只有在没有自然或人为的疾风暴雨，没有自然或人为的天翻地覆，因而也没有社会、家庭和个人的大起大落、大喜大悲的情况下才能够出现，是身处天灾人祸惶惶不可终日的人们梦寐以求而求之不得的！对于社会、人群，特别是普通百姓，正正常常、安安稳稳地过日子、谋前程，实在是最大的幸福。

张润臣、戴云兰夫妇经历过那种惶惶不可终日的年代，因而倍加热爱今天正常的、祥和的、对于他们这一对退休老人来说更显得格外闲适、恬静的生活。而且，他们"情动于中而形于言"、"在心为志，发言为诗"

(《毛诗序》），将这种热爱情不自禁地用他们所喜爱的诗的形式不断地表达出来。几年前，他们出版了《浪花集》，现在又奉献出了这本《桑榆情》。

"生活本淡淡"，读着这本诗集，读者会体味到这里的"淡淡"更确切的意思应该是人类应当拥有的正常生活状态、社会应当拥有的正常发展状态，而不是单调、寡味、无味。近三十多年来，中国的社会生活在总体上终于正常了，除了像2008自然界汶川大地震这样的个例。对于汶川大地震，由于作者的家庭曾经亲历当年唐山大地震且留下悲剧，因而三十年后，闻震心惊，感同身受，立即举家老小，馨力捐助，同时日夜挥笔，纪实抒感，写下了一首首和着血泪记录灾情、激情如火讴歌全民抗灾壮举的感人诗篇。但是你看，除了非常时期的悲壮抒写，在正常生活里，在作者笔下，"神箭举星上太空"，嫦娥"携吴刚，呼玉兔，唤金蟾"（《嫦娥奔月》《水调歌头·寒宫乐》）；"大江南北，狂席卷，雪暴难歇"，"万众同心战灾险"（《满江红》《创和祥》）；"屈指盼三通，今日喜成行"（《庆三通》）；"世界屋脊飞天路"（《盛世歌》）；"中华神剑傲苍穹"，"六万羽鸽蔽天日"（《大阅兵》）；"李宁飞翔点圣火，梦幻启幕御长空"（《御长空》）；"夏奥辉未烬，残运圣火燃"（《天地人》）；"中华儿女多奇志，维和英烈树丰碑"（《迎子归》）……这些生活内容又哪一项不曾撼人心旌、令人百感交集呢？即使如晨练、开博客、会网友、逛超市、学歌舞、《闹社火》、《观焰火》、看画展、垂钓、《购新宅》、作《爱车族》、《乡情醉》、《品茴豆》、《桑科游》、看湿地、《云南行》……这些构成日常生活的桩桩件件，细想想它们反映的生活内容也是十分丰富多彩、有着无比亲切的滋味的。自然，只有在正常状态下，生活才能展现这些奇丽璀璨的内容，人们也才能品咂出其中无尽的滋味！

作者沉浸在这种品咂里，勤奋几至亢奋地乐融融地"细味"着、抒写着。他们将自己融入伟大与崇高，为祖国的繁荣、社会的进步而激动，自豪地分享新的时代和中国群体的荣耀；他们也将自己融入渺小与琐细，感受一对退休职工的平静安然、一个百姓之家的自得其乐、一种拥有在现实中正渐渐得到正视和强化的人性尊严的心境。润臣说：祖国的繁荣、社会的进步、亲友的交往、家庭的变化、后代的成长……"这些，都催我不停地写，哪顾得底子薄、文字拙！"特别是北京奥运会期间，竟成天开着两台电视机，一台电脑，每天在荧屏前守候观看，"每得一金，赞诗一首，最牛一天，八金八首"，"奥运十六天，涂鸦六十首"！诗人的写作精神固然可嘉，更可贵的是这种对生活的兴趣、信心和老而弥深的热爱之情。因为浓情盈笔，诗集中的作品具有强烈的感染力。为祖国欢呼的诗篇用热情激励人，写日常生活的诗篇以亲情友情温暖人，写自然风光的诗篇以陶然忘机熏染人。许多精彩的诗句，比如"巡航导弹巧精远，中华神剑傲苍穹。六万羽鸽蔽天日，十三亿人爱和平"（《大阅兵》），"千年月诗动华夏，万户细聆捣药声"（《宜春月》），"汶川遭地震，华航直趋川。热血浓于水，事由特简单"（《赞直航》），"人活靠心气，民族赖精神"（《奉献爱》），"三味书屋再聚首，一盘茴豆耐嚼磨"（《品茴豆》），"半头白发终相见，满面红尘愈相亲"（《和张君》），"华人世界闹元宵，终归有卿惧狮醒"（《看华灯》），"苍山不墨千秋画，洱海无弦万年琴"（《浪洱海》），"闪转腾挪千般苦，舍命绝尘一鼓气"（《好周洋》），"酸甜苦辣尽品后，最美不过夕阳红"（《勤园丁》）等等，文意两胜，令人喜爱。特别是作者自况的两段诗，幽默风趣，又甚为诚恳，读之不禁拊掌会意大笑！其一曰："老迈丁丑牛，爱诗如有癖。诗多好的少，感君多鼓励。"（《答网友》）二曰："好诗词，艺不精。疏格律，韵不通。粘不连，对不工。诗不少，难悦众。"（《好》）

  润臣是一位资深的广播电视人，他的本行是广电技术，且当行出色。在岗时，他不仅不辞辛劳、风尘仆仆跑遍了散布全省的发射台站，调查研究、指导工作，而且他的科技论著常常在国家和省的广电科技会议、刊物、出版社交流、发表、出版。诗词创作是他的业余活动。而他一直对这个"业余"爱得十分执着。退休之后更是悉心投入，新作不断。"好诗词，艺不精"，是作者的自谦。不过应当说，爱好和成就确实没有绝对的因果关系。不只是诗，无论哪一行，成功的"家"和爱好者的比值都是很小很小的。但我想，一来，爱好只是我们寻找和创造使自己活得少一些"被迫"的感觉、多一点"活得爱我所爱"的感觉的努力，而这种"感觉"所带来的最大的喜悦，其实是在忘我寻找、创造的过程中。耕耘的喜悦已足以充实和提升我们生活的内容和质量，又何必强树拔萃成家的高标，折回"被迫"的尘网呢？二来，以作者生活的激情、创作的热情和退休生活时间的

优裕,在今后的日子里,放慢速度、减少数量、精心构思、反复锤锻,也定会有精美的新作问世的——这一点,其实作者在诗集的末尾早已爽朗表态:"最喜身脑尚粗健,有望学着做细活!"(《拙》)我们期待着。

2010.2.16

读《永靖诗情》

年轻诗友徐建群,公务繁忙,诗思勤奋,下县挂职归来即有专题诗词一部问世:《永靖诗情》,三百首写尽永靖县山山水水、宏观微观和自己的"触景"所生之情、之思。

这些年来,文苑莺飞草长,旧体诗词的创作也是一片姹紫嫣红。不仅作者、作品数量空前,其中成功地承继中国诗词作为汉语精粹化、结晶化典范的优秀艺术传统,又成功地表现出现代生活律动、现代人精神追求的佳作也有不少。在甘肃旧体诗词的作者群里,徐建群及其作品是引人注目的。他心存虔诚地钻研掌握旧体诗词的格律音韵,又承古体而发新语,写下多部亮点纷呈的作品。这部《永靖诗情》即是其中之一。

打开诗集,佳句惹眼。

写景:"转过山弯湖入眼,澄蓝一片似天心。"(《赴向阳码头道中》)"风自湖心偷碧色,牡丹开在白云中。"(《题双浦阁》)一袭明霞散绮。

抒情:"不是当年凝血汗,苍生安得远风波?"(《参观刘家峡水电站大坝感吟》)"无眠不觉忧心至,已近秋收雨未央。"(《雨夜独坐统办楼办公室》)几缕衷情动远。

记思:"亲临绝妙无名谷,始信风光处处藏。"(《秋日漫兴》)"心随清波净,焉问鱼有无?"(《河滨观钓》)未必洞幽烛微,却也耐人寻味……

和遍布社会各界的许多旧体诗词作者一样,年轻诗人虽有交流期待,却绝少沽名钓利之心。自况、自娱、自吟,山河日月,阴晴雨雪,世道人心，生命感受，一一凝成精彩绝句歌行。兴观群怨，自在其中了。

2011.11

读《也有风雨也有晴》

陈德宏兄的记忆力真叫人佩服——这是读到他的《也有风雨也有晴》一书后的第一感触。新时期文学几十年山程水路，张光年、冯牧、唐达成、吴坚、胡河清、李学辉等等几十位从文坛巨擘到少见经传的青年作者的故事，还有海峡两岸文人的默契，经济、文学两界的情谊……在这部书里，都是用见证确凿的细节工笔写就的！在场真相、细发隐情、言声语调、笑貌举止，所有这些，我想绝难有资料可搜存，硬是作者靠着当日的敏锐察悟、之后的至浓情结深储于脑海，一日键击，喷薄而出，往事如鲜，令读者有福饱享这一席盛餐！

与人们惯见的以熟腻的文艺笔触烹饪出的情矫事虚的美文相比，这部散文集不啻为一席生猛海鲜：活生生的真实。最鲜明的例子，是从因《当代文艺思潮》发表《崛起的诗群》所引起的那场风波里多位大人物不同的姿态言行，到冯牧躲批《苦恋》到兰州"养病"；从王蒙对"政治与意识形态问题还得推敲几十年"的善意、自省和历史主义的思考，到省内外闻名的胡复旦、徐清辉夫妇之子胡河清的才情际遇……作者以现场目击耳闻者的勇气与客观，一一和盘托出，为新时期文学丰富多彩的历史提供了一份弥足珍贵的独家性存照。

与作者日常的谈风一样，这部作品的文风也是：敏锐、率直、激情、滔滔不绝。他毕竟是一位文艺评论家，叙、描、抒、议中的"议"自是当行出色，思想锋芒时时闪现。而他抒起情来也并不逊于诗人，特点是强烈

而明快。即使在叙事中，在人物的描述中，他观察的细密、对人物性格勾摄的精确、对人物言行传达的生动，也令人击赏。特别可喜的是，所有这些，在作品里都似乎是无心插柳，信笔所得，大巧无巧。

2012.3.9

文化的追寻
——读《生杰书画选集》

《生杰书画选集》问世，我向张生杰同志表示祝贺。这些年来，热心书画、摄影、诗文的人越来越多，以我省广播电影电视系统来说，出书、办展的喜事就是一桩连一桩。文化成果的涌现总是令人欣喜，文化追寻的足音总是让人怦然心动。

生杰是个老广电人，早年从事过无线广播技术工作，从事过农村有线广播网工作，兢兢业业，勤苦踏实，受到基层同志的尊敬，也受到当时主管这方面工作的厅、台领导如甘肃人民广播电台创建人之一的何谧同志的器重。后来逐渐转到宣传管理工作方面，再后来又到广播电视教育战线担负领导工作，都是守土有责、工作有成的。

作为一名党员、干部，"作一块砖任党搬"，组织安排干什么，就认真负责地干好什么，个人的一切都自觉压挤到最小的空间，这是过去的那个时代的真实。生杰也是这样。几十年里，他把自己的主要精力都投入了所担负的技术、行政工作。其实，他的个人爱好是文学、艺术。这一爱好在他从事宣传管理时以"打擦边球"的形式有所表现。他参与过创办《甘肃视听》刊物，参与过编写《办广播用广播100例》。他所撰写的《河西地区、陇东地区广播电视宣传调查报告》《全省少数民族地区广播电视宣传调查报告》等文章，都曾获得奖励。当然，真正的"文学艺术"：诗词、书法、绘画，则只能在可怜的一点点业余时间里爱好、学习、实践了。

感谢大好的退休时光,使生杰得以奉献出这样一部作品。早期的果实稀少,虽清新而不免青涩,真正使自己的艺苑呈现丰富多彩、洋洋大观的,是退休生活给他的馈赠。他以诗言志,热情中有自己的思索;以书抒情,高歌低吟都凝聚在笔触里;以画述怀,平凡与崇高纷呈于斑斓五彩。有曰"文如其人",那么,其诗、其书、其画加起来,这本书岂不是一下把生杰自己推到了熟悉与不熟悉的人们面前:外表与内心,经验与体悟,走过的路和未来的路……

"盈缩之期,不但在天;养怡之福,可得永年。"愿生杰在文化的浸润、在诗书画的养怡中尽享人生的第二个春天;也愿生杰在人生的第二个春天里,诗、书、画艺日渐精进。古体诗词、中国书法、中国画,是我们中华民族文化的瑰宝。在喜爱者、学习者、收藏者和动手写者、书者、绘者日益增多甚至成为群众性文化行为的今天,坚守它们的文化特质和艺术基因,又汲取丰富的人类文化营养,承接鲜活的时代律动,需要有志、有心者的艰辛探索实践。老友生杰和广电系统的诗书画好家们,大家都来做一番思索努力吧。

2012.9.2

读《素心若雪》

潘涛还是那么勤奋,这不,又一本散文新集送到读者面前了:《素心若雪》。依旧清澈,但多了浪花。依旧青春,但多了理性。

我不赞成一味提倡"淡定",觉得古往今来大谈"淡定"者,多是或官场失意,或商场失利,或学无所成,或处世失败者的"阿Q"式的自我安慰,将无奈落荒装扮成凛然归隐。天天前行的社会、人生,永远需要进取、拼搏、热情、怒放。但是,这种积极的精神,并不意味着红尘滚滚中的随波逐流、醉生梦死。它需要一颗心灵的主宰。进取,需要明确航向;拼搏,需要勇力智力;热情,需要不竭能源;怒放,需要本固枝荣。而这一切,都要来自一颗乐在俗世又清醒自觉的心:若雪素心。若雪,以大地为皈依,不排除亲近尘土;却素朴、洁白,不染不蚀。

作者的深刻或者说是真诚在于,她写出了那颗心的"纠结",以现身说法告诉我们:素心若雪的境界实际是一个过程,一个在泥土与洁白、现实与向往、飘落与坚守、遗失与寻找,以至灵与肉之间,甄别、选择、调适、升华的过程。"试着把心放在一个宁静的角落",但又"满心装的都是春",作者用这样的真实,宣示着人所拥有的高贵的心灵会怎样导演着活泼泼的肉身一次次华丽转身、翔舞。

2012.9

真实、善良和美好情感的抒写
——在西和县徐小英散文集《情满家园》研讨会上的发言

我在省委宣传部前后工作十八年，文化厅一年多，然后到广电十三年，可是这么多年还没有到西和来过。所以我首先要向咱们这儿的宣传文化广电系统的同志们检讨，应该早就来看看大家的工作，向大家学习，给大家以鼓励，可直到这次还是第一次来，应该检讨。但是对于西和这个地方，虽然没有来过，我却有一个很好的印象，知道这是一个文化之地。还是我在玉门上初中的时候，当时咱们省的一位作家叫刘玉，也在玉门，他在《石油工人报》上发过一组随笔，记述当时在"西礼"召开的全省一个文学创作方面的现场会的情景。因为写的是我很崇拜的作家、诗人们的言行，我便很注意天天坚持看那篇连载的文字，从中也知道了西和这个地方。以后在工作和创作的过程中，又知晓、认识了咱们西和的不少文化人，其中黄英先生，我是在上世纪 70 年代就已曾谋面，而且拜读过他的作品，他的语言之美给我的印象非常深刻。后来这个地方又有了咱们的女作家包红梅。记得在省文化厅承办全国第四届艺术节、选拔我省参演剧目的时候，包红梅就有作品。另外还有不少文化人，包括这次来参会的《读者》的蒲安应等，他们都是出自西和而在我省十分优秀的文化人才。总的感受是西和是个文脉很深、文气很浓的地方。而最新加深我的这个感受的是徐小英，出了这么一位厚积薄发、退休后突然一股脑儿写了这么多情真意切的好散文的人，出了《情满家园》这样一部好散文集，一下子使我更强烈地惊异于

西和这个地方的文采!

我和小英女士原来不认识,是这两年吴碧莲老省长组织了一个地方文化艺术交流学会,要我去当副会长,还组织了一个合唱团,小英参加了学会也参加了合唱团,这才认识了。她的散文作品有两篇我早在《飞天》上已经看到过,觉得很感人。出书后小英送我一本,于是很有兴趣地系统读了一遍。关于对这个书的评价,我觉得书里面的两篇序,郝洪涛老院长的序,宁世忠老师的序,写得很好,已经说得很到位了。我要说的话,就是把他们的意思再重复一下,再扩展一点。

我觉得《情满家园》这本书的价值,可以用"真、善、美"这三个字来概括。

一个是真。写得真实。真人、实事,真情、实话。要做到这一点不容易。过去很长时期,受"左"的政治框框、形而上学思维框框的束缚,我们的文艺作品习惯了一种绝对化、脸谱化,一写新中国成立前就是"漫漫长夜""万恶的旧社会",一写地主就是"狗地主";一写正面人物就是正确政治思想、政策的化身,没有一点属于个人的性格、情感,一写英雄就是"高、大、全"的没有血肉之躯的"神"。总之好就是绝对的好,坏就是绝对坏,与生活的真实相去很远。新时期以来,改革开放,思想解放,文艺解放,这种状况得到改变,人们可以用自己的认识来评价和描绘生活了。但是,这些年来在另一种政治、思想倾向的影响下,又出现甚至泛滥了新的绝对化、脸谱化,就是过去说好的一律说坏,过去说坏的一概说好,一写共产党、政府、党的干部,就是无恶不作、腐败分子;一写国民党人物、地主、资本家就是仁义、文明、爱国、造福一方,这才算时髦。这显然也导致掩蔽生活真相。真相客观存在,如实地、有分析有鉴别地、辩证地反映社会生活的真相,帮助人们正确地认识生活从而改造生活、建设生活,推动历史前进,是文艺的责任。对于群众、整个社会、整个历史来讲,揭示真相是最珍贵的。当然无论是过去还是今天,对于一些人来说,时时处处是黑说黑、是白说白就少了刺激、少了哗众取宠,少了以偏颇的甚至完全虚构的假象蛊惑众人以达到自己的某种目的的可能。真相有时是可怕的。

所幸小英对于过去的脸谱化文艺创作未及实践,对于今天的绝对化文艺倾向"不感冒",所以她的散文有了真实,真正的真实。在这一点上,她

给我们的文艺创作做出了贡献。

　　她的真实是落实于全书的。特别突出的，比如书中对"父亲"的描写。她的父亲可以说是一个复杂的人物，用前面说的两种脸谱手法，都写不出真实的他。他是一个品德很厚道的人，但又很精明，能够在传统认为"无商不奸"的商贸行业很精通练达地度过一生；他出身于出租土地的富户，自己也参与收租，算曾经的剥削者吧，但又心肠柔软、谁欠租粮也不管甚至任土地流失；他解放前就经商赢利，解放后几十年无论做百货做饮食做供销，也无论在县公司、在乡村店、在哪个地方干，都有很好的经济效益，但他又一贯以童叟无欺、智愚等量、诚信为本赢得群众；他深明世事知晓政治风险，也深知自己的"软肋"，比如成分、出身不好啊等等，内心的一种深刻的恐惧感，使他决心一辈子不赶风头、不做官，但是到了1960年饿殍遍野的时候，他却毫不犹豫地站出来要求公社书记先斩后奏、开仓放粮："万一追究责任，我一人承担！"他比许多党员领导干部在当时表现得都勇敢、正义。就是这样一个很复杂的人，呈现在徐小英的笔下。他是立体的、多维的、真实的，而不是片面的、肤浅的、虚假的。如实地、真实地书写，使我们看到了一个真正的活生生的人和他生活于其中的社会历史的真相，而不是被各种偏见、意图、包装、褒贬歪曲了的人和社会假象。

　　再如书中对婆婆的描写。作者真实地挖掘出了那个特定身份婆婆的心理。自己亲生的女儿出生不久就夭折了，然后在生活困难时期收养了一个快要饿死的孩子，辛辛苦苦抚养大，结果却被其亲生父母认领走了。后来妯娌们在她痛不欲生的情况下让她领养了自己的一个孩子，作为养子。这样一个"婆婆"，她的真实心理是什么，心里最痛的是什么，就是亲情感，就是时时处处对于亲情感的敏感。作者真实地挖掘，如实地很细腻地写出来了。

　　作者写自己的感受，也很真实。比如写她和她的哥哥，在粮食紧张、生活困难时，因为贤明的母亲为了保证维持全家的生命，每一天只能挪着时间做两顿饭，这两顿饭就是保证大家都活着。他们俩顿顿盼饭，拿木棍儿在地上画了线线，因为只有太阳影子到了那个地方才能吃上饭。肚子饿，觉得太阳走得太慢太慢，于是气愤地踏在线上用脚后跟踩，一起骂太阳！这样的细节不是凭空可以虚构出来的，她是写实，所以读着那么让人心酸！

还有她写自己晚年的心情。退休了,当她向孩子们学电脑,而孩子们不耐烦,说你都老了还学这个东西有什么用的时候,心里的酸楚突然令她想起了当初在母亲多次想学认字、学文化时,她也曾责怪说你学这干啥,反正我们好好孝敬你,你好好过晚年吧!她体会了也写出了这种缘自亲情、出于"好意"却深深划伤老年人跟踪生活前行的信心的感受。

　　第二是善。《情满家园》全书充溢着一种对善行的书写和对善意的传布。我们这个社会有善也有恶,但毫无疑问善是主流。她写每一个人物,都有意突出他们的善良。写父亲:为孝敬奶奶而将穷困的姑姑接到家里与奶奶同吃同住,供养外甥上学,奶奶去世后仍坚持接济姑姑、照应外甥;热心救助被狗咬伤的不相识的乞讨老人;当"我"工作后领到第一个月的工资时,立即准备了礼物,带着"我"去感谢在"我"求学期间曾让"我"搭过便车或做过其他帮助我的事的长辈、乡邻;出差替"我"代买给婆婆的礼物;"我"搬了新居立即提醒要接婆婆来享享福。写母亲:除了忙于参与作务庄田果园、喂猪养鸡,更是年复一年、日复一日无微不至地为全家老小操劳,烧水做饭、缝补衣物、烧热炕备火盆、督促学习;有客人上门总是煮上热腾腾的茶、烤出黄而不焦的馍片、端上喷香的臊子面;收了蔬菜瓜果总是拣最好的送给乡邻亲友;60岁皈依佛门,居家读经。写婆婆:"锅里省、口里减、怀里揣"地养育收养的女孩;天天在炕洞里烧熟洋芋让养子"上学既可以暖手,又可以当饭吃";改嫁过来的老奶奶处处偏着自己原来的儿女,把家里的东西都拿去送给他们,连身上穿的衣服、炕上的毛毡、被子都一次次送出去,家人不高兴,婆婆却说"老娘疼她生的女儿,记她生的儿子,这是天经地义的"而处处迁就、事事满足;孩子们给她买的点心、罐头从来舍不得吃以至终于放坏……写丈夫:在队里为大家管钢磨,"磨面心细,吃苦耐劳,待人和善";被聘为公社半脱产干部后,只要有一点时间赶紧赶回家替养父母做农活;为了改善养父母同村邻的关系,专门为养父母买了喷雾器和农药,让他们自己用、更为大家帮忙;养父重病卧床三年,他和家人悉心照料使病人清爽舒适未生过一点褥疮;养父母去世多年,每逢在商场看见新式的老年服装总是遗憾老人们再也无福享用!写哥哥:病重在家不能出去干活,就要求妈妈买一个小车把妹妹放在车里由自己摇晃看护,以减轻妈妈的劳累。写妹妹:因为小时候看见杀猪的情

形,听过猪的惨叫,她说那是猪在喊叫"别杀我!别杀我",从此几十年没有吃过一块猪肉。写瓜宝:"除了说话不会"什么都会,处处帮助乡邻。

书中的"我",可以说是善行的代表。作者在也许不经意间写到的她对婆婆情感需求的体贴,对父母的孝敬,对兄妹的照护,对儿女的舐犊之情,对亲戚朋友乡邻的尊重关爱,将书中所描绘的一个个人物、事件贯穿起来,融汇出一片亲情、友情、爱情的和谐、甜蜜气氛,使读者深深受到感染。生活中总是有矛盾的,不要说恶意地去挑这些矛盾,即使是粗心大意、大而化之地去对待这些矛盾,也往往导致矛盾长期积累以至激化。只有非常有心地在容易结疙瘩的地方和已经结了疙瘩的地方用自己的善良去化解,疙瘩、矛盾才会化解为一片和谐。

第三是美。我说的主要不是文辞美、形式美,在这方面徐小英的作品还有较大努力的空间。我说的美,是指她的全书充满一种浓郁的情感,真实的情感,善良的情感,美好的情感。一个概念,一种思想,一篇对于人或事的记叙、描述,一旦经过感情的过滤和滋润,就会使作家的人格和个性显露得更直接、更鲜明,使作品与读者更亲近,从而呈现一种动人的美的光泽和魅力。徐小英的作品正是这样。一位位亲人,一件件往事,作者笔端饱蘸感情地书写,我们的内心也被激起层层涟漪。书中最动情的几个段落,我相信作者是流着心泪写出来的。我自己是含着泪读完的。充盈的感情,使最朴直的文字也具有了打动人心的力量。在作者的情感世界,最浓重的是亲情和乡土之情。她让我们看到,她爱亲人们至烈至深至细,爱家乡至烈至深至细,亲人的音容笑貌、絮语琐事,家乡的一草一木、一食一饮,都已化入其物质与精神的生命,永生也不会分离。我还想补充一点说,在作者的情怀中,除了乡土的气味,也还有很洋气的一面。试读《庐山归来话秋天》的结尾:

人生如四季,随着春、夏的流逝,我已在风轻云淡中走进了生命的秋天。以前的日子行将装订成册,归于历史的暮雨夕烟,悄然走进回忆与怀念……印度诗人泰戈尔说过:"站在秋天的风景线上,最好把我们的目光放远,这样,我们就有欣赏冰雪的情致了。"在生命的秋天里,沿着泰戈尔老人指引的方向走去,我竟然看到了一片海,啊,那碧蓝无际的大海多么令人心醉呀!并且,我还清晰地看到了葡萄牙诗人卡蒙斯在海边那硕大无

比的礁石上题写的那句"地止于此，海始于斯"的亘古留言。

　　道路似乎已到尽头，航程其实刚刚开始。这种宽广的、物与我、灵与肉的新的统一的境界，是作者思想情感世界的另一面，令人欣喜也令人感奋。

　　最后想提个建议。从工作岗位退下来后我开始比较集中地策划摄制影视剧，看了这本书之后，我就想到并且给小英，还有学会里能写作的几个同志说，可以考虑以这本书为基础，搞一部电影。因为第一是有好的内外景环境，就是我们的西和。它有自己自然的、人文的独特、丰厚的蕴藏，更有今天经济社会发展的崭新成就。第二是已有一个有特点的人物系统。其中有三个人物，都可以作为主要人物分别构思出电影作品来。一个是父亲。巨商，影视剧已经写得多了。一个在城乡最基层，在不同的政治气候下又经商又有道、又躲避政治又坚持良知、以自己的良善如鱼得水地生活在最广大群众的需求、信任、爱护中间，这样一个"微商"，非常值得研究，值得描写。由这样的人生发的故事，会很新颖也会很深刻。另一个是婆婆。她的独特命运，她的独特家庭组成，她和她撑持的家庭在现实的社会环境中，特别是在农村的生活和观念中，怎么挣扎，怎样变迁，她的真实、敏感的酸甜苦辣，戏很多，写深了是别开生面的情感戏，可以折射出人性最深刻的东西、我们民族观念的深厚与嬗变。第三个人物是"我"，她所置身于其中的社会与家庭、和谐与矛盾，她的成长与成熟、行动与思索、选择与坚守，她从善出发处理各类复杂问题的独特方式，表现出来的那种智慧和质朴，很值得写，也会写出好东西。这三个人物，既可独立为主成章，也都可以带起其他人物、情节构思成一部作品。第三是有了一个容量很大的"布景""舞台"，这就是书中作者为我们推出的那个整合了全部乡风和亲情的"妈妈的热炕头"。它是妈妈的热炕头，也可以说是我们的家乡，也可以说是我们整个的祖国。就在这个热炕上，悲欢离合、喜怒哀乐，几十年过去，上演了多少难以忘怀、可歌可泣、足以刻骨铭心的活剧！它给了我们发挥想象、施展才华的平台。一部散文集，距离影视剧当然还很远，但《情满家园》提供了很好的基础，我觉得完全可以运用它所贡献出的"家珍"，搞出一部好电影，把西和这片土地上最美的东西，自然的、人文的、老百姓中间最民俗的、党和政府领导领导我们所创造的，都反映进

去，让外面世界的人们看到我们西和的美、西和人的美，看到在这样一个过去相对封闭的地方，生活每天都在前进，优秀的传统在保留、在发扬，新鲜的观念在产生、在成长。这是很有意义的啊！我们期待着。

2012.5.23

点燃激情
——读《大漠军魂》

"如果人生还有一次再出发的机会,我还会选择回基地当一回兵。"当完成《大漠军魂》一书,在后记里写下这句话的时候,我相信作者史良的眼里是噙满泪水的。

17岁入伍乘闷罐火车离开故乡中原农村,六天六夜到达大西北的"东风基地"——酒泉中国西北导弹综合试验基地,即今天的"东风航天城"——酒泉卫星发射中心。从战士到技师到干事到指导员到教导员到政委;住过帐篷、地窝子、车库,吃过沙枣、野菜、"代食品";经过严寒酷暑、狂风暴沙;参加过中国第一枚苏制近程地地导弹发射、第一枚国产导弹发射、导弹核武器发射、第一颗人造地球卫星发射、第一枚远程运载火箭发射。

这样的26年的生活经历,足以照亮人生的全部岁月了!

那是激情燃烧的年代:刚刚诞生的共和国为应对"丛林原则"远未消失的世界风云,自强自立于地球之上,毅然打响了导弹、核弹和火箭、卫星制造、试验、发射的争气之战。"争气弹""争气星",争站起来了的中华民族之气、争旭日方升的新中国之气,这就是主旋律,国际国内任何天灾人祸、波诡云谲都不能干扰和动摇。那是一群激情燃烧的战士:风沙大戈壁、简陋的干打垒没有吓退他们,青稞面、玉米面、骆驼草磨面、沙枣、榆叶、野菜没有摧倒他们,全身心沉浸于高新精密技术的钻研和运用,全

天候劳碌、值守在每一个岗位，无保留地献了青春献终身、献了终身献子孙，为祖国的"两弹一星"壮业竭诚尽智，无惧牺牲于斯、欣然老去于斯。

火热的时代，新异的事业，理想与英雄主义武装的队伍，神圣的使命感，刻骨铭心的艰苦、寂寞与坚守，传奇般的每一个昼夜每一轮奋斗、挫折与成功，一个又一个为胜利流泪、为祖国骄傲与自豪的庄严时刻……年近古稀之时，作者深情回忆，激情在一桩桩一件件亲历、亲为的重现中充溢，在每颗字、每句话语中跃动，激动自己也激动了读者。"两弹一星"工作中高深的科学知识、严整的技术程序、繁难的操作要求，在作者的笔下因了情感的浸润而圣洁、庄严和亲切。写作和阅读这样的文章，心境会焕然一新，见识会得到拓展，更重要的是精神会被点燃，会隐隐感知灵魂的躁动和血脉的贲张！

离开基地，离开部队，走进省城，走进广播电视事业，史良同志又劳碌了近二十年。喜好学习的习惯带了过来，认真工作的精神带了过来。读到他在报纸上发表的一篇篇文章，记述分布在高山僻地、条件非常艰苦的一个个广播电视发射台站的职工们的事迹，我知道，他对于自己从事的新事业，也已情思殷殷了！但无须讳言的是，作者"心有千千结"的还是那26年的基地生活，那是他人生的最亮点，是作为一名战士激情的沸点和燃点！回首来路，那一束光亮是那样耀眼地从遥远的云层打来，他的心唱的是"几回回梦里回'东风'"，梦见的是重新登上高耸的导弹的工作吊台……

激情是人精神之花的怒放，怒放情感、哲思、智慧、潜能和勃勃生机，怒放灵与肉的魅力。没有激情的人生是苍白、可悲甚至可厌的。没有激情的时代是涣散、乏味的。激情是人格的高扬，意志的激活，力量的爆发，证明一个人、一个时代活着，心跳着，血热着，向着真善美的梦想。作为老史进入广电事业后的老同事、老朋友，我因此祝愿他激情永葆并且感染更多的人。

2013.10.11

苦口婆心的文化导引
——读《影视心灵维度的思考》

在影视剧评论尚不发达的甘肃,在影视剧评论著作还很罕见的陇上书林,焦炳琨先生《影视心灵维度的思考》的问世,令人欣喜。

早年在部队当文化干部时对于文学、电影的学习与爱好,转业地方后从事基层文化、广播电影电视管理工作的经历,特别是年兰州电影制片厂厂长的实践,十三年省级电影电视剧审查委员会成员的感受,使焦炳琨先生足堪称近几十年甘肃电影电视剧创作摄制的亲历者和见证人。阅读收入这本书中的六十篇评论文字,不论是作者为报刊写作的影评剧评,还是履职审看影视剧后所呈交的书面意见,我们都会感受到,他的评论是那样贴切于影视剧创作与摄制的作业现场,贴切于甘肃影视剧的成败得失,贴切于影视剧创作者的每份苦辣酸甜。

他"知稼穑之艰难"(《尚书·无逸》)地善待每一位影视剧作者、每一部影视剧作品,善良,善意,苦口婆心循循善诱。对于近年来作为甘肃影视剧重要收获的《老柿子树》《射天狼》《甘南情歌》《阿米走步》《锁麟囊》等作品,他固然是如获至宝,高声赞誉,热情肯定它们的成功对于甘肃影视艺术繁荣和文化建设的可喜贡献,条分缕析总结、宣扬它们可资借鉴的经验。对于准备投拍的基础较好的本子,他则视同己出,为如何保护、强化作品的亮点,弥补、消除作品的弱点,修改、校正错谬失误,毫无保留地贡献出自己耗费心血所得出的中肯的思考与建议。即使对于许多

初学写作者慕名寻来送请指教，或通过什么渠道转来履行手续的很不成熟的本子，他依然费心真读，实事求是地给予评价，千淘万漉尽最大可能寻找作品的生机，给作者一点温暖、一点虽然遥远却可以通过跋山涉水抵达的希望。他的真诚劳动是应当赞扬的。文化建设，艺术繁荣，硬道理是出成果、出作品。影视剧创作是艰辛的文化层级的劳动，理应得到尊重和呵护。即使有人涉猎影视剧只意在"附庸"，但附庸影视、附庸文化总是比附庸权势、附庸金钱对社会有益，也对其自身提升灵魂的高度有益。

但是，焦炳琨先生对作品审看把关之严之细，在省内影视圈又是人所共知的，特别是法律法规、大是大非的关。大到作品题材选取、立意方向有失偏颇，情节构思有悖法理，小到剧中司法人员将刑满释放人员贬称为"劳改释放犯"、驾驶员开汽车不系安全带这样不符合法规的细节，都逃不过他的眼睛和耳朵。"老虎也有打盹儿的时候"，崇高的责任感却令这位"资深审看员"在审读审看中黾勉戒惕，没有半点懈怠。影视剧是诉诸公众的，容不得质量的粗劣，更容不得导向上的错误。"政治标准第一、艺术标准第二"的风规确乎简单、僵滞了一些，但是倡导和坚持在影视作品中弘扬真善美、聚合正能量，传播法律法规意识，是合乎社会历史进步要求的。导演陈凯歌曾说，今天的中国人正"站在价值观的十字路口"（《当代电影》2011.1）。过去长时期人们习惯于把"书上印的、报上登的、广播电视里播的"都认为是党和政府的声音、党和政府的倡导；近些年人们又往往在社会意识、思潮多元多样多变、浪淘沙滚善恶纷呈中，彷徨困惑，莫衷一是。在这样一个社会转型期，倡导影视剧、一切文艺作品应当如鲁迅所说成为"国民精神所发的火光""引导国民精神的前途的灯火"（《坟·论睁了眼看》），在正向着富强民主文明和谐现代化未来前行的中国现实生活中，发挥积极作用，焦炳琨先生做的是十分重要、十分紧要的事。

作为评论家，焦炳琨乐见自己从认真审读审看中提炼出的具有操作性的意见建议，在所论影视剧创作摄制的实践中被吸纳，思想性、艺术性和观赏性有所提高。同时，他与时俱进，近年来越来越致力于从文化的高度审视每一部影视剧，从它们的文化内涵、文化品位、文化追求、文化意义指点评说，力图导引甘肃的影视剧创作摄制在理念、理性上有所攀升，在思想坚守与艺术表达上有所长进，对现实的社会生活发挥更大更深的影响。

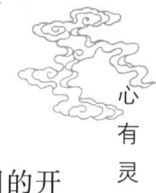

《文化之间的原始陌生与差异》《从人类学角度切入》《新文化空间的开拓》《进入文化的"意味境界"》《异质文化中的和谐世界》《对人类存在意义的呼唤》《人不断通过选择成为自己》……从这些篇章的题目，我们可以明显地感知作者的理性努力。毫无疑问，为了事业产业的发展，影视剧必须走向市场，赢得市场。同时，影视人又决不能忘却甚至抛却社会责任和文化良知，以文化价值的商业化代替文化价值的人文主义、理想主义，代替先进文化的发展要求和前进方向。

焦炳琨先生长我十几岁，我们两人相识相熟于彼此都还在河西走廊的地方文化部门工作，也彼此都还是"文青"的年代，一晃不觉已四十多年。前几日他整理出《影视心灵维度的思考》这部书稿，嘱我写序，我笑贺："'80后'又有大作要问世了！"他朗声大笑，幽默认同："是'80后'！是'80后'！"休息下来，近两年我得以放任爱好，也近距离做一些影视剧创作摄制的事。那么，年方"80"后的焦兄，就让我们一起为甘肃影视剧的日益发展繁荣，继续动点脑筋，敲点边鼓，"且以喜乐，且以永日"（《诗经·山有枢》）吧！

2014.2.22

星光的诗

前些日子的一个晚上,已故甘肃省委宣传部原副部长、甘肃日报社原社长石星光之侄、《兰州晨报》记者石玉龙和另一位青年找到我,代表星光亲属邀我为他们编纂的星光诗集作序。我很感突然,坚辞,建议邀请一位省上领导或其他更合适的人。小石说:我们全家反复商量了,觉得请您最合适。并说,我在报社说到要请人为我叔叔的诗集作序,诗人叶舟一口建议:有个最合适的人,他写最妥帖——他说的就是您。话说到这里,我思忖、犹豫了一下,最终点了头:我懂的。

作为一位不大但也不小的领导干部,星光生前,不说是有争议,至少不是一个众口一词的人。十年前不幸逝于非命,更成为熟识者心头一个重重的结。我要说的是,人生苦短,但几十年的生命历程足以使人历尽酸甜苦辣、悲欢离合、行藏沉浮;世情繁复,当初却大多不过只是一件件简单、明白、真实、大多数人均可理喻的大事小情。幕帘合拢,尘埃落定,谈事论人会客观、本原得多了。对于星光其人,当年领导过他和当年他领导过的人,还有同事、朋友、亲人们,作出判断已非难事。而我,面对诗集,受托写序,就来谈谈星光的诗——我与星光的相识,就是始于诗的。

星光生前是个多才多艺的人,文、诗、画、书均堪称道。上世纪80年代中,他由河西调来省委,一个长时期,他的任务是为领导写讲话稿、调研报告等。公正地说,公文写作其实并不像许多人想象的就是套八股、抄大话假话现成话。比之于学术研究、文艺创作、科研发明,那是不应特意贬低的另一个领域，需要另一系统的思想、知识、思维、文笔。星光于此表现出色，在当干事、处长日夜爬格子时是这样，熬到主要任务成了命题目、出提纲、审定文稿的较大的官之后，依然颇有兴味。跟他常年写稿的年轻人讲，他每每带着大家加班，特点是上半夜胡吹海聊，后半夜精神抖擞进入正题，多是他直接口授，大家记录。说到困了，他便让大家集体讨论着继续写，自己则沙发上一歪，立刻鼾声大作。一觉醒来，接着干。后来到甘肃日报社，也常常为审改或自己撰写社论、评论而通宵达旦。奇怪的是他精力惊人，一夜班加过来，第二天早晨上班，又准时以胡须刮得精光、头发梳得溜光、西装革履的形象示人了！

星光初进省委时，我正编《党的建设》。一日，他忙中偷空，在干"正事"的间歇，找来闲聊，给刊物的副刊送来诗稿。这使我知道于干部面孔之下，这位新来的笔杆子还有一份"文青"的情结。可贵的是，无论是他在省委工作，还是后来到报社、到政协，这份情结他恒长葆有，长的、短的，新体、旧体的诗作，一直写到花甲之年。

与他负责新闻管理工作，致力贯彻"团结稳定鼓劲，正面宣传为主"方针一样，他的诗大部取材现实生活，热情歌颂时代的前行，歌颂祖国和陇原大地经济社会改革发展的新成就、新气象、新生活、新希望。他抒写兰州新貌："您何时变得这般洁净，梳洗出动人的风韵；您何时变得这样年轻，绽露出青春的姿容。""我走过繁忙的市街，您绚丽的长裙五彩交融；我穿过宁静的小巷，您舒展的飘带洁柔轻盈。"（《腾飞的古城——兰州》）他描画陇南美景："竹婆婆/椒婀娜/窗含岚翠/门对龙江波/橘园里相助劳作/云端里互答山歌/笑语飞出水榭/马背驮着山珍/也载满喜悦/薄暮炊烟/更添几多农家乐"，"金缕曲/银珠声/红袍绿茗/蜜橘甜透心/西成矿捧出宝藏/金三角献上稀珍/敲开兴隆门径/众志造田治水/何愁仓未盈/来日刮目看/文武成康更繁荣"（《陇南散曲》）。他写苦水的玫瑰："天地灵气赋予你瑰丽的光芒，百花仙子赐予你袭人的芬芳"，选择苦水乡"成为终生的归宿"，"黄河畔散发着无穷的异香"（《苦水——玫瑰之乡》）。他写戈壁的绿洲："板桥悠悠黑水浅，平川漠漠麦如茵。小屯粮丰添新仓，新华处处颂升平。"（《临泽行》）他写古人慨叹"春风不度"的古城边关："雄关巨变着盛装，古城新姿意气扬"，"羌笛不再怨杨柳，边塞繁荣近小康"（《玉门新姿》）。

他写昔日"风库"瓜州:"沙丘变为瓜圃,戈壁垦作良田。粮丰人和谐。造林御天风,安西换新颜"。(《水调歌头·安西》)他还放开笔触,写游走祖国大地的感怀,如《秦淮行》:"旧时王谢/当今百姓","帆升云端一望中"……这些诗作的重要特点,是在描绘山河之美中,几乎无例外地将笔力更集中于讴歌变迁,即在这山山水水中城镇乡村的今天所呈现的新风景。他同时以亲身的感受咏叹出新旧巨变带给人们心理、精神领域的深刻嬗替,从"岁月的刀斧曾在您的额头刻上了道道皱纹","十年动乱曾给您的身上留下了一处处伤痕";从"曾几番辗转迁徙,曾几度惆怅彷徨";从"敞开山门运筹/方知乾坤大",揭示历史的大步伐带给人们的大欢畅、大感慨和观念、行为的大革新、大提升。日新月异的今天是从昔日跋涉而来的,作者因此也不忘以诗作深情回顾历史,写出《瞻仰西路军石窝会址》《观狼牙山有感》和高亢发声的《省委党史委演唱会开篇词》等篇章。与那些时髦的以"无谓论""误会论""权术论""计谋论"等全盘否定从五四运动以来的革命斗争的胡言乱语相反,作者以实事求是的、鲜明的是非观、历史观,颂扬了在"风雨如晦,鸡鸣不已"的昨天,革命先辈、革命先烈不甘于国家的屈辱、黎民的苦难,上下求索,寻找救国真理,献身民族解放,九死无悔干革命的不朽斗争精神,读后使人受到感染。在为纪念《甘肃日报》创刊55周年而写作的长诗《明天更美好》、表达对于网络这一强大新生事物的喜悦并展望在网络影响下世界将呈现的全新面貌的《网解》,以及《立春》《临行赠言》等诗篇中,作者则酣畅淋漓地抒发了对于使命、责任和未来的积极、乐观、信心、力量。是的,世界的正面和主体毋庸置疑是美好的、值得人类珍惜和热爱的;社会生活的主流与走向毋庸置疑是波澜壮阔、奔腾向前的。作者写来因而激情充沛、明朗高昂,字里行间充满热爱、喜悦和自豪的力量。

　　写得更深刻、更具有心灵震撼力的,是作者对于生命、生命力的描摹和颂扬。他赞颂梅花的御寒独立:"冰肌玉骨迎风立","自有春意报来长"(《咏梅》)。他欣赏鲜花又经风雨又葆洁质:"栉风沐雨总不易,冰清玉洁更可嘉"(《无题有感·咏花》)。他写百花:"春来百花满神州,姹紫嫣红竞自由"(《石榴》)——自由是美丽的,旨在让世界炫动美丽的自由更加可贵!他别出心裁写无名花:"深居幽谷放异香,孤芳自赏度时光。

今日笑随游人去,一路絮语到他乡。"(《咏祁连山无名黄花》)——不轻易否定孤芳自赏,但更赞赏融入"凡俗"享受温馨欢乐。他将明月人格化,赞美她的明媚清丽,更贴心地抒写她久历悲喜后的旷达:"天公偏教你圆而复缺,你也曾为此悲戚惆怅。耐心地等来缺而复圆,得与失便从此习以为常。"(《写给明月的歌》)他将石子人格化,写出"艰辛的生活磨砺了我的意志,微贱的身世打消了我的奢求",但他为它明志:"虽然我是一块普通的石头,但是我也有执着的追求"。在抒写对象是人的时候,作者的歌颂更加深沉。他将自身融入自然一起写:"寒凝大地春意萌,雪落金城阳气生。且把不惑做弱冠,全将隆冬当仲春。"(《冬咏》)从冬寒感春萌,以不惑做弱冠,生命力是摇曳、饱满的。在《寄友》中,他写道:"星星之光一点微,赖有日月方生辉。一丝一缕未曾惜,无须着鞭亦奋飞。"生命的自觉跃然纸上。在《村姑的向往》里,他所描绘的"你情深深的大眼睛,审视着流动的烟云。寻觅一座彩虹的桥,把向往挂上高空"的形象,让我们感动于青春的萌动、向往与许多无奈。作者赞颂生命力的诗作,最有代表性的,是其为同在报社领导班子的业余摄影家杨德禄《胡杨摄影集》所配的长诗《胡杨礼赞》。虽然从诗艺考量,还存在诸如意象重复及结构、篇幅方面的瑕疵,但我个人认为这首诗是星光诗作里最好的一首。在诗中,作者准确又生动地描绘着:"在荒无人烟的大漠深处/胡杨林展示出生命的瑰丽画卷","似柳非柳 似杨非杨/风刀霜剑改变了叶儿的形状","一棵棵胡杨举起一把把火炬/把苍凉的边塞烘热照亮","耗尽精力 坚守不放/如锚似虬的劲根紧抠地床/宁折不弯 战死沙场/如矛似箭的遒枝刺破穹苍",使胡杨这一荒漠戈壁中的生命奇迹辐射出英雄又悲怆的巨大气场。作者进而直抒胸臆,颂扬胡杨的生命精神:"穿越了宇宙洪荒/凝练了天地玄黄/胡杨林作为最早的植物群落/在这个幸运的星球上/神奇地创造了生命的绿色和希望/饱经了岁月沧桑/习惯了世态炎凉/胡杨林作为最后的留守物种/在这个严酷的环境里/精辟地诠释了生存的价值和力量"。"有谁能如此豪放/活着一千年不死/死后一千年不倒/倒下一千年不朽","苍苍胡天穹庐下/茫茫大漠荒原上/胡杨林的生死奋战/展示出震撼心魄的英雄形象"。这样的生命精神,给人增添在多难的人生岁月坚守、拼搏的勇气,启发人思索生命应有的意义。面对这样的形象、这样的精神,作者写得激情,感动了读者也同样感

动了自己，于是不自禁一唱三叹，将对胡杨的颂歌唱出了挽歌的悲壮，将对胡杨的挽歌唱出了颂歌的辉煌："苦也难忘 痛也难忘"，"情也难唱 景也难唱"，"盛也豪放 衰也豪放"，"生也坚强 死也坚强"，"苦也荣光 乐也荣光"，"昔也辉煌 今也辉煌"！

比之于采写、编发新闻稿，诗毕竟属于艺术创造，允许也应当有更多个人思绪、情感、意识流动的色彩。在这部诗集里，属于这方面题材的作品，数量不少。在这些诗作里，作者更多地抒发了自我的悟思、感叹。他有际遇的嗟叹："人生如步终南路，难免山高复水深。"（《遇故》）"自叹山林春色迟，杨柳吐絮不逢时。随风飘零到天涯，只剩离愁挂满枝。"（《随感三首》）"妄称好学涉六艺，自况本非济世才。"（《剔白发有感》）"人生一笔糊涂账，由谁仲裁？"（《浪淘沙·抒臆》）"恰似三日下厨娘，烹调无措且匆忙。荤兮素兮味如何，苦无小姑遣谁尝。"（《炊事戏作》）有生命的悲凉："若明若暗一万日，乍暖乍寒四十年。霜雪有意染青丝，风雨无情改朱颜。"（《四十抒怀》）"光阴只解催人老，韶华无情，乌兔不停，长教似梦又似醒。"（《采桑子·惊梦》）有情感的怅惘："丽质无须论天生，谁教今日始逢君？""纵有千言陈不得，当时无声胜有声。"（《兰山会三首》）"人生唯有情难死，甘州城头月依依。"（《蝶恋花·离绪》）但他更有对人生态度的阔达："力不从心意不尽，老来只觉万事休。想开些，莫忧愁，潇潇洒洒往前走。道是夕阳无限好，晚霞满天缀锦绣。"（《想开些》）"未知秋深老将至，犹是当初旧情怀。"（《无题有感》）"秋深夜静霜露重，挥毫岂是为功名？须知苦中亦有乐，月光如水伴我行。"（《无题》）"功过是非任评说，甘苦辛酸不乞怜。"（《寄意》）他自身排遣也启发朋友们："星星之光一点微，赖有日月方生辉。"（《寄友》）"境遇可以适应也可以创造，烦郁可以纷扰也可以排遣"。（《迎春曲》）"不必再咀嚼过去，不必再捡起痛楚，走过冰天雪地，春光还会那样明媚。"（《展前》）他将前人和今人、他人和自己的体悟集纳、凝练为格言、谚语："知足者常乐，能忍者自安。恻隐者修德，嫉妒者寻烦。专一者得道，思迁者无才。有志者竟成，畏难者更难。"（《古谚集》）"忧愁应解不应结，牢骚宜遣不宜添。事成勤奋不成惰，命在自己不在天。"（《古谚》）"有苦有甜即生活，无私无畏乃自由。"（《君莫愁》）非常精辟启思。如哲人所说，人是一切社会关系的总和。是全部社会关系的总和，熔铸成了每个人，每个人的灵与肉。那么，诗人这些有感于社会人生坎坷况味，用于舒缓精神压力、释放内心情愫的诗句，其中的快乐与忧伤、懊丧与奋发、挫折感与责任感、失落感与进取心，便点点滴滴都折射着历史、时代、地域、人群的面貌与脉动。

星光的诗，文思流畅，文字优美，属于较为华丽的风格。在个人色彩浓郁的篇章里，则更富缱绻、绵丽的情味。缺欠是一些篇章诗意稍淡。他兼写新旧两体，且后者数量更多些。今天写旧体诗词，自然从内容到形式应当灌注新的精神、寻求新的突破，但旧体诗词之所以为旧体诗词的那些基本格律、那些已成为中国诗艺精华、中国旧体诗词标识的元素是应当坚持的。在这方面，作者似注意不多。好在写诗并非星光的主业，几十年，作为劳碌人生路途上片刻驻足纵目或屏息游思的精神小憩，他选择了诗歌，终归是一件雅事。

岁月如水，逝者已矣。手抚遗卷，情何以堪！

2015.3.3

清风淡月自可珍
——读刘安邦诗集《清风淡月》

安邦是甘肃广电的老人手，我调入广电系统后，我们作了十多年的同事。后来两人相继休息，音信渐稀，只听说他曾在一个协会，为文化建设奉献余热。叫人高兴的是，这两年微信兴起，我们互相添加，进入朋友圈，一下朝夕相处起来！通过微信，他原来给我的印象接续、加深了，知他依然如昔，体格健壮，精力充沛，旷达乐观。而且增加了新的认识：安邦竟十分喜欢写作诗词，触景有诗，生情有诗，识人有诗，论世有诗。一日，安邦来访，拿来书题为《清风淡月》的不薄的一叠诗稿，邀我作序，我不由得感慨：这位勤奋的爱诗者，已是硕果累累了！

读了书稿所收《题记》，我知道，安邦爱好诗词其实已很有年头。他初中毕业进入广电系统，后应征入伍作了四年军人，重返广电后在行政、技术、新闻业务多个行当都付出过辛劳、做出过贡献。年轻时所受到的毛主席诗词和唐诗宋词的影响，加上后来在职进入电大所补读的文学知识，使他对诗词的爱好始终伴随着自己的人生岁月。近年来，一旦告别繁忙，解除了所供职业对个人爱好的时间与精力的占挤，他的诗情词意立刻出现"小小井喷"。

他用自己的诗笔，览山赏水，观著洞微，咏人语物，纵古驰今，处处着色生花。

他写得最多的是祖国自然与人文的名迹胜地。他写"秋染灵光"的香山,"稻花玉米连成片,旷野无烟云隔断"的北大荒,"相映绿黄"的镜泊湖,"碧水在云端"的长白山,"脚下是我国的海平线……高度从这里开始,青岛——起点"的青岛,"滔滔舒云展,巍峨小群山"的崂山,"晨雾蜃楼成海市,旭光万里水唱歌"的蓬莱阁,"晨曦淡雾中"的威海,"青城、古镇""银杏、参天"的泰安,以"范公岳阳楼记"增色生光的岳阳楼,"翠山环抱""灵秀八卦"的福建土楼,"确立建军方向"的古田会议会址,"室外丝丝雨,品茶禅道房"的武夷山,"锦绣河山,古迹万象"的河南,"青罗带、碧玉簪,倒映少女在梳妆"的桂林,"山翠绿生烟"的五指山,"难忘却,琼崖纵队,五指山歌"的万泉河,"微波碧如蓝"的三亚,"千帆携手"的博鳌,"极目远舒天无色,轻舟劈浪追云霞"的天涯海角,"灰褐阶梯石栈道"的青城山,"花木杂什锦,峰峦如画屏"的锦屏山,"崇山苍茫"的娄山关,"护城河边秦腔吼"的西安,阁楼相映、"风铃韵播"的西安大雁塔,"峭壁悬崖"的汉中古栈道,"日出云海翻"的太白山,"王维在此望孤烟"的宁夏沙坡头,"万顷芦花"的银川沙湖,"乱云飞渡"的榆中兴隆山,"春到梨园遍地花"的皋兰什川,"阁楼荟萃书千卷"的兰州碑林,"青山翠郁云作伴"的天水麦积山,"摩崖碑刻世称雄"的成县西峡,"古镇白屋茶满园"的康县阳坝,"金顶红墙拉卜楞"的甘南夏河,"神仙在此布画廊"的临潭冶力关,"大爱见真情,舟曲重建,世外桃源"的舟曲,"环岛一圈""感悟神远"的台湾……

他兴致盎然地写自然界的四时八节,写社会领域的大事小情。从"山川苏醒丝丝雨,天地惊蛰扮春忙"的春,写到"天极遥望皑皑雪,但见眼前蜡梅开"的冬;从"早霞伴我入山行"的晨写到"清风半月不胜秋"的夜;从日月星辰、风霜雨雪,写到花草树木、禽鸟牲灵。他咏琴:"手指轻拨紫木琴,高山流水觅知音";咏棋:"棋盘之上人生梦,无悔落子亦欣然";咏书:"雅趣读帖悟真谛,修身养性思贤良";咏画:"沧海山川素纸装,轻风淡月入华章";咏酒:"常伴骚人空对月,亦随墨客累千殇";咏茶:"坐饮清香琼玉叶,静心自悟品禅茶"。他写"人万车千祭祖先"的清明节,"河边折柳艾清香"的端午节,"明窗对影吃酒茶"的中秋节,写新中国六十岁:"六秩春秋沧海变,国旗飘舞更鲜艳",致地震灾区:

"我们在一起——汶川",写九三阅兵、央视诗词大会。他深情祭奠父亲母亲:"昂首云天作绿荫,一枝一叶见精神",深情悼念去世的同事,远祭陈晓旭:"时过境迁二十载,红楼黛玉在眼前"。他写故乡情、战友情,与诗友互赠和诗。他缠绵深情地絮语爱的秘密:"黑夜茫茫,有一颗星星为我闪亮","江边的菜园/盛开一片苦菜花淡黄的夙愿/有一朵为你而开/有一朵为你噙泪"。他感慨于生命规律、人生际遇,为自己的五十岁、六十岁生日作歌:"已过半百路坎坷","弹指一挥六十年","壮志未酬两鬓斑,感叹人生苦短"。但他有梦:"昨夜庄周蝴蝶飞",更有自信与豁达:"奋斗半生离退时,回首功过任由之。是非自古难争辩,心迹无愧自应知。"

安邦说自己写诗是:"偶然灵感从天降","触景生情顺口编"。这确实是他诗作的鲜明特点。一首诗,在安邦那里,其实是一则现场随笔,是一篇当日日记,如今更是一条随时发送的微信,有感而发,一蹴而就,有自如挥笔的潇洒,当然也常常伴有直白、粗糙的瑕疵。但是值得读者重视的是,无论精彩还是稍显逊色,他的每一首诗都力求表达思想的诚意、艺术的诚意。他的人生经历和思想道德的底色,使他对于历史、时代、祖国、人民怀着深深的敬畏,对于生活的主流和走向、对于现实向理想的跋涉有着足够的信心。在诗作中,他不吐不快地批判生活中的消极因素,也偶或抒发些许不够明亮高亢的慨叹,但他是秉持正常思维、睁眼说平实的话、说公正的话的人,他总是以更多精力、更多篇幅朴直地颂扬真理、常识、历史与现实的本真,如实地摹写祖国的巨变、社会的进步、人民物质与精神生活的嬗变提升,自我修为地沿着人生的斜面向崇高、美和完善登攀。他以诗作带给我们明朗与温煦、积极与执着,使我们在某种程度上看到了古代优秀诗人那种入世精神、担当精神的影子。当我们看到不少诗作者、诗作品远不是这样做的时候,越发尊敬安邦的难能可贵。

安邦的诗作,有新诗,更多的是古体诗词。他以行动成为近年来全国、全省古体诗词热衷的一分子。弘扬中国优秀传统文化,包括诗词文化,是近几十年来国家安定团结、社会进步宽松、经济生活中绝大部分人群由饥寒窘迫渐达温饱无忧进而迈向小康的时代状况在文化层面的自然呈现。吟诗填词的人多,是诗词艺术之幸。但是正如毛泽东主席当年曾经中肯地说过的,古体诗词是"不易学"的。它在长期发展中形成的严格的格律,高

度精简的文字篇制，含蓄蕴藉的审美趣味，与当代人们纷繁复杂、日新月异的生活内容、思维意绪、语言习惯形成巨大悖反，在古代汉语、古典文学、古诗词的知识背景方面，在继承创新、融通古今、古瓶装新酒的见识、能力方面，在研精覃思、不休追求、"我有迷魂招不得"的推敲精神方面，都对学习写作者提出了较高要求。我主张不必过分拘泥于成律，即允许"不拘小节"一点；但既然选择了这种体裁样式，"不拘一格"，总有一格，那些构成古体诗词的基因性、标识性的元素还是不能抛弃的。在这方面，安邦是努力的，但似应更努力些。

另外还想提及的是，安邦的不少诗作，都附有题记或后记，寥寥数语，或说明写作缘由，或补充原诗内容，写得直抒胸臆又饶有趣味，是很好的小品，有的甚至比诗作本身更可赏可读，我很喜欢。

享受"清风淡月"的安静日子，是世间常人之幸，万分可珍；在这样的日子里吟就《清风淡月》诗集，是诗人之喜，值得祝贺。愿安邦身心长健，诗笔不停，让朋友们读到更多佳作！

2016.8.5

随 记

心的音符 蒲公英没有挺拔的躯干。

它匍匐在地上，却要展叶，开花，还举起一只手臂，把心的音符撒向钻天杨也达不到的——天穹。

1983.5.17

山 不过是大地的思潮溅起的浪花。山呵，再高，也莫忘记你是在地球上！

1987.3.2

为了前进 为了前进，我们的车轮必须是圆的；正像为了冲刺，我们的铁矛必须是尖的。

1987.3.26

思想的王国 宇宙有怎样昼夜不息的星流斗转，有怎样灿烂辉煌的奇思佳构，有怎样汹涌澎湃的涡旋飞瀑，有怎样旖旎明丽的柳风杏雨，有怎样神妙莫测的魔角黑洞，人的思想的王国就有怎样昼夜不息的星流斗转——不，思想王国的星流斗转更加昼夜不息，奇思佳构更加灿烂辉煌，涡旋飞瀑更加汹涌澎湃，柳风杏雨更加旖旎明丽，魔角黑洞更加神秘莫测……

当宇宙创造出思想王国，就给了它这样的超越自己的权力。

1987.3.30

记住　我只是 11 亿中国人中间的一人；中国只是地球上 200 多个国家和地区中的一份子；地球只是太阳系千万颗星球中的一个星球；太阳系只是银河系中最小的一个天体系统；宇宙中已被探知的银河系有 30 亿个……
记住这些，我们会记住许多。

1990.1.30

信心　在信心的田野上插一支笛子，会长成一片青青的唱歌的竹林；向信心的湖泊撒一把石子，会呼啦啦出脱成一群追逐嬉戏的鱼儿；往信心的天空抛一块泥巴，会扑扑棱棱飞翔成美丽、轻捷的云雀……
让平凡变奇迹，化腐朽为神奇，把一个又一个必然王国征服为自由王国，这就是信心，革命者、开拓者、创造者永不衰竭的信心。

1991.9.11

落叶　凭借风力升空翔舞的落叶，常常被我们误认作生命的翅膀。

1992.5.2

叶子　当热衷于与花朵争黄竞红时，离叶子枯萎的日子就不远了。

1993.2.18

雄心　不要轻易被嘲讽自己雄心的人所影响，他多半其实也有过雄心，只是没有实现或已不可能再实现。

1995.4.1

作秀　作秀只能改变外表，而无法掩蔽灵魂，正像谁也无法美饰自己的睡姿。

1995.10.12

手　当你经受磨难时伸过来热心相助的手，在你辉煌时常常会没有声息地不知缩到了什么地方；这时充满视线的，是另外一些手，夸张地表达着热情。

1998.3.22

掩饰思想的语言 人用语言表达思想，更多的时候却是用它来掩饰思想。

2009.2.26

走进湿地 走进湿地，青青的芦苇林一浪一浪扑来。芦苇丛间，是淡绿色的粼粼水面，鱼儿频频出没，野鸭三五群游。路是窄窄的木条搭起来的，苔痕斑斑，紫色和嫩白色的水草从板缝钻出桥面。沉浸在湿湿的绿和绿绿的湿里，沉浸在氤氲土腥和水腥的芬芳里，终日僵化在车喧人噪、钢筋水泥、空调电脑中的身和心，活了……

2011.4.6

收敛美丽的智慧 收敛自己的美丽是一种智慧，可拥有这种智慧的人多了，世界就黯淡了！

2011.4.7

等待充裕时间 留待时间充裕时再专心研读的书，我们会终生顾不上打开。

2011.4.12

淡玫瑰红色的玉兰花 天气渐暖，路旁绿地的玉兰树纷纷开着花。待放的，尖如鸟喙，花苞雪底粉晕；已开的，端庄里透着羞涩，乳白上敷着嫩黄。有一株最引人注目，花儿竟开齐了，而且是与众不同的淡玫瑰红色，虽脆嫩欲滴，却不乏大胆的妩媚，一朵朵绽满挺拔的枝干，以一树清丽芬芳的光芒，辉耀得城市一下青春起来……

2011.4.18

读书快乐 读书是人化的跋涉，而读书的理想境界是自愿的、自主的、兴趣的、没有功利的、随心所欲的……一卷在手，沉潜其中，闹静无碍，炎凉无扰，宠辱皆忘，其乐融融——这样的读书，是养心，怡神，涵育人性，涵育人生的金玉品格、华彩美色的。读书节，读书快乐！

2011.4.24

名人售书　又见几位名人来售书。人们对于明星、大官、大款出书多有诟病，我却以为出书总是好事，一是显示了出书者除演艺、做官、挣钱之外，还是有一点文化追求的，而文化追求无论对谁都应当肯定。二是即使其中部分人完全是为作秀，那么他们的举动不正说明了书、文化在人品位的提升、事业的可持续发展中具有不得不"作"、不容忽视的分量吗？有这个效果，也挺好。

2011.4.27

爱，就够了　丈夫被捕后，潘兰珍从报纸上看到照片，才知道自己的丈夫、比自己年长许多的"李老头"原来是已赫赫有名的陈独秀！她立即赶到南京去探望。两人见面，紧紧拥抱在一起，痛哭中，潘兰珍嗔怪陈独秀为什么不告诉她自己的真实姓名和身份，陈答："好了，我不过是你所爱的男人！"是的，爱，就够了！

2011.5.17

试管　时间拒绝赋予任何人与任何事以"铁板一块"的性质——它是一支巨大的试管，振摇出各种意料之中和意料之外的化合与分解。

2011.5.18

珍惜缘分　偏生在这一个国度、这一片土地，偏与这一辈人共同度过了学生时代，偏与这一群人供职于一个单位，偏与这几位同事在一个办公室忙碌终年，偏与本是素不相识的这几位朋友同行旅游，偏与众人中的他或她相恋相爱……客观与主观契合而成的缘分，构成人的一生——珍惜缘分，就是珍惜自己的人生。

2011.6.5

天才淡出　"你看，（现在的）气氛适宜于大批伪造天才，同样也适宜于天才的大批消失。"（肖斯塔科维奇《见证》）

当大批伪天才招摇过市的时候，真正的天才便淡出了浮躁的人们的视线。但是他们并没有消失，而是走进了历史的深处，像金子蒙上了厚厚的泥土。总有一天，历史会说：是他们，而不是那些乱花飞絮，给了我价值与光芒。

2011.6.11

长大 有句话，少年时的，长久地留在脑海深处："真难过，我们已经长大！"

2011.6.17

赢得此刻 赢得时间的要诀是：决不空耗此刻，对，此刻。

2011.6.20

强大自己 强大自己永远是硬道理。"友谊第一，比赛第二"的口号永远只属于冠军，你打败仗后喊这样的口号，只会被别人睨视为小丑。

"世界不会在意你的自尊，人们看的只是你的成就。在你没有成就以前，切勿过分强调自尊。"（比尔盖茨）

2011.6.21

戈壁的日出与日落 戈壁日出可谓"气焰嚣张"：巨大的火球刹那间滚来，播火千里，辉煌天地！戈壁日落则是缓慢的，一寸寸，一分分，血红的夕阳漫漫沉入远方的蓬丛，而昏黄的余霞却还在灰暗暮色的侵蚀里颤抖着，颤抖着……提心屏气看到这一幕的人，会忽然感到一种深刻的无助甚至恐惧。迟暮、无常的感触令英雄、美人唏嘘！

2011.7.21

这山望着那山高 没有"这山望着那山高"的心潮，便没有追寻新境界的热情；成天"这山望着那山高"，便在哪座山上也种不出一片风景。

2011.7.26

槐花 清晨在林荫道上走，看见地上铺了一层薄雪似的槐花。接着，感觉头发上落了什么，取下来看，是两三个槐花瓣儿，浅黄中泛着绿韵，有一股淡淡的清香。成天挣扎在钢筋水泥里，此时亲近这一星半点自然之物，很惊喜！想起不少城市为防扰人"打针"除柳絮，忽然怕起来：不会为了省去清扫，也来设法消除槐花吧？

2011.8.7

科学、宗教、艺术 科学教人求真,宗教教人行善,艺术教人爱美。真使我们认识世界,善使我们珍重人类,美使我们心灵年轻。真使我们负责,善使我们谨慎,美使我们优雅。

2011.8.14

将自己放低于人海 将自己放低于人海,会获得心贴心的温暖和与死寂绝缘的生命力;将别人放低于脚下,便为自己设计了跌仆的运命。

2011.8.25

怒放 怒放是花儿的狂欢节、花的生命的高潮,也是花儿青春与美丽的尾声、花的生命的闭幕式。怒放,展示精彩,是大自然对每朵花的要求,也是花儿对自己的证明:我是花,我活着啊!没有怒放的生命是黯淡的,是对宝贵生命的亵渎与虚度。

2011.8.25

真实与充实 每天总有一段时间,我打开书,沉入思想与知识的深水,酣泳潜思;每天也总有一段时间,我抱起笔记本电脑,汇进喜讯与噩耗、正剧与丑闻、游行与游乐、聊天与舌战,和地球人一起喜怒哀乐。哲思的淡定与荷尔蒙的燃烧,疾恶如仇与博爱悲悯,成就、荣誉的欲求与放下、无为的心态,纠结得真实、充实……

2011.8.27

家乡饭最香 小聚时常常说起,为什么这饭那菜最终好像都比不上家乡饭菜香?我不懂这方面的科学道理,凭感性说:当母乳不能满足成长需要,孩子开始"吃饭"时,这饭肯定是家乡饭。而这最初的饭进入孩子的口中,即使非常淡薄,它所给予味蕾的新鲜刺激也是迥异于母乳的:世界上还有这么新异美妙的味道!于是,记忆一生!

2011.9.4

开始,并坚持 开始,并坚持:成功的秘诀。不举起手,哪扇门都是关

着的；不坚持，哪座山都攀不上去。

2011.9.4

循环　昨天细雨飘洒，今天还是细雨飘零。秋雨涤去暑夏的溽热，天凉下来，心也清静下来：春去秋来又一年，今年，你将收获什么呢？既然人是大自然的一分子，大自然就按时按节地为我们策划了一轮轮萌动生长、拔节扬花、结果成熟、储藏酝酿的生命活动，循环得如同无声的重复，却又紧迫得让人气喘吁吁啊！

2011.9.17

喜欢清晨　我喜欢清晨，喜欢春天。法国作家马拉美写道："就一年来说，我喜爱的季节是夏天最后几个憔悴的日子，正当秋季开始以前。就一日来说，我挑选了出门散步的时间是太阳落山之前，当黄铜色的光照在灰色的墙上，紫铜色的光照在玻璃窗上的时候。"我不愿哂之为没落者心理。有萌发有衰落有振作有弛缓才是生活。

2011.9.26

淡定　淡定，也许意味着踏遍千山万水、经历阴晴圆缺后的清明超脱、宠辱不惊，但其实更多的是失败后的自我安慰、失意后的自我解嘲，或者干脆是在拼争的世界面前像鸵鸟一样将头埋起来的自欺欺人的逃避。活人，还是让血液红着、心脏跳着、脉搏搏动着吧！

2011.9.27

高贵　干净、自由、博爱、进取的精神+干净、健康、自在、优雅的身体=高贵。金钱、地位都在其次。

2011.9.27

鹰不是地上的鸟　鹰不是地上的鸟儿，在孩童撒喂面包屑的广场，你不会见到它。

2011.10.7

世界还很年轻　世界是每个人眼中的世界，每个人心中的世界。我们小的时候，看世界已经很老；我们长大、长老了，却发现世界还很年轻。哪个人都很重要，没有了哪个人，世界至少在这个人眼中、心中从此消失；哪个人都很渺小，即使是伟人，他消逝了世界却照样前行——世界其实并没有在乎过哪个人。

2011.10.11

那些歌曲　已经不能完整地唱出那些歌曲，只能哼出它们的曲子了。可是，毫无疑问，它们以各自使我不能忘怀的旋律和意境，将我带回曾经的永远铭记在心的岁月，曾经的情感波澜。每逢无缘由地忽然哼出或听到那些曲子，就有一缕缕思绪若有若无地飘拂，有一缕缕忧伤若有若无地渗出，甚至有泪水涌满双眼……

2011.10.13

旗帜般的海浪　海洋有多大的活力呀，挂起它的任意一片小小波浪，就是一面呼啸的旗帜。

2011.10.16

最伤是别离　最伤是别离。无论是访亲、访友，还是被访，别离那一刻总是难以把持。郑重，抑或轻松？我说，人生漫长，亲缘、友缘、情缘，是我们儿时的襁褓，晚岁的拐杖和同笑共哭的"驴友"！那么，轻松一点吧，青山常在，绿水长流，后会总是有期！或许，郑重一点吧，风云难测，福祸旦夕，总有一次别离，会是永别……

2011.10.25

崛起是崛起者的通行证　在这个世界上，崛起是崛起者的通行证，萎败是萎败者的墓志铭。

——文史参考：1971年10月25日，联大以76票赞成、35票反对、17票弃权通过第2758号决议："恢复中华人民共和国的一切权利，承认她的政府的代表为中国在联合国组织的唯一合法代表并立即把蒋介石的代

表从它在联合国组织及其所属一切机构中所非法占据的席位上驱逐出去。"

2011.10.25

"常"字最重 人生长旅，岁月长河，最主要的内容是日常生活。日常生活，重在"常"字：知人论世最可靠的是常识，为人处事最公道的是常理，一日三餐最美味、养人的是家常饭，一年365天最幸福的是常态，阴晴圆缺、荣辱福祸最难得的是平常心——"常"，来自亿万人实践总结，千百年时间磨洗，而具有恒久生命力！

2011.10.26

永远 人间，总有一种永远，在金钱之外。

2011.11.15

帆的存在 在啸叫摇撼的海风里，帆感知了自己的存在和欢乐。

2011.11.17

文化蕴积 一个人的文化蕴积成他的风度；一个地方的文化蕴积成它的风俗；一个国家的文化蕴积成它的风气。

2011.11.25

跨到队伍的最前头 在向高峰攀登的道路上，探求者接踵而至，组成一支严整的队伍。容后来者置身的，只有两处：续在这队伍的末尾，或者——跨到队伍的最前头！

2011.12.23

过去与未来 过去的日子落在脚下，让我们站得更高；未来的日子铺在面前，要我们走得更远……

2011.12.30

悦己、悦人、悦生活 当女子和男子都为了悦己、悦人、悦生活而追求最人性的灵与肉的美的时候，社会就进入了一个新的境界。

2012.5.7

残存的柔软　摸一摸心。风吹雨打，日晒冰封。一颗心，该流失的流失了，该沙化的沙化了，该板结的板结了。摸到的残存的那一点柔软，是爱情和诗。

2012.5.29

诗情画意　诗情画意天生是一种青春的、激情的、求真、行善、唯美的艺术境界。两眼一睁谋权逐利到熄灯的生活状态与诗情画意绝缘。枯朽昏庸行将就木的精神状态与诗情画意绝缘。

2012.10.6

热爱生活的内容　在熟悉的地方发现风景，到陌生的地方探究未知，是热爱生活的完整内容。缺乏前者是缺乏生活的兴致，缺乏后者是缺乏生活的激情。

2012.10.26

人性　人性=自觉认识、管控、升华自己的动物性。

2012.12.16

笑对世界　哲人说，之所以选择笑对世界，是因为哭着度过一生太折磨自己的生命。

2013.2.10

爱：低到尘埃里　低到尘埃里，是陷入真正的爱情中的人的自然状态。所爱的对方从面容身姿到一颦一笑，从才情气质到一言一语，在别人看来也许平常，在爱着的人那里，就是完美到看不够，神秘到读不尽，魅惑到禁不住，理想到不容挑剔，甚至圣洁到自惭形秽，于是仰望、企求、渴盼、拜倒而不欲起身……

2013.2.20

平衡是动态　自行车的发明者是真正的启蒙哲学家，他教诲人们：生活与生命的平衡是动态的，动态在你奋力跋涉的全过程。

2013.3.14

人而文　我愿把"人文"解释成"人而文"，即"人类文化之后"。人类已区别于其他动物，文化之后，则更加人化，使人类优于其他动物的方面获得深化、升华，更加鲜明、突出、美妙。对于人类来说，人性是底线（破线则为"兽性"），人文则是没有上限的高线。人文的路线图是：向真，向善，向美。

2013.3.27

今天开始　做事业：今天你开始了，很好，因为明天会有很多人后悔为什么不早开始一天。

2013.9.12

愉悦与感动　我们常常并不知，漂亮、潇洒并不只是给别人看的，它首先愉悦了自身；智慧、才干并不只是属于自己，它首先感动了别人。

2013.9.22

嫉妒　嫉妒者把他所知道的别人点点滴滴的幸福收集起来，酿为自己悔青肠子、咬碎牙齿的痛苦。

2013.11.27

冬至　让枝干挺立成风中的旗帜的，让花朵开成大地的笑容的，让果实香甜整个天地的，是它，根。冰雪中，它感知了一丝春气的温暖，潜潜的，弱弱的。

2013.12.22

成功的标志　成功者的标志常常是回到了起点。比如去国外打拼够本后，"海归"而来常年"宅"在"首都"心满意足地重温每天从油条豆浆开始的生活；跳出农门在城里奋斗够富后，煞有介事地跑郊区置办竹屋草堂、乡村别墅。螺旋形的生活追求：出走与乡愁的纠结与统一。

2014.1.2

共和国清新温煦的早晨 蒙古族作曲家美丽其格去世了。他的名字，我在小学从课本上就知道了。他作词作曲的歌曲《草原上升起不落的太阳》，从那时起热爱、哼唱至今。今天，只要有华人的地方，这支歌都还在传唱。那是一个新生时代初阳下人们心情的写照："蓝蓝的天上白云飘，白云下面马儿跑……"共和国清新温煦的早晨。

2014.2.3

迷人 使人不自知的境界。
比如饥肠面对鱼肉，情欲面对红唇丰乳，憋闷的肺叶面对汹涌而来的林间清气；
比如观赏出神，阅读入化，思维遭遇接踵而至的灵感……
没有迷人事物的生活是乏味的。没有享受过着入迷感觉的人是无趣的。

2014.10.20

面向太阳 面向太阳，我们觉得自己通体透亮；背向太阳，我们看见自己是一片黑影。

2014.10.20

抵达自己 不管走过和还要走多长的、怎样的路，我们只是一步步自己抵达自己。生命尚存，自己便还在脚步的前方。

2015.3.7

男人的五福 奶辈、母辈、妻辈、女辈、孙女辈，是男人的福，五福。有福的男人，得以立命安身，修为养正，达理通情，刚柔表里，元亨日新。——"三八"节，向女性，也向被女性真化、善化、美化了的男性，祝福！

2015.3.8

"老三届"的真实 每天读微博、微信和纸媒上"老三届"们的发声，我感到，我们这一代人的真实，就是无论经历多少苦难和幻灭、顺遂与成功，最终选择的都是坚守，坚守理想主义，坚守对祖国和生活的爱。

2015.7.6

后　记

　　自少小起就爱好文学，阅读、写作涉及诗歌、散文、杂文、小说、戏剧影视剧本以至政论、文论等，而以诗歌和散文为主。这部集子，就是自己几十年来所写作的散文作品的选集。称为散文，是指它们一非分行排列的诗歌，二非专事结构故事塑造人物的小说，三非供舞台演出屏幕放映的戏剧影视剧本，四非严循逻辑思维的论文，五非内容上干预当下生活性极强的杂文。但是以现当代经典的散文定义、经典的散文作品来对照，我的这些文字又有明显偏颇：总在受诗的纠缠，或者本是诗的构思，不过是用了不分行的写法；或者是意在说理，却以诗式表达；或者虽在叙事，情却大于事。这一来与自己爱诗有关，二来也许源于潜意识的诱惑。

　　……我从童时翻读着那小楼上的木箱里的书籍以来便坠入了文字的魔障。我喜欢那种锤炼，那种色彩的配合，那种镜花水月。我喜欢读一些唐人的绝句。那譬如一微笑，一挥手，纵然表达着意思但我欣赏的却是姿态。

　　在印度哲学的班上，一位勤恳的白发教授讲着胜论，数论，我却望着教室的窗子外的阳光，不自禁地想象着热带的树林，花草，奇异的蝴蝶和巨大的象。

　　比较冗长的铺叙和描写，我感到它是更直接更紧张地表现心灵的形式。但我一开头便忽视那些动作，我只倾听那些心灵的语言。

  自然不敢与文学家何其芳先生相提并论，但说实话，他在早期散文中如上引文所表达的喜欢锤炼、欣赏姿态、绝缘于枯燥、着迷于生动、忽视动作（情节）、倾听心灵等这种意味、倾向、长处和短处，与自己内心的文学意识、创作趣味确实十分契合。尽管所表达的时代与心情已迥然两异。

  于是，呈现在读者面前的我的这些散文，便有了大家看到的这样的面目。

  人们喜说中国是诗的国度，其实中国也是散文的国度，辉煌的古代散文自然是为文学树峰立极，即如现当代，又有多少大家名作为文学的一程程前行举旗扬帆、壮行色增神采啊！大家中，名作里，鲁迅深邃锋利，瞿秋白奔放绮丽，郭沫若浩荡清新，茅盾深刻细致，巴金缠绵真挚，老舍诙谐平易，冰心清丽亲切，朱自清清秀隽永，叶圣陶炉火纯青，方志敏正气激扬，丰子恺风趣细腻，刘白羽豪放华美，杨朔字斟句酌，秦牧广博和顺，王蒙妙语连珠，孙犁明丽深情，余秋雨别开生面，何其芳精致浓艳，邹韬奋敏锐练达，魏巍激情洋溢，曹靖华情意娓娓，周建人简洁朴茂，吴伯箫质朴厚实，靳以热忱明快，碧野清朗华丽，柯蓝明净柔婉，郭风至真至纯，何为情节动人，柯灵文采丰丽，魏钢焰热烈豪迈，袁鹰情思激越，冯牧华彩流畅，梁遇春情真理明，陆蠡秀丽明澈，师陀柔和动人，丽尼情思幽婉，方令孺秀丽玲珑，李广田纯朴浑厚，缪崇群朴实精细，陈学昭清新委婉，徐开垒平实动人，菡子细腻温馨，周瘦鹃淡雅洗练，峻青刚健艳丽，方纪清新流畅，李若冰昂扬朴实，黎先耀精确细腻，贾平凹笔触沉实，赵丽宏文思飞扬，周国平哲思流动，梁衡举重若轻，许淇新异大气……赏读他们的作品，不惟自一个个不同的窗口认识世界、认识人生，在一个个课堂学习审美、学习写作，还实在是养眼养心、愉悦心情的一大日常生活享受！

  在这样的"散文生活"里，自己也便习作了集中这样的散文。

  感谢敦煌文艺出版社诸位热心、诚挚、负责的朋友，收纳了这部集子，愿意帮助作者付梓了愿，一作散文文字生涯的一个回顾，二供有兴趣的读者节省整日视屏的目力，有个纸质文本偶或翻翻。多谢了！

  末了，要说明两句的是，书中各篇文字大都是在兰州写作的，因此文末只标明了写作的年月日。少数成文在他地的，则除标明写作时间外，还特意标注了写作地，算是留个念想吧。

  是为后记，时值 2017 炎夏 7 月。